本书系国家社会科学基金项目（14CZW038）最终成果，黑龙江省高校基本科研业务费黑龙江大学专项资金项目（2020-KYYWF-0919）研究成果。

韩国古典散文与中国文化之关联研究

RESEARCH ON THE RELEVANCE OF
KOREAN CLASSICAL PROSE AND
CHINESE CULTURE

王 成 著

中国社会科学出版社

图书在版编目(CIP)数据

韩国古典散文与中国文化之关联研究/王成著.—北京：中国社会科学出版社，2021.1

ISBN 978-7-5203-7815-4

Ⅰ.①韩… Ⅱ.①王… Ⅲ.①古典散文—文学研究—韩国 Ⅳ.①I312.607.6

中国版本图书馆CIP数据核字（2021）第020532号

出 版 人	赵剑英
责任编辑	王 衡
责任校对	朱妍洁
责任印制	王 超

出　　版	中国社会科学出版社
社　　址	北京鼓楼西大街甲158号
邮　　编	100720
网　　址	http://www.csspw.cn
发 行 部	010-84083685
门 市 部	010-84029450
经　　销	新华书店及其他书店

印　　刷	北京明恒达印务有限公司
装　　订	廊坊市广阳区广增装订厂
版　　次	2021年1月第1版
印　　次	2021年1月第1次印刷

开　　本	710×1000 1/16
印　　张	17.5
字　　数	253千字
定　　价	98.00元

凡购买中国社会科学出版社图书，如有质量问题请与本社营销中心联系调换
电话：010-84083683
版权所有　侵权必究

目 录

绪 论 …………………………………………………………（1）

第一章 高丽朝散文与中国文化的关联 ………………………（7）
第一节 金富轼散文与中国文化的关联 ……………………（8）
一 赋作蕴涵的中国文化因子 ………………………………（8）
二 《百结先生传》与陶渊明《五柳先生传》之比较 ……（13）
第二节 林椿散文与中国文化的关联 ………………………（18）
一 引经据典，以中国文化典故作为论据 ………………（18）
二 "文气"观、"诗乐"观 …………………………………（24）
三 《麴醇传》《孔方传》与韩愈《毛颖传》 ……………（30）
第三节 李奎报散文与中国文化的关联 ……………………（34）
一 对先秦散文说理艺术的接受 …………………………（34）
二 引中国文化典故考论 …………………………………（45）
三 《白云居士传》与王绩《五斗先生传》之比较 ……（55）
第四节 李穑散文与中国文化的关联 ………………………（61）
一 "惟我小东，世慕华风"视域下的文学思想 …………（61）
二 征引、阐释《论语》 …………………………………（66）

第二章 朝鲜朝初期散文与中国文化的关联 …………………（73）
第一节 徐居正散文与中国文化的关联 ……………………（73）
一 中国文学审美批评论 …………………………………（74）

1

二　民本思想 …………………………………………………………（80）
　　三　引《诗经》《孟子》探析 …………………………………………（86）
　　四　史家意识与朝鲜历史著述论考 …………………………………（95）
　第二节　金时习散文与中国文化的关联 ……………………………（100）
　　一　中国古代仁人君子、忠臣义士的形象 …………………………（100）
　　二　论中国王朝兴替、帝王君主的为政 ……………………………（104）
　第三节　成伣散文与中国文化的关联 ………………………………（108）
　　一　对儒家、道家思想的认知与运用 ………………………………（108）
　　二　对中国文学思想的接受与批评 …………………………………（114）
　　三　使华行迹与成伣的赋体散文创作 ………………………………（122）

第三章　朝鲜朝中期散文与中国文化的关联 …………………………（127）
　第一节　许筠散文与中国文化的关联 ………………………………（127）
　　一　先秦诸子文学考论 ………………………………………………（128）
　　二　"独特的'归来'之乐" …………………………………………（131）
　　三　"慕华"心态与明代文学、政治论 ……………………………（141）
　第二节　李植散文与中国文化的关联 ………………………………（145）
　　一　对儒学、性理学的阐释与实践 …………………………………（145）
　　二　阅读法——中国文学之"先读""次读" ……………………（152）
　　三　作文法——中国文学之学习指南 ………………………………（157）
　第三节　张维散文与中国文化的关联 ………………………………（161）
　　一　赋学观与赋创作 …………………………………………………（162）
　　二　"天机论"与"诗能穷人""穷而后工" ……………………（169）
　　三　《重刻〈杜诗谚解〉序》与朝鲜杜诗学 ………………………（176）
　　四　儒、道思想的认知与《设孟庄论辩》解读 ……………………（180）

第四章　朝鲜朝后期散文与中国文化的关联 …………………………（185）
　第一节　金泽荣散文与中国文化的关联 ……………………………（185）
　　一　《诗经》、孔子《论语》与《孟子》若干问题考论 …………（186）

目 录

  二 批评、接受与书写：金泽荣散文与司马迁
    《史记》 ·· (197)
  三 金泽荣与韩愈文道观之比较 ·· (204)
  四 论明清文学及与清人之交游 ·· (210)
第二节 李建昌散文与中国文化的关联 ·· (219)
  一 史家意识与李建昌的散文创作 ·· (219)
  二 《原论》与朋党政治 ··· (227)
  三 《史记·伯夷列传》的笺注与批评 ······································ (234)
第三节 金允植散文与中国文化的关联 ·· (241)
  一 《八家涉笔》与唐宋八大家散文 ·· (242)
  二 出使中国行迹、交游考论 ·· (258)

结　语 ··· (266)

参考文献 ·· (269)

绪　　论

中国是一个具有悠久历史、丰富文化遗产的文明古国,为人类的进步与发展作出了不朽的贡献。中国与深受中国文化影响的朝鲜半岛、日本、越南等周边国家、地区,形成了以汉文化为共性的区域,学界称其为东亚汉文化圈。这一区域的文化、文学、哲学、艺术、政治等方面普遍具有汉文化共性。朝鲜半岛古代文学更是深受中国文化的影响,"在我们谈论或研究朝鲜古代文学的历史时,绝对不可忘记中国历代文学给予它的深刻影响"[①]。本书即以韩国古典散文作为论述对象,探讨其与中国文化的关联。

一　关于本书选题的若干说明

在"韩国古典散文"语句中,"韩国"指分裂以前的整个朝鲜半岛,即古代朝鲜,并非今天政治意义上的大韩民国(简称韩国)。现今学界在探讨、研究朝鲜半岛古代政治、经济、文化、文学、艺术、哲学等问题时,有称呼"朝鲜"者,有称呼"韩国"者,称呼虽不统一,实则指向是一致的。本书所涉及的历史时段从高丽王朝(918年)延续到日本侵吞朝鲜、朝鲜王朝灭亡(1910年)。为了强调历史的延续性与文化的统一性,也为了便于指称,笼统地使用"韩国"(或古代韩国、朝鲜)的称呼,在涉及具体时间段时,再使用相应的王朝称谓,如高丽朝、朝鲜朝等。

[①] 李岩、徐健顺:《朝鲜文学通史》(上),社会科学文献出版社2010年版,第13页。

散文的概念、内涵以及本书的研究范围。

确定研究对象的范围，是开展研究的前提条件和基础。所以在开展本书研究之前，有必要廓清"什么是散文""散文包括哪些内容"等问题。基于此，我们先对散文的概念、内涵等略作梳理、考辨，从而确定本书的研究范围、内容。

"散文"一词以文体出现始于宋代，吴讷《文章辨体·诏》引南宋吕祖谦云："近代诏书，或用散文，或用四六。散文以深纯温厚为本；四六须下语浑全不可尚新奇华巧而失大体。"① 之后，"散文"概念被频繁使用，并产生了狭义、广义之分。狭义的散文，指不重视声韵、不事对偶、写作自由、单句散行的文章，如先秦两汉散文、唐宋古文。广义的散文，既包括单句散行的文章，也包括对偶的骈文、押韵的辞赋及箴铭颂赞等。

现代学者也对"散文"的概念、内涵有所论述，最具代表性的当属郭英德先生，他在《中国古代散文研究断想》一文中说："'中国古代散文'不能仅限于那些抒情写景的所谓'文学散文'，'而是要将政论、史论、传记、墓志以及各体论说杂文统统包罗在内，不仅如此，而且连那些骈文辞赋也都包括在内'；而且不能仅限于集部之文，还应包容经部、史部、子部之文。"② 他主张采用广义的散文观念，在他看来，"广义的散文观念，超越了20世纪以来学术界对散文的内涵与外延的纷繁歧异的辨析，更为符合中国古代文学的实际面貌。采用这种广义的散文观念，便于打破以往画地为牢的散文研究状况，可以将从先秦至清末的各种非诗歌、非小说、非戏剧的所有'文章'，全部囊括在本项目的研究视野中"③。这一概念、内涵的界定，同样适用于韩国古典散文。我们选题中的"散文"采用广义的"大散文"概

---

① （明）吴讷著，于北山校点：《文章辨体序说》，人民文学出版社1998年版，第35页。
② 郭英德：《中国古代散文研究断想》，《光明日报》2015年4月2日第16版。
③ 郭英德：《论〈中国古代散文研究文献集成〉的编纂宗旨》，《文艺研究》2015年第8期。

绪　论

念，即除去诗词、戏曲、小说等文体外，都算作散文范畴而加以分析。

二　研究现状及存在的问题

据韩国国会图书馆、中央图书馆、首尔大学图书馆、高丽大学图书馆等机构的索引统计，韩国学者研究韩国古典散文的成果丰硕。概而言之，主要体现在如下几个方面。

关于韩国古典散文整体及个别文体的研究，如郑公浩《尤庵宋时烈散文的文学特征》（《韩国思想和文化》2008年第42辑）、李洪植《楚亭朴齐家的碑志文研究》（《韩国汉文学研究》2009年第43辑）、金光年《象村申钦散文研究》（高丽大学校2014年硕士学位论文）、李熙淼《李奎报〈镜说〉主题考》（《东洋汉文学研究》2016年第43辑）、尹敏熙《云养金允植的"传"研究》（《语文研究》2017年第93卷）等。关于韩国古代散文与中国文学、文化关系的研究，如安美娜《李廷龟与袁宏道的游记比较研究》（《韩国汉文学研究》2012年第50卷）、姜庆姬《韩国与中国的〈归去来图〉比较研究：以〈归去来辞〉的变容为中心》（《中国语文学论集》2013年第78号）、尹惠姬《鲍照〈尺蠖赋〉与李奎报〈放蝉赋〉的内容比较》（《中国研究》2016年第68辑）、金光年《申钦辞赋文学的"归去来"意识》（《东方经典研究》2017年第66辑）等。

截至目前，中国大陆关于韩国古代散文的研究取得了一定的成绩，主要体现在以下几个方面。首先，关于韩国古代散文整体及某种文体的研究。其中个别文体研究是成果中所占比重最大者，而关于辞赋的研究又是重中之重，研究成果如刘彦明《李奎报散文研究》（中央民族大学2005年博士学位论文）、徐健顺《朝鲜三国时期的散文辨析》（《东疆学刊》2005年第4期）、郭延红《朝鲜抒情小赋研究》（中央民族大学2012年博士学位论文）、龚红林《韩国赋学三题》（《辽东学院学报》2012年第1期）、王若明和赵玉霞《〈韩国文集丛刊〉中悲秋赋探析》（《长春大学学报》2015年第1期）等。其次，韩国古典散文对中国文化的接受，以及与中国古典散文的比较研究等也是研究的重点之一，且取得了丰硕的成果。如陈蒲清《略说韩国古典散文与中国古典散文之联系》（《长江学术》2006年第1期）、郭延红《朝鲜李奎报汉文赋引中国文化典故探析——以〈畏赋〉为中心》（《延边大学学报》2012年第1期）、付春明和杨会敏《朝鲜张维〈蜃楼记〉与柳宗元〈永州铁炉步志〉之比较》（《长春大学学报》2012年第3期）、曹春茹《朝鲜古代散文创作对〈论语〉的接受》（《中国文学研究》2013年第1期）、于春海和王安琪《欧阳修对朝鲜朝辞赋的影响——以〈醉翁亭记〉〈秋声赋〉为例》（《东疆学刊》2015年第1期）、曹春茹《朝鲜柳梦寅散文创作对韩、柳散文的接受》（《汉语言文学研究》2018年第3期）等。最后，也有成果在部分章节兼论及韩国古典散文与中国文化、文学的关联，如徐健顺《〈三国史记〉的文学价值研究》（中央民族大学2003年博士学位论文）、曹春茹《朝鲜柳梦寅散文研究——兼论与中国文化的关联》（中央民族大学2010年博士学位论文）、杨会敏《朝鲜文人许筠赋作论析——兼论与中国赋体文学之关联》（《广西师范大学学报》2010年第2期）、张克军《朝鲜朝中期山水记游散文研究——兼论与中国山水记游散文的关联》（延边大学2016年博士学位论文）、左江《"此子生中国"——朝鲜文人许筠研究》（中华书局2018年版）等。

目前关于韩国古典散文的研究，从不同层面展示了韩国古典散文的思想内涵、创作特征等，为后续相关研究提供了借鉴与启发，但还是存在着诸多问题，主要有如下几个方面。

其一，缺乏整体研究。目前关于韩国古典散文的研究范围过于狭窄，从上面综述可以看出，多数成果集中在朝鲜的辞赋研究上，而其他散文文体，如论、说、记、书牍、序跋、奏议、碑志、祭文等甚少论及，这就影响了对韩国古典散文的整体观照。

其二，分析、论述的深度不够，多数成果存在模式化、程式化问题。目前的研究成果也论及韩国古典散文与中国文学、文化存在的关联，但大多都是表面关系的论述，没有深入内在实质问题，没有形成

绪　论

系统、规模，中国代表作家、经典篇目对韩国古典散文的影响，尚未得到充分挖掘，影响了中国文化的域外传播及域外汉籍的接受情况。

其三，研究视野不够开阔。中国儒家思想、道家思想对韩国古典散文的影响，还未充分展开论述、研究。儒家思想、道家思想对韩国古代社会产生了重要影响，这必然会反映到文学创作中，而散文作为重要的文学体裁，也必然会接受儒家思想、道家思想的影响。

三　研究方法

本书属于基础研究，拟采用以下一些方法进行。

第一，"原典文本实证"研究法。严绍璗《对"比较文学与世界文学专业"名称的质疑》一文阐释了"文化语境"的双层内涵[①]，他认为比较文学研究适合运用"原典文本实证"法，不能简单、孤立地进行影响研究、接受研究、平行研究等，而应该把各种研究方法融合在一起，在"多元文化语境"下探讨、分析文学文本的"发生""发展"，从而揭示"文学文本"的"多元文化特征"。韩国古典散文正是"多元文化语境"下的产物，适合运用"原典文本实证"研究法，通过解析散文文本，揭示其与中国文化存在的关联。

第二，历史的和美学的研究方法。以马克思主义历史的观点和美学的观点作为主导原则。历史的观点主要侧重于作家、作品所处的历史环境、社会环境，强调"知人论世"；美学的观点侧重分析、评价作品的艺术成就、特色、美学特质等。在分析韩国古典散文时，要坚持思想和艺术的双重标准，注重作品的思想性、艺术性的结合。

第三，始终保持比较研究的思维。本书重点在论探韩国古典散文

[①] "其第一层面的意义，指的是与文学文本相关联的特定的文化形态，包括生存状态、生存习俗、心理形态、伦理价值等组合成的特定的'文化氛围'，它具有特定时间中的共性特征；其第二层面的意义，指的是文学文本的创作者（有意识或无意识的创作者，个体或群体的创作者）在这一特定的'文化场'中的生存方式、生存取向、认知能力、认知途径与认知心理，以及由此而达到的认知程度，此即是文学的创作者的'认知形态'，它具有特定时间中的个性特征。"参见严绍璗、陈思和《跨文化研究：什么是比较》，北京大学出版社2007年版，第62页。

与中国文化存在的关联,研究文本的过程实际上就是比较的过程,以及韩国古典散文是如何接受中国文化影响的过程,所以保持比较思维是非常重要的。

第四,数据图表统计法。为了清晰、形象地展示相关知识,本书将运用现代信息技术,通过相关数据图表横向、纵向的对比,揭示相关规律、现象,一目了然。

四 研究的目的和意义

(一) 为汉文化圈的散文研究提供新的研究视角

中国和韩国同属汉文化圈,中、韩古典散文同根同源,同形同貌。并且,韩国古典散文在思想内容、艺术技巧等方面都吸收了中国散文、中国文化的诸多营养。研究韩国古典散文,不但会为中国古典散文的研究提供新视角,更会拓展汉文化圈的散文研究领域。

(二) 可以丰富韩国古典散文的研究成果

在文体研究领域,诗歌研究一直是主流。关于韩国古典散文研究明显存在着诸多不足,缺乏理论深度,并且研究的面过于狭窄,偏重个案研究、个别文体研究,缺乏宏观、整体的研究和把握。本书力争在整体、宏观上考察、论述韩国古典散文的思想内容、艺术特点,以及对中国文化的接收、发展、创新等方面取得突破。

(三) 为中国与朝鲜半岛国家的文化交流提供有意义的参照

中国与朝鲜半岛国家的各方面交流源远流长,包括政治、军事、外交、语言、文化等,其中文化、文学的交流更为密切。通过韩国古典散文的研究,我们可以发现中韩文化交流的特有的方式和途径,如韩国古代出使中国的使者留下的关于出使的纪行,以及他们眼中的中国风土人情等,为我们了解中国当时的社会情况等提供了域外的视角。再如,韩国古代出使者购买了大量书籍,他们在序文、记文、书札等散文中都有记载,对我们了解当时的书籍交流及书目文献等提供了宝贵的文献资料。

第一章　高丽朝散文与中国文化的关联

高丽朝（918—1392年）在政治、经济、文化等领域都取得了辉煌的成就，为了巩固统治，高丽王朝积极向中国学习，汉文化得到了空前普及。徐居正《东人诗话》指出："高丽光显以后，文士辈出，词赋四六秾纤富丽，非后人所及。"[1]高丽时期代表作家主要有金富轼、林椿、郑知常、李仁老、李奎报、李齐贤、李穑、郑梦周等人，此时期的文学作品散佚严重，现有文集传世的大约有30种，包括李仁老《破闲集》、林椿《西河集》、李奎报《东国李相国集》、崔滋《补闲集》、李齐贤《栎翁稗说》、李穑《牧隐集》、郑梦周《圃隐集》等，共存诗2万余首、文4000多篇。

高丽时期是朝鲜文学史上各种文体确立的时期，汉文诗歌是众多文体中最受重视的，取得了突出的艺术成就。除诗歌外，"散文也是古文、骈文、赋、应用文等凡中国散文文体无所不有，而且技巧娴熟，水平很高，小品文的成就尤其令人瞩目。《三国史记》确立了史书的体式，在此基础上专门的传记文学也兴盛起来"[2]。本章选取金富轼、林椿、李奎报、李穑等的散文作为论述对象，探讨其与中国文化的关联。

---

[1] 蔡美花、赵季主编：《韩国诗话全编校注》（第1册），人民文学出版社2012年版，第197页。
[2] 李岩、徐健顺：《朝鲜文学通史》（上），社会科学文献出版社2010年版，第265页。

第一节　金富轼散文与中国文化的关联

金富轼（1075—1151年），字立之，号雷川。高丽文学家、史学家、政治家。高丽肃宗元年（1096年），金富轼科举及第，步入仕途，时年22岁，历官政堂文学、参知政事、平章事、集贤殿大学士等。他曾经三次出使宋朝，出色地完成了出使任务。高丽仁宗二十三年（1145年），金富轼奉命撰修国史，他借鉴、学习中国纪传体史书的编纂体例、原则等进行本国史书的编写，后完成《三国史记》一书。该书是朝鲜历史上出版、刊行的第一部、也是最早的"正史"。《三国史记》共五十卷，较为详尽、系统地记载了新罗、高句丽、百济等的历史。金富轼还参与编纂了《睿宗实录》《仁宗实录》等，其个人文集已散佚，只有若干诗歌、古文被朝鲜朝初期徐居正收录于其所编选的《东文选》之中。

一　赋作蕴涵的中国文化因子

金富轼作有《仲尼凤赋》《哑鸡赋》两篇赋作，收录于徐居正所编《东文选》中。这两篇赋作与中国文化有着密切关联，如《仲尼凤赋》：

> 仲尼乃人伦之杰，凤鸟则羽族之王。句其名之稍异，含厥德以相将。慎行藏于用舍之间，如知出处。正礼乐于陵迟之后，似有文章。夫子志在《春秋》，道屈季孟。如非仁智之物，孰肖中和之性。相彼凤矣，有一时瑞世之称。此良人何？作百世为师之圣。于以其文炳也，吾道贯之。扬德毛而出类，掀礼翼而聘时。金相玉振之嘉声，八音逸响。河目龟文之伟表，五彩雄姿。斯乃祖述宪章，东西南北。跄跄乎仁义之薮，翔翔乎《诗》《书》之域。过宋伐树，应嫌栖息之危。在齐闻《韶》，若表来仪之德。则知非形之似，惟智所宜。游于艺而不游于雾，至于邦而不至于歧。受饶瓦甂，乃是不贪之食。兴儒缝掖，那云何德之衰。盖进退闲如，屈舒鶱彼。程公倾盖兮，谅以不似；伯鲤趋庭兮，堪云有子。乐称尧

第一章 高丽朝散文与中国文化的关联

舜,归好生恶杀之时。无道桓文,远毁卵覆巢之里。

於戏!岩岩德义,皓皓威仪。高尼山之岐巍,非丹穴之栖迟。衰周之七十诸侯,鸥枭竞笑。阙里之三千子弟,鸟雀相随。小儒青毡早传,镂管未梦。少年攻章句之雕篆,壮齿好《典》《谟》而吟讽。钻仰遗风,勃深期于附凤。①

从题目"仲尼凤"以及开篇几句可知,作者是有意把孔子与凤凰作类比。文章高度评价了孔子的品行及儒家思想主张,比如孔子正礼乐、修《春秋》、推行仁政、尊崇尧舜、教导儿子孔鲤等。同时,对当时诸侯国人对孔子的讥讽给予谴责,认为他们如同"鸥鹙"般目光短浅。文章表达了对孔子的敬仰以及追随孔子的愿望。

《仲尼凤赋》最大的特点是大量引用中国文化典故,使说理、叙述更为形象、生动。通过考察,《仲尼凤赋》运用中国文化典故主要表达了以下几种思想内涵:

第一,借用典故,赞扬孔子文采的超绝、相貌的与众不同。"金相玉振之嘉声,八音逸响"句中"金相玉振"即"金相玉质",出自后汉王逸《楚辞章句序》"所谓金相玉质,百世无匹,名垂罔极,永不刊灭者矣"②。在此借指孔子的文章无论是内容还是形式都趋近完美。文章在前面已经设置了伏笔,"相彼凤矣,有一时瑞世之称"的是怎样的一个人,人们世世代代把他当做圣人?这个人"于以其文炳也,吾道贯之",从文学创作的角度赞颂了孔子。"河目龟文之伟表"典出南朝梁刘峻《辨命论》"河目龟文,公侯之相",古时指公侯不寻常、出众的相貌,此处指孔子相貌与众不同,有公侯的仪表。关于孔子的相貌,《史记·孔子世家》云:"生而首上圩顶,故因名曰'丘'云"③,圩顶,即头顶骨中间低而四边高,可知相貌确实是与众

---

① 于春海主编:《古代朝鲜辞赋解析》(一),商务印书馆2013年版,第9—10页。
② 郭绍虞主编:《中国历代文论选》(第1册),上海古籍出版社2001年版,第150页。
③ (西汉)司马迁著,韩兆琦评注:《史记》(二),岳麓社2012年版,第754页。

不同。

第二，运用典故，表达对孔子为政思想的推崇。"斯乃祖述宪章，东西南北"出自《礼记·中庸》"仲尼祖述尧、舜，宪章文、武"①，孔子推崇尧、舜之道，又效法周文王、周武王之制。孔子以尧舜之道、文武之制到处游说，在探索仁义的路上奔走，在《诗》《书》等典籍中徜徉。"归好生恶杀之时"语出《孔子家语·好生》"孔子曰：'舜之为君也，其政好生而恶杀，其任授贤而替不肖'"②，舜在做天子之时，反对杀戮，主张珍爱生命。文章化用此典故表达出孔子对尧舜政治主张的推许。"在齐闻《韶》，若表来仪之德"，前句典出《论语·述而》，孔子在齐国听《韶》乐，好长时间吃肉都感觉不出什么滋味。"来仪之德"化用"有凤来仪"，《尚书·益稷》云："《箫韶》九成，凤皇来仪。"③箫韶之曲连续演奏，凤凰也随着乐曲声翩翩起舞。文章化用这两个典故，意在说明《韶》乐为德乐，像表达有凤来仪的德行一样。这也是孔子尊崇《韶》乐的主要原因之一。"游于艺而不游于雺"语出《论语·述而》"志于道，据于德，依于仁，游于艺"④，"艺"包括礼、乐、射、御、书、数等"六艺"。"至于邦而不至于歧"语出《论语·学而》，子禽与子贡交谈，知道孔子每到一个地方就能了解到该地的政事。文章这两句话是说，孔子专心于学习"六艺"而不沉迷于虚妄之事，在邦国聆听政事而不在歧路闻听哀乐。

第三，借用典故，称颂孔子的品性与教育方式。"程公倾盖兮"语出《孔子家语·致思》"孔子之郯，遭程子于涂，倾盖而语，终日甚相亲"⑤，金富轼在文中化用此典故，体现出孔子以真心去交友、坦诚相待的谦逊态度。"伯鲤趋庭兮"典出《论语·季氏》，陈亢曾向孔子之子伯鱼问其父是否有特别的教诲给伯鱼，伯鱼回答"未也。尝

---

① 陈戌国：《礼记校注》，岳麓书社2004年版，第422页。
② （魏）王肃注：《孔子家语》，上海古籍出版社1990年版，第25页。
③ 周秉钧注译：《尚书》，岳麓书社2001年版，第32页。
④ 杨伯峻译注：《论语译注》（简体字本），中华书局2006年版，第76页。
⑤ （魏）王肃注：《孔子家语》，上海古籍出版社1990年版，第20页。

◇ 第一章　高丽朝散文与中国文化的关联 ◇

独立，鲤趋而过庭"①，从而引出孔子教导其子学诗、学礼之事，后常以"趋庭"作为儿子接受父亲教导的代称。金富轼在文中化用这一典故，体现出孔子不仅教子有方，而且有慈爱之心。"过宋伐树，应嫌栖息之危"句典出《史记·孔子世家》："孔子去曹适宋，与弟子习礼大树下。宋司马桓魋欲杀孔子，拔其树。孔子去。弟子曰：'可以速矣。'孔子曰：'天生德于予，桓魋其如予何！'"②孔子离开曹国去往宋国，在一棵大树下和弟子们讲习礼仪。宋国司马桓魋想要杀死孔子，就拔起那棵大树。孔子离开那棵树。弟子让他赶快走，孔子说："上天把德行降生在我身上，桓魋能把我怎样？"文章化用此典，赞扬孔子不畏危险、坚持传道的精神品质。

第四，化用典故，表达对孔子的追思与仰慕之情。"小儒青毡早传"典出《晋书·王献之传》，有小偷夜入王献之的卧室，把东西快偷光了时，王献之徐声说到："偷儿，青毡我家旧物，可特置之。"③后以"青毡"为儒者"故家旧物"的代词。"勃深期于附凤"典出《后汉书·光武帝纪》："天下士大夫捐亲戚，弃土壤，从大王于矢石之间者，其计固望其攀龙鳞，附凤翼，以成其所志耳"④，后以"攀龙附凤"指依靠有权势的人成就功名。文中化用此典表达了作者要以孔子为学习对象，因为孔子道德信义威严、容止高洁，"岩岩德义，皓皓威仪"；如鸥鹑般的恶人竞相嘲笑他，但是三千多弟子却如鸟雀般追随他。

《哑鸡赋》是一篇托物讽喻的抒情小赋，文曰："岁峥嵘而向暮，苦书短而夜长。岂无灯以读书，病不能以自强。但辗转以不寐，百虑萦于寸肠。想鸡坿之在迩，早晚鼓翼以一鸣。拥寝衣而幽坐，见窗隙之微明。遽出户以遥望，参昂澹其西倾。呼童子而令起，乃问鸡之死

---

① 杨伯峻译注：《论语译注》（简体字本），中华书局2006年版，第201页。
② （西汉）司马迁著，韩兆琦评注：《史记》（二），岳麓书社2012年版，第764页。
③ （唐）房玄龄等撰，刘湘生、李扬等校点：《晋书》（下册），岳麓书社1997年版，第1398页。
④ 陈芳译注：《后汉书》，中华书局2016年版，第23页。

生。既不羞于俎豆,恐见害于狸狌。何低头而瞑目,竟缄口而无声。《国风》思其君子,叹风雨而不已。今可鸣而反然,岂不违其天理。与夫狗知盗而不吠,猫见鼠而不追。校不才之一挼,虽屠之而亦宜。惟圣人之教诫,以不杀而为仁。倘有心而知感,可悔过而自新。"①

作者开篇感慨岁月流逝、人生苦短,导致他无法入眠,辗转反侧。于是他披衣而起,此时已是拂晓,鸡理应报晓打鸣了,但此时的鸡却没有任何动静,静寂无声。作者赶忙呼唤童子起床,询问鸡的生死。"《国风》思其君子,叹风雨而不已"典出《诗经·郑风·风雨》,此诗描写的是,在"风雨如晦,鸡鸣不已"②的一天早上,一位女子思念情人而陷入苦恼。文中反引此典,用《风雨》中早晨鸡鸣声不停来反衬文中之鸡"缄口不声"的现象。这一现象是违背常理的事情,就如同"狗知盗而不吠,猫见鼠而不追"。"以不杀而为仁"典出《春秋公羊传》"故君子以其不受为义,以其不杀为仁"(襄公二十九年)③,君子以季子的不受君位为义,以他的反对互相残杀为仁。

《毛诗序》云:"上以风化下,下以风刺上,主文而谲谏,言之者无罪,闻之者足以戒"④,强调文学的社会功用,很多作家也借助文学作品揭露各种社会弊端,对统治者提出讽谏。刘勰《文心雕龙·诠赋》认为赋的一大功用是"体物写志",通过咏物(比如动物)抒发怀抱的赋作在中国文学史上甚众,如汉代贾谊贬谪长沙时创作《鹏鸟赋》,借与鹏鸟的一问一答表达忧愤不平之情。祢衡《鹦鹉赋》劝鹦鹉实是自劝,劝自己实是抒泄自己内心的悲慨。"咏物赋'体物写志'之要在'托喻',所谓'托喻'即借物寓志。"⑤《哑鸡赋》此文亦体现出"主文而谲谏"、借物寓志,文章表面是描写"哑鸡"这一

---

① 于春海主编:《古代朝鲜辞赋解析》(一),商务印书馆2013年版,第15—16页。
② 程俊英:《诗经译注》,上海古籍出版社2012年版,第90页。
③ 刘尚慈译注:《春秋公羊传译注》,中华书局2010年版,第498页。
④ 郭绍虞主编:《中国历代文论选》(第1册),上海古籍出版社2001年版,第63页。
⑤ 孙文起:《论汉代咏物赋的文体功能与题材特征》,《中华文化论坛》2016年第10期。

现象，实际上是对当时社会上人们不敢讲真话的畏祸心理的批评。同时提出自己的希望，"倘有心而知感，可悔过而自新"。

二 《百结先生传》与陶渊明《五柳先生传》之比较

《三国史记》分本纪（二十八卷）、志（九卷）、年表（三卷）、列传（十卷）四体，约二十七万字，记述了新罗、百济、高句丽三国的史事。《三国史记》的体例、文笔都模仿司马迁《史记》，金富轼也因此被称为"高丽的司马迁"。《三国史记》具有很高的文学价值，主要体现在"列传"部分，韦旭升《朝鲜文学史》指出："高丽时期散文方面最重要的文学遗产之一是一系列的人物传记。其中，古代（三国时期）的历史人物的传记主要是金富轼编写的。"①《三国史记》的人物列传塑造了一系列个性突出的人物形象，在形象性、故事性、细节描写等方面都受到中国文学的影响，如《百结先生传》一文，"于平淡中见新奇，颇似陶渊明的《五柳先生传》"②。下面将《百结先生传》与《五柳先生传》作对比分析，以见其对中国文化的接受。

百结先生传　　金富轼

百结先生，不知何许人。居狼山下，家极贫，衣百结，若悬鹑，时人号为东里百结先生。尝羡荣启期之为人，以琴自随，凡喜怒悲欢不平之事，皆以琴宣之。

岁将暮，领里春粟，其妻闻杵声曰："人皆有粟春之，我独无焉，何以卒岁？"先生仰天叹曰："夫死生有命，富贵在天，其来也不可拒，其往也不可追，汝何伤乎？吾为汝作杵声以慰之。"乃鼓琴作杵声。世传之，名为"碓乐"。③

五柳先生传　　陶渊明

先生不知何许人也，亦不详其姓字。宅边有五柳树，因以为

---

① 韦旭升：《朝鲜文学史》，北京大学出版社1986年版，第149页。
② 陈蒲清：《略说韩国古典散文与中国古典散文之联系》，《长江学术》2006年第1期。
③ 陈蒲清、[韩]权锡焕：《韩国古典文学精华》，岳麓书社2006年版，第219页。

号焉。闲靖少言，不慕荣利。好读书，不求甚解，每有会意，便欣然忘食。性嗜酒，家贫不能常得，亲旧知其如此，或置酒而招之。造饮辄尽，期在必醉，既醉而退，曾不吝情去留。环堵萧然，不蔽风日。短褐穿结，箪瓢屡空，晏如也。常著文章自娱，颇示己志。忘怀得失，以此自终。

赞曰：黔娄之妻有言："不戚戚于贫贱，不汲汲于富贵。"极其言，兹若人俦之乎？酬觞赋诗，以乐其志。无怀氏之民欤？葛天氏之民欤？[1]

金富轼《百结先生传》与陶渊明《五柳先生传》有很多相似的地方，值得我们进行深入的思考与研讨。

首先，对文中主人公身份背景、性格爱好等的交代很相似。两篇文章对主人公背景的交代均没有道出姓氏、籍贯、世系等，"百结先生，不知何许人"（《百结先生传》）、"先生不知何许人也，亦不详其姓字"（《五柳先生传》），身份、地位、知识背景等都是模糊的。百结先生、五柳先生二人取号的原因是相同的，都是因外物而得。百结先生贫困潦倒，"衣百结，若悬鹑，时人号为东里百结先生"。"悬鹑"典出《荀子·大略篇》"子夏贫，衣若县鹑"[2]，鹑鹑毛斑尾秃，似披敝衣，后以"悬鹑"喻衣服破烂。五柳先生是"宅边有五柳树，因以为号"。

百结先生、五柳先生都有着较为鲜明的性格特点。百结先生淡然于世，安贫乐道，他强调顺应自然，不强求、不奢求，从他与妻子的对话可见一斑。五柳先生娴静少语，不慕荣利，满足于现状。百结先生、五柳先生的兴趣、爱好也都有雅士的风采，百结先生喜好弹琴，把自己的情绪通过弹琴表达出来。五柳先生爱好读书、饮酒，还有写作文章。五柳先生读书却"不求甚解"，饮酒又"期在必醉"，写作文章也只是为"自娱""示己志"而已。

---

[1] 袁行霈：《陶渊明集笺注》，中华书局2011年版，第344—345页。
[2] 方勇、李波译注：《荀子》，中华书局2011年版，第464页。

第一章 高丽朝散文与中国文化的关联

其次，两篇文章在谋篇布局、句式选择、语言运用等方面也存在相似之处。两篇文章都首尾呼应，随着故事的发展，主题不断得到深化。《百结先生传》在前半段描写百结先生虽然穷困潦倒但又能安贫乐道，他敬仰贤士，以琴为乐；后半段叙述百结先生与妻子的对话，"死生有命"几句话不仅照应了前面关于百结先生贫穷的描写，更深化了对其安贫乐道形象的刻画，而且升华了他高贵的品格。《五柳先生传》前半部分介绍五柳先生"不慕荣利"，读书"不求甚解"，饮酒必醉，写文章自娱。后面利用"赞"对传主五柳先生进行评说，他淡泊名利，悠然自得。首尾呼应，突出了传主五柳先生的性格特点。

带"不"字的否定句的使用是两篇文章在句式上突出的特点，"不"字堪称两篇文章的文眼。钱钟书在《管锥篇》中指出《五柳先生传》"'不'字为一篇眼目"①，《五柳先生传》运用"不"字达九处，《百结先生传》使用"不"字有四处。《五柳先生传》使用九个"不"字，概括地刻画出传主的人品、志趣等，展现出文人的清高、淡泊。《百结先生传》运用四个"不"字，刻画出一位安贫乐道的隐士形象。

两篇文章在语言运用上精炼地道，不拖泥带水。有别于一般传记描写人物生平、事迹等的大肆铺张、渲染，二文都惜墨如金，作者尽可能地使语言准确鲜明而又富有概括性。《百结先生传》写百结先生的生活境况时仅用了三个短句共九个字，"家极贫，衣百结，若悬鹑"，便让读者感受到了百结先生的贫穷。"百结""悬鹑"二词的使用形象生动，力透纸背。陶渊明用"闲靖少言"四个字刻画五柳先生的性格特征，用"不慕荣利"四字写其思想境界，同样取得了"以少总多，情貌无遗"的艺术效果。

两篇文章亦有诸多不同之处。首先，一为他传，一为自传，导致作品的思想深度不同。《百结先生传》是《三国史记》中的一篇人物传记，刻画了一位安贫乐道的隐士形象，但无史书可考，明显是一篇

---

① 钱锺书：《管锥篇》（第四册），中华书局1979年版，第264页。

他传。《五柳先生传》是陶渊明托名五柳先生而作的一篇自传,"尝著《五柳先生传》以自况""时人谓之实录"(《晋书·陶潜传》①),五柳先生就是陶渊明的化身。两篇文章体式的不同,导致《五柳先生传》比《百结先生传》在思想主题的表达上更加突出、深化。从陶渊明的诗文中可以为《五柳先生传》中话语找到相应的注脚,比如:五柳先生爱好读书,达到了"欣然忘食"的程度,现实中的陶渊明亦是如此:"少学琴书,偶爱闲静,开卷有得,便欣然忘食。"(《与子俨等疏》②)五柳先生一直无忧无虑的生活,颇似上古盛世时期的无怀氏、葛天氏之民,陶渊明也向往、追求上古社会的理想生活:"黄唐莫逮,慨独在余"(《时运》③)、"羲农去我久,举世少复真"(《饮酒》④),"黄唐"指上古的黄帝、唐尧时期,"羲农"指伏羲氏、神农氏时期,都是传说中上古时期的理想社会。可以看出,自传相比他传会倾注作者更多的主观情感。

其次,二文虽都运用典故,表达出不同的思想意蕴。《百结先生传》"其来也不可拒,其往也不可追"两句话,典出《论语·微子篇》:"楚狂接舆歌而过孔子曰:'凤兮凤兮!何德之衰?往者不可谏,来者犹可追。已而,已而!今之从政者殆而!'"⑤楚狂接舆所言之语的意思是,过去逝去的是无法挽回、弥补的,但未来的还是可以努力争取的。百结先生与妻子的对话,前一句"其来也不可拒"和楚狂接舆"往者不可谏"的意思相似;但后一句"其往也不可追"与楚狂接舆"来者犹可追"的意思则正好相反,主要因为交谈的对象和所处的环境有所不同。百结先生是针对妻子问话的答语,表达出他安贫乐道的美好品质;楚狂接舆的话是遇到孔子之后所言,是对孔子的一种讽刺。再如"尝羡荣启期之为人"(《百结先生传》)一句,荣启

---

① 袁行霈:《陶渊明集笺注》,中华书局2011年版,第420、421页。
② 袁行霈:《陶渊明集笺注》,中华书局2011年版,第362页。
③ 袁行霈:《陶渊明集笺注》,中华书局2011年版,第6页。
④ 袁行霈:《陶渊明集笺注》,中华书局2011年版,第197页。
⑤ 杨伯峻译注:《论语译注》(简体字本),中华书局2006年版,第218页。

第一章　高丽朝散文与中国文化的关联

期是春秋时期的一位隐士，他不仅精通音律，又博学多才。荣启期曾与孔子在郕之野相遇，他告诉孔子自己得到了"三乐"："天生万物，唯人为贵；而吾得为人，是一乐也。男女之别，男尊女卑，故以男为贵；吾既得为男矣，是二乐也。人生有不见日月、不免襁褓者，吾既已行年九十矣，是三乐也。"（《列子·天瑞》）[①] 后世诗文常把荣启期作为高士加以引用、称颂，如陶渊明《饮酒》（其二）："九十行带索，饥寒况当年。不赖固穷节，百世当谁传。"[②] 百结先生引用这一典故，传达出甘于安贫乐道的思想。

《五柳先生传》"不戚戚于贫贱，不汲汲于富贵"两句典出汉代刘向《列女传》，黔娄，春秋时期鲁国人，他不愿意出仕，清贫自守。他死后，曾子去吊丧，询问黔娄的妻子以什么作谥号，黔娄之妻回答谥号"康"。曾子认为黔娄在活着的时候吃不饱、穿不暖，死后也没办法好好敛葬，怎么能这么高调地谥号"康"呢。黔娄之妻说："彼先生者，甘天下之淡味，安天下之卑位。不戚戚于贫贱，不忻忻于富贵。求仁而得仁，求义而得义。其谥为康，不亦宜乎？"[③] 陶渊明化用此典表达出他想要归隐田园、独善其身的愿望。

"无怀氏之民欤？葛天氏之民欤？"句中的"无怀氏"与"葛天氏"都是传说中的上古帝王。传说在他们的治理之下，社会安定，民风淳朴，人民安居乐业。《庄子·胠箧》描述了无怀氏时代的社会状况："当是时也，民结绳而用之，甘其食，美其服，乐其俗，安其居，邻国相望，鸡狗之音相闻，民至老死而不相往来。"[④] 陶渊明运用此典故，主要想称赞五柳先生生活的时代是理想的社会形态，那时候人民安居乐业，这也是陶渊明理想中的精神家园，典故的运用升华了文章的思想主题。

[①] 叶蓓卿译注：《列子》，中华书局2011年版，第13—14页。
[②] 袁行霈：《陶渊明集笺注》，中华书局2011年版，第169页。
[③] 袁行霈：《陶渊明集笺注》，中华书局2011年版，第347页。
[④] 陈鼓应注译：《庄子今注今译》（最新修订重排本），中华书局2009年版，第262页。

第二节　林椿散文与中国文化的关联

林椿（生卒年不详），生活时间大致在高丽时期毅宗（1147—1170年在位）和明宗（1171—1197年在位）年间。他出生于官宦之家，祖父林仲平、父亲林光庇都曾在朝廷为官。到林椿时，因武臣政变，家道衰落。《高丽史》卷十五《列传》载："椿，字耆之，西河人。以文章鸣世，屡举不第。郑仲夫之乱，阖门遭祸，椿脱身仅免，卒穷夭而死。仁老集遗稿为六卷，目曰《西河先生集》，行于世。"①林椿的创作、学养得到了后人一致的赞誉，高丽朝李仁老曰："先生文得古文，诗有骚雅之风骨，自海而东，以布衣雄世者一人而已"（《西河先生集序》②），朝鲜朝崔锡鼎言："林西河耆之先生，生负绝艺，大鸣于世，文苑之评，谓得苏长公风格。"（《林西河集重刊序》③）林椿的散文蕴涵着丰富的中国文化因素，取得了很高的艺术成就。

一　引经据典，以中国文化典故作为论据

按高丽科举制度，像林椿这样的功勋之后可以不经过科考而进入官场。但以才华自恃的林椿并没有选择这种方式，他并不想借助父亲林光庇的权势而走上仕途，他在给友人的信中袒露了自己的心境："仆自幼不好他技，博奕投壶、音律射御，一无所晓。唯读书学文，欲以此自立。"（《与王若畴书》④）别无他好、只嗜好读书为文的林椿，希望凭借自己的才华扬名显身："而耻籍门户余荫，以干仕宦，

---

① ［朝］郑麟趾等：《高丽史》，首尔大学校奎章阁馆藏本。
② ［朝］林椿：《西河集》，韩国民族文化推进会编《影印标点 韩国文集丛刊》（第1辑），景仁文化社1995年版，第209页。以下所引韩国古代文人别集，如无特别标注，均出自《影印标点 韩国文集丛刊》（简称《丛刊》），出版社相同，不再一一标注；出版年份不同，各自标注。
③ ［朝］崔锡鼎：《明谷集》（《丛刊》第153辑），1999年版，第580页。
④ ［朝］林椿：《西河集》（《丛刊》第1辑），第244页。

故先君柄用时,岂求取禄利、以为己荣哉?"但现实是残酷的,林椿参加了两次科举考试均落榜。

古代士子在参加科举考试之前,常常写作诗文,向朝廷权贵推荐自己,曲折地表露心迹,称为"行卷"。高丽时期参加科考的士子也常常通过写诗文给当时的权贵、名流,希望得到赏识、推荐。林椿也曾多次向一些掌管科举考试的官员或社会名流推介自己,如他写给李知命的《上李学士知命》,实质就是一封自荐信。李知命,高丽时期毅宗、明宗年间重臣,曾任尚书右丞、右谏议大夫、政堂文学、太子少傅等职,多次掌管科举考试,选拔出李奎报、俞升旦、赵冲、韩光衍等大批人才。

林椿在信中把自己比作埋于豫章丰城的宝剑干将、莫邪,等待识剑之士雷焕早日出现。

> 夫镆铘干将者,天下之至宝也。埋于豫章丰城之地,常有紫气冲斗牛间,而莫有知者。及雷焕登楼而仰观,然后掘而得之,乃拭以南昌之土而光芒艳发,视之者无不骇然眩目矣。设使焕而不知,则天生神物,其终埋没,而几乎不获见宝于世矣。今仆之在寒乡冰谷中也久矣,虽往往有冤气上彻于天,而世无雷焕者望而知之。则其眩目之光艳,无所复发矣。可不惜乎?是以,敢饰其孟浪谬悠之言,区区以列于左右。①

干将是传说中著名的铸剑大师,与另一位铸剑大师欧冶子齐名。《吴越春秋》《搜神记》《越绝书》等都记载了干将铸剑的故事。吴王阖闾命令干将铸剑,但铁石无法熔化,剑铸造不成。干将的妻子莫邪为使剑能成功铸造,飞身跃入剑炉。于是铁英熔化,宝剑铸成,命名为干将、莫邪。后世常以干将、莫邪为宝剑的代称。雷焕,东晋人,曾为丰城县令。《晋书·张华列传》载:雷焕精通谶纬天象,与张华

---

① [朝]林椿:《西河集》(《丛刊》第1辑),第238页。

登楼仰观天象，发现斗星、牛星之间有紫气冲天，雷焕说有宝剑在豫章丰城，张华于是补雷焕为丰城令。雷焕到丰城后，在监狱尾基下挖出龙泉、太阿两把宝剑。

林椿认为自己有济世之才，如同宝剑干将、莫邪，但一直在"寒乡冰谷"之中而无法施展，渴望能有雷焕这样的识才之伯乐发现自己、任用自己。林椿在信中用形象、生动的语言描述自己的才学、品性等。

> 仆尝于造化炉锤间，受百炼精刚之气，而阴阳资其质，五行成其体，二十八宿罗其胸襟，然后禀灵以生，首出利物焉。以德道为铗、仁义为锋，以智勇为锷，包之以言行之鲠亮，饰之以文章之英丽，柙而藏之，所以保其身而明哲也。持而行之，所以应其时而能用也。砥砺以名节，淬磨以学问。上可以决浮云，下可以绝地维。举之无前，斡之无旁，天地之内，指挥而无所碍矣。①

林椿认为自己在学识、才能、道德、品质、实践等方面都有着突出的特点，是一把宝剑。但再好的宝剑也需要雷焕这样的识剑之士，如果没有雷焕这样的人存在，那么宝剑将会被埋没。林椿在字里行间赞扬李知命定会像雷焕那样善于发现人才，因为"有非常之器者"需要有非常之人，"掘而发之，刺其垢磨其光，则一日而其资露，二日而其光发，三日而其真貌睹"，从而"立非常之功"。作者对雷焕式的人物充满期许，希望李知命能伯乐识人发现自己。

希望能被赏识，能得到有识才之人相助是林椿一直的渴求，他曾多次引用这类事典来表达自己的想法，"赵胜之门，虽未作请行之毛遂。孔融之表，邃已为被荐之祢衡。毫发身轻，丘山恩重"（《谢金少卿启》②），此处引用了两个典故：一是毛遂自荐于平原君赵胜，出

---

① ［朝］林椿：《西河集》（《丛刊》第1辑），第238页。
② ［朝］林椿：《西河集》（《丛刊》第1辑），第263页。

第一章 高丽朝散文与中国文化的关联

使楚国，促成楚、赵合纵，获得了"三寸之舌，强于百万之师"的美誉；二是孔融向曹操推荐好友祢衡。自荐需要有能赏识的人、有知己才有意义：

> 伏念某，一曲之士，三尺之童，弧矢射天地四方，早怀壮志，锦绣为心肝五藏。未负奇才，久对扬黄卷之圣贤，犹未得青云之歧路。伤足泣泪，自贻献宝之疑。斲鼻成风，谁识运斤之巧。我辰安在，自进诚难。以此痛心，不遑宁处。虽将寸管，愿瞻乐广之云天。犹冒覆盆，未睹仲尼之日月。（《谢金少卿启》①）

"斲鼻成风，谁识运斤之巧"典出《庄子·杂篇·徐无鬼》，庄子送葬，经过惠子的墓地，他对身边跟从的人讲了一则故事："郢人垩漫其鼻端，若蝇翼，使匠石斲之。匠石运斤成风，听而斲之，尽垩而鼻不伤，郢人立不失容。宋元君闻之，召匠石曰：'尝试为寡人为之。'匠石曰：'臣则尝能斲之。虽然，臣之质死久矣。'自夫子之死也，吾无以为质矣，吾无与言之矣。"②庄子以石匠的故事表达了知音难求及对好友怀念的心情，慨叹惠子死后，他再没有可以谈话的知己了。林椿引此典要表达的是，没有真正识得自己才华的人，如同庄子痛惜好友惠子之死一般。林椿又引用了乐广的典故，乐广（　—304），字彦辅，西晋名士。出身寒门，早年即有重名，受卫瓘、王戎、裴楷等人欣赏，得以步入仕途。历任元城令、中书侍郎、太子中庶子、侍中、河南尹以及尚书左、右仆射等职，又代王戎为尚书令，被后人称为"乐令"。卫瓘曾称赞他"此人之水镜，见之莹然，若披云雾而睹青天也"③。林椿希望能得到赏识，如同见到乐广一样，拨开乌云见到太阳。但自己犹如顶着覆盆，无法沐浴到圣人孔子的光芒。

---

① ［朝］林椿：《西河集》（《丛刊》第1辑），第263页。
② 陈鼓应注译：《庄子今注今译》（最新修订重排本），中华书局2009年版，第685页。
③ （唐）房玄龄等撰，刘湘生、李扬等校点：《晋书》（上册），岳麓书社1997年版，第802页。

"覆盆"语出晋葛洪《抱朴子·辩问》"是责三光不照覆盆之内也"①，谓阳光照不到覆盆之下，后喻社会黑暗或无处申诉的沉冤。

然而林椿的愿望并没有实现，他始终没有得到进阶的机会，仍然艰难度日、贫困潦倒。他反思自己怀才不遇、不受重用的原因，求人自荐是其中之一："夫富商之居于廛肆也，藏珍货而候求者之自至，问其直则有高之以五万者，然亦得而售焉。及持其珍货而家至户历，以自号于道途曰：吾将市此矣。则虽五万之直，必低昂铢两而其直愈卑，然亦不能售者，彼不求我而我自求售也。士之于人亦然。"(《上吏部李郎中纯佑荐徐谐书》)② 林椿将有才华而等待被任用的学士，比作在集市上藏珍宝而等待买家的商人。这些货物中有价值万贯者，货主携货走街串巷叫卖，"低昂铢两"，故意压低价格以便早日出手；但适得其反，价格越低越是卖不出去。林椿于此推理出科考求荐的士子亦然，"虽怀奇蕴异之士，苟不负其能而自重，欲求市于当世，则望愈卑才亦不售矣，其势然也"(《上吏部李郎中纯佑荐徐谐书》)③。

《上吴郎中启》是林椿写给吴启的一封信，全文一千五百余字，几乎全篇用典，引用中国历史、文化典故达近百处，显示出林椿对中国历史、文化的熟谙；同时这些典故的运用也使他的表达、诉求显得合情合理。如开篇曰：

> 行也命废也亦命。虽安吾道之穷，伸于知屈于不知，尚冀仁人之造，肆刳肝而沥恳，代执贽而为仪。窃惟贤士之方处于贫穷，固无爵而自贵，大人之所尊者道德，宜以礼而必谦。惟不为位貌之矜严，然后彰功业之炟赫。子夏在西河之上，文侯拥彗而行。邹生居忝谷之阴，昭王陪乘而待，曹参迎盖公于堂下，刘备顾葛亮于庐中，陈平致长者之车，安道拒大宰之使，历见非常可喜之事，未尝自屈以干于人。然苟非借誉于青云，又安得施名于

---

① 王明校释：《抱朴子内篇校释》，中华书局1986年版，第229页。
② [朝] 林椿：《西河集》(《丛刊》第1辑)，第241页。
③ [朝] 林椿：《西河集》(《丛刊》第1辑)，第241页。

◇ 第一章 高丽朝散文与中国文化的关联 ◇

后代，冯谖从孟尝而为客，洒悲弹铗之歌。毛遂见平原而请行，自喻处囊之颖。荀或东京之高士也，与李膺而为驭。陆机南国之词人也，投马颖而为臣。逸少谒朱颛而知名，公回因虞喜而延誉。况下于古人数等，必求其知己大贤。①

为了知晓林椿之用意，下面一一梳理文中所提及人物的主要事迹。卜商申字子夏，孔子弟子，曾居河西，魏文侯聘其为师。燕昭王招揽人才，建黄金台，齐人邹衍自齐投奔而来。曹参为相之时，用盖公之术，使齐国安定。刘备三顾诸葛亮于草庐。"长者之车"典出《史记·陈丞相世家》。汉丞相陈平小时候家境贫寒，以破席为门，却有很多长者乘车去拜访他。后来用"长者车""长者辙"等指前来寻访或相送的长者车马，表达对贫寒而有才者的歌咏。戴逵字安道，太宰、武陵王晞听闻他善鼓琴，使人召之，"逵对使者破琴曰：'戴安道不为王门伶人！'"② 齐人冯谖为孟尝君门客，不受重视。冯谖三弹其铗而歌，提出三个要求，孟尝君一一满足，冯谖后为孟尝君"烧债契市义""狡兔三窟"，辅佐孟尝君夺回相位。（《战国策·齐策四》）平原君曾言有才能的人在世上，就好像锥子在布袋里，它的尖部立刻就显现出来。（《史记·平原君虞卿列传》）后常以"处囊"比喻一个人的才智得到机会便显露出来，毛遂就是其中典范。荀爽（按：原文误作荀或）曾经去拜访李膺，并为李膺赶车，回来后非常高兴，可见李膺被人敬慕的程度。成都王司马颖曾救过陆机，后陆机感念司马颖的救命之恩，投靠了司马颖，任平原内史，后世遂称陆机为"陆平原"。王羲之字逸少，13岁时曾去拜见晋代名士周颛。周颛觉得王羲之与众不同，在众客人还没有吃时，先把牛心肉给了王羲之，于是人们知道了王羲之的名字。杨方字公回，少好学，有奇才，经当时东晋名士虞喜称誉，名震一时。

---

① ［朝］林椿：《西河集》（《丛刊》第1辑），第264页。
② （唐）房玄龄等撰，刘湘生、李扬等校点：《晋书》（下册），岳麓书社1997年版，第1643页。

这段文字所引都是士子受礼待或士子因受举荐而最终发迹的典故，这也是林椿一直希望能遇到或者可以发生在自己身上的事。因为自己就如同那些历史人物一样，勤学苦读，"早乐父兄之训，切勤翰墨之功，童而习之纷如，谩自勤于昼夜"（《上吴郎中启》）。但由于没有遇到真正的伯乐，自己又"宁误身于儒冠，耻藉荣于门荫"（《上吴郎中启》），所以蹉跎至今，受到世人的不解、唾弃。但是"燕雀焉知鸿鹄志四海九州，骐骥不与驽骀争一日千里"（《上吴郎中启》），"燕雀"句典出《史记·陈涉世家》，"骐骥"句典出《荀子·劝学》。林椿对于他人的不解是不屑的，自己甘心"慨然抱璞，翘以待求"（《上吴郎中启》）。在他看来，这些人就如同燕雀、驽马，是不知道鸿鹄之志、骐骥能一日千里的。

二 "文气"观、"诗乐"观

林椿作为高丽文坛大家，对文学发展有着深刻的体悟、认识，他关于"文气""诗乐"等诗学理论命题的阐释颇具理论意义。

（一）"文气"观，探讨文学创作与"气"的关系

自曹丕将"气"引入文学批评中，"文"与"气"的关系就成了历代诗家重点探讨的问题之一。曹丕《典论·论文》曰："文以气为主，气之清浊有体，不可力强而致。"[1] 刘勰、韩愈、苏辙等人在继承曹丕"文气"观的基础上又有所创见，如刘勰《文心雕龙·体性》篇分文章风格为典雅、远奥等八种，并指出这几种文风都是因作家不同的才、气、学、习而形成，作家的气是根本性的。韩愈《答李翊书》也论及文气和作家道德修养的关系，韩愈认为作家的思想道德如果得到提高，培养出旺盛的正气或浩然之气，文章也就可以写好了。苏辙认为"文不可以学而能，气可以养而致"[2]，为文应该追求疏宕平淡的文风、抒发不平之气。

---

[1] 郭绍虞主编：《中国历代文论选》（第1册），上海古籍出版社2001年版，第158页。
[2] （宋）苏辙著，何新所注译：《唐宋名家文集·苏辙集》，中州古籍出版社2013年版，第42页。

第一章 高丽朝散文与中国文化的关联

韩国古代文论也频繁讨论"文"与"气"的关系，如高丽李奎报《论诗中微旨略言》曰："夫诗以意为主，设意尤难，缀辞次之。意亦以气为主，由气之优劣，乃有深浅耳。然气本乎天，不可学得。故气之劣者，以雕文为工，未尝以意为先也。"①李奎报突出了"气"在创作中的重要意义，但也走上了形而上的道路，他认为"气"本于天，人是不可学得的。崔滋《补闲集》云："诗文以气为主，气发于性，意凭于气，言出于情，情即意也。"②崔滋认为"气"是文学创作的动力。李奎报、崔滋关于"文气"关系的论述，过于理论化，没有具体的指向性，这必然会增加理解的难度，也不利于学习者学习。

林椿也探讨了文学创作与"气"的关系，兼具理论价值与现实指导意义。他在《上李学士书》《上按部学士启》等文章有所论述：

> 文之难尚矣，而不可学而能也。盖其至刚之气，充乎中而溢乎貌，发乎言而不自知者尔。苟能养其气，虽未尝执笔以学之，文益自奇矣。养其气者，非周览名山大川，求天下之奇闻壮观，则亦无以自广胸中之志矣。是以，苏子由以为于山见终南、嵩、华之高，于水见黄河之大，于人见欧阳公、韩大尉，然后为尽天下之大观焉。(《上李学士书》③)

> 文以气为主，动于中而形于言，非抽黄对白以相夸，必含英咀华而后妙。历观前辈，能有几人？子厚雄深，虽韩愈尚难为敌。少陵高峭，使李白莫窥其藩。圣俞身穷而诗始工，潘阆发白而吟益苦。贾岛之病在于瘦，孟郊之语出于贫。至如以李贺孤峰绝岸之奇，施于廊庙则骇矣。虽张公轻缣素练之美，犹得江山之助焉。才难不其然乎？贤者足以与此。(《上按部学士启》④)

---

① [朝]李奎报：《东国李相国全集》(《丛刊》第1辑)，第524页。
② 蔡美花、赵季主编：《韩国诗话全编校注》(第1册)，人民文学出版社2012年版，第111页。
③ [朝]林椿：《西河集》(《丛刊》第1辑)，第243页。
④ [朝]林椿：《西河集》(《丛刊》第1辑)，第268页。

25

林椿指出，文学创作是复杂而难以言说的事情，一个作家想要创作出一部作品，就必须培养出"至刚之气"，做到"充乎中而溢乎貌，发乎言而不自知"。一部优秀的文学作品，是作家内心深处刚健之气的结果。如果作家能养其气，即使没有模仿他人，文章也自然会有自己的风格，"文益自奇"。那么，如何养成这种可以使文章"自奇"的"气"呢？林椿认为需要遍览名山大川，观览天下的奇闻壮观，这样做的话，就可以"广胸中之志"了。

"苏子由以为于山见终南、嵩、华之高"以下几句化用苏辙《上枢密韩太尉书》。《上枢密韩太尉书》开篇提出养气与作文的关系，认为"以为文者，气之所形"[①]，文章是"气"的表现，进而提出总领全文的"养气"说，"文不可以学而能，气可以养而致"[②]。苏辙结合自身经历对"养气"说展开论述，他非常重视人生阅历，认为只有多接触自然界与现实社会，了解其规律和内蕴，提高认识，获得创作的灵感，才能创作出优秀的作品。林椿引此典是为了下文做铺垫，他希望能拜见"以雄文直道，独立两朝，为文章之司命"的李知命学士，"仆常愿抠衣函丈，执弟子礼，与其门人贤士大夫，然后将以退理其文"。

"文以气为主"出自曹丕《典论·论文》"文以气为主，气之清浊有体，不可力强而致"[③]，"动于中而形于言"出自《毛诗序》"情动于中而形于言"[④]。"抽黄对白"出自柳宗元《乞巧文》"眩耀为文，琐碎排偶。抽黄对白，啽哢飞走"[⑤]，"含英咀华"出自韩愈《进学解》"沈浸醲郁，含英咀华"[⑥]。林椿继承了曹丕的"文气"

---

① （宋）苏辙著，何新所注译：《唐宋名家文集·苏辙集》，中州古籍出版社2013年版，第42页。
② （宋）苏辙著，何新所注译：《唐宋名家文集·苏辙集》，中州古籍出版社2013年版，第42页。
③ 郭绍虞主编：《中国历代文论选》（第1册），上海古籍出版社2001年版，第158页。
④ 郭绍虞主编：《中国历代文论选》（第1册），上海古籍出版社2001年版，第63页。
⑤ （唐）柳宗元著，卫绍生注译：《唐宋名家文集·柳宗元集》，中州古籍出版社2013年版，第132页。
⑥ （唐）韩愈著，卫绍生、杨波注译：《唐宋名家文集·韩愈集》，中州古籍出版社2013年版，第207页。

第一章 高丽朝散文与中国文化的关联

观并有所发挥、拓展，文章开篇连续引用四个典故讨论文气关系及与之相关联的一系列问题。他认为情感在心里被触动必然就会表达为语言，语言又形成文字进而成为文学创作。文学创作、鉴赏及作品审美价值的高下应以"气"为主，不能只求语句对仗的工稳，而是要品味、体会诗文中所包含的精华。文学作品之"气"与作者之"气"也是相一致的。气有清浊之分，作者的才性、气质也有不同。先天禀赋的区别、后天的不同经历，是决定文之高下的根本原因。由此林椿指出，柳宗元的雄深，韩愈难与之相匹；杜甫的高峭，李白望尘莫及。这是禀赋不同而导致文风各异。梅尧臣之诗穷而后工，潘阆年老而愈苦吟，这是后天经历不同而使文风有异。郊寒岛瘦，也是个人气质所致；李贺的奇绝不能施于廊庙，张说的诗得江山之助而体现轻缣素练之美。

文章以气为主，如果没有"气"会变成怎样？林椿云："仆废锢沦陷，为世所笑。屏居僻邑，坐增孤陋，学不益加，道不益进，遂为庸人矣。凡作文，以气为主，而累经忧患，神志荒败，眊眊焉真一老农也。其时时读书，唯欲不忘吾圣人之道耳，假令万一复得应科举登朝廷。吾已老矣，无能为也。"（《与皇甫若水书》[①]）林椿"凡作文，以气为主"中的"气"，指作家精神气质在文学作品中的体现，"文"与作家的精神之气有着非常密切的关系，并深深影响到作品的优劣。他以切身经历、亲身感受作为事例来阐说这一观点。1170年的武臣政变改变了林椿这一类知识分子的命运，他屡试不第，过着窘迫的生活，靠朋友的救济勉强度日。在这种境况下，他的锐气日渐消磨，精神状态也大不如从前，写作文章的状态也与之前不可同日而语，即他所说的"屏居僻邑，坐增孤陋，学不益加，道不益进"。由此可见，精神气质、生活状态与文章有着密切的联系。林椿累经忧患，神志困怠。在这种状态下，自然无法创作出优秀的文学作品。尽管他没有放弃读书，但目的却是不忘圣人之道，并不是真心于文学创作。

[①] ［朝］林椿：《西河集》（《丛刊》第1辑），第245页。

(二)"诗乐"观,讨论诗歌与音乐的关系

古代诗歌与音乐有着密切的联系,大多数诗篇都是可以合乐而歌的,诗歌和音乐是相互交融、相互影响的。诗歌与音乐的关系也是历代文学批评家积极探讨的重要话题之一,如孔子曰:"吾自卫反鲁,然后乐正,《雅》《颂》各得其所。"①《尚书·尧典》:"诗言志,歌永言,声依永,律和声。"②

高丽文学以汉文学为主流,文人们学习创作汉诗汉文,但对中国古乐的认知却存在一定的困难,林椿对此有着深刻的认识,《与皇甫若水书》云:

> 仆观近古以来本朝制作之体,与皇宋相为甲乙,而未闻有以善为乐章名于世者。以为六律之不可辨,而疾舒长短、清浊曲折之未能谐也。嗟乎!此亦当世秉笔为文者之一惑也。苟曰能晓音乐之节奏,然后乃得为此,则其必待师旷之瞽然后为耶?盖虞夏之歌、殷周之颂,皆被管弦、流金石,以动天地、感鬼神者也。至后世作歌、词、调、引,以合之律吕者皆是也。若李白之乐府、白居易之讽谕之类,非复有辨清浊、审疾徐、度长短曲折之异也,皆可以歌之,则何独疑于此乎?③

林椿认为高丽文学已经取得了很高的艺术成就,与宋朝文学比美也不为过,但尚未听说有以音乐闻名于世的人存在。如果无法辨识"六音",那么就不可能知道音律的疾舒短长、清浊曲折,也就不可能写出优秀的乐章。对于音乐的不熟识,正是高丽文人的一大困惑,也一定程度上滞后了高丽文学的发展,影响了更多优秀作品的产生。但是大多数高丽文人盲目无知,都以为能知晓音乐的节奏就可以了,不需要懂得乐理。照这样的话,只有成为师旷般的乐师才能作出乐章。

---

① 杨伯峻译注:《论语译注》(简体字本),中华书局2006年版,第105页。
② 郭绍虞主编:《中国历代文论选》(第1册),上海古籍出版社2001年版,第1页。
③ [朝]林椿:《西河集》(《丛刊》第1辑),第242页。

第一章　高丽朝散文与中国文化的关联

高丽文人还是停留在"虞夏之歌、殷周之颂,皆被管弦、流金石,以动天地、感鬼神者也。至后世作歌、词、调、引,以合之律吕者皆是也"的认知世界中,没有意识到中国的乐府诗体已经发生了很大的变化,李白、白居易的乐府诗"非复有辨清浊、审疾徐、度长短曲折之异也,皆可以歌之",他们的乐府诗已经不再以是否入乐为标准了,而是一种写时事的新诗体。所以林椿鼓励皇甫沆大胆去尝试,"今又于乐章,推余刃而为之"。

林椿进一步指出:"正声谐韶濩,劲气沮金石,铿鋐陶冶,动人耳目,非若郑卫之青角激楚以鼓动妇女之心也。论者或谓淫辞艳语,非壮士雅人所为。"① 所谓"正声"即儒家所认可的"纯正之音",也指符合音律标准的乐声。儒家思想认为,文艺应该"发乎情,止乎礼",必须符合儒家的伦理道德与审美标准,为教化服务。"韶濩"指庙堂、宫廷之乐,或泛指雅正的古乐。如果用儒家认可的纯正之声来协调庙堂或宫廷之乐,那么就可以获得"动人耳目"的效果,其"劲气"可以"沮金石","铿鋐"之声可以陶冶人心。但是,也无法做到"若郑卫之青角激楚以鼓动妇女之心"。也就是说,庙堂或宫廷的音乐之美,也不如郑卫的民间之乐可以悦男女之情。同时,林椿猜想会有人认为这是"淫辞艳语,非壮士雅人所为",林椿作了形象的比喻,"然食物之有稻也粱也,美则美矣,固为常珍。至于遐方怪产,然后乃得极天下之奇味,岂异于是哉"②。稻子和高粱都是美好的食物,深受人们的喜爱,但是人们的日常饮食生活只有这两样食物是不够的,也需要杂粮特产、奇珍山货等补充、搭配,人们的口味、营养才能丰富、均衡。林椿认为庙堂之乐与郑卫等民间之乐的关系,与此是一样的道理。

诗歌和音乐有着密切的关系,文学家们必须学习音乐知识、懂得乐理,从而创作出更高水平的诗歌作品。林椿强调了音乐于诗歌的重

---

① [朝]林椿:《西河集》(《丛刊》第 1 辑),第 242 页。
② [朝]林椿:《西河集》(《丛刊》第 1 辑),第 242 页。

要意义，无疑会对高丽文坛产生一定的积极的现实意义。

三 《麴醇传》《孔方传》与韩愈《毛颖传》

高丽文坛出现了一种特殊的文体——"假传"，所谓"假传"，是以拟人化的表现手法，采用人物传记的形式，为动植物、日常用品等立传的文学形式。有学者指出："高丽王朝的假传体寓言，受韩愈《毛颖传》及《下邳侯革华传》影响至深。"[①]《毛颖传》是韩愈摹拟史传笔法为毛笔作传，用人物传记的形式写毛笔的制作、使用和最终因无用而被主人废弃。《毛颖传》传入朝鲜后受到了文人的追慕、效仿，高丽时期出现了多篇假传作品，如李奎报《麴先生传》《清江使者玄夫传》、李尤甫《无肠公子传》、慧谌《竹尊者传》《冰道者传》、李谷《竹夫人传》、李詹《楮生传》等。林椿作有《麴醇传》《孔方传》，这两篇假传与韩愈《毛颖传》相比较，存在诸多相似之处，可见其对《毛颖传》的学习与接受。

首先，《毛颖传》与《麴醇传》《孔方传》三篇文章的主角都是物品，且未使用物品的本名，而是把物品拟人化，都取了较为文雅的名字。

毛颖，即用兔子毛所做的毛笔。《毛颖传》先追述毛颖的世系关系、毛笔的产生过程、功用（各类事物都要靠它记录），最后讲毛笔因年老头秃而被主人（秦始皇）抛弃。文章结尾以"太史公"发表感慨，抒发了作者胸中的不平之气。《麴醇传》的传主是酒，文章将酒拟人化，并虚构出它的远祖、祖辈、父亲及它的一生遭遇。写酒对人的道德生活所产生的消极影响，麴醇获取君王的欢心，成为宠臣，从此君王沉迷于此，不理朝政，忠臣们苦劝，君王也不听从。这篇文章旨在讽刺、批评高丽时期误国的奸臣及不能接受积极建议的昏庸君主。《孔方传》的传主是铜钱，文章描述了孔方一族的经历，其实所要表达的是先秦货币的演化进程。

---

① 陈蒲清、[韩] 权锡焕：《韩国古代寓言史》，岳麓书社2004年版，第89页。

◇ 第一章 高丽朝散文与中国文化的关联 ◇

其次,《毛颖传》与《麴醇传》《孔方传》三篇文章模仿人物传记的创作体例,在介绍传主籍贯、世系、生平经历等背景时大多采用典故。

《毛颖传》曰:"毛颖者,中山人也。其先明眎,佐禹治东方土,养万物有功,因封于卯地,死为十二神。"① 相传蒙恬是毛笔的发明者,他取兔子的毫毛作为笔尖。毛颖的朋友陈玄就是墨、陶泓就是砚、楮先生就是纸。《麴醇传》也运用了大量典故,"麴醇,字子厚。其先陇西人也。九十代祖牟,佐后稷粒蒸民有功焉,《诗》所谓'贻我来牟'是也。牟始隐不仕曰:'吾必耕而后食矣。'乃居畎亩"②。"牟"又作"麥牟",即大麦。醇酒是用麦子等酿造出来的,所以说麦为醇之祖先。《诗经·周颂·思文》:"贻我来牟,帝命率育。"③"酎""醇"都是味道醇厚的酒,分别作为主人公及其父系的名字。《孔方传》也运用了大量典故,如在描述钱币的使用历史时,作者从两个方面入手,一方面列举历史上重视钱币的人物,如吴王刘濞、汉武帝、和峤、刘晏、王安石等;另一方面举出历史上轻视甚至主张取消钱币的人物,如汉元帝、贡禹、鲁褒、王夷甫、司马光等。孔方在汉武帝时期担任"富民侯",总管财务,权倾一时,有"得孔方一言,重若黄金百斤"④之语。汉元帝时期,孔方"蠹国害民"⑤,使得"公私俱困""贿赂狼藉"⑥,终被朝廷驱逐。

再次,在展开描写时,《毛颖传》与《麴醇传》《孔方传》三篇文章都以史为戏,采用了游戏、滑稽的笔调,风格亦庄亦谐,寓庄于谐。

历代评论家论及《毛颖传》时,大都指出韩愈运用了滑稽的笔

---

① 迟文浚等主编:《唐宋八大家散文广选·新注·集评》(韩愈卷),辽宁人民出版社1999年版,第122—123页。
② [朝]林椿:《西河集》(《丛刊》第1辑),第259页。
③ 程俊英译注:《诗经译注》,上海古籍出版社2012年版,第328页。
④ [朝]林椿:《西河集》(《丛刊》第1辑),第260页。
⑤ [朝]林椿:《西河集》(《丛刊》第1辑),第260页。
⑥ [朝]林椿:《西河集》(《丛刊》第1辑),第260页。

法，如：清代储欣《唐宋八大家全集录·昌黎先生全集录》中有"（《毛颖传》）以史为戏，巧夺天工"①，清代林云铭《韩文起》中有"以文滑稽，叙事处皆得史迁神髓"②，今人钱基博《韩愈志》中有"《毛颖传》特以笔墨游戏人之"③，等等。《毛颖传》借大将蒙恬围猎献俘，隐喻聚毛制笔。蒙恬伐楚、围猎、拔毫、载颖、献俘、聚族、加束、封管城等，好像正史描写战争，实际上是对毛笔制作过程的交代，作者写得煞有介事又风趣盎然，取得了突出的艺术效果。

《麹醇传》《孔方传》也继承了这种风格，亦庄亦谐。《麹醇传》说麹醇是陇西人，其先祖因辅佐后稷有功而被封为中山侯。其父生活在魏晋时期，与"竹林七贤"交往深厚，麹醇"器度弘深，汪汪若万顷陂水，澄而不清，扰之不混"④，其实这交代的是酒质，却被作者拟人化。因为麹醇有如此品质，所以深受士大夫的喜爱，每有聚会，"无麹处士不乐"⑤。文字风趣诙谐又不失典雅。传说在黄帝时期，人们已经掌握并运用开采、冶炼金属的技术，《孔方传》没有直接描述黄帝开采、冶炼铜的过程及如何使用铜等情况，而是把孔方先人的住处（"洞窟"）"山野之质"（术士的话）及后来"造化炉锤间"的锻造过程，形容为黄帝是如何把孔方先人由山野村夫培养成国家栋梁的故事，趣味十足又一本正经，徘谐手法运用得非常到位："孔方，字贯之。其先尝隐首阳山，居窟穴中，未尝出为世用，始黄帝时稍采取之。然性强硬，未甚精炼于世事。帝召相工观之，工熟视良久曰：'山野之质，虽矗苴不可用。若得游于陛下之造化炉锤间，而刮垢磨光，则其资质当渐露矣。王者使人也器之。愿陛下无与顽铜同弃尔。'

---

① 迟文浚等主编：《唐宋八大家散文广选·新注·集评》（韩愈卷），辽宁人民出版社1999年版，第131页。
② 迟文浚等主编：《唐宋八大家散文广选·新注·集评》（韩愈卷），辽宁人民出版社1999年版，第131页。
③ 迟文浚等主编：《唐宋八大家散文广选·新注·集评》（韩愈卷），辽宁人民出版社1999年版，第133页。
④ ［朝］林椿：《西河集》（《丛刊》第1辑），第259页。
⑤ ［朝］林椿：《西河集》（《丛刊》第1辑），第259页。

由是显于世。后避乱徙江浒之炭炉步,因家焉。"①

最后,《毛颖传》与《麴醇传》《孔方传》三篇文章都有深层次的寓意。

《毛颖传》写毛笔因应用广泛,得到人们的喜爱和皇帝的重用、宠幸,"与上益狎"。但好景不长,毛颖因"发秃,又所摹画不能称上意",遭到皇帝"不复召"的冷遇。通过毛颖被宠幸与被抛弃的对比,阐发了皇帝的寡情,表达了有才能的人不被重用,其实就是韩愈自己身世不平的表达,如:清代张裕钊《濂亭文集》中有"游戏之文,借以抒其胸中之奇,汪洋自恣,而部勒一丝不乱,后人无以追步"②,清代李扶九、黄仁黼《古文笔法百篇》中有"通体全是寓言,主意在不任吾用,而犹自谓尽心,则颖之无负于秦,秦之少恩于颖,自在言外"③,等等。

《麴醇传》不仅寄托了作者的人生观,也有突出的现实意义。为人要正直清廉,不能为了地位、利益等屈膝苟合。文章主人公麴醇的祖先出身清白,在祭祀、宴会等方面为人推崇,其父麴酎与徐邈交往甚厚,与"竹林七贤"谐隐,很有气节。但是主人公麴醇为了荣华富贵,诌媚陈后主,使陈后主终日宴饮,朝政荒废。麴醇又贪财暴敛,受到人们的鄙视,后因年老而被免官暴病而死。《麴醇传》也有现实意义,实则是批评当时的国君和大臣。1146 年仁宗去世后,毅宗继承王位,毅宗是一位穷奢极欲、贪图享乐的国君。他在位期间,沉迷酒色,肆意挥霍,朝臣们不积极劝谏,阿谀奉承,导致了武臣之乱,毅宗被流放到巨济岛。《麴醇传》文中荒淫无道的陈后主实际影射的就是毅宗,麴醇则是喻指不劝谏而阿谀逢迎的奸佞之臣。《孔方传》通过对孔方形象的塑造,批评了不能为国为民兴利除弊的某些官僚。他

---

① [朝] 林椿:《西河集》(《丛刊》第 1 辑),第 260 页。
② 迟文浚等主编:《唐宋八大家散文广选·新注·集评》(韩愈卷),辽宁人民出版社 1999 年版,第 133 页。
③ 迟文浚等主编:《唐宋八大家散文广选·新注·集评》(韩愈卷),辽宁人民出版社 1999 年版,第 132 页。

们结党营私，谋取个人利益而不顾国家和人民，陷害正直人士。"《孔方传》表现了作者不愿和武臣跋扈的污浊的社会现实相妥协的高洁情怀，并极具惩世戒人的讽喻性。"① 文章运用大量典故，讽刺尖锐，他认为钱币是有害的，"遂与民争锱铢之利，低昂物价，贱谷而重货，使民弃本逐末，妨于农要"②，所以对历史上重视钱币的人持否定态度，如汉元帝、贡禹、鲁褒、王夷甫、司马光等。文章末尾评论说："若元帝纳贡禹之言，一旦尽诛，则可以灭后患也。"③

第三节 李奎报散文与中国文化的关联

李奎报（1169—1241 年），字春卿，号白云山人，谥文顺。高丽时期的文学家、哲学家。一生性喜诗、酒、琴，"性豁达，不营生产，肆酒放旷"④，晚年自称"三嗜好先生"。李奎报二十二岁时状元及第，但因触犯当权者的利益，未被授予官职。三十二岁后始出仕为官，但只是在地方任职小官。由于抨击贪官污吏，遭到当权阶层的排挤，曾被谪贬而流放。六十六岁后任户部尚书、政堂文学、参知政事等朝廷要职。辞官后专心从事文学创作与著述，"为诗文不蹈古人畦径，横骛别驾，汪洋大肆，一时高文大册皆出其手"⑤。著有《东国李相国集》，收录两千多首诗、七百多篇散文。李奎报的散文与中国文化有着密切的联系，下面拟从几个方面加以论述。

一 对先秦散文说理艺术的接受

先秦散文作为中国散文的发轫，在各个方面对后世散文的发展都产生了深远的影响，尤其是形象化的说理方式更成为后世散文的创作

---

① 金宽雄、金晶银：《韩国古代汉文小说史略》，北京大学出版社 2011 年版，第 57 页。
② ［朝］林椿：《西河集》（《丛刊》第 1 辑），第 260 页。
③ ［朝］林椿：《西河集》（《丛刊》第 1 辑），第 260 页。
④ ［朝］郑麟趾等：《高丽史》，首尔大学校奎章阁馆藏本。
⑤ ［朝］郑麟趾等：《高丽史》，首尔大学校奎章阁馆藏本。

◇ 第一章　高丽朝散文与中国文化的关联 ◇

范本。先秦诸子、策士谋臣在著书立说、论辩说理时，为了更形象地表达观点，往往运用大量的寓言故事、比喻手法等来进行说明。归纳而言，类比说理、因事说理、寓言说理是使用最为频繁的几种论证方法。朝鲜半岛作为汉文化圈的重要组成部分，也受到了先秦文学的影响。先秦散文传入朝鲜后，就成为朝鲜文人竞相学习、借鉴的对象。

作为高丽时期成就最高的文人，李奎报也积极向先秦散文学习并有所突破。他积极从先秦散文中汲取养料，尤其是先秦散文的说理方式更是他阐发思想观点的有力武器。李奎报的散文运用类比说理、因事说理、寓言说理等多种说理方式，使抽象的道理被阐释得深入浅出、形象具体，文章论辩透辟、逻辑缜密、微言大义而意蕴深远。

（一）李奎报散文的类比说理及其艺术效果

类比说理指通过已知事物（或事例）与跟它有某些相同或相似属性的事物（或事例）进行比较类推，从而证明论点的论证方法。这种说理方法通过甲事物（指客体事物）与乙事物（指主体事物）相同特点的比较，把客体事物的性质类推到主体事物上，由此揭示出主体事物具有客体事物同样的性质。先秦散文对类比说理论证运用得非常广泛，如《战国策·邹忌讽齐王纳谏》一文堪称运用类比说理的典范。邹忌得到妻、妾、客的不切实际的赞美与齐威王受到宫妇、大臣、四境之内蒙蔽的事实有相同的属性，二者一一作比照，令人信服地推论出"王之蔽甚矣"的结论，从而说服齐威王纳谏。《左传·郑子产相国》一文中郑子产以裁锦制衣、射御获禽等生活中的小事，类比论证做官为政不能马虎大意。《孟子·齐桓晋文之事》以"挟太山以超北海"和"为长者折枝"类比推出"王之不王，不为也，非不能也"的结论，阐明"不为"和"不能"的区别。[①]

李奎报继承先秦散文的说理艺术，其散文也善于运用类比说理，并有所发展，呈现出较为鲜明的特点。

首先，运用历史人物、历史事件作为事例是李奎报散文类比说理

[①] 杨伯峻译注：《孟子译注》，中华书局1960年版，第15页。

的重要特点之一。《屈原不宜死论》一文的题目就醒目地告诉读者，文章的核心论点是论述屈原不应该投水而死。那么，屈原缘何不宜死呢？李奎报是通过历史人物的类比来完成的，他在文中指出：比干之死是杀身成仁，比干对纣王残暴统治大力规谏，因谏君而被杀，"是死得其所而成其仁也"①。伯夷叔齐之死是杀身成节，二人在周武王伐纣时叩马谏阻，商亡之后又耻食周粟，终饿死于首阳山，"是亦得其所而成其节也"②。李奎报以比干、伯夷叔齐之死对比屈原，认为屈原之死是"死不得其所""只以显君之恶"③。如果屈原不死，"则王之恶，想不至大甚"④。比干之死则没有增加纣王之恶，因为"纣之恶，久已浮于天下。虽比干不死，未免为独夫而取刺于万世矣"⑤。伯夷叔齐之死也没有使周武王的声誉受损，因为"虎王举大义忘小嫌，卒王天下，功业施于万世矣。则其德不以二子之死大损也，况二子非虎王之臣也，乃纣之臣，谏伐其君而死，以成其节也"⑥。李奎报认为当时的楚怀王只是"听谗疏贤"，这种情况在其他诸侯国也是存在的，屈原之死损害了楚怀王的君王形象。李奎报的论述是站在封建社会忠君立场上的，并且呈现出诡辩的倾向，结论也是片面的。如果我们单单只是考察他为了使人信服而采取的类比说理方式，还是值得肯定与学习的。

其次，历史事实与自身经历相结合是李奎报散文类比说理的又一突出特点。尤其是切身经历的选用，无疑会增加文章的说服力。《杜牧传甑裂事驳》《书司马温公击瓮图后》是运用历史故事与自身经历相结合来类比说理的代表作品。《杜牧传甑裂事驳》开篇曰："牧传有牧之死，炊甑裂，牧曰不详。"⑦李奎报文中所提之事可见《新唐

---

① [朝] 李奎报：《东国李相国全集》（《丛刊》第1辑），1991年版，第522页。
② [朝] 李奎报：《东国李相国全集》（《丛刊》第1辑），第522页。
③ [朝] 李奎报：《东国李相国全集》（《丛刊》第1辑），第522页。
④ [朝] 李奎报：《东国李相国全集》（《丛刊》第1辑），第522页。
⑤ [朝] 李奎报：《东国李相国全集》（《丛刊》第1辑），第522页。
⑥ [朝] 李奎报：《东国李相国全集》（《丛刊》第1辑），第522页。
⑦ [朝] 李奎报：《东国李相国全集》（《丛刊》第1辑），第520页。

书·杜牧传》:"初,牧梦人告曰:'尔应名毕。'复梦书'皎皎白驹'字,或曰'过隙也'。俄而炊甑裂,牧曰:'不祥也。'乃自为墓志,悉取所为文章焚之。"① 在李奎报看来,杜牧的这种说法是"拘忌小数淫巫瞽史之说""非醇儒所当言者"②。死生有命,外在现象无法昭示生死。甑裂"或因火烈,或因水燥"③,属于自然现象,而杜牧之死只是"适会耳,不足以为的验"④。为了使人信服此观点,李奎报举了自身的经历来作进一步说理:

> 予家去岁秋九月,方爨甑割而裂,予殊不以为怪。又今岁二月,甑鸣如牛吼,俄而大裂如人划破者。竈妇然失色,奔告于予,予笑自若。适有术人至曰:此不利主人,非痛祈解,恐不免。室人欲亟从其言,予止之曰:死生有命,苟有死期,怪特先兆耳,祈解何益?苟无焉,甑裂其如予何?果不死至于今。⑤

作者亲身经历的甑割而裂、甑鸣而大裂与杜牧所遇甑裂的性质是相同的,甚至作者遭遇的更为严重,但作者都安然无恙,"不死至于今"。以亲身经历的事作类比推理相比举其他事例更易为人信服、接受。

司马光儿时击瓮救人的故事家喻户晓,也引发了诸多评论。古人认为司马光儿时即有救人性命的手段,李奎报《书司马温公击瓮图后》肯定这一说法并且认为此种手段"非刻励习熟而为之,其渐已见于乳臭中,固受之天者"⑥。这也是此篇文章所要阐释的核心道理,即一个人的优秀品质在儿时已经酝酿、养成了。还有人认为司马光"实能锻成其才,适会居位辅政,有以济苍生耳。凡善恶与习而迁,儿时

---

① (宋)欧阳修、(宋)宋祈:《新唐书》,中华书局1975年版,第5097页。
② [朝]李奎报:《东国李相国全集》(《丛刊》第1辑),第520页。
③ [朝]李奎报:《东国李相国全集》(《丛刊》第1辑),第520页。
④ [朝]李奎报:《东国李相国全集》(《丛刊》第1辑),第520页。
⑤ [朝]李奎报:《东国李相国全集》(《丛刊》第1辑),第520页。
⑥ [朝]李奎报:《东国李相国全集》(《丛刊》第1辑),第521页。

事不足为的验"①,李奎报运用类比说理对此种说法给予了批驳,他先以孔子为例:"昔孔子为儿时,尝陈俎豆为戏,果兴文教,为万世师。"②俎豆,即祭祀、宴客用的器具,《史记·孔子世家》载孔子儿时"常陈俎豆,设礼容"③,后果然成为万世敬仰的一代宗师,大兴文教,流芳万世。孔子儿时常摆置祭祀器具、后成为著名思想家、教育家与司马光儿时有救人手段、后居高位辅佐社稷有相似性质。为了能使人信服自己的论断,李奎报又以自身经历为事例进一步加以说明:"予少时怯乘马,马有骎骎其足者,面苍然无生色,甚战也,至今尚尔畏骑骏足,凡奉使乘传,必择驽者而后驭之。又生二岁时,常喜执书册,以手指点其字而若将读之。父母曰:此儿当业文者也。今果以进士出身。"④儿时惧乘马,长大后为官亦然;二岁时喜执书卷,后果然高中进士第。李奎报以历史事例、自身经历类比司马光儿时击瓮救人之事,从而证明"凡善恶勇怯,仁与不仁,孝与不孝,皆于儿时,可略见"⑤的观点,很有说服力。

再次,运用比喻修辞阐发抽象的道理,把繁难玄奥的道理变得易解好懂也是李奎报散文类比说理的特点之一。比喻说理广义上来说也属于类比说理,先秦散文对此也是大加运用,《论语》《孟子》《战国策》等典籍中比喻说理比比皆是。如《孟子》即"长于譬喻",全书二百六十一章共使用了一百五十多处譬喻,如"恶死亡而乐不仁,是犹恶醉而强酒""欲见贤人而不以其道,犹欲其入而闭之门也"⑥,等等。

李奎报散文也善于运用比喻说理,如《论诗中微旨略言》一文提出"九不宜体",这是他"深思而自得之者"⑦。为了让读者明白何为

---

① [朝]李奎报:《东国李相国全集》(《丛刊》第1辑),第521页。
② [朝]李奎报:《东国李相国全集》(《丛刊》第1辑),第521页。
③ (西汉)司马迁著,韩兆琦评注:《史记》(二),岳麓书社2012年版,第754页。
④ [朝]李奎报:《东国李相国全集》(《丛刊》第1辑),第521页。
⑤ [朝]李奎报:《东国李相国全集》(《丛刊》第1辑),第521页。
⑥ 杨伯峻译注:《孟子译注》,中华书局1960年版,第166页、248页。
⑦ [朝]李奎报:《东国李相国全集》(《丛刊》第1辑),第524页。

第一章 高丽朝散文与中国文化的关联

"不宜体",李奎报采取了设喻的方式:"一篇内多用古人之名,是载鬼盈车体也。攘取古人之意,善盗犹不可,盗亦不善,是拙盗易擒体也。押强韵无根据处,是挽弩不胜体也。不揆其才,押韵过差,是饮酒过量体也。好用险字,使人易惑,是设坑导盲体也。语未顺而勉引用之,是强人从己体也。多用常语,是村父会谈体也。好犯语忌,是凌犯尊贵体也。词荒不删,是莨莠满田体也。"[①]"九不宜体"中的客体和主体在性质上有相似之处,可以类比说理。如不知自己实力深浅,作诗押韵不够准确、精当,就如同不善饮酒之人饮酒过量一样,李奎报名此类诗体为"饮酒过量体";再如诗歌中多用日常用语,就像乡村人在交谈,李奎报把此类诗歌叫"村父会谈体",说理形象生动,易于被人接受。

(二)李奎报散文的因事说理及其表现

因事说理也被称为借事说理,即通过叙述、评价事情引出要阐发的道理、要表达的思想观点。先秦散文运用因事说理的事例很多,如《孟子·告子下》"舜发于畎亩之中"一段,作者先列举六位经过贫困、挫折的磨炼最终担当大任之人的事例,说明忧患、磨难可以激发人奋进,后又从个人的发展和国家兴亡两个角度论证忧患则生、安乐则死的道理,从而水到渠成地得出"生于忧患而死于安乐"的结论。李奎报的散文也擅长因事说理,主要有以下几种鲜明表现。

其一,先叙事而后抒发志向、情感是李奎报散文因事说理的表现之一。李奎报的文章常常因事说理,如《四可斋记》一文由所居斋之命名由来引出作者欲归隐田园的心志。作者在西郊外置有一处别业,环境幽静,如同世外仙境。作者把它作为读书之所,经常前往。周遭环境使作者可心者有四点,"有田可以耕而食,有桑可以蚕而衣,有泉可饮,有木可薪"[②],于是名其斋为"四可斋"。作者对拥有"四可"欣喜而满足:"若予则既穷且困,顾平生百无一可,而今遽有四

[①] [朝] 李奎报:《东国李相国全集》(《丛刊》第1辑),第524页。
[②] [朝] 李奎报:《东国李相国全集》(《丛刊》第1辑),第527页。

可,何僭如之?"① 在这样的环境中,作者愿意"唾弃世网,拂衣裹足,归老故园,作大平农叟。击壤鼓腹,歌咏圣化,以被于管弦"②。前面的叙述斋名由来是为后面推出归隐田园之志作准备,阐发道理才是文章的关键与核心。

《接果记》是一篇睹物思人之作。文章开篇叙述了一件关于果树嫁接之事,作者父亲请擅长接果者处理园中的两株恶梨,接果者采用嫁接术,先锯断恶梨,然后"求世所谓名梨者,斫若干梢,安于断株,以膏泥封之"③。作者起初认为很荒诞,如此处理怎么就会让梨树变好呢?等到"郁然夏阴茂,蕡然秋实成"④,作者才相信这是真实的,心也随之释然。此文表达的重点不是接果之事,而是借接果之事追思去世多年的父亲。文章写道:"先君没凡九年,睹树食实,未尝不思严颜。或攀树呜咽,不忍舍去。且古之人以召伯、韩宣子之故,有勿翦甘棠、封植嘉树者。况父之所尝有而遗之于子者。其恭止之心,何翅勿翦封植而已哉?"⑤ 睹树思父才是作者要最终表达的核心思想,语段中所提到的召公即姬奭,曾辅佐周武王灭商,受封于蓟(今北京)。他曾在一棵棠梨树下办公,后人为纪念他,思其人而敬其树,舍不得砍伐此树,留下了"甘棠遗爱"之典故。《诗经·召南·甘棠》一诗就是怀念召伯之作,诗曰:"蔽芾甘棠,勿翦勿伐,召伯所茇。蔽芾甘棠,勿翦勿败,召伯所憩。蔽芾甘棠,勿翦勿拜,召伯所说。"⑥《接果记》一文前叙接果之事,后推及思父敬父之情,又援引召伯甘棠之典加深了这种情感。

其二,以小见大,阐述某种人生哲理或社会道理是李奎报散文因事说理的又一突出表现。李奎报散文的因事说理,往往给人以思想上的启发。如《雷说》一文由自然界的雷声而阐发人生哲理,文曰:

---

① [朝]李奎报:《东国李相国全集》(《丛刊》第1辑),第527页。
② [朝]李奎报:《东国李相国全集》(《丛刊》第1辑),第527页。
③ [朝]李奎报:《东国李相国全集》(《丛刊》第1辑),第526页。
④ [朝]李奎报:《东国李相国全集》(《丛刊》第1辑),第526页。
⑤ [朝]李奎报:《东国李相国全集》(《丛刊》第1辑),第526页。
⑥ 程俊英译注:《诗经译注》,上海古籍出版社2012年版,第16页。

第一章　高丽朝散文与中国文化的关联

"天鼓震时，人心同畏，故曰雷同。予之闻雷，始焉丧胆，及反复省非，未觅所嫌，然后稍肆体矣。"① 叙述闻雷声之事是为后面的说理提供依照。李奎报由闻雷声"始焉丧胆"后经过思量"未觅所嫌"，进而引出"所略嫌者"事，"予尝读《左传》，见华父目逆事，未尝不非之"②。目逆，眼睛注视着迎来，注视着送走。形容对所见的人十分关注或敬佩。华父即华督（　—682年），字华父，名督，又称华父督，春秋时期宋国大臣，官至太宰（宰相）。《左传·桓公元年》载："宋华父督见孔父之妻于路，目逆而送之，曰：'美而艳！'"③ 李奎报对华督目逆之事持否定态度，并推测事情的真相是："故于行路中，遇美色则意不欲相目，乃低头背面而走。然其所以低头背面，是乃不能无心者。此独自疑者耳。"④ 李奎报由闻雷声还引出"未免人情者"事，他说："人有誉己则不得不喜，有毁之则不能无变色。此虽非雷时所惧，亦不可不戒也。古人有暗室不欺者，予何足以及之。"⑤"古人有暗室不欺者"出自骆宾王《萤火赋》："类君子之有道，入暗室而不欺。"作者的这段议论及用典主要是想告诫人们，人们对待赞誉与批评的不同态度是值得重视与警惕的，并且即使在没有人看见的地方，也不能做见不得人的事。

《理屋说》讲述了日常生活中的平常事，却阐释了深刻的社会道理。面对破败需要修缮的房屋，人们往往有两种不同的态度：一是长时间漏雨但一直不去维修；一是刚发现漏水就立刻进行维修。两种不同对待漏屋的态度导致结果也不一样，"其漏寝久者，榱桷栋梁，皆腐朽不可用，故其费烦。其经一雨者，屋材皆完固，可复用，故其费省"⑥。作者由此推及人："予于是谓之曰：其在人身，亦尔知非而不

---

① ［朝］李奎报：《东国李相国全集》（《丛刊》第1辑），第508页。
② ［朝］李奎报：《东国李相国全集》（《丛刊》第1辑），第508页。
③ （春秋）左丘明著，陈戍国校注：《春秋左传校注》（上），岳麓书社2006年版，第43页。
④ ［朝］李奎报：《东国李相国全集》（《丛刊》第1辑），第508页。
⑤ ［朝］李奎报：《东国李相国全集》（《丛刊》第1辑），第508页。
⑥ ［朝］李奎报：《东国李相国全集》（《丛刊》第1辑），第508页。

遽改。则其败已不啻若木之朽腐不用。过勿惮改,则未害复为善人,不啻若屋材可复用。"① 人也如房屋,一旦有过错,就应该立刻改正,防微杜渐。如果任由错误肆意发展,结果就变得不可收拾,如同腐朽的木材,不堪大用。李奎报又由人推及国政:"国政亦如此,凡事有蠹民之甚者,姑息不革,而及民败国危,而后急欲变更,则其于扶越也难哉。可不慎耶?"② 国家如果出现蠹虫,就会危害到社稷、邦本,一再姑息纵容的话,想要根治就非常困难了。治国安邦的措施要及时、有效,要防患于未然。李奎报由一件日常生活中的小事,引出做人、治国的道理,以小见大,发人深省。

(三) 李奎报散文的寓言说理及其内涵

先秦散文善于运用寓言故事来言志、说理,这些寓言大都通过对日常生活事件的讲述给读者传递出深刻的哲理;或者以生活中常见的人物形象或历史人物为主人公,通过对这些人物的言行、经历的描述,阐释某种思想或道理。如《庄子》"庖丁解牛"讲述了庖丁为文惠君宰牛的故事,文章表达的道理是:只有经过不断的实践、掌握事物的客观规律,才会做到得心应手、应用自如。《战国策》"鹬蚌相争"阐释的道理是如果双方争持不下,结果就会两败俱伤,使第三者从中得利。先秦的寓言并非独立的文体形态,而是作为某种论据出现在散文之中,《庄子》《孟子》等寓言故事就是充当说理的载体。如《孟子·滕文公下》记载戴盈之与孟子谈论免除关卡和市场征税的问题,孟子讲述了"日攘一鸡"的故事,批评了明知犯错还要借故拖延而不去改正错误、挖空心思为自己的错误辩护的一类人。李奎报散文也大量采用寓言说理方式,使其散文有着深刻的思想内涵与鲜明的艺术特征。

首先,李奎报的散文继承了先秦散文寓言说理的论证方式,也以寓言故事作为论据来说理、议论。

---

① [朝] 李奎报:《东国李相国全集》(《丛刊》第1辑),第508页。
② [朝] 李奎报:《东国李相国全集》(《丛刊》第1辑),第508页。

第一章　高丽朝散文与中国文化的关联

干谒之风在古代科举时期盛行，为求仕途的畅达，拜会权贵已成为中下层知识分子的一种普遍性的群体行为。李奎报曾因仕途不顺而拜谒过权贵，希望能得到赏识、提拔。但是作为有远大志向且才华横溢的文人，李奎报不可能直言不讳地表达自己的想法，采用寓言故事委婉表达想法不失为一种最合适的方式。他曾写信给赵冲，希望赵冲能提携自己。《投赵郎中冲书》一文开篇讲述了一则寓言故事，文曰：

> 某闻丰肌腻理、一笑千态者，天下之美女也。此则虽千百人媒之娉之，尚不肯轻许脱，得媲于巨公贵人，亦不甚痛喜者，岂恃其姿色之靡曼欤。椎颡齞唇、旁行伛偻者，天下之丑妇人也。其所与嫁，不过伧父贩儿耳。旺旺然丈夫误而一御，则彼妇人喜不自已。更加涂泽，益饰簪珥，常诧于人矣。丈夫闻之，不胜其耻，更遇焉，深瞋且唾，莫肯一睇眄而去。彼妇人不自知其丑也，日夜啼泣，声殷邻里，至令人环聚而喧焉。丈夫惧其不已也，更厚遇之，赠之以金帛之资，遂馆而置焉。天下之有色倡妇，皆多其有信，各自谋曰：某丈夫御一丑妇，犹不忍弃，况如吾辈者乎？于是曳罗縠蕴兰麝，争先焉犹恐其后。不数年，吴娃宋艳之美，皆萃于其家矣。①

作者将自己比作丑妇，"今仆之凡庸固陋，不啻若椎颡齞唇之丑"②；将赵冲郎中比作丑妇的丈夫，"明公之豪焰赫势，不啻若旺旺丈夫之美"③。作者希望赵冲能够赏识、提携自己，"借一言之雌黄，廓然开始从仕之路"④，就像丑妇的丈夫宠爱丑妇一样。如果赵冲能够如此做，无疑会得到众人的赞誉与归附："天下之士，皆高阁下之义，相与言曰：某阁下遇一不才如某者，犹不忍遗之，其提奖如此，况若

---

① ［朝］李奎报：《东国李相国全集》（《丛刊》第1辑），第567页。
② ［朝］李奎报：《东国李相国全集》（《丛刊》第1辑），第567页。
③ ［朝］李奎报：《东国李相国全集》（《丛刊》第1辑），第567页。
④ ［朝］李奎报：《东国李相国全集》（《丛刊》第1辑），第567页。

吾侪乎？于是锦肝绣心、袭德服义之徒，星奔影骛，犹恐后至，何颜骞曾史之不出于明公之门下者欤？"①李奎报的陈情方式与唐代朱庆馀有异曲同工之妙。据载，临近考试，朱庆馀忐忑不安，不知道自己的文采能否为主考官所看重，于是给时任水部员外郎的张籍献诗一首，诗曰："洞房昨夜停红烛，待晓堂前拜舅姑。妆罢低声问夫婿，画眉深浅入时无？"（《近试上张水部》）作者把自己比作一个精心打扮、准备去拜见公婆的新妇，把张籍比作新郎，把主考官比作公婆。诗句表面上写的是询问夫婿妆容是否合时宜，实际上是作者想知道自己是否能得到考官的赏识，是否能榜上有名。朱庆馀是以诗歌形式陈情，李奎报是以寓言形式抒怀。相较之下，以寓言陈情说理更为形象、直观，易于被人理解与接受。

其次，李奎报学习、借鉴先秦散文寓言说理的方式，但是有所突破、发展，他的很多寓言故事已经独立成体，而不再作为散文中的论据。

《虱犬说》是一篇哲理寓言，文章曰："客有谓予曰：昨晚见一不逞男子以大棒子椎游犬而杀者，势甚可哀，不能无痛心，自是誓不食犬豕之肉矣。予应之曰：昨见有人拥炽炉扪虱而烘者，予不能无痛心，自誓不复扪虱矣。客怃然曰：虱，微物也。吾见庞然大物之死，有可哀者，故言之。子以此为对，岂欺我耶？"②此文采用了主客问答的形式，客人与作者探讨了虱子之死与狗之死引发的情感问题，面对客人的质疑，作者作了进一步回应，他认为世间万事万物，无论大小、强弱，在生命面前都是平等的，对于生都是充满渴望与追求的。啮咬人的十指，不可能只是拇指疼痛而其他手指毫无感觉，从而有力地证明了要一视同仁的观点。《舟赂说》则是一篇政治寓言，讲述了作者的一次乘船经历。作者乘船时还有一艘船同时出发，"方舟而济"③。两只船大小、规模一样，"榜人"（划桨者）人数均等，乘客

---

① [朝]李奎报：《东国李相国全集》（《丛刊》第1辑），第567页。
② [朝]李奎报：《东国李相国全集》（《丛刊》第1辑），第504页。
③ [朝]李奎报：《东国李相国全集》（《丛刊》第1辑），第503页。

数量也大体相等。但是船行的状态却完全不同，另一艘船是离去如飞，已泊彼岸，自己乘坐的船则逗回不进。作者问为何会如此，舟中人回答："彼有酒以饮榜人，榜人极力荡桨故尔。"① 原来是另一只船给"榜人"行了好处，作者不禁发出感慨："嗟乎！此区区一苇所如之间，犹于赂之有无，其进也有疾徐先后。况宦海竞渡中，顾吾手无金，宜乎至今未沾一命也。"② 作者由行舟乘船而推及官场，官场贿赂之风从未停止过，自己就因为手中无金而未受到重用。以寓言来阐发官场现象，在高压的政治环境下，确是高明之举。李奎报所撰的寓言故事可读性强，使富有教育意义的主题或发人深省的道理在简短的故事中表达出来。

先秦散文作为中国古典散文创作的典范，"以成熟的说理文体制，形象化的说理方式，丰富多彩的创作风格和语言艺术，影响了后世的文学创作"③。尤其是形象化的说理方式，更是让散文创作变得异彩纷呈，情理相生。李奎报散文充分学习先秦散文，运用类比说理、因事说理、寓言说理等论证方法，使他的散文富于说服力、感染力，分析、推理缜密而周详，在朝鲜文学史上独树一帜。

二 引中国文化典故考论

典故就是诗文中引用的古代故事或者有来历出处的词语、句子等，在诗文创作时引用这些古籍中的词句、故事等被称为用典，刘勰概括用典为"据事以类义，援古以证今"④。用典是古代文人写作诗文时常用的艺术手法之一，恰当、合理地运用典故，可以起到"点铁成金""夺胎换骨"的艺术表达效果。李白、杜甫、韩愈、柳宗元、苏轼等都善于用典，朝鲜文人李奎报也是用典的大家。

---

① ［朝］李奎报：《东国李相国全集》（《丛刊》第1辑），第503页。
② ［朝］李奎报：《东国李相国全集》（《丛刊》第1辑），第503页。
③ 袁行霈主编：《中国文学史》（第三版），高等教育出版社2014年版，第169页。
④ （南朝梁）刘勰著，周振甫注：《文心雕龙注释》，人民文学出版社1981年版，第411页。

李奎报熟谙中国传统文化,饱读中国历代文献典籍,"自诗书六经诸子百家史笔之文,至于幽经僻典梵书道家之说,虽不得穷源探奥、钩索深隐,亦莫不涉猎游泳、采菁撷华,以为骋词擒藻之具"(《上赵太尉书》)[①]。所以他经常引用中国文化典故于其文章中,"无论是记叙性较强的杂记类、传志类散文,议论性较强的论说类、书牍类散文,还是杂叙杂议、叙议结合的序跋类、杂著类散文,大凡在需引经据典之时,李奎报便会自然而然地进入到中国文学的艺术宝库中"[②],典故的运用使他的散文具有丰富而深厚的文化意蕴。

(一)引用典故的类型

典故是人类智慧的结晶,有着极其丰富的文化内涵。根据典故的类型,可分为语典、事典两大类。李奎报散文用典频繁、类型多样,有各类语典、事典融于文章中。刘勰《文心雕龙·事类》将用典分为"引成辞,以明理""举人事,以徵义"[③] 两类,即今天所说的语典、事典。

语典即引用典籍中的原句,这在李奎报散文中使用较多。如《土灵问》:"刘梦得曰:天独阳,不可问。问于大钧,然则配天尊者后皇,后皇不可问,问于后皇所统五土之灵。"[④] 刘梦得即刘禹锡,此句出自刘禹锡《问大钧赋》"天为独阳,高不可问"。李奎报引用此典故是为了引出下面"问于大钧""问于五土之灵",起到铺垫的作用。再如《天人相胜说》:"刘子曰:人众者胜天,天定亦能胜人。予早服斯言久矣,今益信之也。"[⑤] 刘子亦指刘禹锡,刘禹锡在《天论》中提出"天人交相胜"的观点,认为自然界("天")和人类社会具有各自的规律,它们的职能各不相同,有时候人胜天,有时候天胜人。李奎报开篇引用并肯定刘禹锡的观点,为下文自己的论述确立了

---

① [朝] 李奎报:《东国李相国全集》(《丛刊》第1辑),第563页。
② 刘彦明:《李奎报散文研究》,博士学位论文,中央民族大学,2005年。
③ (南朝梁)刘勰著,周振甫注:《文心雕龙注释》,人民文学出版社1981年版,第411页。
④ [朝] 李奎报:《东国李相国全集》(《丛刊》第1辑),第501页。
⑤ [朝] 李奎报:《东国李相国全集》(《丛刊》第1辑),第509页。

第一章 高丽朝散文与中国文化的关联

理论基调。再如《上闵上侍湜书》："书曰：谦受益，慢招损。语曰：恭近于礼，远耻辱也。此皆自甫学时，未尝不习于耳熏于心者。加之阁下之晓喻若此，固当铭之座右，朝夕鉴戒。"①李奎报引用经典著作《尚书》《论语》中的经典名句论述人要谦虚好礼，自己将其"铭之座右，朝夕鉴戒"。通过上面几例可以发现，李奎报引用的语典多为名人言论或者经典著作中的语句，《尚书》《论语》等经典著作在朝鲜有着极广泛的影响，渗透政教、文化等多个方面。李奎报所引语典，有的是作为抛出观点的引子，有的是作为支撑自己观点的例据。

事典指引用神话传说、历史故事、名人逸事等，李奎报散文引用的事典广泛而丰富多彩，犹如一座瑰丽的中国传统文化园林。如《梦悲赋》为了说明美王孙奢靡骄逸的生活状态，李奎报引用了历史故事："有美王孙，蝉联茂族。邈风流之可爱兮，颜又泽腴兮如玉。出拥高盖，入则华屋。舞如意兮碎珊瑚，曾何兮心曲。"②"舞如意兮碎珊瑚"典出《世说新语·汰侈》，据载：西晋时期的石崇、王恺攀比斗富，两人都用鲜艳华丽的饰物装点车马、服装。王恺的外甥晋武帝常常帮助王恺，曾以一棵高二尺的珊瑚树赐给王恺，这棵珊瑚树枝条繁茂，世上很少有与之相匹者。王恺把珊瑚树拿给石崇看，石崇看后，用铁如意击之而碎，并且叫手下的人把家里的珊瑚树全都拿出来要赔给王恺，而其中比王恺的珊瑚树贵重的不下六七棵。李奎报笔下的"美王孙"，挥动如意把珊瑚珠打碎也毫不介意，就如同富可敌国的石崇一样，生活之奢侈，由此可见一斑。

闵湜称赞李奎报有林椿之才华却不恃才傲物，李奎报认为若以文章自负、凌辱他人，终会招致祸端。《上闵上侍湜书》运用名人轶事来说明这个道理："是以，祢衡傲物，终败身于黄祖。嵇康负气，果见柱于钟会。古之人类此者非一二。布在前史，炯若明镜。"③语段中提到的祢衡为东汉末年名士，其有文采辩才但恃才傲物。孔融举荐祢

---

① ［朝］李奎报：《东国李相国全集》（《丛刊》第1辑），第562页。
② ［朝］李奎报：《东国李相国全集》（《丛刊》第1辑），第294页。
③ ［朝］李奎报：《东国李相国全集》（《丛刊》第1辑），第562页。

衡于曹操，祢衡击鼓骂曹，触怒曹操，被送至荆州刘表处。又得罪刘表，被刘表送至江夏太守黄祖。后祢衡又羞辱黄祖，黄祖恼羞成怒，下令杀了他。嵇康，三国时期著名文学家，"竹林七贤"之一。在政治上拥护曹魏，不满司马氏集团篡权，声言"非汤武而薄周孔"，后遭钟会陷害，为司马昭所杀。李奎报引用祢衡、嵇康的典故，有力地说明恃才傲物终会招致杀身之祸的道理。历史就是一面镜子，要鉴观古人之成败得失而自省。

（二）运用典故的方式

典故的运用方式多样，要而言之，可归纳为正用、反用或明用、暗用等。李奎报的散文在引用中国文化典故时，为了能取得更好的表达效果，他对正用、反用、明用、暗用等用典方式加以灵活运用。

正用典故即诗文中要表达的意思与典故本身的意义一致，"故事与题事正用者也"（陈绎曾《文说·用事法》[①]）。李奎报《春望赋》论述了五种不同的"春望"，在论述第四种别离之"春望"时说："故人远游兮送将别，雨浥轻尘兮柳色青。三叠歌阕，别马嘶鸣，登崇丘兮望行色，烟花掩苒兮荡清，此则春望之别恨也。"[②]"雨浥"句化用了王维《送元二使安西》"渭城朝雨浥轻尘，客舍青青柳色新"诗句。"三叠歌阕"即《阳光三叠》（又名《阳关曲》《渭城曲》），因王维《送元二使安西》而得名，是送别之曲，反复诵唱，谓之三叠。在春雨湿润泥土、柳枝分外青翠的时节，朋友远行，唱起《阳关三叠》。李奎报引用这一典故，贴切地说明了"春望"中的离别之望，这是典故的正用。

李奎报在高丽贞祐七年（1220年）四月被贬为桂阳守，渡祖江时，有感而发作《祖江赋》，赋中有言："孟三宿而出昼兮，丘去鲁兮迟迟，贾谊洛阳之才子兮，谪长沙之湿卑。圣贤尚尔，予复何

[①] （清）纪昀等：《文津阁四库全书》（影印本）第496册，商务印书馆2005年版，第84页。
[②] ［朝］李奎报：《东国李相国全集》（《丛刊》第1辑），第294页。

第一章 高丽朝散文与中国文化的关联

悲？"① 这段话引用了孟子"三宿出昼"、孔子去鲁、贾谊贬谪长沙等典故。孟子不为齐王所用，离开齐国之时，在齐地逗留三夜才出境，希望齐王仍能任用他。后世以"三宿出昼"比喻逗留不行，意有所待。孔子在鲁国受到排挤，鲁国举行郊祭，祭祀后按例应分祭肉于大夫们，唯独没有分给孔子，表明季氏已经不再想任用孔子。孔子不得已离开鲁国，开始周游列国。汉文帝贬贾谊为长沙太傅，贾谊听说长沙地势低、湿度大，自认为此去长沙将寿命不长，于是将自己与屈原作比，写下流传千古的《吊屈原赋》。李奎报引用这几个典故类比自己之被贬谪，这也是典故的正用。

反用典故即取典故所述之人事而反其意用之，"故事与题事反用者也"（陈绎曾《文说·用事法》②），亦被称为"翻案法"。如李奎报《与朴侍御犀书》一文："夫人之相知，贵相知心。仆平生有所受知于人，名虽为知，其实未相知者有之。其惟转风斤去鼻墁，精神暗契者，独严君尚书而已。"③ 其中暗用《庄子·杂篇·徐无鬼》"垩鼻运斤"之典，李奎报运用"垩鼻运斤"之典要表达的是，朴犀是自己的知己，能够了解自己。典故的原意是痛惜知音难求，慨叹自惠子死后，自己没有可以谈话的知己了。李奎报则抒发的是有了精神契合的知己朴犀。典故的运用和原来的意义发生了转变，这是典故的反用。

在使用典故时，能从字面一看便知是使用了典故的就是明用典故。有的直接说明用了典故或者指出典故的出处；有的则不做说明，但会有一些提示性的词语，如"古人云""昔者""昔""尝闻"等，读者看到这些提示性的词语就知道是运用了典故。李奎报在散文中明引典故的例子很多，如《〈山海经〉疑诘》一文："传曰：子为父隐，

---

① ［朝］李奎报：《东国李相国全集》（《丛刊》第1辑），第295页。
② （清）纪昀等：《文津阁四库全书》（影印本）第496册，商务印书馆2005年版，第84页。
③ ［朝］李奎报：《东国李相国全集》（《丛刊》第1辑），第576页。

父为子隐。论曰：其父攘羊，而子证之，盖恶之也。"① 典出《论语·子路篇》："叶公语孔子曰：'吾党有直躬者，其父攘羊，而子证之。'孔子曰：'吾党之直者异于是：父为子隐，子为父隐。——直在其中矣。'"② "子为父隐"，儿子帮父亲隐瞒恶迹，这是封建纲常礼教所提倡的。再如《〈杜牧传〉甑裂事驳》云："书曰：牝鸡之晨，惟家之索。夫牝固无司晨之任，牝而晨焉，家之怪，孰大于是。"③ "牝鸡之晨，惟家之索"典出《尚书·牧誓》，意思是母鸡在清晨打鸣，这个家庭就要破败。比喻女性掌权颠倒阴阳，会导致家破国亡。李奎报运用此典故是为了批驳杜牧见甑裂而感觉自己将死一事。典故的运用，既承上又启下，引出下面的议论。

化用原典故之意而暗用于自己的诗文作品中，不仔细审看则不知道是用典，"用故事之语意，而不显其名迹"（陈绎曾《文说·用事法》）④，此谓暗用典故。林纾《春觉斋论文·述旨》云："散文用事，当如水中着盐，但存盐味，不见盐质。"⑤ 其中道出暗用典故要做到若出诸己而不露痕迹的道理。李奎报在《送李史馆赴官巨济序》一文中说："夫天欲成就之，必先试艰险，是阴阳之数也。子无罪而谪，此必大福将至之渐也。"⑥ 这一段话暗用了两个典故。一是《孟子·告子下》："天将降大任于斯人也，必先苦其心志，劳其筋骨，饿其体肤，空乏其身，行拂乱其所为，所以动心忍性，曾益其所不能。"⑦ 二是《老子》（第五十八章）："祸兮，福之所倚；福兮，祸之所伏。"⑧ 李奎报借用典故想要告诉友人的是，不要因为环境、遭际而心生沮丧，应看到人才的造就需要艰苦的磨炼，并且灾祸有时也是福报的前

---

① [朝] 李奎报：《东国李相国全集》（《丛刊》第1辑），第518页。
② 杨伯峻译注：《论语译注》（简体字本），中华书局2006年版，第156页。
③ [朝] 李奎报：《东国李相国全集》（《丛刊》第1辑），第520页。
④ （清）纪昀等：《文津阁四库全书》（影印本）第496册，商务印书馆2005年版，第84页。
⑤ （清）林纾著，范先渊校点：《春觉斋论文》，人民文学出版社1959年版，第44页。
⑥ [朝] 李奎报：《东国李相国全集》（《丛刊》第1辑），第512页。
⑦ 杨伯峻译注：《孟子译注》，中华书局1960年版，第298页。
⑧ 陈鼓应：《老子注译及评介》，中华书局1984年版，第289页。

兆。"暗用典故更为可贵，把典故融化在文章里，不知道其中在用典故的读者，也可以理解；知道它在用典故的，更觉得意味深长"①，李奎报暗用典故的文章即是如此。

（三）援引典故的表达效果

李奎报在散文中大量引用中国文化典故，"上自春秋战国，下至两宋，中国历代名家出现在他的作品世界里，形成了格外引人注目的海东文学风情"②，并且取得了很好的艺术效果。

首先，援引中国文化典故使李奎报的散文更具说服力，论理更具权威性。在宣传或者表达自己的主张、见解时，引用经典著作的思想言论、典型故事，无疑会增强文章的说服力、权威性。李奎报的散文经常引用历史故事、神话传说、名人轶事，以及以"《诗》曰""《礼》曰""《书》曰""孔子曰""孟子曰"等儒家经典著述与言论来说理、言志。

《屈原不宜死论》一文的核心观点是屈原之死"死非其所"，只"以显君之恶"③，为了让人信服自己的观点，李奎报引用比干、伯夷叔齐之死与屈原之死作对比。"古有杀身以成仁，若比干者是已。有杀身以成节者，若伯夷叔齐是已。比干当纣时，其恶不可不谏，谏而被其诛，是死得其所而成其仁也。虎王伐纣，犹有惭德，凡在义士，不可忍视。故孤竹二子扣马而谏，谏而不见听，耻食其粟而死，是亦死得其所而成其节也。"④ 比干是商纣王的叔叔，被誉为"亘古第一忠臣"。纣王荒淫无道，残暴凶狠，杀害了很多有功之臣。比干到摘星楼强谏三日不肯离去，纣王大怒，杀比干而剖视其心。伯夷、叔齐在周武王伐纣时，谏阻于武王马前。武王灭商以后，二人不食周粟，饿死于首阳山。李奎报认为比干之死是为了成仁，伯夷叔齐之死是为了成节。比干之死并没有增加纣王的"恶"，因为"纣之恶，久已浮

---

① 周振甫：《文章例话》，中国青年出版社1983年版，第326页。
② 李岩：《中韩文学关系史论》，社会科学文献出版社2003年版，第295页。
③ ［朝］李奎报：《东国李相国全集》（《丛刊》第1辑），第522页。
④ ［朝］李奎报：《东国李相国全集》（《丛刊》第1辑），第522页。

于天下",即使比干不死,"未免为独夫而取剌于万世矣"①。伯夷叔齐虽死,也没有损害到周武王的声誉,"则其德不以二子之死大损",并且"二子非虎王之臣也,乃纣之臣,谏伐其君而死,以成其节也"②。屈原投汨罗江而死,却死得不得其所,只是彰显了楚怀王作为国君的罪恶。"原若不死,则王之恶,想不至大甚。吾故曰:原死非其所,以显其君之恶耳。"③李奎报的论述虽是一家之言,但引用比干、伯夷叔齐的典故无疑会增加文章的说服力。

其次,引用中国文化典故增加了李奎报散文的形象性,使其散文表达更鲜明、更生动。如《色喻》列举中国古代历史上多位女子之事来阐释道理,形象而生动:"周之褒姒、吴之西子、陈后主之丽华、唐玄宗之杨氏,皆迷君眩主。滋育祸胎,周以之蹶、吴以之颓、陈唐以之崩摧。小则绿珠之娇态败石崇,孙寿之妖妆惑梁冀。"④褒姒,周幽王的宠妃,"烽火戏诸侯"的故事流传至今。西子即西施,被越王勾践献给吴王夫差,成为夫差最宠爱的妃子,惑乱吴宫。"东施效颦""西施浣纱"等故事成为文学作品频繁引用的经典。张丽华,南朝后主陈叔宝的妃子,淫乱朝政。据说陈叔宝上朝问政,让张丽华坐其膝盖上,一同参议朝政,留有"后庭花"之典。杨氏即杨玉环,与唐玄宗李隆基的爱情故事家喻户晓,唐玄宗荒废朝政,终致安史之乱。绿珠,西晋石崇的宠妃,善吹笛,善舞。司马伦见石崇被罢官,遂向石崇索取绿珠,石崇不从。司马伦于是派兵追杀石崇,绿珠坠楼而死。孙寿,东汉权臣梁冀之妻,《后汉书·梁冀传》描绘孙寿"色美而善为妖态,作愁眉、啼妆、堕马髻、折腰步、龋齿笑,以为媚惑"⑤。李奎报援引这些典故的目的是:告诫人们好色害人害国,"着美色则功落名隳,大则君王,小焉卿士,覆邦丧家,靡不由此"⑥。这一系列人

---

① [朝] 李奎报:《东国李相国全集》(《丛刊》第1辑),第522页。
② [朝] 李奎报:《东国李相国全集》(《丛刊》第1辑),第522页。
③ [朝] 李奎报:《东国李相国全集》(《丛刊》第1辑),第522页。
④ [朝] 李奎报:《东国李相国全集》(《丛刊》第1辑),第500页。
⑤ 陈芳译注:《后汉书》,中华书局2016年版,第211页。
⑥ [朝] 李奎报:《东国李相国全集》(《丛刊》第1辑),第500页。

第一章 高丽朝散文与中国文化的关联

物及其故事都是大家耳熟能详的,以此说理比空泛的议论要鲜明、形象。

再次,运用典故使李奎报的散文典致文雅而具有文化意蕴。"典雅性效果历来被看作用典的主要修辞效果"①,李奎报《畏赋》的用典就体现出典雅化特点,所用典故多出自《诗经》《楚辞》《论语》《孟子》《荀子》《老子》《庄子》《世说新语》《史记》《汉书》等典籍。该赋设置了两个虚构人物——独观处士、冲默先生,二人探讨了"何物可畏"的话题。独观处士一直处于无所不畏的生活状态,他认为世上所有的事物都让人产生畏惧,哪怕是鸟、鱼、兔等小动物。他由物及人,指出人黑白颠倒,是非不分,真是"踏地生梗,皆成畏途"②。冲默先生则认为独观处士觉得"可畏"的上天、君主、暴客、猛兽等都不可畏,真正可畏的是人之口,"唯畏于口""口能覆身,言出祸随"③。独观处士、冲默先生在彼此对话时频繁引用典故来为自己的说理作依据,典故运用多达二十几处,如"犨麋兮与子都同筵,下慢而凌上,佞近而疎贤。钻皮之谤日炽,射影之毒遐邅"④,这段话多处用典,犨麋,相传为貌丑而有德之人;子都,春秋时期郑国人,美男子,"钻皮""射影"化用"钻皮出羽"(赵壹《刺世疾邪赋》)、"含沙射影"(干宝《搜神记》)之典。运用这几个典故主要映射的是官场是非不分、沆瀣一气,下慢凌上,佞近疏贤,倾轧争斗等现象。再如"击六丁以增威,虽周成犹禠魄,皆失匕以罔图,孰倚柱而自若,是上天之威赫赫也"⑤,这段话运用了刘备与曹操煮酒论英雄时,刘备因惊慌而失匕箸的故事,以及夏侯玄倚柱读书、霹雳击柱、衣服烧焦,但他仍神色无变、读书如常的故事。

最后,中国文化典故的引用,使李奎报的散文委婉含蓄,回味无

---

① 罗积勇:《用典研究》,武汉大学出版社2005年版,第277页。
② [朝]李奎报:《东国李相国全集》(《丛刊》第1辑),第294页。
③ [朝]李奎报:《东国李相国全集》(《丛刊》第1辑),第294页。
④ [朝]李奎报:《东国李相国全集》(《丛刊》第1辑),第294页。
⑤ [朝]李奎报:《东国李相国全集》(《丛刊》第1辑),第294页。

穷。在无法直接说理、言志时，作家往往使用典故委婉地表达出来，尤其是论及政治抱负、针砭时弊等。李奎报《接果记》一文叙述自家园内有二株恶梨，父亲请来善于接果者田氏，田氏锯断恶梨，"求世所谓名梨者，斫若干梢，安于断株，以膏泥封之"①。后果然"郁然夏阴茂，蕡然秋实成"②。作者每见梨树，都会想到已经过世多年的父亲，作者写道："且古之人以召伯韩宣子之故，有勿翦甘棠，封植嘉树者，况父之所尝有而遗之于子者。其恭止之心，何翅勿翦封植而已哉?"③ 这里化用了召公甘棠之典。召公曾在梨树下裁决狱讼、处理政事，人们为了纪念他勤政爱民的事迹，表达对他的爱戴、怀念之情，不愿砍伐他曾坐于其下办公和休憩的甘棠树。《诗经·召南·甘棠》一诗就是怀念召伯之作。鲁昭公曾宴请韩宣子，季武子和韩宣子于席间赋诗言志："既享，宴于季氏，有嘉树焉，宣子誉之。武子曰：'宿敢不封殖此树，以无忘《角弓》!'遂赋《甘棠》。宣子曰：'起不堪也，无以及召公。'"④ 李奎报借引此典故以抒发对父亲的思念之情，但没有直露其情，点破而不说尽。典故的运用使思父之情的表达含蓄蕴藉，意味无穷。

李奎报"九岁能属文，时号奇童。稍长，经史百家佛书道秩无不遍阅，一览辄记。为诗文，略不蹈古人畦径"（李需《东国李相国文集序》），幼时打下的深厚的文化功底，使他能在散文中广泛地引用中国文化典故。李奎报的散文多引用语典、事典来说理、言志，并采用各种用典方式，如正用、反用或明用、暗用等。李奎报散文所引用的典故大多恰切、精当，增强了文章的艺术表达效果，叙述更为形象、鲜明，议论更具说服力、权威性，文化意蕴浓厚。不但没有给读者带来阅读与理解上的困难，而且显示了文章大家的风范。

---

① ［朝］李奎报：《东国李相国全集》（《丛刊》第 1 辑），第 526 页。
② ［朝］李奎报：《东国李相国全集》（《丛刊》第 1 辑），第 526 页。
③ ［朝］李奎报：《东国李相国全集》（《丛刊》第 1 辑），第 526 页。
④ （春秋）左丘明著，陈戍国校注：《春秋左传校注》（下），岳麓书社 2006 年版，第 813 页。

三 《白云居士传》与王绩《五斗先生传》之比较

王绩（589—644年），字无功，号东皋子，唐代诗人。有《东皋子集》传世。《五斗先生传》是王绩的代表作之一，文章塑造了一位嗜酒如命又傲世放浪的五斗先生形象，其实就是作者之自传。王绩《五斗先生传》、李奎报《白云居士传》、陶渊明《五柳先生传》三篇文章，都是不以第一人称撰写的自传。

李奎报《白云居士传》与王绩《五斗先生传》存在诸多相似之处，如两篇文章均是抒情言志的自传，而非他传；文章渊源、艺术构思等方面也有相似之处。但同中有异，其人物形象的塑造、语言的表述等也存在诸多不同，值得进行深入分析。诚如有学者之言："我们将东亚汉文学中相同或类似的题材、相同源头的作品加以比较，似比将莎士比亚与汤显祖相比较更有意义与价值。"[1]

> 白云居士，先生自号也。晦其名显其号，其所以自号之意，具载先生白云语录。家屡空，火食不续，居士自怡怡如也。性放旷无检，六合为隘，天地为窄。尝以酒自昏，人有邀之者，欣然辄造，径醉而返，岂古陶渊明之徒欤？弹琴饮酒，以此自遣，此其录也。居士醉而饮，自作传，自作赞。
>
> 赞曰："志固在六合之外，天地所不囿，将与气母游于无何有乎？"[2]
>
> ——李奎报《白云居士传》

> 有五斗先生者，以酒德游于人间。有以酒请者，无贵贱皆往，往必醉，醉则不择地斯寝矣。醒则复起饮也。常一饮五斗，因以为号焉。

---

[1] 卞东波：《域外汉籍与宋代文学研究》，中华书局2017年版，第273—274页。
[2] ［朝］李奎报：《东国李相国全集》（《丛刊》第1辑），第505页。

先生绝思虑，寡言语，不知天下之有仁义厚薄也。忽焉而去，倏然而来。其动也天，其静也地，故万物不能萦心焉。尝言曰："天下大抵可见矣。生何足养，而嵇康著论；途何为穷，而阮籍痛哭。故昏昏默然，圣人之所居也。"遂行其志，不知所如。①

——王绩《五斗先生传》

两篇文章最为显著的相似之处是，均受到陶渊明《五柳先生传》的影响。李奎报、王绩二人受陶渊明的影响，都可以在他们的作品及后人的评述中找到证据。王绩以陶渊明作为学习的对象，其《答冯子华处士书》云："陶生云：'富贵非我愿，帝乡不可期。'又云：'盛夏五月，跂脚北窗下，有凉风暂至，自谓是羲皇上人。'嗟乎！适意为乐，雅会吾意。"② 王绩的诗歌也表达出对陶渊明的钦慕："尝爱陶渊明，酌醴焚枯鱼。"（《薛记室收过庄见寻率题古意以赠》③）黄汝亨《黄刻东皋子集序》认为王绩"绝类陶徵君"、其文集《东皋子集》"宜与《陶渊明集》并传"④。钱锺书也曾论及王绩与陶渊明的渊源关系："余泛览有唐一家，初唐则王无功，道陶渊明最多；喜其饮酒，与已有同好，非赏其诗也。"⑤

高丽朝文人积极学习中国作家作品，陶渊明是其中之一。李奎报诗文咏陶、拟陶的内容有四十多处。如《陶潜赞并序》有"予读渊明本传及诗集，爱其旷达"和"渊明嗜酒，惟日以醉。有杯无酒，其可醉止？达士之趣，人岂易会"句，《白云居士传》有"古陶渊明之徒"句等，都表明李奎报受到陶渊明的影响是确凿无疑的。刘彦明指出"陶渊明始终是给予他给养的作家"，"李奎报在创作上受陶渊明

---

① （唐）王绩：《东皋子集》，《文渊阁四库全书》本。
② （唐）王绩：《东皋子集》，《文渊阁四库全书》本。
③ （唐）王绩：《东皋子集》，《文渊阁四库全书》本。
④ （唐）王绩：《东皋子集》，《文渊阁四库全书》本。
⑤ 钱锺书：《谈艺录》（订补本），中华书局1984年版，第89页。

第一章 高丽朝散文与中国文化的关联

影响最为明显的一部作品是《白云居士传》"①。

《白云居士传》《五斗先生传》受陶渊明《五柳先生传》的影响主要表现在以下方面。

第一，均以"号"名篇，"不传事实，只传精神"。陶渊明《五柳先生传》是传记以"号"名篇的滥觞，《白云居士传》与《五斗先生传》受其影响，也以"号"名篇，借"号"表达精神追求。与一般的史传不同，《五柳先生传》并未纵向地描摹传主的生平轨迹，而是以四组没有明显时间次第的事实横向地做了简单排列，从而刻画传主的性格特点，即好读书而不求甚解、喜饮酒且力图尽情尽兴、淡然于贫穷卑贱、作文章自娱等，在文后的论赞部分突出强调传主安贫乐道的性格特点。《白云居士传》也选取四组日常生活之事贯穿文章，表现传主的性格特征，即性情豪放、志存高远、安贫乐道、著文自娱，文尾论赞部分再次突出强调传主的远大志向。《五斗先生传》也以传主的日常生活作为描述重点，从而突出传主喜好饮酒、追求化外之境、傲世放旷等性格特点。三篇文章虽为传记，但都摆脱了"史"的拘束，形成了自传体散文"不传事实，只传精神"的艺术特点。

第二，隐去姓氏，模糊时代背景。一般意义上的传记会在文章开篇交代传主的姓氏、籍贯、世系等信息，《白云居士传》《五斗先生传》则隐去了传主的姓氏、籍贯、世系等信息，并且模糊了时代背景。《白云居士传》曰"晦其名显其号"，传主有号无名。《五斗先生传》的传主亦有号无名，只知世上有"五斗先生者"。《白云居士传》《五斗先生传》也没有具体交代传主生活于何朝何代，从文章语句、思想内容等也无法准确判断出来。这种隐去姓氏、模糊时代背景的写法显然受到陶渊明《五柳先生传》的影响。《五柳先生传》云："先生不知何许人也，亦不详其姓字。"这种创作手法在后世的传记创作中被模仿、运用，如白居易《醉吟先生传》、陆龟蒙《甫里先生传》、李调元《四桂先生传》等。隐去姓氏、籍贯、世系等信息，模糊时代

---

① 刘彦明：《李奎报散文研究》，博士学位论文，中央民族大学，2005年。

背景，就消解了传记的历史留名功能。

第三，语言叙述相似，思想内涵相承。《白云居士传》《五斗先生传》与《五柳先生传》有语句云：

> 尝以酒自昏，人有邀之者，欣然辄造，径醉而返。（《白云居士传》）

> 有以酒请者，无贵贱皆往，往必醉，醉则不择地斯寝矣，醒则复起饮也。（《五斗先生传》）

> 造饮辄尽，期在必醉，既醉而退，曾不吝情去留。（《五柳先生传》[1]）

李奎报、王绩与陶渊明三人都喜好饮酒，《五柳先生传》言"性嗜酒"，"嗜"字可见传主对酒何等痴迷。萧统《陶渊明传》言陶渊明爱酒："（颜延之）日造渊明饮焉，每往必酣饮致醉。弘欲邀延之坐，弥日不得。延之临去，留二万钱与渊明，渊明悉遣送酒家，稍就取酒。"[2]《五斗先生传》曰"以酒德游于人间"，"酒德"一词出自刘伶《酒德颂》，刘伶"以酒自名。一饮一斛，五斗解酲"（《刘伶传》[3]）。王绩嗜酒如命且酒量惊人，"饮酒至数斗不醉"（吕才《王无功文集序》[4]），得到了"斗酒学士"的称谓。酒几乎是王绩生命的全部，《王无功文集》有诗120多首，提到酒的有40多首，他还创作了《酒经》《酒谱》等专门的论酒文章。

《白云居士传》文章短小，不足二百字，但"酒"字、"醉"字各出现了两次，体现出李奎报对酒的热爱。"李奎报的创作实绩说明，其文学成就与酒有着密切的关系，翻阅《东国李相国集》，在处处书

---

[1] 袁行霈：《陶渊明集笺注》，中华书局2011年版，第344页。
[2] 袁行霈：《陶渊明集笺注》，中华书局2011年版，第421页。
[3] （唐）房玄龄等撰，刘湘生、李扬等校点：《晋书》（上册），岳麓书社1997年版，第895页。
[4] （唐）王绩：《东皋子集》，《文渊阁四库全书》本。

香之中不时散发着浓郁的'酒香'。"[1]

《白云居士传》《五斗先生传》虽然有诸多相似的地方,但在人物形象塑造、语言表述上还存在一定差异。

首先,在传主形象的刻画上,《五斗先生传》的传主形象比《白云居士传》更立体、丰满。李奎报、王绩虽都喜好饮酒,但二人醉酒之后的情态却有不同。王绩更为洒脱、随性,李奎报则保持着一定程度的矜持。王绩醉酒后往往席地而眠,酒醒之后继续狂饮。他在诗中自绘醉态,"酣歌吹树叶,醉舞拂灯花","纵横抱琴舞,狼藉枕书眠"(《春夜过翟处士正师饮酒醉后自问答二首》[2]),洒脱,随性。

王绩、李奎报醉酒情态有所不同,究其原因在于,二人的主导思想有异。李奎报更多以佛教禅宗思想为主导,他的散文"寄托了他对佛教禅宗'明心见性''以心顿悟''顿修成佛'的深刻理解,传达出了浓浓的禅理、禅机、禅趣、禅境"[3],这就导致他做事要适度,不可以恣意放纵。王绩思想的核心是老庄思想,他追求闲适、自然的精神境界。《新唐书》记载王绩"以《周易》《老子》《庄子》置床头,他书罕读"[4]。黄汝亨《黄刻东皋子集序》言:"东皋子放逸物表,游息道内。师老、庄,友刘、阮。""忽焉而去,倏然而来""万物不能萦心"[5],完全是超世脱俗、不食人间烟火的形象。

其次,在构思布局、语言表述上,《白云居士传》《五斗先生传》略有不同。以"号"名篇的传记,一般都会对传主"号"的由来进行解释。陶渊明号"五柳先生"缘于宅边种植五棵柳树,"宅边有五柳树,因以为号焉"[6]。王绩借鉴陶渊明的创作手法,交代号"五斗

---

[1] 师存勋:《李白与李奎报酒诗同异试论》,《当代韩国》2012年第1期。
[2] (唐)王绩:《东皋子集》,《文渊阁四库全书》本。
[3] 刘彦明:《论李奎报散文中的禅学蕴涵》,《延边大学学报》(社会科学版)2005年第2期。
[4] (宋)欧阳修、(宋)宋祁:《新唐书》(第18册),中华书局1975年版,第5594页。
[5] (唐)王绩:《东皋子集》,《文渊阁四库全书》本。
[6] 袁行霈:《陶渊明集笺注》,中华书局2011年版,第344页。

先生"的由来,"常一饮五斗,因以为号焉"(《五斗先生传》)。李奎报《白云居士传》没有交代号"白云居士"的来由,这与王绩、陶渊明有所不同。那么,李奎报因何自号"白云居士"?此号又有何深意?李奎报《白云居士语录》曰:"白云,吾所慕也,慕而学之,则虽不得其实,亦庶几矣。"① 他羡慕白云的高洁、自由,所以自号"白云居士",并认为有别于古人:"古之人以号代名者多矣。有就其所居而号之者,有因其所蓄,或以其所得之实而号之者。若王绩之东皋子、杜子美之草堂先生、贺知章之四明狂客、白乐天之香山居士,是则就其所居而号之也。其或陶潜之五柳先生、郑熏之七松处士、欧阳子之六一居士,皆因其所蓄也。张志和之玄真子、元结之漫浪叟,则所得之实也。"② 这段话提到王绩、杜甫、贺知章、白居易、陶渊明、郑熏、欧阳修、张志和、元结等取号的不同类型依据,又道出自己取号有别于他人。

最后,《白云居士传》交代了传主的经济状况,"家屡空,火食不续",这与"环堵萧然,不蔽风日。短褐穿结,箪瓢屡空"(《五柳先生传》③)的思路是一致的。李奎报与陶渊明的生活条件窘迫,但二人都能安贫乐道。《五斗先生传》没有交代传主的经济状况,但据《新唐书》载,王绩生活条件是较为宽绰的,"有田十六顷在河渚间","有奴婢数人,种黍,春秋酿酒,养凫雁,莳草药自供"④,王绩《答冯子华处士书》亦曰:"结构茅屋并厨厩总十余间,奴婢数人,足以应役。"⑤

综上所述,李奎报《白云居士传》与王绩《五斗先生传》有很多相同之处,都受到陶渊明《五柳先生传》的深刻影响,打上了鲜明的陶氏烙印。但因为时代语境、属文对象等的不同,两篇文章又表现

---

① [朝]李奎报:《东国李相国全集》(《丛刊》第1辑),第502页。
② [朝]李奎报:《东国李相国全集》(《丛刊》第1辑),第502页。
③ 袁行霈:《陶渊明集笺注》,中华书局2011年版,第344页。
④ (宋)欧阳修、(宋)宋祁:《新唐书》,中华书局1975年版,第5594页。
⑤ (唐)王绩:《东皋子集》,《文渊阁四库全书》本。

出诸多差异。

第四节 李穑散文与中国文化的关联

李穑（1328—1396年），字颖叔，号牧隐。与李奎报、李齐贤称"丽朝三李"，与郑梦周（圃隐）、李崇仁（陶隐）称"丽末三隐"①。历官成均馆大司成、政堂文学、守门下侍中等。李穑致力于研究性理学，是高丽后期传播和发展朱子学的主要代表人物之一。朝鲜著名文人学者郑道传、郑梦周、权近等都出自他的门下。韩国学者赵润济指出："论及高丽文学，以常例而言，必先谈白云（按：李奎报号白云居士），再谈益斋（按：李齐贤号益斋），尔后必谈牧隐。从某种意义上说，李穑作为高丽末叶的大文豪，是高丽文学之集大成者。"② 著有《牧隐集》。李穑的散文蕴涵着丰富的中国文化，本节拟从两个方面给予论述。

一 "惟我小东，世慕华风"视域下的文学思想

李穑出身名儒世家，师承文学家李齐贤，曾随父李谷于1349年到中国留学多年，为国子监生员，学习朱熹学说。他仰慕、推崇并积极学习中国文化，曾言："惟我小东，世慕华风。"（《受命之颂并序》）③ 李墍《㮣翁疣墨》记载了一则李穑与元朝著名文学家欧阳玄交流的故事："牧隐入元朝，见称于欧阳玄。一日欧阳公戏曰：'兽蹄鸟迹之道交于中国。'公应声曰：'鸡鸣狗吠之声达于四境。'欧阳公一日又吟曰：'持杯入海知多海。'盖讥公自小邦入中国，始见于文物之盛也。公即对曰：'坐井观天曰小天。'盖言东国亦大，文献有传，欧公未能遍观而特小东矣。如此等句皆为欧公之所叹赏，而深服公之

---

① 另一说法，李穑与郑梦周（圃隐）、吉再（冶隐）并称"丽末三隐"。
② [韩] 赵润济：《韩国文学史》，社会科学文献出版社1998年版，第113页。
③ [朝] 李穑：《牧隐稿·牧隐文稿》（《丛刊》第5辑），1990年，第99页。

聪明，至有'吾道东矣'之语。"① 从这则故事可见李穑深厚的文学功底，所以他对文学的体悟也非常深刻。

（一）诗道与诗体嬗变

刘强《高丽汉诗文学史论》云："受性理学的影响，高丽末期诗人在思考'文'与'道'的关系时，秉持的都是正统诗道观。"② 李穑在《中顺堂集序》《及庵诗集序》等文章中多次谈到"诗道"的问题。

> 诗道所系重矣，王化人心，于是着焉。世教衰，诗变而为骚，汉以来五七言作，而诗之变也极矣。虽其古律并陈，工拙异贯，亦各陶其性情而适其适。就其词气而观之，则世道之升降也，如指诸掌。（《中顺堂集序》③）

> 六义既废，声律对偶又作，诗变极矣。古诗之变，纤弱于齐、梁。律诗之变，破碎于晚唐。独杜工部兼众体而时出之，高风绝尘，横盖古今。其间超然妙悟，不陷流俗如陶渊明、孟浩然辈，代岂乏人哉？然编集罕传，可惜也。今陶、孟二集，仅存若干篇，令人有不满之叹。然因是以知其人于千载之下，不使老杜专美天壤间。是则编集之传，其功可小哉？又况唐之韩子，宋之曾、苏，天下之名能文辞者也，而于诗道有慊，识者恨之。则诗之为诗，又岂可以巧拙多寡论哉。（《及庵诗集序》④）

《中顺堂集序》是从诗道、世教的角度指出诗之变，《及庵诗集序》是从诗体的角度指出诗之变，二者合之，则可略见中国古典诗歌的变化过程。李穑认为诗歌的本质在于教化人心，诗歌因世教的衰败

---

① 蔡美花、赵季主编：《韩国诗话全编校注》（第3册），人民文学出版社2012年版，第1766页。
② 刘强：《高丽汉诗文学史论》，厦门大学出版社2008年版，第144页。
③ ［朝］李穑：《牧隐稿·牧隐文稿》（《丛刊》第5辑），第69页。
④ ［朝］李穑：《牧隐稿·牧隐文稿》（《丛刊》第5辑），第68页。

◆ 第一章　高丽朝散文与中国文化的关联 ◆

而发生了变化,"世教衰,诗变而为骚,汉以来五七言作"。古诗、律诗并行,都是"各陶其性情而适其适",由诗风可知"世道之升降"。"六义"语出《毛诗序》"故诗有六义焉:一曰风,二曰赋,三曰比,四曰兴,五曰雅,六曰颂"①,李穑认为是"六义"废弃而声律对偶产生,诗歌于是发生了根本性的改变。齐、梁诗风纤弱,晚唐温庭筠、李商隐、杜牧等人,都以工律体著称,有的甚至只工律体。所以李穑说"古诗之变,纤弱于齐、梁。律诗之变,破碎于晚唐"。只有杜甫众体兼备,横盖古今。如陶渊明、孟浩然般"超然妙悟、不陷流俗"的诗人并不多见,二人虽存诗不多,却使杜甫不至于专美,这都有赖于诗文的编集流传。

李穑在《栗亭先生逸稿序》一文中也谈到诗变的问题:"文章,外也。然根于心,心之发,关于时,是以诵诗者不能不有感于风雅之正变焉。叔世章句,日趋于下,无怪乎正音之不复作也。"②"风雅正变"说是中国文学批评史上一个重要的理论命题,见于《毛诗序》:"至于王道衰,礼义废,政教失,国异政,家殊俗,而变风、变雅作矣。"③ 主要指《风》《雅》中周政衰乱时期的作品,以与"正风""正雅"相对。"正""变"的划分,不是以时间为界,而是以"政教得失"来划分。凡讥刺时政者皆属"变风""变雅"。所谓"变",指时代由盛而衰,国家的政教纲纪出现崩坏的态势,诗歌的内容、风格由美颂向讽谏转变。李穑的论述道出了随着社会环境的变化,诗歌也随着发生了转变,与中国的诗论观点是契合的。

(二)主张"知人论世"

《孟子·万章下》云:"颂其诗,读其书,不知其人,可乎?是以论其世也。"④"知人论世"说自登上文学批评史舞台就对后世文坛产生了深远影响。李穑也主张"知人论世",他在《动安居士李公文集

① 郭绍虞主编:《中国历代文论选》(第1册),上海古籍出版社2001年版,第63页。
② [朝]李穑:《牧隐稿·牧隐文稿》(《丛刊》第5辑),第64页。
③ 郭绍虞主编:《中国历代文论选》(第1册),上海古籍出版社2001年版,第63页。
④ 杨伯峻译注:《孟子译注》,中华书局1960年版,第251页。

63

序》中说：

> 孟子论尚友曰："颂其诗，读其书，不知其人，可乎？是以论其世也。"吾尝谓论文章，亦当如是。文章，人言之精者也。然言未必皆其心也，皆其行事之实也。汉司马相如、杨子云，唐柳宗元，宋王安石之徒，其言之布于文者，无得而议。徐考其行事之实，有不能不容吾喙。譬之屠家礼佛，倡家学礼，自其外视之似也，本之则屠与倡焉。其可以相掩乎哉？此所以颂其诗，读其书，而尤欲论其世者也。①

文章开篇引述《孟子·万章下》"颂其诗"几句，孟子认为要想深刻地理解一部作品，就必须了解作者的为人；要了解作者的为人，又必须研究他所处的时代。李穑赞同此观点，同时指出，文章是语言的精华所在，是经过艺术加工的，并不一定就是作者内心深处的真实反映，也并不一定就反映作者之行实。李穑的观点和我们当今对文学的认识，即文学源于生活又高于生活的道理是相似的。他认为司马相如、扬雄、柳宗元、王安石等人的文字"无得而议"，但是考其行实，则"有不能不容吾喙"之处。他作了一个形象的比喻："譬之屠家礼佛，倡家学礼，自其外视之似也，本之则屠与倡焉。其可以相掩乎哉？"②强调"论其世"的重要性。所以他在为动安居士李公作文序时，重点叙述了李公的"世"，"居士幼知读书，痛自树立。庚午复都之时，居士处尚贱，能以言事，获知于忠敬王。从顺安公入元朝，每遇恩赐，上表陈谢，语辄惊人，名遂大振。事忠烈王为正言司谏，益喜言事而不售，遂去屏迹头陀山中，若将终身。及忠宣王即位，首征居士，待遇极丰，而居士竟不乐，求去益恳。乃以密直副使，词林学士致仕。家训有法，诸子皆有

---

① ［朝］李穑：《牧隐稿·牧隐文稿》（《丛刊》第5辑），第60页。
② ［朝］李穑：《牧隐稿·牧隐文稿》（《丛刊》第5辑），第60页。

名,其季亦以直节雄材,为时重臣大夫公也"①。所以在没有看到李公诗文全集的情况下,也能想见其诗文所蕴涵的内容,"见诸行事之实者既如此,虽不睹其全集,其根于心,著于文辞者,从可知已"②,由此可知李穑对知人论世的重视。

(三) 关于诗文选本的认识

选本是中国古代文学中独特而重要的形式之一,选家的介入,使作者与读者之间直接对话的一维关系转变为多维度结构。选本既是供读者阅读的文本材料,也是一种特殊的文学批评形态。比较著名的选本如萧统编《昭明文选》、茅坤编选《唐宋八大家文钞》、高棅《唐诗品汇》等。"宋代以后,选本成为中国文学批评中包容性最广、因而也最便于扩大影响的批评方式。如果我们把眼光扩大到整个汉语文学世界,就不难发现,在域外汉文学圈中,影响最大的也是选本。受到中国文学选本的启示,在这些国家中也出现了自身的文选。"③

韩国古代文学史上也有不少选本,如赵云仡《三韩诗龟鉴》、徐居正《东文选》、金宗直《青丘风雅》、南龙翼《箕雅》、许筠《国朝诗删》等。除了这些很有影响力的诗文选本之外,很多文人也根据自己的喜好,编选了一些诗文选本。如李穑友人金敬叔集古今诗文若干卷成《选粹集》一书,李穑为之序,《选粹集序》开篇曰:"类书以代,孔氏法也,故上古之书,目曰《虞书》《夏书》《商书》《周书》。类诗以体,亦孔氏法也,故侯国之诗,目曰《风》;天子之诗,曰《雅》、曰《颂》。孔氏祖述尧舜,宪章文武,删《诗》《书》,定礼乐,出政治,正性情,以一风俗,以立万世大平之本。所谓生民以来,未有盛于夫子者,讵不信然?"④李穑认为"类书""类诗"(即诗、文的选本)是孔子所创,"上古之书"指《尚书》,"尚"即

---

① [朝] 李穑:《牧隐稿·牧隐文稿》(《丛刊》第5辑),第60页。
② [朝] 李穑:《牧隐稿·牧隐文稿》(《丛刊》第5辑),第60页。
③ 张伯伟:《选本与域外汉文学》,《南京大学学报》(哲学·人文科学·社会科学) 2002年第4期。
④ [朝] 李穑:《牧隐稿·牧隐文稿》(《丛刊》第5辑),1990年,第72页。

"上"。相传《尚书》为孔子所编定,孔子晚年时致力于整理古代典籍,将上古时期尧舜直到春秋秦穆公时期的许多重要文献资料汇编在一起,认真编选,选出100篇,用作教育学生的教材。《汉书·艺文志》云:"《尚书》原有100篇,孔子编纂并为之作序。"《虞书》《夏书》《商书》《周书》都是《尚书》的条目,诸侯国的诗被目以《风》,天子、庙堂之诗被目以《雅》《颂》。孔子"祖述尧舜,宪章文武",整理、编纂《诗》《书》《春秋》等书籍,从而"定礼乐,出政治,正性情"。

李穑对孔子整理古籍文献的贡献给予了高度评价,"以一风俗,以立万世大平之本。所谓生民以来,未有盛于夫子者"①。他历数历代尊崇孔子的人:"中灰于秦,仅出孔壁,诗书道缺,泯泯棼棼。至于唐韩愈氏,独知尊孔氏,文章遂变,然于《原道》一篇,足以见其得失矣。宋之世,宗韩氏学古文者,欧公数人而已。至于讲明邹鲁之学,黜二氏诏万世,周程之功也。宋社既屋,其说北流,鲁斋许先生,用其学相世祖。中统至元之治,胥此焉出。"② 秦代焚书坑儒,使大批文献典籍毁于一旦,只有孔子的书籍得以保存。唐代韩愈尊孔,倡导古文运动,"文起八代之衰",其《原道》一文攘斥佛老,首倡道统,重申儒家的社会伦理学说,重振儒学。宋代欧阳修等人学习韩愈古文,周敦颐、程颐、程颢等人讲授孔孟之学,排斥佛道。金末元初许衡(世称鲁斋先生)又承传孔子,影响了一代学者。

二 征引、阐释《论语》

李岩教授指出:"高丽王朝对儒家思想的重视,对高丽时期文学的发展起到了积极的促进作用。儒家的文学思想一向重视文学的社会教化作用,它的诗教、礼乐思想在当时东方社会那些知识分子中产生了重要影响,当然其中也包括高丽王朝的知识分子。"③ 李穑就非常推

---

① [朝]李穑:《牧隐稿·牧隐文稿》(《丛刊》第5辑),第72页。
② [朝]李穑:《牧隐稿·牧隐文稿》(《丛刊》第5辑),第72页。
③ 李岩:《中韩文学关系史论》,社会科学文献出版社2003年版,第218页。

◇ 第一章 高丽朝散文与中国文化的关联 ◇

崇孔子,他认为孔子就像天地、日月:

> 盖仲尼,犹天地也,犹日月也。广大而无所不包,代明而无所不照。……仲尼为天地为日月于从游三千。(《阳村记》①)
>
> 夫仲尼,天地也。天地之所从出,大极也。正考父之俯也,共也,仲尼盛德光辉之根抵也。……夫子之道,如日月焉。(《伯共说》②)

李穑天资聪睿,学识精博,曾随父亲李谷到元朝,"在学三年,得受中国渊源之学,切磨涵渍,益大以进,尤邃于性理之书"(权近《朝鲜牧隐先生李文靖公行状》③)。他积极推广性理学,研习、传授《四书》,曾为辛祸王(1374—1388年在位)讲授《论语》"泰伯"篇,创作出颇具特色的"经筵诗",促进了《论语》的传播,扩大了《论语》的影响。

(一)以《论语》作为理论依据,阐说名、字的文化内涵

高丽时期,人们常常请当时的名流对自己的名、字等进行阐释,主要是为了增加名、字的文化内涵。作为名流的李穑应邀为多人的名、字等给予阐说,在阐说时,他大多以《论语》《孟子》等儒家经典作为理论依据。

李穑门生姜隐字之显,请李穑对自己的字作阐释。李穑《之显说》认为,日月星辰的布列、山河岳渎的流峙、尊君卑臣、诗书礼乐的熠兴、典章文物的贲饰,这些都可以称为"显",但是能知其所由来者很少。在李穑看来,"显之道,观乎吾心、达乎天德而已矣"④,对于君子来说,就是要"素其位而行,无入而不自得。胸中洒落,如

---

① [朝] 李穑:《牧隐稿·牧隐文稿》(《丛刊》第5辑),第20页。
② [朝] 李穑:《牧隐稿·牧隐文稿》(《丛刊》第5辑),第78页。
③ [朝] 权近:《阳村集》(《丛刊》第7辑),第346页。
④ [朝] 李穑:《牧隐稿·牧隐文稿》(《丛刊》第5辑),第82页。

光风霁月。阴邪无所遁其情,鬼蜮无所遁其形"①。姜隐少年擢第,是正人君子,"刚毅之气,触奸邪而立推;温柔之质,敦孝友以相感"。姜隐平生所行,无不可与人言者,就如同孔子一样,"夫子曰:以我为隐乎?吾无隐乎尔。夫子,昭然明也"。《论语·述而》:"子曰:'二三子以我为隐乎?吾无隐乎尔。吾无行而不与二三子者,是丘也。'"② 孔子对弟子没有丝毫隐瞒的事情,其胸襟坦荡,令人钦佩。李穑引用《论语》无疑升华了自己的阐释,更加彰显了姜隐字"之显"的深层次文化内涵。

金景先请李穑为自己的三个儿子起名、字,李穑引经据典,长子起名瞻,字子具,寓意是"瞻之言,视也。字以子具,十目所视之谓也"(《茂珍金氏三子名字说》③)。李穑指出取名"瞻"的理论依据,"《语》曰:'尊其瞻视'",《论语·尧曰》:"君子正其衣冠,尊其瞻视,俨然人望而畏之。"④ 君子衣冠整齐,目不斜视,使人见了就让人生敬畏之心。次子名盱,字子何,寓意是:"盱之言,亦视也。字以子何,望道未见之谓也。"⑤ 李穑阐释了以"子何"为字的依据,"《语》曰:'不曰如之何,如之何者,吾未如之何也已'",这句话出自《论语·卫灵公》,孔子强调学习的同时还要勤于思考,要经常问个"为什么"。

李穑弟子闵安仁选补成均生,请李穑为其字"子复"作内涵阐发。李穑《子复说》:"阳之复也,而在五阴之下。以人性言,则善之萌也。以人事言,则吉之兆也。以学言,则返乎其初者也。"⑥ 从阴阳、人性、人事、学理等角度论述了"复"的内涵。他又说:"故曰:颜氏之子,其殆庶几乎?其问仁也,夫子曰:克己复礼为仁,勿于非礼,复之之功也。愚于不违,复之之效也。私欲净矣,何待于克

---

① [朝]李穑:《牧隐稿·牧隐文稿》(《丛刊》第5辑),第82页。
② 杨伯峻译注:《论语译注》(简体字本),中华书局2006年版,第82—83页。
③ [朝]李穑:《牧隐稿·牧隐文稿》(《丛刊》第5辑),第77页。
④ 杨伯峻译注:《论语译注》(简体字本),中华书局2006年版,第237页。
⑤ [朝]李穑:《牧隐稿·牧隐文稿》(《丛刊》第5辑),第77页。
⑥ [朝]李穑:《牧隐稿·牧隐文稿》(《丛刊》第5辑),第79页。

◇ 第一章 高丽朝散文与中国文化的关联 ◇

之。天理行矣，何待于复之，此天下之所以归其仁也。今称颜子曰复圣公，其知颜子也不浅矣。"① 这段话引用了《直方周易》"子曰：颜氏之子，其殆庶几乎"，《论语·颜渊》："颜渊问仁。子曰：'克己复礼为仁。一日克己复礼，天下归仁焉！'"② 李穑认为"复"在守仁行礼方面起到了重要作用。李穑又引用《易经·复卦·彖辞》论"复"："易之彖曰：复，其见天地之心。天地之心，即人之心也。求仁心，观乎易，观乎语，斯足矣。"李穑引用多部儒学典籍阐说"复"，突出"复"的重要意义。

韩签书有四子，尚桓（字伯桓）、尚质（字仲质）、尚敬（字叔敬）、尚德（字季德），李穑在阐释尚桓、尚德时引用了《尚书》、阐释尚质时引用了《论语》、阐释尚敬时引用了《礼记》。李穑在阐说韩签书次子"尚质"名字内涵时说："曰尚质，勉其知所本也。《语》云：'文胜质则史，质胜文则野。'质者，文之本也，文胜久矣。恺悌之美，忠信之笃，泯而不彰，虽有美质，沦胥而莫能自拔于流俗，文之弊极矣。于是而惟文之是尚，则或失其本而趋乎末。故救之之术，虽若偏焉，莫如重质之为愈也。"（《韩氏四子名字说》③） 李穑引用《论语·雍也》："质胜文则野，文胜质则史。文质彬彬，然后君子。"④《论语·雍也》这段话中"文"与"质"的关系可以从多个层面加以理解，如果从诗文创作角度来看，质朴胜过文采就显得粗野，文采胜过质朴就显得虚浮，质朴和文采兼备，然后才能成为君子。如果从个人修养角度来说，"质"是指质朴的品质，"文"是指文化的修养，一个人没有文化修养就会显得粗野，一个人过于文雅、注重繁文缛节就会显得迂腐、不切实际。所以要"文质彬彬"，既要有文化修养，又不要迷失了本性，只有这样，才能够称得上是真正的君子。李穑结合《论语》对"质"字大加推说，敷衍其义，他所强

---

① ［朝］李穑：《牧隐稿·牧隐文稿》（《丛刊》第5辑），第79页。
② 杨伯峻译注：《论语译注》（简体字本），中华书局2006年版，第138页。
③ ［朝］李穑：《牧隐稿·牧隐文稿》（《丛刊》第5辑），第79页。
④ 杨伯峻译注：《论语译注》（简体字本），中华书局2006年版，第68页。

调的就是要"重质",也就是本,不能"失其本而趋乎末",所以才起名字为"尚质"。

(二)引用、化用孔子及《论语》以传情说意

李穑"积极倡导以儒学明教化之根本,他认为儒学既重敦人伦、究明道德,又是修身治国的依据,所以只要能弘扬儒学,自然就可促进社会教化"①,所以他在文章中为了说理、抒情,大量借用、引用孔子及《论语》。

朝鲜各个王朝时期的官制都存在诸多问题,李穑《周官六翼序》云:"职林之书,未有庚其笔者。是以,居官者因仍岁月,得代即去。至有问其官守,则曰:吾未之知也。问其禄则曰:吾受禄若干,今已若干年矣。"②金敬叔有感于此,编辑了一部官制之作,"以六房为纲,各以其事,疏之为目,俾居官者咸有所遵守"。将要付梓之时,李穑名之《周官六翼》。李穑《周官六翼序》在引出这个话题之前,在文章开篇写道:

> 孔子删书,断自唐虞。今读二典,犹夫其时也。命官之际,都俞谐让,其所以用人也,详其所以自处也,审其致凤仪兽舞之理宜矣。三代损益虽名异,轨时而已。道冈不同,《周官》,周礼职方之书,粲然可改。秦官,惟古是去,惟己是尊,周制于是荡然矣。汉兴因秦,志古者虽有弗欸之叹,亦将如之何哉?虽然,孔子尝曰:"礼云礼云,玉帛云乎哉?乐云乐云,钟鼓云乎哉?"然则制度之古不古,非所急也。奉天理物,随时创制,扶纲常,广风化,如斯而已矣。

"孔子删《书》,断自唐虞",相传《尚书》为孔子所编定,《汉书·艺文志》:"《尚书》原有100篇,孔子编纂并为之作序。"据传,

---

① 李甦平:《韩国儒学史》,人民出版社2009年版,第127页。
② [朝]李穑:《牧隐稿·牧隐文稿》(《丛刊》第5辑),第72页。

◆ 第一章 高丽朝散文与中国文化的关联 ◆

孔子晚年致力于整理古代文化典籍，他将上古时期的尧舜一直到春秋时期秦穆公时期的各种重要文献资料汇集在一起，经过认真编选，选出100篇，编成《尚书》一书。在儒家思想中，《尚书》具有极其重要的地位，是孔子教育学生的教材之一。"孔子尝曰：'礼云礼云，玉帛云乎哉？乐云乐云，钟鼓云乎哉？'然则制度之古不古，非所急也。"①"礼云礼云"几句语出《论语·阳货》，孔子用反问语气说明礼不仅指玉帛而言，乐不仅指钟鼓而言。李穑在此文中多处引述孔子的《论语》，不仅是为了说明周代官制，也是为了证明友人金敬叔所编《周官六翼》一书的价值。

《圃隐斋记》一文是为郑梦周（号圃隐）书斋作的记文，文中也多处提及孔子："予读《鲁论》，至樊迟请学圃，夫子曰：吾不如老圃。予以谓迟也从圣人久矣，仁义礼乐之不问，而汲汲于此，果何意哉？圣人之志，未尝忘天下，迟也不及知之欤。圣人虽自道吾少也贱，故多能鄙事，然委吏、乘田，皆在官者也。在其官则尽其职，尽其职者，非独圣人为然，凡为君子者之所共由也。沮、溺耦耕之对不恭矣，夫子责之曰：鸟兽，不可与同群。则圣人之志在天下，可谓至矣。"②"樊迟请学圃"源自《论语·子路》篇："樊迟请学稼。子曰：'吾不如老农。'请学为圃。曰：'吾不如老圃。'"③"樊迟学稼"既体现了孔子因材施教的思想，又体现了孔子朴素的辩证法思想。"沮、溺耦耕"典出《论语·微子》，长沮、桀溺耕田时，孔子从旁边经过，让子路去询问渡口所在。长沮、桀溺在得知驾车者是孔子、问路者是子路后说："滔滔者天下皆是也，而谁以易之？且而与其从辟人之士也，岂若从辟世之士哉？"④子路把这些话如实地告诉孔子，孔子听后感慨：人不能和鸟兽同群，不与人打交道又能与谁打交道呢？如果天下太平，用不着大家一起从事改革了。李穑引用这两个典故都是

---

① ［朝］李穑：《牧隐稿·牧隐文稿》（《丛刊》第5辑），第72页。
② ［朝］李穑：《牧隐稿·牧隐文稿》（《丛刊》第5辑），第39页。
③ 杨伯峻译注：《论语译注》（简体字本），中华书局2006年版，第151页。
④ 杨伯峻译注：《论语译注》（简体字本），中华书局2006年版，第219页。

为表明孔子志在天下,而圃隐郑梦周也有大志如孔子一般。

金赏为辖治下的一座亭台求亭名与记文,李穑"取工部《石犀行》为之本,又以《抱朴子》为之证,而断之以《春秋》之法"(《石犀亭记》)①,名其亭为石犀亭,《石犀亭记》云:"孔子尝曰:虽小道,必有可观。石之镇水,愚夫愚妇之所共知也。象之以犀,必有其理。"② 语出《论语·子张》"虽小道,必有可观焉"③,意思是说,虽然只是小路,但是也一定会有值得欣赏的景色。李穑于此引用《论语》是为了告诉大家,只要善于观察、发现,处处都有美丽的风景。

除了直接引用《论语》语句外,李穑也化用《论语》的文意、语境等,如《风咏亭记》:"其惟风咏乎,风乎舞雩,咏而归,胸次悠然,无一点缀,况暑雨祈寒之怨咨,有可以浣此哉?使伏节剖符,行过是州者,得如春服既成之际,和气洋溢,尚民其幸哉!敢请名以'风咏'。"④ 这段文字化用《论语·先进》,孔子问弟子志向,曾点回答:"莫春者,春服既成,冠者五六人,童子六七人,浴乎沂,风乎舞雩,咏而归。"⑤ 曾点追求自在、适意、畅达的境界,这也是孔子所孜孜以求的。浴乎沂、风乎舞雩、咏而归的想象,是人内在气象和胸襟气度的表现。李穑引此不仅道出了亭名的依据,也表达出对尚牧使金公为官有政绩、与民同乐的赞美。

---

① [朝] 李穑:《牧隐稿·牧隐文稿》(《丛刊》第5辑),第37页。
② [朝] 李穑:《牧隐稿·牧隐文稿》(《丛刊》第5辑),第37页。
③ 杨伯峻译注:《论语译注》(简体字本),中华书局2006年版,第225页。
④ [朝] 李穑:《牧隐稿·牧隐文稿》(《丛刊》第3辑),第5页。
⑤ 杨伯峻译注:《论语译注》(简体字本),中华书局2006年版,第135页。

第二章　朝鲜朝初期散文与中国文化的关联

朝鲜朝初期（1392—1592年），大力推行"斥佛崇儒"政策，太祖元年（1392年）定文武科制，世宗（1418—1450年在位）时期颁布《训民正音》，都对文学的发展产生了重要影响。此时期诗学仍以苏、黄为主，"本朝诗学以苏、黄为主，虽景濂大儒亦堕其窠臼"（许筠《鹤山樵谈》[①]），并且出现了很多重要的诗学著作，如徐居正《东人诗话》、成伣《慵斋诗话》、南孝温《秋江诗话》、卢守慎《苏斋日记》、鱼叔权《稗官杂记》等。此时期，散文也得到了较大发展，出现了众多知名作家，主要有徐居正、金时习、李荇、李彦迪、卢守慎、成伣、林悌等。本章选取徐居正、金时习、成伣等人的散文为论述对象，主要探讨其与中国文化的关联。

第一节　徐居正散文与中国文化的关联

徐居正（1420—1488年），字刚中，号四佳亭、亭亭亭。朝鲜朝初期文论家、诗人。六岁即能读书写句，被称为奇童。十九岁中进士，官至大提学。他历仕六朝，侍经筵四十五年，主文衡二十六年，掌选二十三榜，为一代斯文宗匠。明使祁顺、张瑾出使朝鲜时，徐居

[①] 蔡美花、赵季主编：《韩国诗话全编校注》（第2册），人民文学出版社2012年版，第1435页。

正以能文充任远接使及馆伴，其文才深受明使赏识，祁顺评价曰："如公之才，求之中朝，不过二三人耳。"（《朝鲜成宗实录》卷二二三[①]）徐居正编著有《三国史节要》《东国通鉴》《笔苑杂记》《新撰东国舆地胜览》《太平闲话》《滑稽传》等著作。徐居正主持编纂《东文选》，所选作品上讫三国，下逮朝鲜朝初期，对保存古代朝鲜文化遗产作出了重大贡献。其所著《东人诗话》亦是一部非常具有代表性的诗歌评论集。徐居正"为文章不落古人窠臼，自成一家"（《朝鲜成宗实录》卷二二三[②]），其散文具有鲜明的艺术特色，与中国文化有着密切的关联。

一 中国文学审美批评论

徐居正《东文选序》《皇华集序》等散文的审美批评与中国文学发展、批评理论关系密切，主要体现在以下几个方面。

（一）"代各有文""文各有体"的文学观

徐居正编选《东文选》选录上自三国下逮朝鲜朝初期，包括李仁老、李奎报、李齐贤等代表性作家的诗文作品计四千五百多首（篇）。徐居正为之作序，《东文选序》开篇曰：

> 乾坤肇判，文乃生焉。日月星辰，森列乎上，而为天之文。山海岳渎，流峙乎下，而为地之文。圣人画卦造书，人文渐宣，精一中极，文之体也。诗书礼乐，文之用也。是以，代各有文，而文各有体。读典谟，知唐虞之文。读训诰誓命，知三代之文。秦而汉，汉而魏晋，魏晋而隋唐，隋唐而宋元。论其世，考其文，则以《文选》《文粹》《文鉴》《文类》诸篇，而亦概论后世文运之上下者矣。近世论文者，有曰宋不唐，唐不汉，汉不春秋

[①] 赵季、张景崑：《〈箕雅〉五百诗人本事辑考》，人民文学出版社2013年版，第242页。

[②] 赵季、张景崑：《〈箕雅〉五百诗人本事辑考》，人民文学出版社2013年版，第243页。

◇ 第二章 朝鲜朝初期散文与中国文化的关联 ◇

战国,战国不三代唐虞,此诚有见之论也。①

徐居正提出了非常重要的文学理论命题,即"代各有文""文各有体",每个时代都有代表其时代精神的文学与文体,一代有一代之文学。"代各有文"有自身的发展嬗变规律,"秦而汉,汉而魏晋,魏晋而隋唐,隋唐而宋元"(《东文选序》)。中国诗家对此有着详细论述,元代虞集明确把文体递嬗和时代的变迁发展结合起来探讨文学的发生、发展规律,他说:"一代之兴必有一代之绝艺,足称于后世者,汉之文章,唐之律诗,宋之道学,国朝之今乐府,亦开于气数音律之盛。"② 这段话提出了文体代嬗的思想,开"一代有一代之文学"思想理论之先河。后明代胡应麟《诗薮》、江盈科《雪涛诗评》等继承并发展了虞集的理论观点,将文体与时代紧密联系在一起。

徐居正继承了中国文论家关于文变时序和文体通变规律的理论主张,并运用到本国的文学创作理论与实践中,指出朝鲜文学的代嬗之变:"吾东方之文,始于三国,盛于高丽,极于圣朝,其关于天地气运之盛衰者,因亦可考矣。"③ 他非常重视文体,在编集《东文选》时,他充分借鉴中国历代著名选本,如《昭明文选》《唐文粹》《宋文鉴》《元文类》《唐音》等的编选方式与编纂原则,④ 根据本国的创作实际,把选录的4500余篇诗文作品分为辞、赋、诗、文四大类,其中文又分为诏敕、制诰、册、批答、表笺、启、状、露布、檄书、箴、铭、颂、赞、奏议、札子、文、书、记、序、说、论、传、跋、致语、辨、对、志、牒、议、杂著、上梁文、祭文、祝文、疏、道场文、青词、哀词、诔、行状、碑铭、墓志、别纸、手简等文体,以及五言古诗、七言古诗、五言律诗、五言排律、七言律诗、七言排律、五言绝句、七言绝句、六言绝句、六言律诗等诗体。徐居正认为每个

---

① [朝]徐居正:《四佳集·四佳文集》(《丛刊》第11辑),1988年版,第248页。
② (元)孔齐:《静斋至正直记》,《粤雅堂丛书》,清咸丰二年南海伍氏刊本。
③ [朝]徐居正:《四佳集·四佳文集》(《丛刊》第11辑),第248页。
④ 参阅褚大庆《〈东文选〉的文体研究》,博士学位论文,延边大学,2013年。

朝代都有各自朝代文学的文体特点，"读典谟，知唐虞之文。读训诰誓命，知三代之文"①。基于这样的文体意识，徐居正指出，"是则我东方之文，非汉唐之文，亦非宋元之文，而乃我国之文也，宜与历代之文并行于天地间"②，朝鲜本国文章有着独特的审美价值，是区别于汉唐宋元等中国文学文体而存在的，应该和历代之文并行于世。这一文体观彰显了徐居正的民族意识。

（二）"文者，贯道之器"

"文"与"道"的关系，是历代文论家竞相探讨的问题。唐代韩愈主张"文以贯道"，柳宗元主张"文以明道"等。在文道的关系上，文论家们对"道"的理解各有不同，或指天道、自然之道，或指儒家原典之道，或指政治之道，或指现实生活，等等，但都意识到文章要有一定的内涵，揭示某些规律。徐居正《东文选序》也探讨了文道关系：

> 况文者，贯道之器。六经之文，非有意于文，而自然配乎道。后世之文，先有意于文，而或未纯乎道。今之学者诚能心于道，不文于文；本乎经，不规规于诸子。崇雅黜浮，高明正太，则其所以羽翼圣经者，必有其道。如或文于文，不本乎道，背六经之规矱，落诸子之科臼，则文非贯道之文，而非今日开牖之盛意也。③

徐居正提出"文者，贯道之器"的理论主张，强调"道"的重要性。文章是传达"道"的载体，"道"才是关键。他通过对比论述了"文"与"道"的关系，他认为"六经"（《诗》《书》《礼》《易》《乐》《春秋》）的六部经典著作的文章，"非有意于文，而自然配乎道"，后世文章则和"六经"之文相反，它们是"先有意于

---

① ［朝］徐居正：《四佳集·四佳文集》（《丛刊》第11辑），第248页。
② ［朝］徐居正：《四佳集·四佳文集》（《丛刊》第11辑），第248页。
③ ［朝］徐居正：《四佳集·四佳文集》（《丛刊》第11辑），第248页。

◈ 第二章　朝鲜朝初期散文与中国文化的关联 ◈

文，而未纯乎道"。徐居正反复强调"道"的重要性，强调为文要"本乎道"，而能本于道的是"六经"之文，"背六经之规蘀，落诸子之科曰，则文非贯道之文"。在徐居正看来，诸子之文也没有真正做到合乎"道"，只有"六经"做到了。对于"文"与"道"的追求之重点不同，也导致了为学者学业的深浅不同。徐居正对当时的文人提出了期许、要求，希望文人都可以"诚能心于道，不文于文，本乎经，不规规于诸子，崇雅黜浮，高明正太"[①]，从而使文章成为不朽之盛事。

（三）文章乃"江山之助"

自然山水对诗文创作的影响是中国古代的一个重要理论命题，被名以"江山之助"。中国古代很多评论家对此有所探索，如，刘勰《文心雕龙·物色》："然屈平所以能洞监《风》《骚》者，抑亦江山之助乎？"[②]《新唐书·张说传》："既谪岳州，而诗益凄惋，人谓得江山之助云。"指出诗文创作借助自然山水的熏陶感染而取得了突出的成就。

韩国古代文人也探讨了这个理论命题，如高丽赵纬韩《山水与人物》等。徐居正《观光录序》认为文章乃"江山之助"，他是从先否定后肯定来论述说明的。文章开篇由古人评论司马迁为文风格引出所要讨论的话题："予尝见古人评司马子长者曰：子长以疏宕之气，极天下之大观，故文章变化无穷。观长淮大江惊涛骇浪，则其词奔放浩漫。观洞庭彭蠡涵混呼吸，则其词停滀渊深。之齐鲁邹峄而温重典雅，之三闾沅湘而悲愤伤激。其壮勇也，得之刘项之战场。其峭拔也，得之巴蜀之剑阁。"[③] 宋代马存《赠盖邦式序》论述司马迁为文风格时说："南浮长淮，诉大江，见狂澜惊波，阴风怒号，逆走而横击，故其文奔放而浩漫；泛沅渡湘，吊大夫之魂，悼妃子之恨，竹上犹斑斑，而不知鱼腹之骨尚无恙乎？故其文感愤而伤激。北过大梁之

---

① ［朝］徐居正：《四佳集·四佳文集》（《丛刊》第 11 辑），第 248 页。
② （南朝梁）刘勰著，周振甫注：《文心雕龙注释》，人民文学出版社 1981 年版，第 417 页。
③ ［朝］徐居正：《四佳集·四佳文集》（《丛刊》第 11 辑），第 239 页。

墟，观楚汉之战场，想见项羽之喑呜，高帝之谩骂，龙跳虎跃，千兵万马，大弓长戟，交集而齐呼，故其文雄勇猛健，使人心悸而胆栗；世家龙门，念神禹之鬼功；西使巴蜀，跨剑阁之鸟道。上有摩云之崖，不见斧凿之痕，故其文斩绝峻拔而不可攀跻；讲业齐鲁之都，观夫子之遗风，乡射邹峄，彷徨乎汶阳洙泗之上，故其文典重温雅，有似乎正人君子之容貌。"[1]

徐居正对此种论调持怀疑态度，他从两个角度阐发自己不赞同古人评价司马迁之语。首先，从"气"的角度。"气"原本为古代哲学概念，在先秦哲学观念里，"气"指某种构成生命、产生活力、体现为精神的抽象物。曹丕最早将"气"运用到文学理论批评中，《典论·论文》云："文以气为主，气之清浊有体，不可力强而致。譬诸音乐，曲度虽均，节奏同检，至于引气不齐，巧拙有素，虽在父兄，不能以移子弟。"[2]曹丕所言之"气"是文章所体现的作家精神气质，具体而言，作家天赋个性和才能是独特的，不可强求，也不能传授。曹丕关于"气"的论述对后世产生了深远影响。徐居正关于文"气"的论述显然受到了曹丕的影响，他认为"文章者，气也"，气禀于天，有清浊粹驳的区别，一旦发于文章，就有了工拙、高下的分别，即"李杜自李杜，韩柳自韩柳，王韦止于平淡，郊岛局于寒瘦，元白之不可为刘许，梅黄之不可为欧苏"[3]。每个人都有自己独特的风格，都是独立的自我。文章风格属于作家，怎么会"因所亲览，而遽变其气"呢？这是徐居正质疑古人论说的第一个维度。

徐居正质疑的第二个角度是"文章，关乎时运之盛衰"[4]，文章可以体现出时代的发展变迁。徐居正以中国为例，"元不宋，宋不唐，唐不晋魏，晋魏不汉秦"[5]，每个时代都有每个时代的特点，而文章则反

---

[1] （明）凌稚隆编：《史记评林》，广陵书社2017年版，第136页。
[2] 郭绍虞主编：《中国历代文论选》（第1册），上海古籍出版社2001年版，第158页。
[3] ［朝］徐居正：《四佳集·四佳文集》（《丛刊》第11辑），第239页。
[4] ［朝］徐居正：《四佳集·四佳文集》（《丛刊》第11辑），第239页。
[5] ［朝］徐居正：《四佳集·四佳文集》（《丛刊》第11辑），第239页。

第二章　朝鲜朝初期散文与中国文化的关联

映出时代特点、兴衰变化等，"其论子长者，特壮其游、奇其气，形容文章之发越耳，非子长之文奇于游，不奇于不游也"[①]。徐居正又以自己的亲身经历来进一步说明："顷年，居正奉使朝京，道辽蓟，由间碣，历幽蓟，直造乎燕都。睹夫山河土宇之绵旷也，城郭宫室之壮丽也，礼乐典章之明备也，衣裳舟车之会同也。所见无非瑰伟绝特，而居正之形于诗歌者，不失之纤弱，则失之涩僻；不失之萎薾，则失之粗厉。何尝因所睹览，而少有变化者乎？益信文章之气之习之未易猝变也，予持此论久矣。"[②]徐居正以他奉使入明朝时所作诗歌为例来论说，沿途所见都是"瑰伟绝特"的景观、壮丽的城郭宫室及明备的礼乐典章等，但他于此时创作的诗歌，"不失之纤弱，则失之涩僻；不失之萎薾，则失之粗厉"[③]，并没有因为亲览而有什么变化。徐居正的说辞显然有自谦的成分。当徐居正看到崔、李、成三人的《观光录》诗集时，看法发生了改变："今见三君子《观光录》，自汉都暨燕山，往还八九千里。触于目，感于心者，一皆发于诗。其老健也，如幽燕宿将，气雄势壮。其快迅也，如渔阳突骑，风飈电闪。或纵横捭阖，如苏张辨士。或从容法律，如汉庭老吏。其清圆也，如铜丸走坂。其美藻也，如芙蓉出水。其洞荡倏翕，则如鲸波蜃市，鱼龙游戏。其豪爽道峻，则如危岩绝壁，鹰隼飞骞。备全众体，愈出愈奇，然后知古人论子长者不诬，而居正之所见者非也。"[④]至此才是文章的核心，即江山可助文章之变化，前面的怀疑都是在为后面的赞扬作铺垫。

韩国古代文人在谈及"江山之助"这个理论命题时，都会引用中国古代文人游历山水之后，诗文境界得到提升、精进作为事例。可以说，"'江山之助'不仅是中国古代重要的诗学命题，同时也被朝鲜文人所接受并用来诠释'自然景物'对诗歌创作产生'从外到内'的影响。朝鲜文人对'江山之助'的认知与中国文人在诠释上虽存在差异，

[①]　[朝]徐居正：《四佳集·四佳文集》（《丛刊》第11辑），第239页。
[②]　[朝]徐居正：《四佳集·四佳文集》（《丛刊》第11辑），第239页。
[③]　[朝]徐居正：《四佳集·四佳文集》（《丛刊》第11辑），第239页。
[④]　[朝]徐居正：《四佳集·四佳文集》（《丛刊》第11辑），第239页。

但是对'自然景物'与诗歌创作关系的看法却有着异曲同工之妙"①。

二 民本思想

作为一名儒臣,徐居正心系天下苍生,其散文充满了浓厚的民本思想,如对农业于民生的认识、探讨吏与民之间的关系、对循吏形象的塑造等。

第一,阐释农业于民生的重要性。

徐居正《昭格署雷声普化天尊祈雨青词》曰:"农者,国之本,一谷不登则岁凶。食为民之天,三日不食则命殒"②,把农业放到国家之根本的位置,没有粮食,人就失去了赖以生存的资源。面对"春不雨,夏尚不雨""魃为虐而如焚,苗则槁矣"的灾情,徐居正心急如焚,作祈雨青词一篇,祈祷可以早日下雨,缓解灾情,让百姓可以丰收。

第二,探讨吏、民之间的关系,强调吏要有益于民。

徐居正从不同角度探讨了吏与民的关系,如《送济州节度使梁公诗序》曰:"其曰:易治者,得不以地褊民少、词讼简、簿书略,又无猾吏土豪舞文弄法,民之从之也易,而云然乎?至如前所谓商船、鱼民、盐户之狙诈鼠黠者,又可以易治乎哉?大抵为政,缓之则民慢,急之则民怨。审缓急,济宽猛,治之以不易,乃所以易治也。"③吏与民的关系是一件很复杂的问题,怎样才属于"易治"?徐居正指出了两种假设情况:第一种"易治"的假设情况是,"地褊民少、词讼简、簿书略,又无猾吏土豪舞文弄法";第二种"易治"的假设情况是,"商船、鱼民、盐户之狙诈鼠黠者",这两种假设又是相对的关系。为政之不易在于,"缓之则民慢,急之则民怨",所以才要"审缓急,济宽猛,治之以不易,乃所以易治"。

---

① 韩东:《论朝鲜文人"江山之助"的诗学命题》,《烟台大学学报》(哲学社会科学版)2015年第2期。
② [朝]徐居正:《四佳集·四佳文集补遗》(《丛刊》第11辑),第307页。
③ [朝]徐居正:《四佳集·四佳文集》(《丛刊》第11辑),第252页。

第二章　朝鲜朝初期散文与中国文化的关联

徐居正的观点和"宽猛相济"治政思想是一脉相承的。"宽猛相济"的治政思想是先秦时期郑子产首先提出来的，他执政二十年，政绩卓著。《左传·昭公二十年》通过子产授政、大叔用宽以及孔子的评价，阐明了为政应当"宽以济猛，猛以济宽"、宽猛相济的观点。"郑子产有疾，谓子大叔曰：'我死，子必为政。唯有德者能以宽服民，其次莫如猛。夫火烈，民望而畏之，故鲜死焉；水懦弱，民狎而玩之，则多死焉：故宽难。'疾数月而卒。大叔为政，不忍猛，而宽。郑国多盗，取人于萑苻之泽。大叔悔之，曰：'吾早从夫子，不及此。'兴徒兵以攻萑苻之盗，尽杀之。盗少止。仲尼曰：'善哉！政宽则民慢，慢则纠之以猛。猛则民残，残则施之以宽。宽以济猛，猛以济宽，政是以和。'"① 宽猛相济思想对后世产生极大影响，不仅是先秦儒家对历史政治统治经验的高度概括和提炼，也成为历代统治者治理国家的重要手段之一。

徐居正又作了进一步阐说："居正又闻：近有州宰号廉谨者，三年不食鲅鱼，以其病民也。或有诋之者曰：苏子言：君子之仕也，以其才易天下之养。苟利于民，虽厉民自奉不为过也。况一鲅鱼，乌能伤乎廉哉？无乃出于作乎？若为州者，使民饥焉而食、渴焉而饮，骨者肉、寒者燠，虽日食百鲅，何病于民乎？若使饥不食渴不饮，骨不肉寒不燠，不食一粒，何益于民乎？"② 苏轼之言出自《滕县公堂记》："君子之仕也，以其才易天下之养也。才有大小，故养有厚薄。苟有益于人，虽厉民以自养不为泰。"③ 有人反对"三年不食鲅鱼，以其病民"的州宰时引述了苏轼这段话，意思是说为官者以他的才能换得天下的供养，才能有大小，因此供养也有厚薄。如若有益于人民，即使人民节约供养他也不算为过。在这些人看来，一只鲅鱼并不

---

① （春秋）左丘明著，陈戍国校注：《春秋左传校注》（下），岳麓书社2006年版，第1022页。
② ［朝］徐居正：《四佳集·四佳文集》（《丛刊》第11辑），第252页。
③ 迟文浚等主编：《唐宋八大家散文广选·新注·集评》（苏轼卷），辽宁人民出版社1999年版，第436页。

会损害廉洁,州宰的做法有作秀的成分。况且,如果可以使民饥而食渴而饮、骨者肉寒者燠,那么即使是日食百鲠,又何病于民?如果是饥而食渴而饮、骨不肉寒不燠,即使是不食一粒,又何益于民?或有认为苏轼之言是过激之语,并不是天下的至论。徐居正进行了反驳:"昔范文正公常日计所为,足以当是日之俸,然后自安。此实后人之模范也。子以苏子之论诋廉者,不已甚乎?"①范仲淹"日计所为""以当是日之俸"的行为堪称后人之楷模。徐居正认为君子立心,"当以文正为主,而济以苏子之论",然后才能得法。

《开宁县同乐亭记》也阐释了吏、民的关系问题:"当国家隆泰之盛,吏循民安,时和岁丰,百室按堵,四境无虞,若不亭榭游观为乐,何以形容大平之气象乎?其或吏酷民顽,政繁赋重,饿殍满野,室家悬罄,则虽有楼台亭榭,太守其独乐乎哉?"②语段道出了两种不同的吏民关系,即"吏循民安""吏酷民顽"。侯氏"观四时农作之候,察生民畎亩之艰,补不足而助不给"的一系列举措,使民甚乐,吏民关系融洽,"侯泽在于民,民孚于信",同乐亭即体现出了太守与民同乐。

徐居正阐释了守令一职的重要性,强调守令于国于民的重要作用。《送朴先生出守密阳诗序》:"守令,盖古之诸侯。于民,有父母之道。于吏,有君臣之分。推父母爱子之心爱民,则民悦。操刑赏威福之柄御吏,则吏畏。民不悦,失之苛。吏不畏,失之慢。其所系岂不重且大欤?古人以谓士君子功名事业,不能为宰相,当为守令。宰相,泽润生灵。守令,恩施一方。虽有大小名位之不同,其德于民,一也。"③徐居正的论述把民与吏的关系紧密联系在一起,始终围绕民来做文章。"推父母爱子之心爱民,则民悦",反之,"操刑赏威福之柄御吏,则吏畏"。民众希望为官者能以民为本,爱民敬民。如果吏无法做到,民众就会起来反抗,使吏产生畏惧之心。宰相与守令虽然

---

① [朝] 徐居正:《四佳集·四佳文集》(《丛刊》第11辑),第252页。
② [朝] 徐居正:《四佳集·四佳文集》(《丛刊》第11辑),第212页。
③ [朝] 徐居正:《四佳集·四佳文集》(《丛刊》第11辑),第258页。

第二章 朝鲜朝初期散文与中国文化的关联

名位大小不同,但为百姓服务的职责是一样,"宰相,泽润生灵。守令,恩施一方",如果说更能贴近百姓、了解百姓疾苦者,无疑是守令,"近民莫如守令,庙堂远于千里,吾民之朝夕受赐,必有先后缓急之殊者"。

除了在理论上阐发吏与民的关系问题,徐居正还通过守令的具体政绩来说明吏民关系。《左议政铁城府院君赠谥康宪李公神道碑铭并序》一文通过一件小事,体现出了李原为官能以民为本的思想,"冬,出尹平壤府。府古称繁剧难治,公抚绥得宜。政太理,时方缮修大同馆,公恐扰民,率僚吏亲输材瓦,民乐趋事,不日告成"[①],修缮大同馆,恐怕惊扰到百姓,李原亲自带领官吏们运输需要的建筑材料,仅一件小事足见其爱民的品质。《洪川县鹤鸣楼记》塑造了一位不愿扰民、以民为念的廉吏形象。尹君任洪川县令,不超过半个月,政事顺通,后建楼于客馆之东侧。徐居正盛赞尹君之为官为人:"侯此举,不伤财,不违时,深得春秋使民以时之意。"[②]《庆州府客馆重新记》记载金、辛、郑、杨等人在重新修葺客馆时,做到了不扰民、不劳民,始终以民生为念。"予观今为守令者,率皆劳民动众,时屈举赢,建一楼,营一廨,妨政害民多矣。今金、尹、辛通判,创始于前,一材一石,费不及民。继而郑、尹、杨通判,勿亟勿劳,使民以时。如数君子者,在春秋之例,亦可褒而可书也。"[③]

第三,对"循吏"的推崇。

"循吏"之称谓最早见于司马迁《史记·循吏列传》,指那些奉公守法、清正廉洁、所居民富、所去民思的地方官吏。《史记》首开正史为循吏立传的先河,被历代史家所继承,《汉书》《后汉书》《明史》《清史稿》等史书都记载了很多循吏形象。循吏的政绩主要体现在改善所辖人民的生活、大力发展教育,把兴礼义、重教化放在施政的重要位置,他们身上普遍有着清正廉洁、爱民如子等优秀品质,他

---

① [朝]徐居正:《四佳集·四佳文集补遗》(《丛刊》第11辑),第285页。
② [朝]徐居正:《四佳集·四佳文集》(《丛刊》第11辑),第220页。
③ [朝]徐居正:《四佳集·四佳文集》(《丛刊》第11辑),第211页。

们政绩卓著，造福地方，为百姓爱戴。

徐居正推崇循吏，希望为官者都可以如循吏般为百姓着想。他在文章中多次提到"循吏"，或是友人被任命为某地官员，作序相赠时；或是某地亭台楼阁建成，作记文以纪时。如："古人称循吏，必推黄霸为首，自汉迄今数百年，人诵之不置"（《送朴先生出守密阳诗序》[①]）、"古循吏之以政平著称，惟汉为盛，三异五袴第一之政，非一朝可成"（《政成楼记》[②]）等。

月城郑君出守顺天，徐居正作序相送。文章《送顺天府使郑君诗序》首先指出朝廷对守令人选的重视："选必政府干曹同荐有文理吏治俱优者，州若府、郡若县，视品秩铨局，而量授之。遣必引内殿，温淳告谕，勉以五事，有六期十考，考皆居上者，必加超擢。"[③] 郑君曾经在多地为官，经验丰富，且政绩斐然，"尝守灵、怀、理、宁、旌数邑，所至声绩蔚然"，所以被选拔为顺天守令。顺天也存在诸多实际困难，"顺天，全罗之剧邑。其土广、其民伙，又滨海，御侮之责，悉烦且重"[④]。徐居正希望郑君能做到"不急于近名，不徇于邀誉，一以五事为念"[⑤]，成为一代循吏，"则后日作史传，大书特书曰：循吏郑某者，必有人矣"[⑥]。

金君与徐居正同朝为官数年，金君学问精研，工于著述，为官有政声，后转任金堤郡守。好友们都非常惋惜："以侯之才之文，宜居近侍，谋猷献替矣。而今辍而为小郡，其屈也哉。"（《送金堤金郡守诗序》[⑦]）徐居正则不这样认为，他引述班固《汉书·儒林传序》阐释自己的观点。班固指出，饱学之文士甚多，能称为循吏者则甚少。写作文章是难事，做循吏则更难，并且很难兼而有之。徐居正认为金

[①] ［朝］徐居正：《四佳集·四佳文集》（《丛刊》第 11 辑），第 258 页。
[②] ［朝］徐居正：《四佳集·四佳文集》（《丛刊》第 11 辑），第 223 页。
[③] ［朝］徐居正：《四佳集·四佳文集》（《丛刊》第 11 辑），第 276 页。
[④] ［朝］徐居正：《四佳集·四佳文集》（《丛刊》第 11 辑），第 276 页。
[⑤] ［朝］徐居正：《四佳集·四佳文集》（《丛刊》第 11 辑），第 276 页。
[⑥] ［朝］徐居正：《四佳集·四佳文集》（《丛刊》第 11 辑），第 276 页。
[⑦] ［朝］徐居正：《四佳集·四佳文集》（《丛刊》第 11 辑），第 272 页。

第二章 朝鲜朝初期散文与中国文化的关联

君"始以儒林著名,而终必以循吏著称,文吏之责,萃于一身"①,金君此行不是屈才而是荣耀之事。

徐居正在《送平壤芮少尹诗序》一文中曾对比过宰相、守令二职:"宰相,泽润斯世。守令,恩施一邑。虽有大小名位之不同,能行其志,一也。"②在徐居正看来,做郡守只是"历试之地",最终会成为"卿相之阶"。徐居正许诺"为侯著循吏传,以继黄丞相之后"。黄丞相即汉代黄霸(前130—前51),善于治理郡县,为官清廉,文治有方,政绩卓著,后世常将黄霸与龚遂作为"循吏"的代表。徐居正希望金君能成为黄霸一样的人物,殷殷之心可鉴。

《玺书褒奖记》文章篇首曰:"班孟坚作《汉史》,以王、黄、龚、召为循吏之首,宣帝未尝不致意于吏治,或玺书褒奖,或增秩赐金,或召还为卿相。"③班固《汉书·循吏列传》选取了代表性的循吏以为传记,包括文党、朱邑、召信臣、黄霸、龚遂、王成等六个汉代循吏的事迹。这些人做到了"所居民富,所去民思",他们关心民事,发展生产。《玺书褒奖记》赞扬尹孝孙"有古循吏之风",尹孝孙"有台阁之器,廊庙之量,至其熟于世务,老于吏治"④。顺县守李礼全考满将递,建楼三间,徐居正起曰为政成楼,主要是赞扬李君任顺县守时的政绩足以传于后世,"泽施于民,而民爱慕之。礼接宾客,而宾客交誉之"(《政成楼记》⑤)。

《送安君之任安峡诗序》主人公安君"抱奇村,屡屈场屋",后以吏能选为安峡县监,他一直憾憾有不满之容。徐居正对此发表了看法:"士君子得时行道,致君泽民,自有遇不遇,何可以儒吏论乎哉?儒吏之相须,犹文武之不可偏废,蕴诸己而为儒,施诸事而为吏,非二道也。后世好辩之士分儒吏,儒诋吏以俗,吏诋儒以

---

① [朝]徐居正:《四佳集·四佳文集》(《丛刊》第11辑),第272页。
② [朝]徐居正:《四佳集·四佳文集》(《丛刊》第11辑),第274页。
③ [朝]徐居正:《四佳集·四佳文集》(《丛刊》第11辑),第204页。
④ [朝]徐居正:《四佳集·四佳文集》(《丛刊》第11辑),第204页。
⑤ [朝]徐居正:《四佳集·四佳文集》(《丛刊》第11辑),第223页。

腐，若异道然，此岂真知真儒与真吏者哉？"① 徐居正在论述"儒吏"时，列举多位中国历史人物来作为论据："汉之萧、曹、丙、魏，皆起于刀笔。宋之寇、范、韩、富，皆出于科第，独可以儒吏目之乎？"② 汉代萧何、曹操等人都出身不高，而宋代寇准、范仲淹等人进士出身，这些人最终都在仕途上取得了巨大成功，所以不能简单地用"儒吏"来划分为官者。只是有儒吏之名而没有行儒吏之实，那就是罪人。所以"不可以儒吏而论人物"，还是应该以政绩作为判断的标准。

相比史书中循吏形象塑造的鲜明、完整，徐居正在散文中并没有涉及循吏的具体事迹，他笔下的循吏大多处于愿景、希望之中，是对友人的期许。究其原因在于，徐居正所作文章的文体多为赠序，友人还没有真正地到任为官。这种期许也说明徐居正非常看中、推崇循吏。

三 引《诗经》《孟子》探析

徐居正在散文中引用最多的中国典籍是《诗经》《孟子》，并呈现出较为鲜明的特点。为方便论述，我们以表格的形式呈现。

表1　　　　　　　引《诗经》一览

序号	文章名称	引文	出处	引用形式
1	《洪判书谳对马岛贼帅平茂续诗序》	"文武吉甫，万邦为宪" "文武受命，召公维翰"	《小雅·六月》《大雅·江汉》	直接引用
2	《送权仲平出牧黄州序》	"左之右之，君子宜之"	《小雅·裳裳者华》	直接引用
3	《御制飞冰诗后序》	"《鹿鸣》以下五诗，君谦其臣。《天保》一诗，臣祝其君"	《小雅·鹿鸣》《小雅·天保》	只引篇名

---

① ［朝］徐居正：《四佳集·四佳文集》（《丛刊》第11辑），第254页。
② ［朝］徐居正：《四佳集·四佳文集》（《丛刊》第11辑），第254页。

◈ 第二章　朝鲜朝初期散文与中国文化的关联 ◈

续表

序号	文章名称	引文	出处	引用形式
4	《征建州行军图记》	"文武受命，召公维翰" "王命卿士" "以修我戎"	《大雅·江汉》《大雅·常武》	直接引用
5	《洪州县鹤鸣楼记》	"鹤鸣于皋，声闻于天"	《小雅·鹤鸣》	直接引用
6	《通津县大浦谷梁判书别墅落成记》	"秩秩斯干，君子攸宁" "子子孙孙，勿替引之"	《小雅·斯干》《小雅·楚茨》	直接引用
7	《成均馆尊经阁记》	"济济多士，文王以宁"	《大雅·文王》	直接引用
8	《竹堂记》	"《淇澳》之诗，卫人美武公之德，而终始以竹起兴"	《国风·卫风·淇奥》	只引篇名
9	《贺上党府院君韩相公受赐几杖诗序》	"既醉以酒，既饱以德。君子万年，介尔景福" "乐之君子，遐不眉寿。乐只君子，德音是茂"	《大雅·既醉》《小雅·南山有台》	直接引用
10	《送权仲平出牧黄州序》	"左之右之，君子宜之"	《小雅·裳裳者华》	直接引用
11	《应制喜雨诗并序》	"敬恭神明，宜无悔怒" "益之（原诗做'以'）霡霂" "以祈甘澍（原诗做'雨'）" "雨我公田"	《大雅·云汉》《小雅·信南山》《小雅·甫田》《小雅·大田》	直接引用
12	《送兵曹参判朴公楗出为庆尚道观察使诗序》	"如《嵩高》《烝民》《韩奕》之作，皆出于此" "居正虽无吉甫穆如之风"	《大雅·崧高》《大雅·烝民》《大雅·韩奕》《大雅·烝民》	只引篇名；化用
13	《送咸吉道节度使郑东来诗序》	"文武吉甫，万邦为宪" "文武受命，召公维翰" "以续穆如之风乎"	《小雅·六月》《大雅·江汉》《大雅·烝民》	直接引用；化用
14	《安东权氏家谱序》	"无忝尔祖，聿修厥德"	《大雅·文王》	直接引用

87

续表

序号	文章名称	引文	出处	引用形式
15	《皇华集序》	"在昔成周之盛,如《大明》,星矣;《棫朴》,旱麓之诗" "《诗三百》篇,古也。《四牡》《皇华》,皆遣使臣而作。其诗曰:王事靡盬,不遑启处。又曰:载驰载驱,周爰咨诹" "其诗即《四牡》《皇华》之遗响"	《大雅·大明》 《大雅·棫朴》 《诗三百》 《小雅·四牡》 《小雅·皇皇者华》	只引篇名; 直接引用
16	《送金参校赴京诗序》	"吾夫子尝以诵《诗三百》,使于四方,不辱君命为难"	《诗三百》	只引篇名
17	《送忠清道监司李公诗序》	"其赋《甘棠》之诗者,亦必有人矣"	《国风·召南·甘棠》	只引篇名
18	《送李直提学可行奉使日本诗序》	"诵《诗三百》,有专对之才"	《诗三百》	化用
19	《送金参校宗直出守善山府诗序》	"不遑将父""不遑将母" "《南陔》《白华》之咏,不可不为侯歌之" "虽无吉甫穆如之风"	《小雅·四牡》 《小雅·南陔》 《小雅·白华》 《大雅·烝民》	直接引用; 只引篇名;化用
20	《送全州府尹李公诗序》	"小心翼翼""夙夜匪懈"	《大雅·烝民》	直接引用
21	《送朴先生出守密阳诗序》	"恺悌君子,民之父母"	《大雅·泂酌》	直接引用

"朝鲜历代的文学家都把《诗经》当作创作的典范""欲以《三百篇》的艺术方法和基本艺术精神'补风阙'"[①],徐居正也是如此,其散文大量引用、化用《诗经》,并呈现出较为鲜明的特点。

第一,借原诗表达的思想内涵来赞美文章主人公,是徐居正散文

---

① 李岩:《朝鲜古代〈诗经〉接受史考论》,《文学评论》2015年第5期。

◆ 第二章 朝鲜朝初期散文与中国文化的关联 ◆

引用《诗经》常见的表达形式之一。

《洪判书谦对马岛贼帅平茂续诗序》一文引用了"文武吉甫,万邦为宪""文武受命,召公维翰"等诗句,分别出自《小雅·六月》《大雅·江汉》。《六月》记叙周宣王北伐猃狁之事,赞美主帅尹吉甫的文韬武略;《江汉》歌颂了召康公之德与天子之英明。徐居正引用这两首诗的目的:一是歌颂君主,"圣神文武,削平内乱,民物乂安,四方耆定"①;二是赞美洪判书,"存抚夷狄,昵侍禁卫,董莅戎政,出将入相,文武之责,萃于一身。从容谈笑之间,能威制四夷,镇定封疆,屹如山岳"②。

大学者权近的后人权仲平将去黄州任职,很多人为此惋惜,认为权仲平"怀奇抱伟,可大设施,非直百里之才,宜居囿密,为喉舌,启沃献替矣"(《送权仲平出牧黄州亭》③),徐居正却持不同看法,他在赠序中引用《小雅·裳裳者华》"左之左之,君子宜之"两句诗,其原意是说要向左就向左,君子应付得很适宜。徐居正引此诗句想要表达的是,以权仲平出众的才华、为人处世的能力,即使栖居荆棘之地,也可以左右逢源、做好本职工作。

第二,引用《大雅》《小雅》居多,引用《国风》只有二首,未引用《颂》。

由上面列表可见,徐居正散文引用《大雅》《小雅》最多,引用《国风》只有两篇,没有引用《颂》。其中原因主要与《大雅》《小雅》的内容、性质等有关。"雅"即正,指朝廷正乐,西周王畿的乐调。《诗大序》言:"雅者,正也,言王政之所废兴也。政有小大,故有小雅焉,有大雅焉。"④《雅》分为《大雅》和《小雅》,《大雅》中的作品主要用于典礼、讽谏和娱乐,主要歌颂周王室祖先乃至武王、宣王等的功绩,是实行教化的重要工具。《小雅》中有以君臣、

---

① 徐居正:《四佳文集》(《丛刊》第 11 辑),第 235 页。
② 徐居正:《四佳文集》(《丛刊》第 11 辑),第 235 页。
③ 徐居正:《四佳文集》(《丛刊》第 11 辑),第 281 页。
④ 郭绍虞主编:《中国历代文论选》(第 1 册),上海古籍出版社 2001 年版,第 63 页。

亲朋欢聚宴享为主要内容的宴飨诗，反映出上层社会的欢乐、和谐。

徐居正引用《大雅》《小雅》的散文文体多是序体文（包括赠序、诗序、家谱序）、记文，这些文章多是受人之请而作，难免会在文中出现客套、奉承之语，而《大雅》《小雅》中的很多诗篇诗句，正好满足了徐居正的需求。如《安东权氏家谱序》："《诗》曰：'无忝尔祖，聿修厥德。'吾更为权氏子孙勖之。"① 诗句出自《大雅·文王》，意思是感念祖先的意旨，修养自身的德行。徐居正在为权氏家谱作序后，感念权氏先祖的德行操守，对权氏后世子孙寄予殷切希望。《通津县大浦谷梁判书别墅落成记》一文两处引用《诗经》："《诗》曰：'秩秩斯干，君子攸宁。'此居正所以贺公也。又曰：'子子孙孙，勿替引之。'此居正望于公之子孙也。"② "秩秩斯干"出自《小雅·斯干》，全诗描绘宫室后，抒发了对宫室主人的祝愿和歌颂。"子子孙孙，勿替引之"出自《小雅·楚茨》，诗句的意思是愿子孙们莫荒废此礼，永远继承将福寿永葆。徐居正引用《斯干》《楚茨》中的诗句，表达了对文章主人公的祝贺和祝愿。《成均馆尊经阁记》："《诗》曰：'济济多士，文王以宁。'盖言文王作人之盛。"③ 诗句出自《大雅·文王》，意思是因为有众多的贤士，文王得以安享天下。徐居正引用此诗句，借助文王多贤士以类比朝鲜王朝也是人才辈出，"以臣观之，我殿下作人之盛，夫岂多让文王哉"④。

第三，直接引用多、化用少，还存在个别只引述《诗经》篇目名称的情况。

直接引用者，列表可以一目了然。如《送朴先生出守密阳诗序》："《诗》曰：'恺悌君子，民之父母。'盖恺以强教之，第以悦安之，为民父母之道，岂有加于此哉？"⑤ 此句出自《大雅·泂酌》，歌颂当

---

① ［朝］徐居正：《四佳集·四佳文集》（《丛刊》第11辑），第256页。
② ［朝］徐居正：《四佳集·四佳文集》（《丛刊》第11辑），第215页。
③ ［朝］徐居正：《四佳集·四佳文集》（《丛刊》第11辑），第203页。
④ ［朝］徐居正：《四佳集·四佳文集》（《丛刊》第11辑），第203页。
⑤ ［朝］徐居正：《四佳集·四佳文集》（《丛刊》第11辑），第258页。

◈ 第二章　朝鲜朝初期散文与中国文化的关联 ◈

政者能爱护人民，得到了人们的拥戴。后世把当政者称为"父母官"，即由此而来。徐居正引此典，既是对朴希尹的肯定，也是一种期许，希望他执官为民，做老百姓的"父母官"。《送全州府尹李公诗序》："呜呼！古人叙别离殷勤之意，而又寓以劝诫之辞。尹吉甫之送山甫曰：小心翼翼，夙夜匪懈。盖勉其终始一德也。"①语段所引诗句出自《大雅·烝民》，周宣王派仲山甫去齐地筑城，临行时，尹吉甫作诗相赠，赞扬仲山甫的美德和辅佐宣王的政绩。徐居正引此诗句，既是对李君勤政绩的肯定，也是对他的希望。

化用《诗经》者虽少，但也运用得非常巧妙。如《送忠清道监司李公诗序》云："然观昔者仲山甫之有行，吉甫作诗送之，道其德性之美，职业之修，而劝勉之意寓焉。今诸公之诗，实祖吉甫。"②文中所提尹吉甫送行仲山甫之诗即《烝民》，此诗赞美仲山甫的美德和辅佐宣王的政绩。

只引述《诗经》篇目名称者，也颇具特点。如《御制飞冰诗后序》一文，辛巳秋九月，"新冰乃凝，上制《飞冰歌》""亲加世出世两注"③，考虑臣民可能不易理解，于是召儒臣详加解注，又命徐居正作序。徐居正在序文中引《诗经》篇目以说理："周之盛时，歌颂方隆。《鹿鸣》以下五诗，君谦其臣。《天保》一诗，臣祝其君。其上下相与之际，辞气委曲，情意浃洽。非若后世君臣，上下情隔，泽壅不下，而言绝不通之比也。"④《小雅·鹿鸣》是《诗经》"四始"之一，此诗是君王宴请群臣时所唱。朱熹《诗集传》言："人君以《鹿鸣》以下五诗燕其臣，臣受赐者，歌此诗以答其君。言天下之安定我君，使之获福如此也。"⑤《小雅·天保》是臣子祝颂君主的诗。《毛诗序》云："《天保》，下报上也。君能下下以成其政，臣能归美以报

---

① ［朝］徐居正：《四佳集·四佳文集》（《丛刊》第11辑），第267页。
② ［朝］徐居正：《四佳集·四佳文集》（《丛刊》第11辑），第271页。
③ ［朝］徐居正：《四佳集·四佳文集》（《丛刊》第11辑），第236页。
④ ［朝］徐居正：《四佳集·四佳文集》（《丛刊》第11辑），第236页。
⑤ （宋）朱熹著，王华宝整理：《诗集传》，凤凰出版社2007年版，第122页。

其上焉。"徐居正引《鹿鸣》《天保》是为了表达朝鲜君臣之间关系的融洽、和谐。再如《送忠清道监司李公诗序》云："其赋《甘棠》之诗者,亦必有人矣。能继二祖之风,远绍召公之烈。"① 《国风·甘棠》是怀念召伯之作,由睹物到思人,由思人到爱物,不忍砍伐、毁坏树木,是对召公德政教化的反馈。徐居正引用《甘棠》的诗意,说明人们对李公的崇敬与怀念。

表2　　　　　　　　　引《孟子》一览

序号	文章名称	引文	出处	引用形式
1	《桂庭集序》	"读其诗,可以知其人"	《孟子·万章下》	化用
2	《贺茂松府院君尹相公贼中生还诗序》	"不动心""善养浩然之气"	《孟子·公孙丑上》	直接引用
3	《积城县客舍重新记》	"以佚道使民,虽劳不怨"	《孟子·尽心上》	直接引用
4	《罗州客馆东轩重新记》	"以佚道使民,虽劳不怨"	《孟子·尽心上》	直接引用
5	《黄州客馆重新记》	"以佚道使民,虽劳不怨"	《孟子·尽心上》	直接引用
6	《双溪斋记》	"源泉混混,不舍昼夜"	《孟子·离娄下》	直接引用
7	《全州乡校重新记》	"一乡之善士,斯友一国之善士。一国之善士,斯友天下之善士。由乡而国而天下,曾谓乡学而少之也哉"	《孟子·万章下》	直接引用
8	《友菊斋记》	"友一邦,友一国,友天下,又尚友古之人"	《孟子·万章下》	直接引用
9	《司宪府题名记》	"立乎朝,道不行,耻也"	《孟子·万章下》	直接引用
10	《桂庭集序》	"是以读其诗,可以知其人"	《孟子·万章下》	化用
11	《独谷集序》	"而读其诗,可以知其人"	《孟子·万章下》	化用
12	《送蔡判官之任水站序》	"孟轲氏不鄙抱关击柝,汉之公卿,多出于簿书刀笔之中,士何可局一论哉"	《孟子·万章下》	化用

---

① ［朝］徐居正:《四佳集·四佳文集》(《丛刊》第11辑),第271页。

◇ 第二章 朝鲜朝初期散文与中国文化的关联 ◇

通过表2可见，徐居正散文引用《孟子》呈现出如下几个主要特征。

第一，借引用《孟子》的诗论观点，表达自己对诗学的理解与认识。

《桂庭集序》云："诗言志，志者，心之所之也。是以读其诗，可以知其人。"①"读其诗，可以知其人"化用《孟子·万章下》"颂其诗，读其书，不知其人，可乎？是以论其世也，是尚友也"②。徐居正通过对孟子"知人论世"说的化用，强调了文章可以反映出一个人的性情、品性等，即"诗言志"，说明诗歌是抒发情感的。《独谷集序》也表达了同样的观点，"然诗非徒诗也，心之发、气之充、辞之达，而读其诗，可以知其人"③。

第二，引用《孟子》对塑造人物形象起到了积极的推动作用。

《贺茂松府院君尹相公贼中生还诗序》云："予惟《孟子》曰：'不动心。'又曰：'善养浩然之气。'人能持其心，养其气，蕴于内者有素，则临事酬酢，不忧不惧者，有不期然而然矣。"④"不动心""善养浩然之气"⑤均出自《孟子·公孙丑上》。徐居正引《孟子》这两则文字是为了突出文章主人公尹氏的形象。尹氏之所以能在贼乱中生还，就是因为他能持其心、养其气，在面对突发事件时，能做到沉稳而不慌乱，"蕴于内者有素，则临事酬酢，不忧不惧"（《贺茂松府院君尹相公贼中生还诗序》）。《全州乡校重新记》云："《孟子》曰：一乡之善士，斯友一国之善士。一国之善士，斯友天下之善士。由乡而国而天下，曾谓乡学而少之也哉。"⑥此语出自《孟子·万章下》，意思是一个乡的优秀人物就和一个乡的优秀人物交朋友，一个国家的优秀人物就和天下的优秀人物交朋友，天下的优秀人物就和天下的优

---

① ［朝］徐居正：《四佳集·四佳文集》（《丛刊》第11辑），第279页。
② 杨伯峻译注：《孟子译注》，中华书局1960年版，第251页。
③ ［朝］徐居正：《四佳集·四佳文集》（《丛刊》第11辑），第276页。
④ ［朝］徐居正：《四佳集·四佳文集》（《丛刊》第11辑），第245页。
⑤ 杨伯峻译注：《孟子译注》，中华书局1960年版，第61、62页。
⑥ ［朝］徐居正：《四佳集·四佳文集》（《丛刊》第11辑），第216页。

秀人物交朋友。徐居正引此语主要是赞扬李有仁对乡校作出的贡献，使乡人能知礼节、能够与优秀的人相交往。

《积城县客舍重新记》《罗州客馆东轩重新记》《黄州客馆重新记》三篇文章都引用了《孟子·尽心上》"以佚道使民，虽劳不怨"①，目的是突出主人公勤政爱民的形象。"以佚道使民，虽劳不怨"原意是指在谋求老百姓安逸的原则下来役使他们，他们虽然劳苦，也不怨恨。意谓施政的出发点如果是人民的长远利益，最终会得到人民的拥护。《积城县客舍重新记》引用"以佚道使民，虽劳不怨"，是为了证明李俶喜为官不劳民伤财，受到民众的爱戴，"侯之为政于积六年矣，而民之爱慕如一日，又能修举废坠于数十载之后，则疑若扰及于民，而无一钱横征于下，役不逮于南亩"②。《罗州客馆东轩重新记》引"以佚道使民，虽劳不怨"突出金、吴两人的政绩，他们"使民有道，不伤财，不违时，不举赢"③，能做到治民有道，得到了百姓的一致拥戴。黄州有客馆，但是"廨宇湫隘，颓圮殆尽。虽有旷远一楼，四檐低垂，如坐甑中，不可以登眺畅叙"④，金伯谦执政黄州时，得到李孝宗通判、李孟贤监司等人的帮助，重新修葺了客馆。《黄州客馆重新记》引"以佚道使民，虽劳不怨"赞美了金氏能够为百姓着想之贤能。

第三，同引用《诗经》一样，引用《孟子》也是直接引用多而化用少。

直接引用者，列表清晰可见。化用者，如《送蔡判官之任水站序》："昔孔圣为委吏，庄周为漆园吏，孟轲氏不鄙抱关击柝，汉之公卿，多出于簿书刀笔之中，士何可局一论哉？"⑤"孟轲氏"一句典出《孟子·万章下》："为贫者，辞尊居卑，辞富居贫。辞尊居卑，辞富

---

① 杨伯峻译注：《孟子译注》，中华书局1960年版，第305页。
② ［朝］徐居正：《四佳集·四佳文集》（《丛刊》第11辑），第221页。
③ ［朝］徐居正：《四佳集·四佳文集》（《丛刊》第11辑），第219页。
④ ［朝］徐居正：《四佳集·四佳文集》（《丛刊》第11辑），第219页。
⑤ ［朝］徐居正：《四佳集·四佳文集》（《丛刊》第11辑），第252页。

◇ 第二章 朝鲜朝初期散文与中国文化的关联 ◇

居贫，恶乎宜乎？抱关击柝。"①徐居正引用孔子、孟子、庄子等人都曾委身小吏，最终成为一代圣贤的事例，告诉友人蔡判官，水站之官很重要，"水站，国家漕运之所会，其任之重且艰，则征之禹贡而可知也"②。国家把如此重要的职位交付蔡氏，足见重视，日后定会对其提拔。

徐居正在散文中引用《诗经》《孟子》，呈现出了鲜明的特点，为他的文章增添了雅致、深度。但也存在一些弊病，如引用的模式化较为严重，个别文章论述语言非常相似，受邀之文都是极尽褒扬之语，并且所运用的中国文化典故几乎都是相同的。如其序文（包括赠序、诗序）在赞美主人公品德、政绩时，大多以尹吉甫为参照对象，引用诗歌无外"文武吉甫，万邦为献"（《小雅·六月》），"吉甫作颂，穆如清风"（《大雅·嵩高》）等几句。其记体文在赞美主人公为民谋福祉、勤政爱民时，大都引述《孟子》"以佚道使民，虽劳不怨"两句，这就造成了文章过度程式化、缺乏个性化的特点。

四 史家意识与朝鲜历史著述论考

徐居正所作《三国史节要序》《进三国史节要笺》《进东国通鉴笺》《历代年表序》等文章，都论述了朝鲜的历史著述，他引用了大量中国的历史为自己的立论作依据。徐居正等受命对金富轼所撰《三国史记》进行重新修订，名《三国史节要》，徐居正作《三国史节要序》交代了《三国史节要》的著述体例、编写原则等内容。

首先，徐居正历数中国各代之史后认为，凡国必有史，"史"具有重要意义，因为"与治兴，与乱亡，兴亡可鉴于既往。不虚美，不隐恶，善恶当示于将来"（《进东国通鉴笺》③），所以"国可灭，史不可灭"（《进三国史节要笺》④）。

---

① 杨伯峻译注：《孟子译注》，中华书局1960年版，第243页。
② ［朝］徐居正：《四佳集·四佳文集》（《丛刊》第11辑），第252页。
③ ［朝］徐居正：《四佳集·四佳文集补遗二》（《丛刊》第11辑），第306页。
④ ［朝］徐居正：《四佳集·四佳文集补遗二》（《丛刊》第11辑），第305页。

孔子根据唐虞三代旧史删定为《尚书》，据《鲁史》而作《春秋》。司马迁作《史记》，创立纪传体，"春秋之法始坏"（《三国史节要序》）。班固编写《汉书》，自此以后，历代撰史时都效仿司马迁《史记》、班固《汉书》体例而写："纪事始于虞谟，编年仿于鲁史，子长撰史纪，班固因，而历代有全书。温公作长编，紫阳继，而通鉴有纲目。考观前史之体例，不出二家之范围。"（《进三国史节要笺》①）徐居正所言"春秋之法"即"春秋笔法"，指在材料的选择、撰写上注意褒贬。孔子修《春秋》时采用的方法是"笔"和"削"，"笔"指在原来《春秋》的记录上加添，"削"指对原来《春秋》的记录进行删减。孔子为《春秋》，"笔则笔，削则削，子复之徒不能赞一辞"②，其笔法"为尊者讳，为亲者讳，为贤者贤"③。司马光编《资治通鉴》，"始复《春秋》之旧"。朱熹作《资治通鉴纲目》，仿效《春秋》《左传》，内容严分正闰之际，明辨伦理纲常，并注重褒贬春秋笔法。《资治通鉴纲目》创立"纲"与"目"这种新的史书体裁，按照时间顺序记载史事。记载一事，首先标列提要，用大字书写，顶格编排，即为纲。之后叙述具体内容，用小字分注，低格编排即为目，被称为纲目体。徐居正高度评价《资治通鉴纲目》，认为其"深得圣人笔削之微旨"（《三国史节要序》）。南宋李焘（1115—1184年，字仁甫）仿照司马光《资治通鉴》体例作《续资治通鉴长编》。该书今存五百二十卷，自宋太祖赵匡胤建隆始，迄于宋钦宗赵桓靖康，记北宋九朝一百六十八年之事，是古代私家著述中卷帙最大的断代编年史。记述详赡，史料丰富，有较高的史料价值，为研究辽、宋、西夏等史的基本史籍之一。陈桱，字子经，明初曾担任翰林院编修，著有《通鉴续编》，另著有《通鉴前编举要新书》（二卷）、《资治通鉴纲目前编外记》（一卷）等，皆散佚。

徐居正从两个角度论说司马迁《史记》的价值、意义：一是"以

---

① ［朝］徐居正：《四佳集·四佳文集补遗二》（《丛刊》第11辑），第305页。
② （西汉）司马迁著，韩兆琦评注：《史记》（二），岳麓书社2012年版，第775页。
③ 刘尚慈译注：《春秋公羊传译注》，中华书局2010年版，第182页。

◇ 第二章 朝鲜朝初期散文与中国文化的关联 ◇

春秋之法论之",司马迁是"变古之体",不应该"辞其责";二是从后世论者的角度,像《史记》这种类型的史学著作,属于全史之作,"小大不损,本末该备",是史家撰史要掌握的要领,《史记》可以说做到了这些标准。徐居正认为通史、长编、纲目三者应该是并行于世的,是缺一不可的,它们有各自不同的社会功用,对于历史的陈述能起到互补的作用。他在《进东国通鉴笺》中也表达了相似的观点:"历观修史之规,咸以编年为本。通鉴托始于涑水,祛马史纪传之冗长。纲目发挥于晦庵,得麟经衮钺之奥妙。少微因之作节要,刘剡述而著续编。虽纪载详略之殊,其体裁义例则一。"①

其次,指出金富轼所撰《三国史记》的缺憾。由于新罗、高句丽、百济三国典籍缺失,历史事件等的本末无稽可考,所以金富轼在编写史书时就从中国的诸多典籍中采录,或补或证。中国典籍关于新罗、高句丽、百济等的记载,资料不够充分且有讹传者,已非实录,金富轼以这些不可靠的史事作为撰写新罗、高句丽、百济三国历史的依据显然是不妥的。《三国史记》中关于聘问、侵伐、灾异等事件的记录还存在大量重复的情况。徐居正能够正确看待本国历史及其相关著述,深具史家意识。这一意识也贯穿于他的史学相关著述中,如《进东国通鉴笺》云:"三国鼎峙而割据,新罗肇基东土,三易姓而历年最长。丽济皆出朔方,两立国而境壤相接。然各夸强而诧大,曾不息兵而善隣。时干戈之相寻,日疆场之自蹙。考隆替,有迟速之异。论得失,无彼此之分。第国乘之仅存,而文理之或戾。事涉不经而荒怪,语多无稽而谬悠。虽再经先儒之校雠,犹复袭本史之疏漏。"② 可以说,辩证看待历史是徐居正一贯的思想主张。现今学者也认识到了金富轼《三国史记》中的篡改问题,如"金富轼撰写的《三国史记》采用了彼时流传下来的极不可靠的高句丽资料,并用'削足适履'的方法严重篡改了中国文献中关于王莽记事的正确记载,

---

① [朝]徐居正:《四佳集·四佳文集补遗二》(《丛刊》第11辑),第306页。
② [朝]徐居正:《四佳集·四佳文集补遗二》(《丛刊》第11辑),第306页。

使本来清晰的历史变得模糊起来"①。

再次,论述、评价权近效仿朱熹《资治通鉴纲目》编撰的《三国史略》。权近认为新罗、高句丽、百济三国并峙书写是不正确的,他"以新罗先起后灭而为主"(《三国史节要序》)来编写《史略》。徐居正对此种书写方式持否定态度,他以魏、蜀、吴三国作为事例来进行论证。司马光《资治通鉴》以魏国为主,是"重承授";朱熹《资治通鉴纲目》以蜀为主,是"尊正统",这两种做法都说得通。权近以国家先起后灭为编排次序的写法,"考之前史而无据,揆之事理而不顺"。权近编撰的《史略》属于编年体史书,"以一人之始终,而并书于书卒之下;一事之颠末,而并录于类附之间",导致"年月无奈,颇失记事之体"。金富轼《三国史记》、权近《三国史略》都有缺憾:"富轼祖马史而编摩,所失者缀拾苴补。权近法麟经而纂辑,所病者因循雷同。是不足传信而传疑,亦安能可法而可戒。"(《进三国史节要笺》②)原因主要在于"富轼作全史于掇拾断烂之中,权近作《史略》于繁冗琐屑之余"。

最后,交代《三国史节要》的撰写人员、编撰原则、编纂过程、书籍规模等情况。世祖惠庄大王感慨于《三国史记》未尽得体,于是开史局,集合文人重新撰写,"爰取三国之旧文,俾仿长篇之遗法"(《进三国史节要笺》③),但未能完成夙愿。中宗时期,"聿追先猷,论其世考其人。博究前代,乃降内府之秘籍,趣成东观之新书"(《进三国史节要笺》④)。徐居正、卢思慎、李坡等奉王命编史,他们的做法是:"第取旧史及《史略》,兼采遗事殊异传作长编,凡例一依《资治通鉴》。"(《三国史节要序》⑤)《资治通鉴》跨度十几个朝代,谓之通鉴是合情合理的,《三国史记》只是叙述新罗、百济、高

---

① 刘子敏:《谈金富轼对王莽朝记事的篡改》,《北方文物》2007年第1期。
② [朝] 徐居正:《四佳集·四佳文集补遗二》(《丛刊》第11辑),第305页。
③ [朝] 徐居正:《四佳集·四佳文集补遗二》(《丛刊》第11辑),第305页。
④ [朝] 徐居正:《四佳集·四佳文集补遗二》(《丛刊》第11辑),第305页。
⑤ [朝] 徐居正:《四佳集·四佳文集》(《丛刊》第11辑),第241页。

第二章　朝鲜朝初期散文与中国文化的关联

句丽三国之事,所以命名为《三国史节要》,这是命名的依据。徐居正以《资治通鉴》作为对比参照物来论述《节要》的撰写,"《资治》卷首必称某纪,今《节要》不称纪者,三国势均力敌,不可主一而名之。立国有先后,亡国有迟速。又不可以一国二国三国而屡更其名,是以法朱子《纲目》之例,而不称纪也"(《三国史节要序》①)。

徐居正等编写者博采《资治通鉴》《资治通鉴纲目》编撰体例的长处,又结合了本国的实际情况(《三国史记》的撰写情况)。徐居正交代了编撰的原则:"新罗独存,则用其年纪事。三国并峙,则分注以列书,明其为敌国也。先新罗,次丽次济,从立国先后也。每年,必先书中国,尊天子也。新罗自用年号,抑而不书,黜其僭也。三国称君,或名或号或谥,存其实也。王妃,或称夫人,或称王后。世子,或称太子,或称元子。其官职,或冒拟中国;其名号,或因循旧俗,皆据事直书,而美恶自见。至如荒怪之事,方言俚语,去其太甚,存其太略者,不可轻改旧史,而且以着风俗世道之淳漓尔。"(《三国史节要序》②)徐居正等编写者采用的方式、原则是比较合理的,且符合《三国史记》及朝鲜本国历史的发展。

徐居正在著述史书时,有全盘考虑,且符合朝鲜本国历史的发展实际,这一原则也充分应用到其他历史著述中,如《东国通鉴》的编纂原则:"有全史,既搜剔而包罗;有节要,复研劂而简切。"(《进东国通鉴笺》③)又如《东国通鉴》的编选原则、体例等:"凡例皆仿于《资治》,大义实法乎《春秋》。因历代之后先,系时月而序次。论其世,考其事,虽略加删润之勤。恶则贬,善则褒。"(《进东国通鉴笺》④)

---

① [朝]徐居正:《四佳集·四佳文集》(《丛刊》第11辑),第241页。
② [朝]徐居正:《四佳集·四佳文集》(《丛刊》第11辑),第241页。
③ [朝]徐居正:《四佳集·四佳文集补遗二》(《丛刊》第11辑),第306页。
④ [朝]徐居正:《四佳集·四佳文集补遗二》(《丛刊》第11辑),第306页。

第二节　金时习散文与中国文化的关联

金时习（1435—1493年），字悦卿，号梅月堂。朝鲜朝前期著名诗人、小说家。自幼聪颖过人，五岁能诗，人称"金五岁"，钻研"四书"、"五经"、诸子百家著作。[1] 金时习"简率无威仪，劲直不容人过。伤时愤俗，气郁不平"（李珥《金时习传》[2]），他对世祖（1455—1468年在位）暴政不满，遂焚毁书籍，撕碎儒服，削发为僧，四处云游。金时习著有《梅月堂文集》、短篇小说集《金鳌新话》等。金时习的散文也独具特色，与中国文化有着密切的关联，本节拟对此给予重点论述。

一　中国古代仁人君子、忠臣义士的形象

在金时习看来，古代有良臣、直臣、忠臣之分，并且三者有很大区别，"三代盛时，无忠臣，但良臣而已。至于衰世，有直臣焉，有忠臣焉"（《古今忠臣义士总论》[3]）。良臣、直臣、忠臣都有各自的含义：

> 良臣者，际明盛之世，居吁咈之朝，君臣以道相资而已。故其处身也甚安，其行道也甚易，皋夔稷契之类。《易》曰"与时偕行"是也。
>
> 直臣者，处将兴之世，逢有为之主，其君幸有过差，直言不讳，以道扶持，纳君于善治。故其处身也虽难，其行道也无滞。《诗》曰"衮职有阙，仲山甫补之"是也。
>
> 至于忠臣，则其处身行道也极难，逢将危之世，处颠沛之际，惟以杀身成仁，见义则为，为责而已。《诗》曰"彼其之子，

---

[1] 蔡美花、赵季主编：《韩国诗话全编校注》（第11册），人民文学出版社2012年版，第9608页。
[2] ［朝］李珥：《栗谷先生全书》（《丛刊》第44辑），1998年版，第294页。
[3] ［朝］金时习：《梅月堂文集》（《丛刊》第13辑），1994年版，第363页。

第二章　朝鲜朝初期散文与中国文化的关联

舍命不渝"是也。故云：岁寒知劲草，世乱识忠臣，可不危哉？(《古今忠臣义士总论》①)

"皋夔稷契"亦作"皋夔稷契"，传说中舜时贤臣皋陶、夔、后稷和契的并称，借指忠良贤臣。《易·损》云："损益盈虚，与时偕行。"其意为变通趋时，抓准时机，作出正确的判断和选择。"衮职有阙"句出自《诗经·大雅·烝民》，意思是指帝王做事出了纰漏，仲山甫类的忠良之臣要直言敢谏且尽力弥补。"彼其之子"句出自《诗经·桧风·羔裘》，意思是不怕牺牲，舍身守道、为君。"岁寒知劲草，世乱识忠臣"句化用范晔《后汉书·王霸传》"疾风知劲草，岁寒见后凋"句与鲍照《代出自蓟北门行》"时危见臣节，世乱识忠良"句，意为时局动荡不安才能看出臣子的节操，社会不安定才能看出谁是忠良之人。唐太宗李世民《赋萧瑀》"疾风知劲草，板荡识诚臣"，在狂风中才能看出草的坚韧，在乱世里方能显出忠臣的赤诚之心，说明只有经历了严酷的考验才能看得出事物的本质。

金时习对忠臣的评价最高，对忠臣的论述也最透彻。在他看来，古代的君子都会见机行事、知难而退，但身为人臣，没有可去之理，就导致"有先见之智，然后得不臣之节；有知几之量，然后守靖退之机"②，所以非明哲保身者，不能与此。

关于"忠"，金时习论述道："古人说忠字，以尽己释之。尽己者，死生危难，必尽臣道，竭力尽己而已也。不必敢忍以赴死，苟且以避难也，但观其势耳。然其事之成与不成，志之就与不就，命也。可为之事，当尽其力，可行之志，当竭其诚。"③金时习强调臣子之忠不是以身就死、捐身为国，那是浅层次的行为，真正的"忠"是要尽到自己的职分，"不必苦为为臣不可为之事，只以为臣可为之事"④。

---

① ［朝］金时习：《梅月堂文集》(《丛刊》第13辑)，1994年版，第363页。
② ［朝］金时习：《梅月堂文集》(《丛刊》第13辑)，第363页。
③ ［朝］金时习：《梅月堂文集》(《丛刊》第13辑)，第363页。
④ ［朝］金时习：《梅月堂文集》(《丛刊》第13辑)，第363页。

他认为关龙逢、比干、诸葛亮、岳飞、文天祥等都是尽职分之人。对于尽职分之人,必须旌其节义,笔之华衮,这样做的好处是,"慷慨愤烈之士,竞赴于义,乐以授命,无逡巡趑趄之容,有掉臂唾掌之勇者"①。金时习因此写了一系列中国古代忠臣的论赞,对关龙逢、比干、箕子、伯夷、叔齐、栾成等仁人君子、忠臣义士作了或详或略的描述,在陈说人物主要功绩的基础上,对人物极力赞美。

《伯夷叔齐赞》一文选取伯夷、叔齐叩马谏武王、饿死首阳的典型事例,用凝练的语言概括了伯夷、叔齐的事迹,并对《采薇歌》进行了解读。《采薇歌》相传为伯夷、叔齐在饿死前所作,诗歌道出了"不食周粟"的态度、原因生不逢时的个人遭遇,表达绝不妥协的意志。诗歌曰:"登彼西山兮,采其薇矣。以暴易暴兮,不知其非矣。神农虞夏忽焉没兮,我适安归矣?于嗟徂兮,命之衰矣!"金时习对此诗发表见解,他从几个方面揣测了伯夷、叔齐有此言行的原因。首先,周武王虽然是吊民伐罪,想要推翻商纣王的残暴统治,但其父文王衰在殡,不葬其尸而以臣伐君,金时习认为武王之暴尤甚于纣王。其次,金时习对周武王伐纣持批评态度,认为周武王之暴"传臭于万世甚大"。原因是"不葬从戎,为后世不孝者之源;以臣弑君,为后世篡位者之本",不孝之源与篡位之本都源于周武王的伐纣。再次,批评孟子的错误揣测。金时习认为孟子以臣伐君,是汤武则可,非汤武则是篡位的观念是不正确的,要以此为警,他举曹操、司马炎篡位之事作为说理的依据。最后,通过客问主答的形式进一步阐释自己的观点。有客问:"太公扶义士,汉祖斩丁公,古人创业图成之始,逆活顺杀,何其事之乖剌耶?"②金时习作出了解答,他认为司马迁赞颂伯夷、叔齐,目的是止后世篡弑之心,而旌义士之节,并且司马迁把《伯夷叔齐列传》置于《史记》列传之首,足见其重视。汉高祖刘邦杀死丁固,目的是"欲以惩后世战阵无勇而为人臣怀二心者之永鉴"。

---

① [朝] 金时习:《梅月堂文集》(《丛刊》第13辑),第363页。
② [朝] 金时习:《梅月堂文集》(《丛刊》第13辑),第365页。

第二章 朝鲜朝初期散文与中国文化的关联

虽然两件事的意趣与时事不同,但"欲后世为人臣事君以忠之心,则未尝异也"。

古代士子往往在出仕为官还是归隐田园之间徘徊,不知道怎样选择。金时习对此有独到见解,《古今君子隐显论》云:"君子之处身,难矣哉!不可以利躁进,不可以危勇退,接淅而行,非强速也。迟迟吾行,非强缓也。"① 君子处世艰难,躁进、勇退都会受到非议,所以圣贤的进退,在于义之当否,"士之去就隐显,必先量其义之适与不适,道之可行与不可行而已"②。君子之隐显,主要是看义、道的适与不适、可行与不可行。所以,"不必去而贤,就而謟,隐而高尚,显而苟且"③。徐居正举了三个历史人物伊尹、傅说、姜尚的事例加以解说:

> 伊尹,莘野一耕叟也。方其处畎亩之中,乐尧舜之道,以为自得焉。及其帝乙之三聘也,见可而进,而为保衡。
>
> 傅说,傅岩之野一胥靡也。处版筑操桢干,乐以平生焉。及其武丁之梦得而旁求也,乘时而出,而作冢宰。
>
> 太公,渭滨一钓叟也。方其投竿清渭,坐茅以渔,若将终身焉。及其逢西伯之猎也,计合志同,而为尚父。④

金时习的观点是"当去而去""当隐而隐""当显而显",所以,微子去纣,不可以说是背商;伊尹、傅说入仕殷朝,不可以说是失志;伯夷、叔齐隐于首阳山,不可以说是高尚;姜子牙于周得高官厚禄,不可说是苟且。金时习的观点在当时来说是非常具有创见的。

---

① [朝] 金时习:《梅月堂文集》(《丛刊》第13辑),第362页。
② [朝] 金时习:《梅月堂文集》(《丛刊》第13辑),第362页。
③ [朝] 金时习:《梅月堂文集》(《丛刊》第13辑),第362页。
④ [朝] 金时习:《梅月堂文集》(《丛刊》第13辑),第362页。

二 论中国王朝兴替、帝王君主的为政

金时习作有《古今帝王国家兴亡论》《杂著·梁武第六》《杂著·魏主第八》《杂著·隋文第九》等文，表达了对王朝兴替、君主为政之法等的一些看法。

首先，告诫君主要居安思危，安不忘危，做到"慎其终，惟其始"(《古今帝王国家兴亡论》[①])。金时习认为开始不谨慎，那么最终就会滥觞，汉代、唐代都是有始而无终的王朝："西汉创业，几乎三代。然其始也，戚姬专宠，几易太子。吕后专政，几移汉鼎。方其初基，不谨童牿。故至于哀、平，终以外戚而亡。唐之初创，除隋之乱，迹比汤武，在太宗也。胁父自立，有惭闱门。故唐祸始于武，盛于韦，危于杨妃，终以宦官藩镇而亡。"(《古今帝王国家兴亡论》[②])西汉在创立之初，君主能做到勤政爱民，但后来妃嫔专宠，屡易太子，吕后专政，也终因外戚而亡国。唐代与汉代相似，也终因宦官和藩镇而亡国。隋文帝"明敏俭约，勤于政治，随才任官，赏罚必信"(《杂著·隋文第九》[③])，所以取江南三百年之国，易如反掌，终于一统天下。

其次，金时习认为"帝王之业，莫不以忧虑而兴，以逸豫而亡"(《古今帝王国家兴亡论》[④])，这是普遍性的历史教训。欧阳修在总结唐庄宗先得天下又失天下的原因时道出了一条普遍性的规律，《新五代史·伶官传序》云："忧劳可以兴国，逸豫可以亡身，自然之理也。"[⑤]

金时习以导致秦朝亡国的具体事件为例加以论述："至若秦政，灭六国，一四海，骄气太张。侈宫室，更法制，颂功德，称皇帝，驱

[①] [朝]金时习：《梅月堂文集》(《丛刊》第13辑)，第360页。
[②] [朝]金时习：《梅月堂文集》(《丛刊》第13辑)，第360页。
[③] [朝]金时习：《梅月堂文集》(《丛刊》第13辑)，第337页。
[④] [朝]金时习：《梅月堂文集》(《丛刊》第13辑)，第360页。
[⑤] (宋)欧阳修撰，徐无党注：《新五代史》，中华书局1974年版，第397页。

◇ 第二章　朝鲜朝初期散文与中国文化的关联 ◇

疲散之民，筑万里之城。当是时也，不知祸起于萧墙，乱生乎无妄。至于二世，淫佚尤甚，竟灭楚、汉争雄之际，而庙不血食矣。"(《古今帝王国家兴亡论》①) 荒淫无道、鱼肉百姓，最终导致了秦国的灭亡。隋朝与秦朝的情况相类，"隋广因文帝之业，国内大富，以为四海一统。群雄窜迹，天下亿兆，莫敢谁何？罔图后虑，惟务逸豫，浚大河，筑行宫。池台园苑，极游观之乐；姬娃管弦，尽视听之娱。罔知怨起于不见，乱萌于所忽。至于恭帝，邦本倾摇，盗贼蜂起，隋家一统之业，委靡颠踣，以及唐室而社稷为墟矣"(《古今帝王国家兴亡论》)。所以，至今以危乱灭亡称者都以秦、隋为事例。

再次，指出"祸"的表现、根源及治国安邦的谋略，"大抵治国安家，以正心术为先"(《古今帝王国家兴亡论》)。

金时习大胆地提出一种假设：如果秦始皇、隋炀帝能够"研精力思，图存虑亡"(《古今帝王国家兴亡论》)，那么秦朝、隋朝就不会灭亡："则秦、隋之为国，虽曰秦、隋，岂特秦、隋而已哉？"(《古今帝王国家兴亡论》) 所以有作为的君主在治理国家时，"先图其所败、虑其所危，必须防微杜渐，勿使祸芽长于因循，然后身安而国可保"(《古今帝王国家兴亡论》)。那么，何谓"祸芽"？金时习指出："清谈高论，祸之源也。宫室园囿，祸之基也。妄崇无益，祸之渐也。宠嬖内谒，祸之原也。奸佞谗谀，祸之媒也。诗酒燕傲，祸之翼也。田猎游观，祸之底于荷校灭顶而无疑也。"(《古今帝王国家兴亡论》②) 因此，帝王之业莫不以忧虑而兴、以逸豫而亡。隋文帝采取鼓励农桑、减轻赋役的政策，出现了"衣食丰衍，家给人足，外夷之君，稽颡称臣，梯航纳款"(《杂著·隋文第九》③) 的社会局面，金时习高度赞美隋文帝，认为他是三代以后未有之主。

最后，以主客问答的形式阐释缘何在国家兴亡的观念上，自己持以汉唐、女后、秦隋为戒的观点。

---

① [朝] 金时习：《梅月堂文集》(《丛刊》第13辑)，第360页。
② [朝] 金时习：《梅月堂文集》(《丛刊》第13辑)，第360页。
③ [朝] 金时习：《梅月堂文集》(《丛刊》第13辑)，第337页。

第一个问答是，有众多的王朝开创者，为何只选择汉代、唐代作为劝诫、警省的对象？金时习给出的理由是："暴秦以下，为帝王而有志于三代之治者，惟汉、唐数君而已，七制三宗也。而得国之势，庶几汤、武者，亦惟汉、唐而已。"(《古今帝王国家兴亡论》)汉代、唐代是中国历史上繁盛的朝代，"七制三宗"指汉代有七位、唐代有三位比较有作为的皇帝，他们有志于夏、商、周"三代"般的统治，如商汤与周武王一样得国之势。六朝五代的天下是以不仁而得，所以失去易如反掌。宋代之创业，"虽能安戢五季争战之余，然其时群奸竞起，太祖以殿前点检，雄豪气势，已振寰宇，恭帝之禅，盖出于不得已也"(《古今帝王国家兴亡论》)。并非像汉、唐除秦、隋暴虐、拯济生民而得天下，胁主而自为者多，故不得不责备。

第二个问答是，为何把女后作为危害国家的推动力之一？金时习指出："《诗》云：刑于寡妻，至于兄弟，以御于家邦。天下古今，难节者好色也，而难制者亦妇人也。近之则不逊，远之则怨，国不可使预政，家不可使干蛊。牝鸡无晨，载于《书》。无攸遂，在中馈，戒于《易》；哲妇倾城，惟厉之阶，刺于《诗》。夏以妺喜亡，商以妲己败，周以褒姒衰。国家之危，未有不原于女谒者也。而况汉、唐吕、武以女后专政，几于颠败者乎？"(《古今帝王国家兴亡论》)他引用《诗经》《尚书》等经典著作及典型历史人物来证明"以女后为戒"的观点。"刑于寡妻"几句出自《诗经·大雅·思齐》"刑于寡妻，至于兄弟，以御于家邦"①，是说要给自己的妻子作榜样，推广到兄弟，进而治理好一家一国。"牝鸡无晨"出自《尚书·牧誓》"牝鸡之晨，惟家之索"②，意为母鸡在清晨打鸣，这个家庭就要破败。比喻女性掌权，颠倒阴阳，会导致家破国亡。妺喜、妲己、褒姒都是祸国殃民女子的典型代表，国家的危亡，"未有不原于女谒者也"(《古今帝王国家兴亡论》③)，何况汉代、唐代的吕后、武则天专政呢？受

---

① 程俊英译注：《诗经译注》，上海古籍出版社2012年版，第270页。
② 周秉钧译注：《尚书》，岳麓书社2001年版，第114页。
③ ［朝］金时习：《梅月堂文集》(《丛刊》第13辑)，第360页。

第二章　朝鲜朝初期散文与中国文化的关联

时代的局限,金时习的观点不够全面,过于片面化。导致一个王朝兴衰成败的原因有很多,但他能以经典著作中的言语,具体历史人物、事件作为例证,论述方法是值得肯定的。

第三个问答是,针对帝王兴亡者甚多而专以秦、隋帝王为戒的回答。金时习认为秦、隋的统治者,起于周、陈倾堕之余,得到江山较为容易,如拾草芥。但是两朝的君主"徒知得之之易易于反常,不知保之之难难于涉险"(《古今帝王国家兴亡论》),所以秦、隋的统治者骄恣怠惰,日积月累,终至灭亡。对比汉朝、唐朝亦可见几个朝代的较大差异。汉代、唐代的开国之君是"躬擐甲胄,东征西抚,触矢石、冒危难,与良臣智将协谋同力"(《古今帝王国家兴亡论》),因勤苦而得天下,这就与秦、隋的君主有很大的不同。并且,之所以先以国家创业者为戒,也是因为"创业之主,一有瑕玷,贻厥后昆"。后世君主因为得到江山容易,他们不去思考祖宗开创基业的艰难,"惟荒淫逸豫之是务,无危惧修省之远虑,御衣食而不知农桑之为苦,处宫室而不知役作之甚劳"(《古今帝王国家兴亡论》),结果终至灭亡而不知反省,所以论兴亡之势,不得不以秦、隋易得之君为戒。

金时习对"为治必法三代"的治国论调持辩证看法,他指出普遍存在的观点:"称治者必称三代者,以其礼乐也、教化也,宪章之有法度也。"(《为治必法三代论》[①])事实上三代也有中材、庸愚、暴虐的地方存在,但因为禹、汤、文、武的首创之功,"如天之高而不可陵也,如山之峻而不可拔也,如元气之宰万物而不可穷也"(《为治必法三代论》),所以后人就忽略了其中存在的不足。因此,金时习指出:"法古治者,择其可法而法之,不必三代为尽美而可法也。然不法中材庸愚昏暴,而只法禹汤文武也,虽禹汤文武之中,亦有可择而不可法者。"(《为治必法三代论》)应该是有所选择,而不是全盘接受。哪怕如禹、汤、文、武般的圣明君主,也有不可效法的地方存在。所以无论是哪朝哪代,都不应以中材、庸愚、昏暴为取法对象。

---

① [朝]金时习:《梅月堂文集》(《丛刊》第13辑),第363页。

金时习指出"可"与"不可"的几种形式,"施之于残忍自私则不可,放弑其君上,施之于时日曷丧、百姓怨咨之时则可,施之于专擅自私则不可"(《为治必法三代论》)。他又列举戮父、杀兄杀子的几位君王,"如祖龙君臣之杀子,司马炎、杨广之弑君父",从而得出结论:"谓之法三代者,不必三代之罪人也,抑亦春秋之罪人也,人人之所共讨也。"(《为治必法三代论》)

第三节　成伣散文与中国文化的关联

成伣(1439—1504年),朝鲜朝世宗、燕山君年间的学者、散文家。字磬叔,号慵斋、浮休子、虚白堂、菊坞。1459年进士及第,历任博士、艺文馆修撰、大司成、工曹判书兼大提学等职。曾先后随兄长成任、韩明浍赴明朝。成伣著作主要有《虚白堂诗文集》《慵斋丛话》《风骚轨范》《浮休子谈论》等。成伣的散文颇具特点,"其为文,不但辨博而原于理"(洪彦弼《虚白堂集序》[①]),又与中国文化有着密切的关联。

一　对儒家、道家思想的认知与运用

成伣的思想比较复杂,其散文既体现出强烈的儒家思想,同时,又有道家思想成分,颇值得探讨。

(一)对儒家思想的认知与运用

朝鲜朝以儒家思想立国,文人士子受儒家思想影响最深,成伣也不例外,在他的思想中儒家思想一直占据主导地位,他的很多文章都表达出儒家思想,特别是《拟东坡十论·儒者可与守成》一文。"可与守成"出自《汉书·叔孙通传》"夫儒者难与进取,可与守成",意思是儒生很难进攻夺取,但是能够帮着守护成果。

[①] [朝]洪彦弼:《默斋先生文集》(《丛刊》第19辑),1995年版,第273页。

第二章　朝鲜朝初期散文与中国文化的关联

> 国不可一日无儒也，无儒则道无所寓，道无所寓则治何由而得成乎？古之儒者，大则继天立极，经纶化育。其次，开物成务，以施事功，至于经术、文章、刑名、法律、医卜、书画之微者，莫不各售所技，以补治道。人君集众艺而大成，犹河海集众流为大也。臣不可不用儒道以事上，君不可不用儒道以驭下，上下皆儒，故其治不劳而成。[1]

成俔把儒道摆在最为重要的地位，达到了一日不可无的程度。没有儒道就无法治理好国家，儒道可以说统领万事万物，大到继天立极、经纶化育、开物成务，小到经术、文章、刑名、法律、医卜、书画等，都受到儒道的影响。国家统治、君臣关系更是如此，臣子应该以儒道事君，君也应该用儒道驾驭臣子，就可以达到其治不劳而成。为了证明自己的观点，成俔以中国历史、政治为例用大量篇幅加以论说。他从三皇五帝开始，历数中国历史上运用儒道顺应民心而得天下、治理天下的事例，如尧、舜、汤、武等君主，皋、夔、稷、契、伊、傅、周、召等贤臣，他们都以儒道施之于政、顺人心。还有一些非真儒者，如管仲、晏婴、子产、子父等，他们不知儒道，所以"卒致国乱""陵夷不振"。周末，鲁、卫、齐、魏诸国没有采纳孔、孟的儒学之道，"卒至世道委靡，而莫之回也"。秦始皇以诈术，大败六国而得天下，焚书坑儒，灭绝了国家的根本。汉高祖因乱而起，当时的情况是，"攀附者皆群盗悍将，刀笔之吏战胜攻取，幸而得捷，争功获报，如猲狗之争投骨"[2]，没有用儒家之道来进行统治。汉代文、武、宣三帝，"文帝斥贾谊，武帝摈董仲舒，宣帝杀萧望之"[3]，贾、董、萧三人是真儒而得不到重用，所以三个时期的统治多有阙失。通过对中国历史、政治的陈述，成俔认为为国者应该任用真儒，叔孙通"儒者难与进取，可与守成"的话是万世之格论。

---

① ［朝］成俔：《虚白堂文集》（《丛刊》第14辑），1993年版，第495页。
② ［朝］成俔：《虚白堂文集》（《丛刊》第14辑），第495页。
③ ［朝］成俔：《虚白堂文集》（《丛刊》第14辑），第495页。

成伣的儒家思想更为突出地体现在政治思想方面,他主张用儒家的"仁政""王道"思想来统治天下,反对暴政、战争。《齐宣王问为政》一文集中地反映了成伣的"仁政"思想。齐宣王想要治理好民众,但是民众却无法安定下来,政治行不通,他很困惑,不知道问题出在什么地方。淳于髡对齐宣王的疑惑进行了解答,他认为民众虽地位微卑,但又最可怕,"不以佚道使之,则怒;不以生道役之,则怨"(《齐宣王问为政》[1]),所以民众不安定的原因,并非他们不想安定,而是国家的政治无法让他们安定下来。淳于髡通过列举贤君尧舜、暴君商纣向齐宣王阐明了"王道"与"霸道"及"仁政"与"暴政"的区别,他认为,"昔者,尧舜以仁义养民,则民亦以仁义报之;商纣以威暴率民,则民亦以威暴待之"(《齐宣王问为政》),不同的对待民众的方式导致民众的不同反映,也就说明"仁义养民"是正确的,是应该遵循的;"威暴率民"是不正确的,是应该摒弃的。淳于髡又指出齐宣王所面临的现实问题,齐宣王想要推行仁政,但是"内则兴土木之役,外则要战役之功"(《齐宣王问为政》),这样的政治使民众看不到希望,所以淳于髡希望齐宣王能修德,从而使民众安定,国家得到治理。

《魏文侯问贤》引用了大量中国古代尊贤敬能的帝王事例,启示君主要网罗人才、任用人才,体现出了儒家"贤者在位,能者在职""尊贤使能,俊杰在位"(《孟子·公孙丑上》[2])的思想。文章列举了中国历史上发现贤才、任用贤才的事例,如尧推举鳏夫舜,舜推举禹治水,商汤推举耕田的伊尹,武丁推举劳役筑墙的傅说,周文王推举钓鱼的姜太公,齐桓公推举囚犯管仲,秦穆公推举被人贩卖的百里奚,这些贤才都出身卑微,但圣明君主却可以发现他们、任用他们。田子方之语化用《孟子》"舜发于畎亩之中"等语句,君主访贤求贤也不是一朝一夕可以完成的,他们得到贤才、和贤才共同治理天下,

---

[1] 转引自陈蒲清、[韩]权锡焕《韩国古代寓言史》,岳麓书社2004年版,第155页。

[2] 杨伯峻译注:《孟子译注》,中华书局1960年版,第75、77页。

"此所谓劳"。他们并不因为贤才出身卑微而轻视他们,君主任用贤士不疑,上面的人安定,下面的人顺从,从心所欲地治理国家,"此所谓逸"。"抱瓮灌畦"也作"抱瓮灌圃",典出《庄子·天地》,"子贡南游于楚,反于晋,过汉阴,见一丈人方将为圃畦,凿隧而入井,抱瓮而出灌,搰搰然用力甚多而见功寡"①,故事讽喻了安于拙陋、不求改进的落后保守思想。

《浮休子治痞》一文用治病比喻治国,也传达出儒家思想。浮休子患了痞病,痞块塞在胸中,使其饮食不畅,坐卧不安。一个庸医告诉浮休子可以服用乌堇泻下痞块。浮休子照做,服药不久,"腹中雷吼,天地易位,上而逆者呕,下而泻者散,浣涤肠胃,尽祛渣滓而身始平"(《浮休子治痞》)。但是自此以后,他精神恍惚,脉搏紊乱,耳似聋,眼似瞎,终日厌食口渴,伏在枕头上几个月无法下床。于是浮休子请宋大夫医治,宋大夫说:你的元气已经受伤了,凡事只是一味求快求速必定会受伤害,应该对症下药,"若恶滞而务下之,则以甘脆随润之物,徐而道之。而调脏腑,不应驰骤而去搏之,使有所快也"(《浮休子治痞》)。这本是治病之理,浮休子听后非常感慨,他认为宋大夫的话不仅可以用来治病,还可以使人明白治国的道理:夏、商、周三代靠仁义忠信取得天下,获得了民众支持,所以统治持续数百年;秦国用暴力吞并六国,使用残酷的刑罚统治国家,伤害了民心,摧毁了国家的根本,所以秦朝只二世就灭亡了。这完全是儒家"欲速则不达""民为邦本"思想的反映。

(二) 对道家思想的认知与运用

道家思想以"道"为最高哲学范畴,认为"道"是宇宙万物的本源,主张清静无为,反对斗争,提倡无为而治。"道法自然"是道家第一原则。道家认为自然是阴阳对立统一的,"祸兮,福之所倚;福兮,祸之所伏"②。朝鲜朝初期,统治者对佛教采取压制政策,但对

---

① 陈鼓应译注:《庄子今注今译》(最新修订重排本),中华书局2009年版,第344页。
② 陈鼓应:《老子注释及评介》,中华书局1984年版,第289页。

道教则采取比较宽松的态度。文人士子受此影响，往往会打上儒、道双重思想的烙印，成伣就是其中具有代表性的文人之一，他的思想中含有儒家、道家的思想。成伣自号"慵斋""浮休子"，文集取名《虚白堂文集》，"虚白堂"之名缘于《庄子·人间世》"虚室生白，吉祥止止"①，自号、文集名都表明他思想中的道家成分。成伣的很多文章也体现出道家思想，如《涸辙鲋赋》《石假山赋》及《浮休子谈论》中的《其愚更甚》《华阴失宠》《士人缓业儒》等寓言故事。

《涸辙鲋赋》通过鲫鱼与"客"的对话，描写了鲫鱼不仅狂妄自大，还拥有强烈的功利心，而文中的"客"则淡然超脱，表达了作者"无为"的道家思想，作者认为只有"逍遥游"才是真正、绝对的自由。文章从《庄子·杂篇·外物》"涸辙之鲋"敷衍生发，庄子家里很穷困，于是就到监河侯那里去借粮。监河侯对庄子说可以，但是要等到把封地上的租税收缴后再借给庄子三百金。庄子听后非常生气，讲述了一则寓言故事——"涸辙之鲋"来反击监河侯。"周昨来，有中道而呼者。周顾视车辙中，有鲋鱼焉。周问之曰：'鲋鱼来！子何为者邪？'对曰：'我，东海之波臣也。君岂有斗升之水而活我哉？'周曰：'诺。我且南游吴越之土，激西江之水而迎子，可乎？'鲋鱼忿然作色曰：'吾失我常与，我无所处。吾得斗升之水然活耳，君乃言此，曾不如早索我于枯鱼之肆！'"②《涸辙鲋赋》描述被困在"涸辙"中的鲫鱼，它向往在水中自由遨游，也渴望穿越龙门从而建功立业，表达了作者对"自由"的认知，反映出道家思想的真正的自由。"客"是拥有道家思想的，他渴慕"逍遥之游"。"客"与将要干涸而死的鲫鱼在路上相遇。鲫鱼向"客"求救，鲫鱼极言自己处境凄惨，"命舛数奇，离群绝类，困陋于兹"③，但又幻想自己脱困后自由而光明的前景，不仅可以"或潜在潭，或跃缘崖。三江五湖，任其所之"，又可以"侣鲛而藉力，饱虾蛭以疗饥。泂深渊以遵晦，纵大壑而发施"，"登千尺

---

① 陈鼓应注译：《庄子今注今译》（最新修订重排本），中华书局2009年版，第130页。
② 陈鼓应注译：《庄子今注今译》（最新修订重排本），中华书局2009年版，第751页。
③ 于春海主编：《古代朝鲜辞赋解析》（二），商务印书馆2015年版，第83—84页。

第二章　朝鲜朝初期散文与中国文化的关联

之龙门，期断尾以高驰"。"客"通过鲫鱼所说的一番话，看出了它狂妄自大的性格及对功名利禄的热衷与追求。"客"并不赞同鲫鱼的想法，他认为应该用平常心来对待各种荣辱遭遇，"物各有遇，遇各有时。得何为喜，失何为悲"，最终并没有答应鲫鱼提出的要求。作者认为真正的自由就是道家思想中的"无为"。对于"有慕逍遥之游，敛冲气之机"的"客"来说，"逍遥游"才是真正的自由。

《石假山赋》描写了石假山的各类形态和美景，引出主、客关于"千里起于咫尺而渐远，万物出于毫忽而无穷"等道理的谈论，表达出作者无为的道家思想。文中的大人先生把天地当作房子，把上下四方当作帐幕，把烟霭云雾当作天气，以江河湖海作为自己的胸怀，把风声当作乐曲，把花鸟当作奴仆。作者用相当大的篇幅描写石假山的千奇百怪、如梦似幻的美景。来拜访的客人表达了对石假山美景的一番见解，他认为朴实、别致的美才是真的美，而石假山的景让人感到恍惚，不真实："今日所覩，使人恍惚，盲聋不知阴阳之造化，如小儿嬉戏而示人以丰耶？抑不知风雨之夕，夔魖魍魎，偷天鎣月斧，劖斳而磨砻之邪，是何奇奇怪怪，纱变化而惊愚蒙。"[①] 大人先生对客人的观点给予了批驳，他认为"千里起于咫尺而渐远，万物出于毫忽而无穷"，万事万物都是由小而大，渐渐发展，由小可以见大。石假山虽小，却融汇了山川大河之景象，从小天地可见大美。

道家思想认为，万事万物都有两个互相矛盾的对立面，对立面又可以互相转化，矛盾的任何一方都不可能孤立存在，而是要互为前提，互相依存，《老子》云："有无相生，难易相成，长短相形，高下相盈，音声相和，前后相随。"[②]《石假山赋》中的大人先生提出"诈非其诈，忠非其忠。闷闷昏昏兮非春，明明察察兮非聪。人有穷达，道有污隆。得何欣欣，失何忡忡"[③]，完全是道家思想的体现。大人先生最后指出，人有困顿和显达，世道有兴盛和衰败。得到有什么

---

① 于春海主编：《古代朝鲜辞赋解析》（二），商务印书馆2015年版，第90页。
② 陈鼓应：《老子注释及评介》，中华书局1984年版，第64页。
③ 于春海主编：《古代朝鲜辞赋解析》（二），商务印书馆2015年版，第90页。

可高兴的，失去又有什么可忧虑的，本来就应该优游自得，不受拘束，心中领会，精神融合，过清静无为的生活，这是道家所强调的"少私寡欲"。大人先生也批判了追求功名利禄的人，"纡青拖紫，奔走于红尘者，扰扰如酰瓮之蠛蠓"①。在他看来，为追求显贵的地位而奔走于名利之路的人，就如同酒坛中的小虫一样纷杂。

《浮休子传》是成伣的自传，体现出了道家思想。如说浮休子的性格特征，"不通关节于人，不立权势之途，不预罇酒迎送之会，不营家人生产作业。得之则丰飧美服，不以为有余，粗衣恶食，不以为不足"②，这完全是道家无为思想的体现。再如浮休子的"修己之道"："澹而无营，泊而无私。穷而无歉，困而无馁。逍遥乎无思无劳，优游乎无誉无尤。彷徨乎无欲无情，希夷乎无是无非。惚悦乎无形无象，如此则几乎道，而入至人之域矣。"③他追求淡泊宁静、无欲无情、逍遥优游、无是无非，达到"至人"的境界。"至人"，道德修养高深、超脱世俗、顺应自然天命，《庄子·逍遥游》云："至人无己，神人无功，圣人无名。"④成伣也阐释了"自号之意"，"生而寓乎世也若浮，死而去乎世也若休。高车骏马，袭圭组而行沙堤者，轩冕之傥来寄也，非吾之所有也。收神敛息，化形魄而就斧屋者，是人之返真也，非吾之所免也。内足以乐道而死生不乱于心，则浮亦何荣？休亦何伤？吾师道也，非慕外物也，或呿舌眴目而走"⑤。自号为浮休子，对"浮""休"寓意的阐释也可见道家思想的影响，"乐道""死生不乱于心"，不慕外物，都是道家所追求的境界。

二 对中国文学思想的接受与批评

成伣对中国文学、文化非常熟悉，他在文章中深入地探讨了诗歌

---

① 于春海主编：《古代朝鲜辞赋解析》（二），商务印书馆2015年版，第90页。
② ［朝］成伣：《虚白堂文集》（《丛刊》第14辑），第526页。
③ ［朝］成伣：《虚白堂文集》（《丛刊》第14辑），第526页。
④ 陈鼓应注译：《庄子今注今译》（最新修订重排本），中华书局2009年版，第18页。
⑤ ［朝］成伣：《虚白堂文集》（《丛刊》第14辑），第526页。

第二章 朝鲜朝初期散文与中国文化的关联

的社会功用问题及文学嬗变与影响文学发展的因素。成俔非常重视古诗，他的文学思想与中国文学思想有着密切的关联。

（一）强调诗歌社会功用的诗教观

成俔在《三滩先生诗集序》《浮休子传》等文章中对诗文的社会功用问题进行了讨论：

> 文章者，国家之气脉也。人无气脉，则无以保厥躬，而病日深矣。国无气脉，则无以维其纲，而治日卑矣。是故，古之人，以文章之粹驳而验世道之隆替。治世之音，和而平；衰世之音，伤而郁；乱世之音，怨而悱。其所以呻吟占毕，形于言语文字间者，不能掩其心之所畜也。（《三滩先生诗集序》①）

> 诗可以寓性情，该物理，验风俗，知善恶。居则触兴抽思，消遣岁月。出则作为雅颂，黼黻王度。（《浮休子传》②）

"文章者，国家之气脉"与曹丕《典论·论文》"盖文章，经国之大业，不朽之盛事"③有异曲同工之妙，虽然侧重点不同，但都突出了文章的重要地位。"治世之音，和而平；衰世之音，伤而郁；乱世之音，怨而悱"化用《礼记·乐记》"是故治世之音安以乐，其政和；乱世之音怨以怒，其政乖；亡国之音哀以思，其民困"④。"呻吟占毕，形于言语文字间"和"心之所畜"与《毛诗序》"诗者，志之所之也，在心为志，发言为诗。情动于中而形于言，言之不足故嗟叹之，嗟叹之不足故永歌之"⑤所说的是一个道理。

成俔"古之人，以文章之纯粹驳而验世道之隆替"⑥指出了文学的社会功用，"验世道之隆替"类似于孔子所说之"观"，《论语·阳

---

① ［朝］成俔：《虚白堂文集》（《丛刊》第14辑），第478页。
② ［朝］成俔：《虚白堂文集》（《丛刊》第14辑），第478页。
③ 郭绍虞主编：《中国历代文论选》（第1册），上海古籍出版社2001年版，第159页。
④ 郭绍虞主编：《中国历代文论选》（第1册），上海古籍出版社2001年版，第61页。
⑤ 郭绍虞主编：《中国历代文论选》（第1册），上海古籍出版社2001年版，第63页。
⑥ ［朝］成俔：《虚白堂文集》（《丛刊》第14辑），第478页。

货》篇:"子曰:'小子何莫学夫诗?诗,可以兴,可以观,可以群,可以怨。迩之事父,远之事君;多识于鸟兽草木之名。'"① 诗歌是反映社会现实生活的,诗歌可以帮助人们认识风俗的盛衰、政治的得失。诗文是社会的真实反映,什么样的社会状态,就会相应产生什么样的文学作品,"治世之音,和而平;衰世之音,伤而郁;乱世之音,怨而悱"②。基于此种认识,成俔高度赞扬了三滩先生诗文的世教作用:"敷而扬之,俾锓于梓,则必将笙镛人耳。脍炙人口,使斯文后生,仰希轨躅,作为雅颂,以培国家之气脉。"

成俔非常重视"诗"与"世"的关系,认为不同身份、地位的人,其言辞(文学创作)也随之呈现不同的风格,"大抵达而在上者,其辞平易;长于绮纨者,其辞淫艳;穷人之无所遇于世者,其辞哀怨险僻"(《富林君诗集序》③),指出三种不同身份、地位者于文辞的不同体现。"世人不乐其平,而乐其不平,何欤?盖和平之辞难美,忧愤之言易工也。"④ 韩愈《荆潭唱和诗序》:"夫和平之音淡薄,而愁思之声要妙;欢愉之辞难工,而穷苦之言易好也。"⑤ 自此以后,世之论诗者往往以"欢愉之辞难工""穷苦之言易好"来论诗,"诗"与"世"与"人"有着密切的关系,成俔对此是肯定的。《富林君诗集序》的主人公即是典型代表,富林君"风姿玉树,美目如画,其时欲侍谈麈而不能得。今诗之语亦如貌之无疵,而其德之在内者,从可知矣。使之天假之年,进而不已,必能作为《雅》《颂》,以鸣国家之盛。而中道夭没,不得尽展其才"⑥。由于富林君早卒,以至于不得尽展其才,不能做《雅》《颂》之音以鸣国家之盛。

(二)文学嬗变与影响文学发展的因素

成俔在《文变》一文中对中国文学在各个历史时间的变化、审美

---

① 杨伯峻译注:《论语译注》(简体字本),中华书局2006年版,第208页。
② [朝] 成俔:《虚白堂文集》(《丛刊》第14辑),第478页。
③ [朝] 成俔:《虚白堂文集》(《丛刊》第14辑),第476页。
④ [朝] 成俔:《虚白堂文集》(《丛刊》第14辑),第476页。
⑤ 郭绍虞主编:《中国历代文论选》(第2册),上海古籍出版社2001年版,第129页。
⑥ [朝] 成俔:《虚白堂文集》(《丛刊》第14辑),第476页。

第二章　朝鲜朝初期散文与中国文化的关联

特征等作了勾勒，可见他对中国文学的熟悉。成伣强调文学的"嬗变"，即随着时代的发展，文学也随之发生着变化，而变化的关键在人，变好变坏都是人决定的，"其变而就卑在人，变卑而还淳亦在人"。文又有着递进流变的过程，虞变而夏，夏变而殷，殷变而周，文都发挥了很重要的作用，"言宣于口，无非文也。事载于册，无非文也。如君臣戒训，列国辨命，兵师誓告，祭祀祝嘏，闾巷歌谣，非文无以发"①，可以说文在多个方面都发挥了难以替代的巨大作用。孔子振兴文教，其道德、文章成为经世典范。从其学者三千多人，而贤达者有七十二人，"高矣美矣，非后世之所可几及也"。逮道下衰，庄子、列子谈虚无，杨朱、墨子言行粗疏草率，法家代表申不害、韩非主张循名责实、慎赏明罚。屈原、宋玉创作楚辞，词中充满悲怨。"坚白同异"即"离坚白"与"合同异"之说，《庄子·秋水》云："龙少学先王之道，长而明仁义之行；合同异，离坚白。"② 离坚白，先秦名家公孙龙的著名论点之一。合同异，战国惠施学派的基本观点。这些人各自展示自己的才华，虽然伤害了"道"，但是言辞纵横捭阖，还是值得称道的。汉代文章承传先秦之文，堪称繁盛，尤其贾谊、董仲舒、司马迁、刘向、扬雄等人更是杰出代表，其他文人众多，"拔茅汇征，波澜所暨，演迤放肆"，成为后世学习的楷模。到了建安、黄初年间，文体渐变，浮艳纤弱，魏、晋、齐、梁更甚。到了唐代，情况发生了很大的变化，一些文人肩负起时代赋予他们的使命，"陈、苏启其始，燕、许闯其门，李、杜擅其宗，韦、柳、元、白承其流"，真正变革历代对偶之病、振兴风雅者，非韩愈莫属。晚唐五代之时，"颓圮垫溺"；宋初，杨忆、王禹偁、欧阳修、"三苏"等反对唐末以来的浮靡文风，倡导创作古文，"针文之病，救世之功，与昌黎无以异"。元代虽然是少数民族统治天下，但是"培养文脉，百年之间，文物极盛，多士皆怀瑾握瑜之人"。

---

① ［朝］成伣：《虚白堂文集》(《丛刊》第14辑)，第531页。
② 陈鼓应注译：《庄子今注今译》(最新修订重排本)，中华书局2009年版，第467页。

成伣"总结性地回顾中国文学文体自汉经唐至宋的历史性的发展与演变过程。他认为历代文学的发展和演变,与'经'有密切的渊源联系"①。在《与楸功书》一文中,成伣探讨了文学与"经"的密切关系,"夫六经者,圣人之言行。而文章者,六经之土苴。为文而不法乎古,则犹御风而无翼也。为文而不本乎经,则犹凌波而无楫也"②。作文应该法古、以经为根本,"茫茫历代数千载之间,词人才子,孰不法乎古、本乎经也"。在成伣看来,"文章体格,发挥于汉而流衍于晋,盛行于唐而大备于宋",他列举了60多位中国各个时期的代表作家,按时期、朝代和创作倾向进行分类,阐说每个文人的思想特征、创作倾向和艺术风格,将文学的发展与思想文化、学术经典等联系起来进行思考,很有见地。成伣的论述涉及中国各个历史时期的代表性文人学者,如董仲舒、晁错、严安、徐乐、诸葛亮、司马迁、班固、范晔、公孙弘、杜预、贾谊、司马相如、枚乘、邹阳、曹操、曹植、曹丕、应玚、阮籍、陶渊明、谢灵运、徐陵、陈子昂、张籍、李白、杜甫、白居易、韩愈、孟郊、苏轼、王安石、曾巩、陆游等,无论是哪个朝代哪个人物,他们都是取乎经,"上自盛晚唐,下至南北宋,高才巨手拔茅而起。其议论虽若悖于六经,而取与则悉出八乎六经也。本乎六经,故其为文也揽之而无穷,用之而不竭,托之语言而通畅发越,施之事业而焜燿无穷"③。

成伣在历数中国文学发展的基础上又对朝鲜文坛作了梳理:"罗季,崔孤云入唐登第,文名大著。丽初,崔承老上书陈弊,其文可观。至于中叶,郑知常、金克己、李奎报、李仁老、林椿、陈澕、洪侃之徒,皆以富丽为工,文雅莫盛于斯。其后益斋、稼亭、牧隐、陶隐、三峰、阳村诸先生,斵崖岸而改为之,专务笃实,不为虚美之辞,可以笙镛世道。"(《文变》④)成伣对于本国文坛发展的认识也很

---

① 李岩:《朝鲜古代〈诗经〉接受史考论》,《文学评论》2015年第5期。
② [朝]成伣:《虚白堂文集》(《丛刊》第14辑),第510—511页。
③ [朝]成伣:《虚白堂文集》(《丛刊》第14辑),第510—511页。
④ [朝]成伣:《虚白堂文集》(《丛刊》第14辑),第531页。

第二章 朝鲜朝初期散文与中国文化的关联

有见地,大体上道出了朝鲜各个时期的文学发展规律及主要特点。同时,他又指出了朝鲜文坛存在的弊病:"骚赋当主华赡,而不知者以为当平淡也。论策当主雄浑,而不知者以为当端正也。记事者当典实,而不知者以为当骈俪也。"(《文变》①)弊病之一,不知道每种文体都有自身独具的创作风格、写作特点;弊病之二,"今之学诗者必曰:谪仙太荡,少陵太审,雪堂太雄,剑南太豪,所可法者涪翁也、后山也。刊落肌肉,独存骸骨,未至两人之域而气象蔫然。不聱牙奇僻,则顽庸驽劣,有不足观者。学文者亦如是,以庄骚为诡,以两汉为奥,以韩柳为放,以苏文为弩,乐取柔软之辞,以为剀剧,无感乎文学之卑也"(《文变》②)。朝鲜文人学诗、学文者都只看到了中国文人文风的一面,而不能作全面思考,所以,他们的诗文创作就无法达到更高的境界。成俔指出:"大抵诗文华丽则取华丽,清淡则取清淡,简古则取简古,雄放则取雄放,各成一体而自底于法。"(《文变》③)学习对象的文风诗风如何,那么就学习他这种文风,华丽者则学习其华丽、清淡者则学习其清淡,成俔为此还作了一个形象的比喻,"有爱梅竹而欲尽废群卉,好竽瑟而欲尽停众乐乎?此嵩善子胶柱固执之见也"④,所以他"作《文变》,以晓世之学为文者"(《文变》),写作《文变》为的是告诫后世之学文作诗者。

成俔讨论了文与"理"的关系问题,他强调"理"于"诗"的重要意义。《濡溪诗集序》:"诗难言也。言诗者论气而不论理,非也。气以行于外,理以守诸内。守于内者不固,则行于外者未免泛驾而诡遇。诗以理为贵也。善为诗者悟于理,故能不失根本。苟失根本,虽豪宕浓艳、雕镂万状,而不可谓之诗也。"⑤ 成俔指出"理"于"诗"的重要性,诗歌以理为贵,擅长做诗的人都是能体悟事理、道理的

---

① [朝] 成俔:《虚白堂文集》(《丛刊》第14辑),第531页。
② [朝] 成俔:《虚白堂文集》(《丛刊》第14辑),第531页。
③ [朝] 成俔:《虚白堂文集》(《丛刊》第14辑),第531页。
④ [朝] 成俔:《虚白堂文集》(《丛刊》第14辑),第531页。
⑤ [朝] 成俔:《虚白堂文集》(《丛刊》第14辑),第473页。

人，所以他们的诗才会不失诗的根本。"理"是内在的，"气"是外在的，如果失去了"理"这个根本，那么即使"豪宕浓艳、雕镂万状"，也不能称之为诗。他以本国文坛作为事例进行解说，指出高丽朝、朝鲜朝时期有很多人并不能理解、参悟"理"，"自丽季至国朝，诗之名家非一，而能悟其理者盖寡"①，所以导致"平者失于野，豪者失于缛，奇者失于险，巧者失于碎，俗习卒至于委靡而不回"② 等现象出现。成伣以俞克己为例对"诗"与"理"关系进一步阐说，俞克己"其诗深刻悟于理而自得，故篇篇有范，句句有警，米盐酝藉，不落世之窠臼"③。

成伣还强调行迹对文学的重要影响，《送权叔强以书状官赴京诗序》云："余尝读孟轲之书曰：诵其诗，读其书，不知其人，可乎？是以论其世也，是尚友也。夫士欲尚友乎千古，非徒论其世，又当论其当世行迹，而必陟其所尝游历之地，然后兴怀感慨，而有所益矣。"④《孟子·万章下》曰："颂其诗，读其书，不知其人，可乎？是以论其世也。"⑤"知人论世"对后世文学批评、文学创作产生了深远影响。孟子强调阅读文学作品时要对作者所处时代背景有所了解，这样才能够真正地理解作品的深层次内涵。成伣赞同孟子的观点，在继承的基础上有所拓展，他认为"世"还应包括其人的当世之行迹、游历。他指出朝鲜文人在这方面就存在问题："今乃邈在东隅，所读者中国之书，所守者古人之糟粕。"而且，和朝鲜本国实际情况也存在诸多不完全符合的情况。朝鲜文人用中国之事来讨论朝鲜本国事，就会造成"鹢鹆之眩钟鼓，蒙瞍之迷丹青，不知其所向"。相传有鹢鹆为避风而栖息于鲁国城东之外，臧文仲派国人把它作为神来祭祀，鹢鹆不堪其扰，三日而死。后来以"鹢鹆"美称清高之士，如杜

---

① ［朝］成伣：《虚白堂文集》（《丛刊》第14辑），第473页。
② ［朝］成伣：《虚白堂文集》（《丛刊》第14辑），第473页。
③ ［朝］成伣：《虚白堂文集》（《丛刊》第14辑），第473页。
④ ［朝］成伣：《虚白堂文集》（《丛刊》第14辑），第461页。
⑤ 杨伯峻译注：《孟子译注》，中华书局1960年版，第251页。

第二章　朝鲜朝初期散文与中国文化的关联

甫《八哀诗·故著作郎贬台州司户荥阳郑公虔》:"鹦鹉至鲁门,不识钟鼓飨。""蒙瞍"指盲人,出自《国语·晋语·胥臣论教诲之力》"蒙瞍不可使视,蒙瞍不可使言,聋聩不可使听,童昏不可使谋"①。成俔引用此二典作比,说明"人有从中国而说其事者"的不好的结果。他以文章主人公权叔强为例说明"当世行迹"的重要。

> 足下出自纨绮,敦事诗书,其文章德艺,士林景仰。今以弘文典翰,兼带司宪执义,随上党韩相国朝京师。自辽并而达幽蓟至燕境,于山见巫间崆峒之峻,于水见辽浿滦潞之深。思古人于其墟,则孤竹二子逊让之风不泯。燕昭以黄金延士,其台岿然尚存。蔡泽以雄辩起而取秦相,赵普以一部《论语》,为宋朝宰相。其他田畴、徐乐、刘蕡、窦仪之儒雅,寇恂、程普、高琼之名将,骋声聘誉,以鸣一时。真所谓博大悠夐,多生雄杰之地也,而遗迹今犹可想也。②

成俔列举了诸多中国历史人物,包括谦让父亲王位的伯夷叔齐、礼贤下士的燕昭王、善辩多智的蔡泽、"半部《论语》治天下"的赵普,以及田畴、徐乐、刘蕡、窦仪、寇恂、程普、高琼等,他们都是中国历史上声名显赫的英雄豪杰。见到历史遗迹,情感自然会有所抒发,思古人于其墟。这些英雄辈出的地方,地理位置优越,"枕绝北邮,与中土远。古则英雄割据,胡虏纵横之界。今则金城汤池,为大都会。桑枣沃野,烟火万里,西临魏冀尧舜之所治,东接邹鲁孔孟之所泣"③。这些地方在地理、人文、景观等方面都有独特之处,"山河道里之远,疆理幅员之广,宫阙城郭之壮丽,街衢阛阓之栉密,轮蹄人物之骈阗,礼乐文物之彬郁,衣裳冠冕之鲜缛,风俗光景之融

---

① 上海师范大学古籍整理组校点:《国语》,上海古籍出版社1978年版,第386页。
② [朝] 成俔:《虚白堂文集》(《丛刊》第14辑),第461页。
③ [朝] 成俔:《虚白堂文集》(《丛刊》第14辑),第461页。

佟"①，权叔强游历于此，自然会拓宽自己的眼界，所以："其所瞻历，一寓于诗文，而援古证今，施之于事，是岂徒诵读而已？岂徒论世尚友而已？"②权叔强把游历之所见所思所感诉诸笔端，就不是简单地"徒诵读""徒论世尚友"，而是"所闻益博而所见益高，所蕴益富而所发益奇"，行迹、游历增加了文章的深度、厚度。

三 使华行迹与成俔的赋体散文创作

明代是中朝两国关系史上最为密切、往来最为频繁的历史时期，尤其是在朝鲜朝建立初期，两国往来更为频繁。据学界的不完全统计，朝鲜朝建国初期的60年间，朝鲜向明朝派遣使节团近400次，平均每年6次之多。这种政治友好关系，使朝鲜古代文人对中国文化的接受成为必然，"感恩明朝、仰慕中华文化是朝鲜君臣的'伦理选择'"③。成俔曾多次出使明朝，沿途观览中国的锦绣河山，"慕华"意识使他在文章中极力赞美中国的山川河海。

明成化二十一年（1485年）乙巳，成俔奉命出使明朝，途经驻跸山，怀想古昔，作《驻跸山赋》，文章不仅描写了自然风光，还对发生在此处的历史进行缅怀、追思。成俔在《驻跸山赋》文前序文中交代："按《大明一统志》，山在辽东西南十五里许，连海州卫界。山顶平石之上，有指掌之状，泉出其中，挹之不渴。晋司马懿围公孙渊于襄平，有星从首山坠城东南。唐太宗征高丽，尝驻跸其巅，勒石纪功，因改驻跸山云。岁乙巳，余奉王命朝京师，道经山下，怀想古昔，遂用洪武韵赋之。"④唐贞观十九年（645年），唐太宗率军东征高丽时，曾驻跸于辽宁辽阳西南的马首山，所以称此山为驻跸山。

《驻跸山赋》首先对驻跸山的地理位置、山上景色等进行了描写："遡辽城而西迈兮，望首山之孤峰。执腾骞而斗起兮，羌偃蹇而龍嵷。

---

① ［朝］成俔：《虚白堂文集》（《丛刊》第14辑），第461页。
② ［朝］成俔：《虚白堂文集》（《丛刊》第14辑），第461页。
③ 王国彪：《朝鲜"燕行录"中的"华夷"之辨》，《外国文学评论》2017年第1期。
④ ［朝］成俔：《虚白堂文集》（《丛刊》第14辑），第420页。

◈ 第二章 朝鲜朝初期散文与中国文化的关联 ◈

接河流之控带兮,镇鹤野之鸿蒙。岩石盘盘其如掌兮,沸槛泉之飞淙。"① 地势扼要,岩石耸立,泉水飞流,景色雄奇可观。作者接着叙写了发生在驻跸山的历史故事:"昔典午氏之拥兵兮,围公孙于襄平之墉。灿星气之夜动兮,若跨汉之长虹。纷历代之割据兮,舆图出入乎华戎。当贞观之盛际兮,蔚风虎而云龙。混车书于万国兮,俯六合而豪雄。"② 典午即"司马"的隐语,出自《三国志·谯周传》:"周语次,因书版示立曰:'典午忽兮,月酉没兮。'典午者谓司马也,月酉者谓八月也。至八月而文王果崩。"③ 公元238年,司马懿曾率兵讨伐公孙渊,围困襄平。唐太宗李世民率军东征高丽时,曾驻跸于马首山。成倪称颂唐太宗的丰功伟绩,"蔚风虎而云龙","俯六合而豪雄";军队整齐雄壮,"俨师旅之桓桓兮,竟如罴而如熊"。唐太宗亲负土石,指挥若定,"登山冢之穹窿,貔貅纷兮布野,旌旗蔼兮蔽空。坐进退乎六师兮,散白羽之清风。视青丘弹丸之片地兮,固已在乎目中"④。唐太宗征伐高句丽的盛大场面及指挥若定、最终胜利的姿态,在作者的笔下一一托出。作者交代了马首山与唐太宗的历史渊源、"驻跸山"的由来,"仅拓境而复疆兮,匪王者之奇功。镌山骨而纪事兮,欲夸耀于无穷。因所驻而命名兮,名愈大而愈隆"⑤。

在辽东城内,成倪还观览了华表柱。华表柱是一种中国传统建筑形式,是古代设在宫殿、陵墓等大建筑物前面做装饰用的大石柱,柱身多雕刻龙凤等图案,上部横插着雕花的石板。《华表柱赋》文前小序云:"辽东城内,旧有华表石柱,人言丁令威化鹤归来处也。"⑥ "丁令威化鹤"典出明代张岱《夜航船》:"辽阳城内鼓楼东,昔丁令威家此,学道得仙,化鹤来归,止华表柱,以咮画表,云:'有鸟有

---

① [朝] 成倪:《虚白堂文集》(《丛刊》第14辑),第420页。
② [朝] 成倪:《虚白堂文集》(《丛刊》第14辑),第420页。
③ (西晋)陈寿撰,(南朝宋)裴松之注:《三国志》,中华书局1999年版,第764页。
④ [朝] 成倪:《虚白堂文集》(《丛刊》第14辑),第420页。
⑤ [朝] 成倪:《虚白堂文集》(《丛刊》第14辑),第420页。
⑥ [朝] 成倪:《虚白堂文集》(《丛刊》第14辑),第421页。

鸟丁令威，去家千岁今始归，城郭虽是人民非，何不学仙冢累累.'"① 作者"抚千年于兹土兮，摅吊古之幽情"，此时四周寂寂无人，天高月明，好像有客从东土而来，他是那样超凡脱俗，与众不同，"貌臞古而气清。拖玄裳之参差兮，被皓服之晶荧。拳瘦脚而玉洁兮，耸丹顶而霞赪。俨翩翩而傍砌兮，华彩彩而飘英"②。客谈吐优雅，诉说着心中的不平，"吐清言之嘹唳兮，诉胸中之不平"。他慨叹世人对功名利禄的追求，"曰世人之贸贸兮，为外物之所撄。纷六凿之相攘兮，汩尘土而营营。孰高蹈而远引兮，遗浮云之利名"③。他"独超然而遐征"，想到的画面是："挟飞仙而羽化兮，冲太空而扬灵。风飘飘而动袂兮，云冉冉而扶翎。朝昆仑之玄圃兮，暮沧海之蓬瀛。忽临睨夫故乡兮，霭尘壒之冥冥。宛城郭之依旧兮，缭雉堞而纵横。"④ 世人为外物所扰，汲汲于功名的追求而不能自拔，但最终也阻挡不了历史的车轮向前推进，"川原旷其盈视兮，人物半其凋零。纷斧屋之累累兮，荒草鞠兮坟茔"⑤。作者面对此情此景，不禁"止柱头而惆怅兮，扣余心之遽惊"。

《北征赋》之题由东汉班彪首创。班彪在王莽已亡、淮阳王刘玄失败的时候从长安到天水避难，途经安定郡城（今宁夏固原），作《北征赋》一文记述自己北征的历程，抒写怀古伤今的感慨。后世作同题之作者不乏其人，朝鲜文人亦然。明朝曾派兵协助朝鲜讨伐女真，奏凯而还，朝鲜文人对此非常兴奋，纷纷作诗文纪其事，成俔也作有一篇《北征赋》歌颂明朝。成俔《北征赋》文前小序交代了赋作的背景："鯫生伏睹明公上承天子之命，以摅我王之诚，征讨女真，奏凯而还。当时作诗美之者，皆文章巨擘，珠玑盈轴，使人读之，鼓舞揄扬之不能已。生亦不揆鄙拙，谨敷陈其事，作赋一首，仰呈左

---

① （明）张岱：《夜航船》，清钞本。
② ［朝］成俔：《虚白堂文集》（《丛刊》第14辑），第421页。
③ ［朝］成俔：《虚白堂文集》（《丛刊》第14辑），第421页。
④ ［朝］成俔：《虚白堂文集》（《丛刊》第14辑），第421页。
⑤ ［朝］成俔：《虚白堂文集》（《丛刊》第14辑），第421页。

第二章　朝鲜朝初期散文与中国文化的关联

右。"① 赋作对女真的侵犯有所描摹："彼女真之倔强兮，凭厥居之险巇。肆咆咻乎上国兮，构边徼之疮痍。"② 在这种情况下，明朝派兵讨伐女真，"赫天兵之俯集兮，申九伐而往治。皇揽揆我王之忠荩兮，命勤王而出师"③。成伣歌颂明朝的北征之举、军队雄姿等，如对出征军队的描写，极尽铺张之能事：

> 旗旐扬乎旆旆兮，四牡壮而骙骙。勇夫仡仡而超乘兮，阚如熊而如罴。公锦裘而绣帽兮，骋六辔而如丝。俨中军而作好兮，肃将雷霆之威。心无二乎敌忾兮，指苍天而为期。壮韬钤于胸中兮，发虎豹之六奇。溯长风而冒积雪兮，进铺敦乎江之湄。审山谿之纡曲兮，应天兵而角椅。顾丑类之蚁聚蜂屯兮，可制梃而箠笞。争采入乎幽阻兮，穷虎穴而取虎儿。若草薙而禽狝之兮，俱汛扫而无遗。余种啄而奔避兮，窜荆棘而悔不可追。威棱振乎辽浦兮，壮士塞乎嵎夷。天骄褫魄而戢手兮，周道望其如砥。④

军容整齐，士兵斗志昂扬，战马雄壮，旌旗飘扬。圣明的明朝皇帝更是值得颂赞，"曰匪臣之功兮，由圣上之指挥"。君与臣互不贪功，军君一心，"伟君臣之会合兮，俨都俞而相规"，所以"威名灼其远播兮，举天下而咸知"。成伣在赋中也指出戎狄之祸害，"彼戎狄之为难兮，观振古而如斯。华夏屡被其毒兮，历代多患乎羁縻"⑤，在这样的环境下，出现了很多贤臣良将为祖国的安定贡献力量，成伣说："昔宣王之修攘兮，悼周室之中衰。吉甫往征猃狁兮，方叔又攻蛮夷，叙戎功而作诗兮，为燕飨之乐祠。裴晋公之桓桓兮，任天讨而心不移。擒淮曲之逋寇兮，整唐室之倾欹。用山斗之雄文兮，纪厥功

---

① [朝] 成伣：《虚白堂文集》（《丛刊》第14辑），第421页。
② [朝] 成伣：《虚白堂文集》（《丛刊》第14辑），第421页。
③ [朝] 成伣：《虚白堂文集》（《丛刊》第14辑），第421页。
④ [朝] 成伣：《虚白堂文集》（《丛刊》第14辑），第421页。
⑤ [朝] 成伣：《虚白堂文集》（《丛刊》第14辑），第421页。

于丰碑。"① 周宣王时期，吉甫曾率师北伐猃狁，方叔也曾率军南征荆楚、北伐猃狁，二人为周室中兴立下了不朽功勋。现今北征女真的明朝将帅、士兵也如同当年的吉甫、方叔一样可以青史留名，"今公之宏勋懿德兮，亦可铭于鼎彝，与先春树碣之伟绩，而并青史而昭垂"②。成俔在文末引《诗经·周南·樛木》"乐只君子"之典，《樛木》"乐只君子，福履绥之""乐只君子，福履将之""乐只君子，福履成之"③ 等诗句，本是祝贺新郎的，希望上天赐福保佑新郎，此处表达了对率军出征的明朝将领的祝福。

---

① ［朝］成俔：《虚白堂文集》（《丛刊》第 14 辑），第 421 页。
② ［朝］成俔：《虚白堂文集》（《丛刊》第 14 辑），第 421 页。
③ 程俊英译注：《诗经译注》，上海古籍出版社 2012 年版，第 6 页。

第三章　朝鲜朝中期散文与中国文化的关联

朝鲜朝中期大致时间段在16世纪末至17世纪20年代，即"壬辰倭乱"（1592—1598年）至英祖元年（1725年），一百三十多年的历史。此时期朝鲜发生了多次外敌入侵，即日本入侵朝鲜的"壬辰倭乱"（1592年）、"丁酉再乱"（1598年），后金入侵朝鲜的"丁卯胡乱"（1627年）、清朝入侵朝鲜的"丙子胡乱"（1636年）等。这几次战争给朝鲜王朝造成了空前的危机，使朝鲜的政治、经济、文化都受到了不同程度的影响。朝鲜朝中期，诗歌创作仍是朝鲜文坛的主流文学，但是，"随着中国唐宋散文和明代复古散文的传入、盛行，到了朝鲜朝中期，一些作家认识到文的重要性，于是开始着力于散文的创作"[①]，出现了"月象溪泽"文章四大家李廷龟、申钦、张维、李植，四人的散文创作取得了较高成就。另有许筠、李安讷、尹善道、宋时烈、金锡胄、金昌协等人活跃于古文创作领域，也创作出大量有突出特点的散文。本章主要考察许筠、李植、张维等人的散文及其与中国文化的关联。

第一节　许筠散文与中国文化的关联

许筠（1569—1618年），字端甫，号蛟山、惺所，又号白月居

[①] 曹春茹:《朝鲜柳梦寅散文研究——兼论与中国文化的关联》，博士学位论文，中央民族大学，2010年。

士。朝鲜朝中期的诗人、小说家、政治家。许筠曾受教于"三唐诗人"之一的李达,[①]在为人处世、学问修养等方面都一定程度上受到了李达的影响。许筠于1594年文科及第,1606年担任远接使从事官,迎接明朝诏使朱之蕃,1610年以陈奏副使身份出使明朝。历任春秋馆记注官、刑曹正郎、任司艺、司仆寺正、典籍、遂安郡守等职。著有小说《洪吉童传》、诗论集《蛟山诗话》、诗文集《惺所覆瓿稿》等,编选历代诗选《国朝诗删》等。许筠的散文颇具特点,有着丰富的中国文化因素。

一 先秦诸子文学考论

许筠热爱阅读中国文化典籍,善于思考。在扶宁闲暇时间,他通读了诸子全书,"余在扶宁无事,适得诸子全书慣读之,因疏所得,题于各子之后"(《文部·读·序》[②])。诸子之书包括《老子》《列子》《庄子》《管子》《晏子》《商子》《韩非子》《墨子》《荀子》《淮南子》等,其阅读心得、体会不乏有见地的认识,呈现出较为鲜明的特点,有对文章的考辨,有对风格的论说,也有对内容的评述等。

(一)对诸子著述之著者、内容等的考辨

许筠在阅读《列子》《管子》后,对著者、文章某些内容等产生了怀疑,如"《读〈列子〉》条",许筠从思想内涵、语言风格等方面高度评价了《列子》中《天瑞》《黄帝》两篇文章,"论道处理极玄微,尽言之而不隐"(《读〈列子〉》[③]),并且这两篇文章文风古奥,"可与《道德》《南华》相表里"。《列子》其他文章"文渐散始弛张,论道理亦多舛谬",似不出于一人之手,"宜刘中垒之致疑也"。刘中垒即刘向,字子政,官至中垒校尉,所以被称为刘中垒。西汉末年,刘向奉命

[①] 崔庆昌(1539—1583年)、白光勋(1537—1582年)、李达(1539—1612年),三人诗学唐,被称为"三唐诗人"。
[②] [朝]许筠:《惺所覆瓿稿》(《丛刊》第74辑),1991年版,第249页。
[③] [朝]许筠:《惺所覆瓿稿》(《丛刊》第74辑),第249页。

第三章 朝鲜朝中期散文与中国文化的关联

整理诸子文学典籍,他将民间流传的二十篇《列子》文章进行整理,删除部分文章后保留下八章,名曰《列子书录》。东晋张湛为之做注,现今流行的《列子》即为张湛的注本,文章包括《天瑞》《黄帝》《周穆王》《仲尼》《汤问》《力命》《杨朱》《说符》。

自《列子》问世以来,其真伪就成了一段公案,唐代柳宗元《辩列子》认为其书多增窜,并不真实可信。自柳宗元发端,历代质疑之声不绝。宋代高似孙《子略》通过司马迁不记录列子、《列子》与《庄子》有很多重合之处,推论《列子》一书出于后人荟萃而成。南宋黄震《黄氏日钞》指出《列子》中包含佛家的内容,而晋人好佛,所以《列子》一书杂出于诸家。清代姚际恒《古今伪书考》指出《列子》很多章节抄袭了《庄子》,书中很多圣人话语是后人所附益无疑。《四库全书提要》认为《列子》不出于列子之手,而是后世学者所追记补充。近代陈三立《读〈列子〉》认为是杨、朱之徒所为,后来魏晋之士人又增窜其间。近代梁启超《古今真伪及其年代》认为《列子》是张湛采集道家之言凑合而成,并且假造刘向《书录》,真《列子》在汉代之后已经失传、散佚。

许筠认为他所见的《列子》版本也不是当年刘向删减后所留之八章,"今之所得八篇,似亦是典午氏东渡后杂出于诸家者,亦非中垒所校雠也"(《读〈列子〉》[1])。许筠指出除了《天瑞》《黄帝》两篇是列子所作外,其余诸篇均为汉、魏晋时人所补,其见解颇具学术价值,值得给予高度重视。再如"《读〈管子〉》条",许筠指出《管子》一书庞杂重复,似并非一人所作,其中很多文章思想不统一,如"《心术》《内业》等篇,皆附会道家"[2],"《宙合》诸篇,皆用隐语,俶诡诡怪"[3]。许筠对《管子·牧民》篇评价甚高,认为这篇文章论兵阵之制、农桑诸利之原等,"凿凿中其綮,宜其施之事而辄有实

---

[1] [朝]许筠:《惺所覆瓿稿》(《丛刊》第74辑),第249页。
[2] [朝]许筠:《惺所覆瓿稿》(《丛刊》第74辑),第250页。
[3] [朝]许筠:《惺所覆瓿稿》(《丛刊》第74辑),第250页。

效"①，如果《牧民》的思想在社会实践中能够很好地贯彻、运用，那么定能富国强兵，取威定霸。

许筠对《列子》《管子》的认识，是在他熟读全书，比较篇章与篇章内在逻辑、语言风格等基础上，从审美的角度作出的判断，可以作为《列子》《管子》研究的参照。

（二）对诸子著述之文章风格、技法等的赞许

许筠对《老子》《庄子》《韩非子》《荀子》等赞誉有加，如"《读〈老子〉》条"从文、义、道三个角度高度评价："其文则经，而其义则传，至于论道，直破天窍，吾不得而捕捉之，其犹龙乎？"②许筠对《庄子》的认识经历了少年、中年、晚年三个不同阶段："余少时读《庄子》书，不知其蒙，但寻文摘章，为掞藻法。中岁更读，则俶倘怳忽，若不可测度，固已喜其寓言，而一死生齐得丧为可贵也。今则看之，其恬淡寂寞，清静无为，默与佛子相合，特以其谬悠荒唐之辞，不与为庄语。故浅读之，莫可见端涯也。"③少年时只是寻章摘句而不解文章滋味；中年时虽仍未参悟其中玄妙，但作者对《庄子》中的寓言故事印象深刻；由于年龄、阅历等的增长，晚年再读《庄子》时，能读透读通文章的深层次内涵，知其三昧。许筠对颇有争议的"颜子坐忘"一章发表看法：

> 其中"颜子坐忘"一节，儒家力诋之。《礼》曰：坐如斋，立如尸。而颜子终日如愚，此与坐忘奚殊。兹亦谩衍其辞，非妄也已。其曰：诋周孔者亦非也，老聃其师而假秦失之吊以诋之，此老播弄俶诡之故态，非真诋也。于《天下》篇，首言儒家，其尊周、孔可知矣。④

---

① ［朝］许筠：《惺所覆瓿稿》（《丛刊》第74辑），第250页。
② ［朝］许筠：《惺所覆瓿稿》（《丛刊》第74辑），第249页。
③ ［朝］许筠：《惺所覆瓿稿》（《丛刊》第74辑），第250页。
④ ［朝］许筠：《惺所覆瓿稿》（《丛刊》第74辑），第250页。

◈ 第三章　朝鲜朝中期散文与中国文化的关联 ◈

"坐忘"出自《庄子·内篇·大宗师》"堕肢体，黜聪明，离形去知，同于大通，此谓坐忘"①，"坐忘"指静坐时，物我两忘、与道冥合，是道家的修养方法、至极的精神境界。《庄子》讲述孔子高徒颜回领悟到了道家的"坐忘"境界，儒家人士力抵《庄子》关于颜回坐忘之说。"坐如斋，立如尸"出自《礼记·玉藻》，许筠认为颜回终日如愚，和"坐忘"境界大相径庭，只是庄子的"漫衍其辞"。庄子并非真的抵牾周、孔，很多语言、行为只是"老播弄俶诡之故态"，况且《庄子·天下》"首言儒家，其尊周孔可知矣"。

许筠推崇《韩非子》《孙子》，"先秦诸子文，韩非与孙武最是作家。至其简切明核，则非所及也"②。许筠通过对比突出韩非子的文章，《读〈韩非子〉》："先秦诸子之文，除老、庄外，或庞杂或晦涩或决裂，独韩非之文，典丽明核，善于连模拟事，且切于事情，以文事论之，则诚大家也。"③尤其是《说难》《八奸》两篇文章尤好，"其开阖其抑扬其驰顿折旋处，默启后世为文者筦锁缴结之端，古文初质至是而有机谋矣"④。许筠也高度评价《孙子》，《读〈孙子〉》云："其文有筦锁辟阖处，节节生情。"从中可以看出，许筠非常重视文章的结构布局。《淮南子》一书，"盖杂出于儒道名法诸家，天时地理纬数服炼之说，博综该贯，广大弘衍，可谓备矣"（《读〈淮南子〉》⑤），"其文俊雄奇杰，而推测物理，探索阴阳处，亦有大过人者，西京子家其最雄者欤"，这是好的方面，是值得学习的地方。

二　"独特的'归来'之乐"

作为汉文化圈文化精神的象征之一，陶渊明广受文人士子喜爱，已经成为一项世界性的学术研究课题。王瑶先生指出："对陶渊明的

---

① 陈鼓应注译：《庄子今注今译》（最新修订重排本），中华书局2009年版，第751页。
② ［朝］许筠：《惺所覆瓿稿》（《丛刊》第74辑），第252页。
③ ［朝］许筠：《惺所覆瓿稿》（《丛刊》第74辑），第251页。
④ ［朝］许筠：《惺所覆瓿稿》（《丛刊》第74辑），第251页。
⑤ ［朝］许筠：《惺所覆瓿稿》（《丛刊》第74辑），第252页。

研究不仅属于中国文学史的范围，而且还要放到人类文化和世界文学发展的全局中去进行历史的考察"[1]，要在更加广泛的世界文学、世界文化层面上研究陶渊明。以陶渊明《归去来辞》（亦作《归去来兮辞》）为例，即可说明这个问题。

《归去来辞》得到了中国古代文人士子的广泛赞誉，如北宋欧阳修评曰："晋无文章，惟陶渊明《归去来兮》一篇而已"[2]，北宋宋庠论曰："陶公《归来》是南北文章之绝唱"[3]等。《归去来辞》不仅在中国古代文学史上具有独特意义，其域外影响更是一个深刻的文化现象。

《归去来辞》传到朝鲜之后，受到朝鲜文人士子的推崇，"在《归去来辞》的流传史上，海东文人所表现出的崇仰之情甚为浓烈，从高丽中期至朝鲜朝后期，赞评之语与拟效之篇源源不断"[4]。检索《韩国文集丛刊》，朝鲜第一篇拟和《归去来辞》之作为高丽文人李仁老的《和归去来辞》，之后，朝鲜文学史上共产生400多篇拟、和《归去来辞》的作品，数量壮观。从形式上考察，朝鲜文人主要通过集《归去来辞》字成诗、以诗体表达读后感、以其韵而赓和等途径来表达仰慕、效法之情。这几种途径又以其韵而赓和为朝鲜文人所普遍接受、运用，出现了众多优秀的作品，如成伣《次归去来辞》、李安讷《次归去来辞韵》、申光汉《和归去来辞》、韩元震《次归去来辞》、申翊全《次陶渊明归去来辞》等。

许筠以陶渊明、李白、苏轼为自己的三位古人朋友，从灵魂深处与他们交流，而他最仰慕、推许者当属陶渊明，其《四友斋记》曰："吾所最爱者，晋处士陶元亮，闲情逸旷，不以世务婴心，安贫乐天，乘化归尽，而清风峻节邈不可攀，吾甚慕而不能逮焉。"[5] 许筠《三先生赞并引》的陶渊明赞语曰："彭泽不乐，赋《归来》篇。葛巾故

---

[1] 王瑶：《陶渊明研究随想》，《九江师专学报》（哲学社会科学版）1984年第1期。
[2] （宋）胡仔著，廖德明点校：《苕溪渔隐丛话》，人民文学出版社1962年版，第116页。
[3] （清）陶澍集注：《靖节先生集》，光绪九年（1883年）江苏书局木刻本。
[4] 曹虹：《陶渊明〈归去来辞〉与韩国汉文学》，《南京大学学报》（哲学·人文科学·社会科学版）2001年第6期。
[5] ［朝］许筠：《惺所覆瓿稿》（《丛刊》第74辑），第194页。

第三章 朝鲜朝中期散文与中国文化的关联

在,素琴无弦。托志羲皇,怡情松菊。万古北窗,清风如昨"①,表明他阅读过《归去来辞》,并且对陶渊明的创作心态、思想内涵等有着较为深刻的认知,因此创作了《和陶元亮归去来辞并引》。

分析、解读《和陶元亮归去来辞并引》,可以帮助我们了解许筠其人及其思想。为方便阅读与论述,现将全文内容录于下。

> 余拙于用世,肉食家食,俱不能善谋,至今半生,颠毛已种种矣。唯喜读书,扫一室架万卷而嬉于其中,则累因迁逐,皆是乐国。不然而俗子与处,应胶扰不得展卷,则虽峻宇层楹、绮食华茵,犹械杻之在体,而身若入火宅焉。审若是则摊帙挟策,盘博嬴于茅店之下,是我之故乡,而虽在流贬之中、鬼门关之外,未尝不归云尔。词曰:
>
> 归去来兮,吾挟吾书唯所归。既居宠而非喜,孰罹辱之可悲。惟韦编之三绝,庶宣圣之攀追。咀道义而觏德,悟四十之蘧非。考往轨而饰躬,伫怀宝以褐衣。嗟用世之欠圆,屡触骇而昧微。谴罚亦恩,遂尔南奔,厄岂蚕室,途非鬼门。奚以随身,万卷尚存。挹其旨味,如酌卮尊。敞茅宇以向暄兮,列牙轴而开颜。潜吾身以研索兮,觉身心之便安。稽圣狂之所分,想治忽之攸关。百家纷其并骛,会众致而一观。欣愉愉而忘寝,如久客之得还。等亡羊之惑臧,同斲轮之感桓。归去来兮,请毕命于兹游。是百年之安宅,奚舍此而他求。唯关东与湖南,挚来去而何忧。傍人问我以胡范,云我遵乎箕畴。以思为马,以识为舟,泛学海之绝涘,终税驾乎九丘。剔艺苑之秘珍,委朝宗于九流。羌不出于吾庐,适其适而浮休。已矣乎,吾有兹居,自少时本无其去。矧更留逍遥乎,去此安所之。广厦岂我好,青琐非素期。治居后之心田,日继夜而勤籽。服执中之虞训,咏无邪之周诗。居

---

① [朝]许筠:《惺所覆瓿稿》(《丛刊》第74辑),第258页。

天下广居，子舆之论君莫疑。①

序文开篇几句交代了作者的性格特点、生活状态、精神状态、兴趣喜好等内容，让读者对作者有了直观的印象。许筠曾多次被攻击、罢官、流放，"累因迁逐"，如：宣祖十六年（1583年），许筠在党争中攻击李珥，被流放甲山；宣祖三十二年（1599年），任黄海道都事，司宪府弹劾他纵情声色被罢官；宣祖三十五年（1602年），任遂安郡守，因杖杀豪民李邦宪而被罢官；宣祖四十年（1607年），任三陟府使，传闻他佞佛而被罢官；宣祖四十一年（1608年），任忠清道公州牧使，传言他携寡妇私奔而被罢官；光海君二年（1610年），任殿试对读官，同参考官的亲族子弟多人被录用，引起民愤，许筠被羁押入狱，流放全罗道咸悦配所；光海君五年（1613年），"七庶之狱"起，因与七庶子有关系而被疑谋反，等等。尽管仕途坎坷，但因喜好读书、有书为伴，困境、贬谪之地倒成了许筠的精神乐园。同有书为伴的欢愉相比，假使是与世俗之人朝夕共处，那么即便是居住豪宅、享受山珍海味，也如同刑具加身，让人感到不自在、不舒服，无法放松心情，享受生活。

"既居宠而非喜，孰罹辱之可悲"化用范仲淹《岳阳楼记》"不以物喜，不以己悲"句，表达了作者积极乐观的心态。"惟韦编之三绝，庶宣圣之攀追"化用《史记·孔子世家》"读《易》，韦编三绝"②之典，"宣圣"即孔子，汉平帝刘衎谥孔子为褒成宣公，后世王朝尊奉孔子为圣人，因此诗文中常称孔子为"宣圣"。孔子喜欢读《易》，经常翻阅，导致编连竹简的皮绳断了多次，足见读书之努力、勤奋。许筠希望自己能追随孔子，沉醉于诗书，宣扬道义。

因为自己不够圆滑世故，所以"屡触骇而昧微"。许筠为人率性且无所忌惮，他对此也有着清醒的认识："有一不协，不忍须臾"（《对诘者》③）、

---

① ［朝］许筠：《惺所覆瓿稿》（《丛刊》第74辑），第170页。
② （西汉）司马迁著，韩兆琦评注：《史记》（二），岳麓书社2012年版，第774页。
③ ［朝］许筠：《惺所覆瓿稿》（《丛刊》第74辑），第243页。

◇ 第三章　朝鲜朝中期散文与中国文化的关联 ◇

"仆言轻量狭,不能容忍"(《与李大中第二书》①)、"心且狷狭,不能容忍"(《奉答家兄书》②),等等。如宣祖三十四年(1601年),许筠任漕官,伐木官朴景贤来到衙轩,"遣吏问当宿何房,余默知其要入东厢,不与较"(《漕官纪行》③),接下来发生的事就可以看出许筠的率真性格:"夕,朴即徙于东厢。夜,朴房妓误来于轩,余逐之,而棍首妓数十。"(《漕官纪行》④)

许筠不仅屡遭贬谪,且有牢狱之灾,"厄岂蚕室,途非鬼门"。"蚕室"本指养蚕的处所,后引用为受刑的牢狱,司马迁《报任安书》:"而仆又佴之蚕室,重为天下观笑。"⑤唯一让许筠感到欣慰的是,万卷书籍尚存。在茅舍中沐浴着太阳的温暖,潜心于书籍,展卷阅读,"挹其旨味,如酌卮尊",顿觉心情舒畅。"稽圣狂之所分,想治忽之攸关,百家纷其并骛,会众致而一观",没有了困惑,如同和经验丰富、水平高超的人在交谈。

"傍人问我以胡范,云我遵乎箕畴","箕畴"指《尚书·洪范》之"九畴",相传"九畴"为箕子所述,故名。"箕子乃言曰:'我闻在昔,鲧堙洪水,汩陈其五行。帝乃震怒,不畀洪范九畴,彝伦攸斁。鲧则殛死,禹乃嗣兴,天乃锡禹洪范九畴,彝伦攸叙。'"⑥许筠在他人的眼中是叛逆的,所以希望他能遵循圣人的教诲。许筠性格中确实有任诞自放、为人轻狂的特点,他在文章中曾多次表达自己这一性格特点:"弟素性放诞,不善酬俗,心且狷狭,不能容忍"(《奉答家兄书》⑦),"仆早失严训,母兄娇爱之,不加悔敕,任诞自放,浮湛于里社中,茶肆酒坊靡不出入,人见之者,固已相轻"(《与李大

---

① [朝]许筠:《惺所覆瓿稿》(《丛刊》第74辑),第218页。
② [朝]许筠:《惺所覆瓿稿》(《丛刊》第74辑),第216页。
③ [朝]许筠:《惺所覆瓿稿》(《丛刊》第74辑),第283页。
④ [朝]许筠:《惺所覆瓿稿》(《丛刊》第74辑),第283页。
⑤ (西汉)司马迁著,韩兆琦评注:《史记》(三),岳麓书社2012年版,第1812页。
⑥ 周秉钧注译:《尚书》,岳麓书社2001年版,第120页。
⑦ [朝]许筠:《惺所覆瓿稿》(《丛刊》第74辑),第216页。

中第一书》①)。很多史料也对许筠的品性有所描述：

> （许筠）为人轻妄，无足观者。②
> 筠才华无俦，而浮妄轻薄，且无行检。③
> 许筠聪明有文才，以父兄子弟发迹有名。而专无行检，居母丧食肉狎娼。④

这些材料在肯定许筠才华的同时，都认为许筠为人轻薄，品性不端，在性格、为人等方面有缺陷。

"以思为马，以识为舟，泛学海之绝垩，终税驾乎九丘"，运用对偶、排比等修辞手法，表露出作者痴迷读书，愿把思想当做马，把学识看成舟，遨游学海。"广厦岂我好，青琐非素期"句，"青琐"出自《汉书·元后列传》，原来指的是装饰皇宫门窗的连环青色花纹，后来泛指华丽的房屋。豪华的房屋并不是作者的喜好和平素所期望的。"服执中之虞训，咏无邪之周诗"，"执中"，即持中庸之道，无过与不及，语出《孟子·尽心上》"子莫执中，执中为近之，执中无权，犹执一也"⑤。"无邪"语出《论语·为政》"《诗》三百，一言以蔽之，曰'思无邪'"⑥，"周诗"即指《诗经》。"居天下广居，子舆之论君莫疑"，子舆指孟子，名轲字子舆。"居天下广居"出自《孟子·滕文公章句下》："居天下之广居，立天下之正位，行天下之大道；得志，与民由之；不得志，独行其道。"⑦ 孟子这段话的意思是，居住在天下最宽广的住宅"仁"里，站立在天下最正确的位置

---

① ［朝］许筠：《惺所覆瓿稿》（《丛刊》第74辑），第218页。
② 《朝鲜王朝实录》（23）《宣祖实录》卷一〇五"宣祖三十一年十月乙丑（十三日）"，学习院东洋文化研究所1967年版，第521页。
③ 《朝鲜王朝实录》（31）《光海君日记》卷三六"光海君二年十二月庚子（二十九日）"，学习院东洋文化研究所1967年版，第598页。
④ ［朝］李植：《泽堂集·泽堂别集》（《丛刊》第88辑），1997年版，第521页。
⑤ 杨伯峻译注：《孟子译注》，中华书局1960年版，第313页。
⑥ 杨伯峻译注：《论语译注》（简体字本），中华书局2006年版，第12页。
⑦ 杨伯峻译注：《孟子译注》，中华书局1960年版，第141页。

第三章　朝鲜朝中期散文与中国文化的关联

"礼"上,行走在天下最宽广的道路"义"上;能实现理想时,与百姓一同遵循正道而行;不能实现理想时,就独自行走自己的道路。许筠告诫人们,要对孟子这段话深信不疑。

朝鲜文人与中国文人一样,在失意于现实、宦海沉浮时,往往发出"归去来"的呼喊,想回到田园,回到大自然,过隐逸、平淡的生活,并重笔描写回归田园的场景、心境,或写实,或幻想。成伣《次归去来辞》描写回归时"如鸟斯举,如鹿斯奔"[1]的愉悦而又急迫的心情,想要躬耕自给:"依菟裘而偃仰,循陇亩而耕耔。学农圃之老术,谓甫田之雅诗。"[2]郑经世致仕归隐后,享受着山水田园生活,心情舒畅,其《次归去来辞》云:"白云飞而成帷,青嶂环而为关。涧泉鸣兮静聆,岩花发兮幽观。或披草于松径,共麋鹿以往还。"[3]俞榮《次陶归去来辞》曰:"已矣乎,万物成亏各有时。何戚而去何喜留,胡为乎役役身殉之。怀哉五柳子,千载我心期。送浮荣于尘垢,寄生涯于耕耔。溯旷世而执袂,挹遗编而和诗。"[4]作者不希望拘泥于世俗,而是要躬耕自给,并追随陶渊明。

韩国古代"和陶辞"往往引用颜回"箪食瓢饮"、居陋室的典故,表达自己安贫乐道的心态和志趣。"箪食瓢饮"出自《论语·雍也》:"子曰:'一箪食,一瓢饮,在陋巷,人不堪其忧,回也不改其乐。贤哉回也!'"陶渊明《五柳先生传》也曾化用过:"环堵萧然,不蔽风日。短褐穿结,箪瓢屡空,晏如也。"[5]韩国古代"和陶辞"引用颜回"箪食瓢饮"、居陋室等典故的代表性作品如下:

咏考盘而在涧,居陋巷而希颜。(成伣《次归去来辞》[6])
寻陋巷之颜回,学东家之孔丘。非箪瓢之可慕兮,乐一理之

---

[1] [朝]成伣:《虚白堂文集》(《丛刊》14辑),第428页。
[2] [朝]成伣:《虚白堂文集》(《丛刊》14辑),第428页。
[3] [朝]郑经世:《愚伏集》(《丛刊》第68辑),1998年,第19页。
[4] [朝]俞榮:《市南集》(《丛刊》117辑),2004年,第7页。
[5] 袁行霈:《陶渊明集笺注》,中华书局2011年版,第344页。
[6] [朝]成伣:《虚白堂文集》(《丛刊》第14辑),第428页。

同流。(申光汉《和归去来辞》①)

　　箪瓢虽空,至乐犹存。(金功《次归去来辞》②)

　　不改乐于陋巷,非敢庶乎晞颜。(郑经世《次归去来辞》③)

　　亦箪瓢而可堪,岂贫贱之足忧。(宋挺濂《拟归去来辞》④)

　　回陋巷而犹乐兮,范江湖而亦忧。(李时恒《次归去来辞》⑤)

　　想馀叹于尼夫,寻所乐于巷颜。(李光庭《和归去来辞》⑥)

　　饥饭蔬食,渴饮瓴樽。处陋巷而犹乐,窃庶几乎希颜。(韩元震(《次归去来辞》⑦)

　　试问,又有几人能有陶渊明"采菊东篱下,悠然见南山"的心境?能像陶渊明一样真正做到"开荒南野际,守拙归园田"?"总的说来,韩国古典文学中的山水田园文学虽然受到了陶渊明人格与诗风深刻的影响,但是二者'归'的思想基础与表现却不尽相同。如果说陶渊明倾向于道家的'任真自然'的恬淡,而韩国古代山水田园作家则属于儒家'独善其身'的把持,在看似洒脱的外表下,依然担负着沉重的道德价值。"⑧

　　作为朝鲜文学史上第一篇拟和《归去来辞》之作,高丽文人李仁老所作《和归去来辞》具有特殊的文学史意义。李仁老"向往于精神上的'归去来','吾亦归'则缺乏乐归的现实感"⑨,他更多地是想要在拘限的现实中获得精神上的超越。"李仁老自感于'仆从宦三

---

① [朝] 申光汉:《企斋集》(《丛刊》第22辑),2002年,第283页。
② [朝] 金功:《柏岩集》(《丛刊》第50辑),2005年,第52页。
③ [朝] 郑经世:《愚伏集》(《丛刊》第68辑),2002年,第19页。
④ [朝] 宋挺濂:《存养斋集》(《丛刊》第32辑),2001年,第271页。
⑤ [朝] 李时恒:《和隐集》(《丛刊》第57辑),2000年,第401页。
⑥ [朝] 李光庭:《讷隐集》(《丛刊》第187辑),2006年,第127页。
⑦ [朝] 韩元震:《南塘集》(《丛刊》第201辑),2003年,第17页。
⑧ 崔雄权:《接受与书写:陶渊明与韩国古代山水田园文学》,《文学评论》2012年第5期。
⑨ 曹虹:《陶渊明〈归去来辞〉与韩国汉文学》,《南京大学学报》(哲学·人文科学·社会科学版)2001年第6期。

第三章　朝鲜朝中期散文与中国文化的关联

十年，低回郎署，须发尽白，尚为龊龊樊笼中物'(《卧陶轩记》)。因此其'归去'缺乏现实的力量，'吾亦归'不外是一种精神的向望。"[①] 朝鲜朝中期文人李安讷作有《次归去来辞韵》，文中反映出作者的民本思想，他关心民瘼，"惟生民与我同胞，念穷人其可悲"[②]。他在文中写道："岁丁大侵，渔夺多门。哀彼流氓，十户一存。非无柔瑟，亦有清樽。惨顑顇而疾首，报忸怩其厚颜！啖民脂以自饫，岂余心之忍安？"[③] 作者痛感自己的渺小无力，无能为力，只能寄情于山水："惟山可展，惟水可舟。振鹭飞而遵渚，嘉木蔚其蔽丘。陟云岩而高步，时容与而溯流。"[④] 醉情山水、逍遥自在其实是对现实的一种无奈反抗。只能在自然山水中寻求心灵的解脱和情感的寄托，是一心学以报国的文人士子的莫大悲哀。

曹虹认为许筠《和陶元亮归去来辞并引》"写出了独特的'归来'之乐"[⑤]，那么许筠的"独特之乐"是指什么？许筠是不是真的要归隐？真的要归隐，又是"归去"何处？这些问题无疑是值得深入思考的。

许筠曾经多次被贬谪、流放，在官场上备受打击，宦海沉浮，"余遭世之薄厄兮，悲屡踬于名途"(《思旧赋并序》[⑥])。这样的遭际使他厌世，想要逃离、归隐。左江对于许筠归隐与出仕的矛盾心理的分析比较透辟："因局势动荡，许筠心情暗淡，颇有弃世之心，但'学而优则仕'似是读书人必走的人生之路，更何况他出身在这样一个书香仕宦之家，要想真正离世隐居并不是件容易的事。这最初的出世与入世的矛盾，成为许筠一生解不开的难题，每次仕途挫折，被贬或被流放时，他的出世之情就油然而生，但强烈的入世意愿又使他不

---

① 崔雄权：《论韩国的第一首"和陶辞"——兼及李仁老对陶渊明形象的解读》，《东北师范大学学报》(哲学社会科学版) 2008 年第 3 期。
② 于春海主编：《古代朝鲜辞赋解析》(一)，商务印书馆 2013 年版，第 221 页。
③ 于春海主编：《古代朝鲜辞赋解析》(一)，商务印书馆 2013 年版，第 221 页。
④ 于春海主编：《古代朝鲜辞赋解析》(一)，商务印书馆 2013 年版，第 221 页。
⑤ 曹虹：《陶渊明〈归去来辞〉与韩国汉文学》，《南京大学学报》(哲学·人文科学·社会科学版) 2001 年第 6 期。
⑥ [朝] 许筠：《惺所覆瓿稿》(《丛刊》第 74 辑)，第 165 页。

能停留,最终迈向了不寻常的人生结局。"①

许筠的归去,并不是内心深处真的想要归隐,只是仕途不顺时愤激情绪的一种宣泄方式。许筠是有志于仕途并且执著于仕途的,这就使他不可能甘心于归隐。他无法彻底放弃仕途,放弃官场,因为为官是他实现自我价值的重要途径,也是他维持家庭生活的物质保障。他在丢官罢职之后,迫切地渴望、求取重新进入官场的机会。他多次向当时的名流、权贵等发出求救之请:

> 仆家窭兄老,不能决去。唯欲得一小郡,为妻孥糊口计,兼以读书为暮年酬应之资。兄若爱惜,须力言于持枋者。借一麾以出,则恩熟大焉。(《与李大中第一书》②)
> 闻洪阳有缺,幸言亚判,俾获参拟,勿以非分相属,十分祝望。(《与李大中第二书》③)
> 即闻真珠大使捐馆……专决在兄之口,慎毋挠改如何。(《与成德甫书》④)
> 闻水曹有缺,此素闲逸可嬉之职也。……今适持衡,可拚就此事。(《与李月沙》⑤)
> 罗州,西南大藩也。不佞尝亲履之,以为官止此牧,则可以已也。今适有窠,而月沙当铨,此千载一时,合下其以荐之,欲梯此为南返计也。(《与申玄翁》⑥)

许筠求官,按他所言,是"为妻孥糊口计,兼以读书为暮年酬应之资"(《与李大中第一书》)、"苟沾寸禄,而为保妻子计"(《与李大中第二书》),养家糊口是现实所迫,放不下仕途才是许筠积极求官

---

① 左江:《"此子生中国"——朝鲜文人许筠研究》,中华书局2018年版,第3页。
② [朝] 许筠:《惺所覆瓿稿》(《丛刊》第74辑),第218页。
③ [朝] 许筠:《惺所覆瓿稿》(《丛刊》第74辑),第218页。
④ [朝] 许筠:《惺所覆瓿稿》(《丛刊》第74辑),第221页。
⑤ [朝] 许筠:《惺所覆瓿稿》(《丛刊》第74辑),第304页。
⑥ [朝] 许筠:《惺所覆瓿稿》(《丛刊》第74辑),第304页。

◇ 第三章 朝鲜朝中期散文与中国文化的关联 ◇

的深层次原因。许筠终非陶渊明，无法在"家贫，耕植不足以自给。幼稚盈室，瓶无储粟，生生所资，未见其术"（《归去来兮辞并序》①）的艰苦条件下，依然可以"不为五斗米折腰"。但在"既荣禄之不吾谋"（《思旧赋并序》②）的情况下，许筠确曾屡屡产生回归之情，"唯海山之清绝兮，佇逍遥乎残年。不待督邮之来侵兮，拟著夫归去之篇"（《思旧赋并序》③）。他想要过"思自放于江湖"（《思旧赋并序》④）的生活，希望与书为伴，沉浸于书籍中，"挹其旨味，如酌卮尊"。所以说，许筠"独特的'归来'之乐"，与其他很多中韩古代文人的"归向"不同，许筠并非归于田园，而是归于图书典籍，"吾挟吾书唯所归"。只有在书籍中，许筠才能找到真正的快乐，使内心得到平静，"潜吾身以研索兮，觉身心之便安"（《和陶元亮归去来辞并引》）。

许筠《和陶元亮归去来辞并引》表露出与读书、书籍有关的语句、意象、意境等不下十余处。直接表达喜好读书者，如"唯喜读书，扫一室架万卷而嬉于其中""吾挟吾书唯所归"。运用典故者，如"韦编三绝"、《孟子》《诗经》以及"箕畴"之典。体现读书意境者更多，如"审若是则摊帙挟策，盘博赢于茅店之下，是我之故乡""奚以随身，万卷尚存。挹其旨味，如酌卮尊""潜吾身以研索兮，觉身心之便安""以思为马，以识为舟，泛学海之绝莖"等语句。

三 "慕华"心态与明代文学、政治论

许筠曾三次出使明朝，第一次出使是明朝万历二十四年（1597年），许筠随同范喜寿入明，许筠作有《丁酉朝天录》，收诗三十七首。第二次是万历四十一年（1614年），许筠作为千秋使入明。第三次是万历四十二年（1615年），许筠作为冬至使出使明朝。每次出使，许筠都采购大量书籍，他在多处文献中都记载了购书的情况，

---

① 袁行霈：《陶渊明集笺注》，中华书局2011年版，第317页。
② ［朝］许筠：《惺所覆瓿稿》（《丛刊》第74辑），第165页。
③ ［朝］许筠：《惺所覆瓿稿》（《丛刊》第74辑），第165页。
④ ［朝］许筠：《惺所覆瓿稿》（《丛刊》第74辑），第165页。

"甲寅、乙卯两年,因事再赴帝都,斥家货购得书籍凡四千余卷"(《闲情录凡例》),"图书满箧行装富,霜露侵衣客路难"(《出关作》),"因朝价之行,购得六经、四子、性理、左、国、史记、文选、李杜、韩欧文集、四六通鉴等书于燕市中"(《湖墅藏书阁记》①),其中也包括明代七子的文集。据《惺所覆瓿稿》载,许筠阅读过的明人文集包括李梦阳《崆峒集》、王世贞《弇州四部稿》、李攀龙《沧溟集》、何大复《大复集》、徐祯卿《徐迪功集》、边贡《边华泉集》、谢榛《谢山人集》、王世懋《王奉常集》、杨慎《升庵诗话》等,并写有多篇读后感,如《读崆峒集》《读弇州四部稿》《读沧溟集》《读大复集》《读徐迪功集》《读边华泉集》《读谢山人集》《读王奉常集》等。通过阅读明人文集,许筠对明诗有了了解,他因此编选了两部有关明诗的选本,即《明诗删》《明四家诗选》,通过这两部诗选的序文可以了解到他对于明诗的认识和看法。

许筠《明四家诗选序》批评了明朝文坛的模拟之风:"明人作诗者,辄曰吾盛唐也,吾李杜也,吾六朝也,吾汉魏也。自相标榜,皆以为可主文盟。以余观之,或剽其语,或袭其意,俱不免屋下架屋,而夸以自大,其不几于夜郎王耶?"②明朝文人们重视模仿反而失去了自己的特点,像盛唐、像李杜、像六朝、像汉魏,就是不像自己,只是"屋下架屋"而已。"屋下架屋"比喻处处模仿他人而没有自己的风格特点,典出刘义庆《世说新语·文学》:"庾仲初作《扬都赋》成,以呈庾亮,亮以亲族之怀,大为其名价,云可三《二京》、四《三都》。于此人人竞写,都下纸为之贵。谢太傅云:'不得尔,此是屋下架屋耳。事事拟学,而不免俭狭。'"③明代复古派是文必秦汉、诗必盛唐,选择学习的对象没错,但只是一味地模仿却没有创新,且自吹自擂,就只是夜郎自大而已。

除了对明代诗坛作整体观照外,许筠还着重评论了明代几位代表

---

① [朝]许筠:《惺所覆瓿稿》(《丛刊》第74辑),第186页。
② [朝]许筠:《惺所覆瓿稿》(《丛刊》第74辑),第176页。
③ (南朝宋)刘义庆撰,徐震堮校笺:《世说新语校笺》,中华书局1984年版,第141页。

第三章 朝鲜朝中期散文与中国文化的关联

人物,他在《明四家诗选序》中采用一分为二的辩证的批评态度,既肯定他们诗歌的成就又指出不足。明代前后七子主张"文必秦汉、诗必盛唐",想要重振唐诗的风采,李梦阳、何景明等"前七子"强调文学复古,写文章要以秦汉文章为范本,作诗要以盛唐诗体为标的。李攀龙、王世贞、谢榛等"后七子"倡导文主秦汉、诗规盛唐,继承"前七子"的理论主张。"许筠充分肯定明代前七子的代表人物何景明、李梦阳和后七子的代表人物李攀龙、王世贞,不但指出他们的诗风和他们登上诗坛的姿态,而且肯定了他们在中国诗歌史上继往开来的作用。"①许筠高度评价李梦阳、何景明、李攀龙、王世贞在诗史上的地位及其作用,"与李唐之盛争其珠累""其所制作具参造化,足以耀后来而轶前人"②。虽然李、何、李、王四人取得了如此大的成就,但诗歌也存在诸多问题,如何景明之诗"病于蹈拟",王世贞之诗"间或格坠近世",等等。许筠取李、何、李、王四家之诗选而成集,"即此四家而观之,则明之诗可以尽之"。这四个人的诗歌可以说代表了明代诗作的最高成就。

许筠生活的年代相当于中国明代万历时期,在与明朝使臣的交流中,出于"慕华"心态的驱使,许筠喜欢打听中国的一些情况。明代诗人诗作是距离许筠最近的,"他非常关心中国文坛的情况,注重从中国文坛汲取经验和方法,从而提高朝鲜文学和自己作品的水平"③。许筠通过和明朝使节的交流、探讨,对明代文坛的发展有了更为直观的了解。他曾经向明朝使臣询问、了解明代文坛的情况,从中了解到很多中国文人的轶事掌故。王世贞是许筠非常敬仰的中国文人之一。明朝使臣应许筠之问,讲述了关于王世贞的轶事,使人如见王世贞本人。许筠不仅询问了王世贞的近况,还向明朝使臣打听翰林学士中可以为诗者,使臣一一作出回答。除了询问文坛的动态,许筠还向使臣为文集《阳川世稿》求序,梁有年作《阳川世稿题辞》,文中对许筠

---

① 孙德彪:《许筠对唐宋明及朝鲜诗歌的批评》,《东疆学刊》2005年第4期。
② [朝]许筠:《惺所覆瓿稿》(《丛刊》第74辑),第176页。
③ 王红梅:《许筠论略》,博士学位论文,中央民族大学,2007年。

及其父兄、姊妹等人的文采赞誉有加。再如许筠作为从事官，陪同明朝册封使刘实及同来的进士徐明、田康、杨有土等，徐、田、杨等人曾小酌于寓斋，许筠向几人询问了政坛、文坛的发展情况。

许筠对明代社会、政治等比较熟悉，其《官论》以明朝官制作为论述朝鲜衙门众多、官滥员冗的依据。明朝是"皇朝两京所设五府治军政、六部治各务，而宗人、察院、大理、通政、太常、太仆、光禄、鸿胪等卿佐，国子监、詹事府、翰林、六科、尚宝、中书等官，分莅其事。锦衣掌缇卫徼道，而钦天、太医、上林苑、五城兵马隶于礼兵部而已"①。朝鲜的官制则与明朝有着极大的区别，"除政府六曹三司侍从之外，衙门员数之滥且冗，不可殚言"②，具体体现在：

> 管宗戚，一宗人足矣，而有宗亲、仪宾、宗簿等司。掌财贿，户部裕矣，而设济用、尚衣、司赡等司。典酒食，一光禄优矣，而有内资、内赡、礼宾、司导、司宰、司酝等司之分。有刑曹则不必分掌隶院，有军资监则不必分丰储、广兴二仓。庙乐为祀，而舍太常，别立乐院，用特一也，而有典牲、司畜二署，甚至涓设分二司，医药分三处，其它杂而复者，亦难枚举。而一司之官，一色俱有二员，多则十三四，少不下六七。③

通过以上描述可见朝鲜政府机构确实十分臃肿，这就导致办事效率低下，互相掣肘，"其诸司各执所见，如内赡务胜于内资，礼宾欲侵于司宰，争相衒智，互受传教。该曹眩于奉行，故事以之而不集焉，其司官不能一一拣差居多"。同时也使大量没什么才能的庸鄙之人充斥于政府部门，他们无法胜任自己的工作，"苟充庸鄙无才者，仰成于胥吏，卒然问其职掌，则茫然不能对"。政府机构繁杂、臃肿导致的结果就是："国事之日就于紊，纲纪之日坠于地，权由是分而

---

① [朝]许筠：《惺所覆瓿稿》（《丛刊》第74辑），第229页。
② [朝]许筠：《惺所覆瓿稿》（《丛刊》第74辑），第229页。
③ [朝]许筠：《惺所覆瓿稿》（《丛刊》第74辑），第229页。

第三章　朝鲜朝中期散文与中国文化的关联

不能一，禄由是费而不能供，弊弊然日趋于衰末者。"再反观明朝，"衙门正是，员亦不冗，亦足以理天下之事也"。明朝官制的设置及由此产生的好处是许筠论述朝鲜本国政府机构的依据，没有明朝官制的对比，就无法让人充分认识到朝鲜政府机构的臃肿、效率的低下。

第二节　李植散文与中国文化的关联

李植（1584—1647年），字汝固，号泽堂。光海君二年（1610年）文科及第，历官吏曹佐郎、弘文馆副修撰、大司成、大司宪、吏曹判书等职。四典文衡。有《泽堂集》《泽堂先生遗稿刊馀》，另编有骈文选本《俪文程选》《俪文程选别集》、字书《初学字训增辑》、史书《野史初本》，参与编纂《光海君日记》《宣祖实录》等，所著《纂注杜诗泽风堂批解》是朝鲜文人批解、注释杜诗的第一部个人著述。李植与李廷龟、申钦、张维并称"文章四大家"，在散文创作上取得了突出的成就。其子李厚庆在李植行状中曰："文以经书及朱文为本，而诸子百氏无不采获。以唐宋大家为模范，而发明理趣，经纬治道。尤斋宋先生见公文集，以为文章似韩欧，而义理则无韩欧疵颣。"[①] 本节主要考察李植散文与中国文化的关联。

一　对儒学、性理学的阐释与实践

《论语》是记录孔子及其弟子言行的语录体散文集，由孔子弟子及再传弟子集录整理，集中体现了孔子的政治主张、伦理思想、道德观念及教育原则等，是研究孔子及儒家思想的主要资料。"在域外传播的过程中，《论语》的伦理话语和道德体系为东亚诸国所接受，其所弘扬的伦理道德和审美风范得到了充分认同，体现了其思想魅力"[②]。《论语》在朝鲜传播长达2000多年，对朝鲜政治、文化、社会生活等都产生了

---

① ［朝］李厚庆：《畏斋集》（《丛刊》第125辑），2005年版，第478页。
② 王国彪：《朝鲜半岛〈论语〉文献的利用与诗情阐释》，《中国社会科学报》2015年11月10日第6版。

深远影响，朝鲜也成为接受儒家思想影响最为广泛、深入的域外国家之一。朝鲜朝时期将性理学作为国教，推崇朱熹《论语集注》，世宗时期引入明朝"永乐三大全"（《四书大全》《五经大全》《性理大全》），将宋元儒学学者对朱熹《论语集注》的解释汇集起来作为小注编成《论语集注大全》，作为儒生的教科书兼参考书。朝鲜的《论语》释义著述主要有高丽金仁存《〈论语〉新义》，朝鲜朝金昌协《〈论语〉详说》、李瀷《〈论语〉疾书》、朴世堂《〈论语〉思辨录》、丁若镛《〈论语〉古今注》、柳长源《四书纂注增补》、崔左海《五书古今注疏讲义合纂》、朴文镐《论语集注详说》等。

朝鲜举国上下都非常重视儒家思想的教育与学习，朝鲜仁祖元年（明熹宗天启三年，1623年）癸亥七月，李植拜弘文馆副修撰，十八日"入对文政殿，昼讲《论语》"。李植对《论语》的认知集中体现在《经筵日记》中。经筵之称始于宋代，是为帝王讲论经史而特设的教育制度，为帝王接受儒家教育的主要方式。下面分析几则李植对《论语》的解读，以体会他对《论语》的独到见解及其深湛的文化功底。

（一）阐释《论语》等儒学经典的特点

第一，重视义理。李植一直强调"务穷理而贵果断"，"必先穷理，预定天下之是非，然后方可言断"（《经筵日记》[1]）。李植在几次讲授时始终以"理"作为阐释的核心，想让国君首先明理，然后对国事作出正确的判断。如一次为国王从"子在陈"讲到"亦耻之"，国王对"伯夷、叔齐，不念旧恶，怨是用希"（《论语·公冶长》）几句发表看法："不念旧恶，乃当今至戒。"（《经筵日记》）伯夷、叔齐不记人家过去的怨恨、仇恨，因此别人对他们的怨恨也就少了。孔子从伯夷、叔齐不记别人旧怨的角度，对他们加以称赞。朝鲜国王认为"不念旧恶"应该成为当今社会的警戒。李植给予解释："旧恶之为言，乃有新善之云尔。若未有现显改过之实，而徒以岁月久远，谓之旧恶而用之，恐非经旨。况如尔瞻，乃通天之罪，岂有可迁之善。惟

---

[1] ［朝］李植：《泽堂先生别集》（《丛刊》第88辑），第493页。

第三章 朝鲜朝中期散文与中国文化的关联

其次减者，或有善可用也。"(《经筵日记》)① 再如李植为国君讲"颜渊、季路侍"章，针对国君"无伐善无施劳，是颜子难事乎"(《经筵日记》)的询问，李植说："颜子就所能而言之，谓之愿者谦辞，圣人不知己是圣人，况颜子有若无实若虚乎?"② "无伐善无施劳"即不夸耀自己的长处，不表白自己的功劳。李植指出颜渊并不是难于做此类事，而是一种谦辞，就像圣人不说自己是圣人一样。李植说："人皆以为王道决不可行于今，以此注言之，王道易行于霸道也。"又说："王者无欲，虚心顺理，如牛马穿络然，霸者内多欲而外施仁义，强其所不能，岂不难乎。"还说："学贵思，思则有疑，疑然后有进。"③ 李植讲析"颜子好学"章时说："先明诸心知所往，此言穷理当先，必须预讲是非，庶临时省察恶之几也。"④ 李植在此处还是强调"穷理"的重要性。

第二，李植在经筵时，往往旁征博引，增加了说服力与形象性。《论语·雍也》第二章曰："仲弓问子桑伯子。子曰：'可也，简。'仲弓曰：'居敬而行简，以临其民，不亦可乎？居简而行简，无乃大简乎？'子曰：'雍之言然。'"⑤ 李植解析曰："心中无物，所行自简也。无者，非无义理，无物累也。古人云：有主则虚，神守其郛。无主则实，鬼瞰其室云云。又曰：近来之事，恐未能居敬而行简也。曹参去齐，以狱市为托，刑狱最不可扰也。今者戡乱之初，虽未免暂施刑诛，然须当诛便诛，当赦便赦。今则不然，追捕囚系，络绎道路，祇足增怨，不足服奸也。"⑥ "有主则虚，神守其都；无主则实，鬼阚其室"出自朱熹《朱子语类》。"曹参去齐，以狱市为托"典出《史记·曹相国世家》，据载，萧何去世后，原为齐国丞相的曹参接任相

---

① [朝] 李植：《泽堂先生别集》(《丛刊》第88辑)，第493页。
② [朝] 李植：《泽堂先生别集》(《丛刊》第88辑)，第493页。
③ [朝] 李植：《泽堂先生别集》(《丛刊》第88辑)，第493页。
④ [朝] 李植：《泽堂先生别集》(《丛刊》第88辑)，第493页。
⑤ 杨伯峻译注：《论语译注》(简体字本)，中华书局2006年版，第61页。
⑥ [朝] 李植：《泽堂先生别集》(《丛刊》第88辑)，第493页。

国一职,"参去,属其后相曰:'以齐狱市为寄,慎勿扰也'"①。李植引用朱熹之语、《史记》之典,无疑会增加说服力,国君对此表示:"此事予知其弊久矣,自尔如此,可恨。"②李植说:"先庚三日后庚三日,此云变更之道,当审其始也。今群材满朝,各陈所见,自上不究其弊,一切敷施,至于推行之处,多所妨碍也。"③李植希望能够自上而下地改革弊政,而不敷衍了事,从而使政治清明。

《论语·雍也》"颜子好学"章云:"哀公问:'弟子孰为好学?'孔子对曰:'有颜回者好学,不迁怒,不贰过,不幸短命死矣。今也则亡,未闻好学者也。'"④国君对此持有疑义,李植解释说:"是时,曾子年少学未成,宜乎以云也,大抵真好学者难得也。昔人问于程伊川曰:门人孰为有得?伊川曰:谓之有所得则未易言也。当时弟子,如此《论语》注中人,非无学问之人。程颐之言如此,亦孔子之意也。其后宣祖大王问李滉朝臣学问,滉举此程说为对云,以此言之。"⑤李植引用了程颐的故事及宣祖与李滉等交流学问之事,解释了"未闻好学者"的深层次内涵。

第三,李植往往于经筵后借题发挥,劝诫君王应该如何去做,尽显良臣本色。《论语·公冶长》言:"巧言、令色、足恭,左丘明耻之,丘亦耻之。匿怨而友其人,左丘明耻之,丘亦耻之。"⑥李植对此的解说是:"左丘明耻之,所养可知,此本孟子论子路语也。耻字最难说,须是养而致之。向来士大夫为不善者,有利而无害,人皆趋奔。惟有耻者不然,人君不可不养廉耻也。"(《经筵日记》⑦)从李植在最后所说"人君不可不养廉耻也"可以看出经筵的目的就是"正人主开广心思"。国君针对《论语·微子》中子路最后一段话提出疑

---

① (西汉)司马迁著,韩兆琦评注:《史记》(二),岳麓书社2012年版,第847页。
② [朝]李植:《泽堂先生别集》(《丛刊》第88辑),第493页。
③ [朝]李植:《泽堂先生别集》(《丛刊》第88辑),第493页。
④ 杨伯峻译注:《论语译注》(简体字本),中华书局2006年版,第61页。
⑤ [朝]李植:《泽堂先生别集》(《丛刊》第88辑),第493页。
⑥ 杨伯峻译注:《论语译注》(简体字本),中华书局2006年版,第57页。
⑦ [朝]李植:《泽堂先生别集》(《丛刊》第88辑),第493页。

◇ 第三章　朝鲜朝中期散文与中国文化的关联 ◇

问："末章，必是子路返而夫子言之也。不然，子路向何人道此句耶？"①李植进行了解释："出处去就有五层，圣人欲拯济天下，大贤如伊尹、太公，不肯小用，达可行于天下而后行之，故不出。其次，自知才学未成，不敢当大位，又不作小官，如漆开之类是也。其次，不立乱朝，不事污君。或隐丘陵，或隐下官。又其次，性行高洁，才又不合世用，自守其志，虽治世不出，然世之人君，以一世皆营营于进，而恬退者，不以此为重。故要激劝颓俗，每加优奖。"②李植把"出处去就"的人与事分成了几个层面，有欲拯救天下而不可小用的大贤，有不想做小官但又无法胜任要职者，有性情高洁而不容于世者，等等，虽然类型多样，但李植论述的落脚点还是在君主要"激劝颓俗，每加优奖"。国君也认识到了这一点："上曰：然。贤者退伏，而人君不自省己，反以去者为非，则误之甚者也。"③

（二）关于性理学的认知、实践及其影响

王丽《朝鲜初期性理学的发展》指出："儒学思想在朝鲜半岛的影响至为深远，而高丽末期从中国引入的性理学思想不仅成为其后的朝鲜的国学和社会指导思想，成为政治统治强有力的工具和人们日常生活的行为准则。"④16世纪的朝鲜性理学是朱子学东传的鼎盛时期，也是韩国儒学发展的高峰。李植自然受其影响。

李植本人熟读经书、性理学著作，他曾说："余自少病懒，且居乡僻，观书不博，读书不熟。惟欲略究经传及先儒义理之说，傍通纲目正史。凡宇宙间义理是非政治得失，一览无遗，则庶几不负此生嘐嘐之志，惟此而已。以此一切不观杂书，居常不作博奕杂戏。然于《经书》《史记》《程朱全书》《性理大全》等书，泛滥看过，不能记忆。"（《散录》⑤）所谓"观书不博，读书不熟""泛滥看过，不能记

---

① ［朝］李植：《泽堂先生别集》（《丛刊》第88辑），第493页。
② ［朝］李植：《泽堂先生别集》（《丛刊》第88辑），第493页。
③ ［朝］李植：《泽堂先生别集》（《丛刊》第88辑），第493页。
④ 王丽：《朝鲜初期性理学的发展》，《东北亚论坛》2003年第2期。
⑤ ［朝］李植：《泽堂先生别集》（《丛刊》第88辑），第530页。

忆"应该只是一种自谦，他人对其评价即可证明，宋时烈《泽堂李公谥状》评价李植"于四书，精熟通贯，虽至老境，其授后生，如诵己言。如《大学》并小注一无遗忘，至于临卒犹然"（《泽堂李公谥状》[1]）。李植《赠安进士具秀才两甥及阿冕入道峰书院读书》认为朱子的"《敬斋箴》《夙兴夜寐箴》，朝起各读一遍，地头时分之说，随时随地提警"[2]。"箴"作为一种文体，主要内容就是规诫，所以李植选择晨起时诵读，以提警自己。

李植在《癸未冬至，书贻端儿松府之行》中告诫子弟，要"研经史，以开智识""安义命，以祛利欲""励志气，以当患难""薄衣食，以处贫贱""务储衍，以备缓急"[3]。如果能做到这五条，那么就可以"保家延寿，名节无玷，心怀坦荡，百受可当"[4]，把理论知识转化为实践经验。由对性理学的自身体悟转化为安身立命、保家延寿之道，传授给子弟。宋时烈《泽堂先生谥状》概括这五条为"授子训辞五条"，并大加赞誉，这五条是"公躬行心得，而非空言"[5]。

李植对性理学尤其是朱子学非常推崇并很有体悟，"泽堂公博极群书，而最用力于《论语》及朱子诸书"（宋时烈《畏斋记》[6]），"先正泽堂公，其讲读朱子公，其为论议粹然无杂"（宋时烈《祭李鸿山文》[7]），宋时烈的话道出了李植推崇朱子的情况。李植不仅是体悟朱子的性理，而且更多是在日常生活中对朱子"体认服行"，用之于实践而不泛泛于理论之学习。下面以朱子《家礼》作为分析对象讨论李植对朱子理论的接受与应用。

《家礼》是朱熹最有影响的礼学著作之一，内容分为通礼、冠、昏、丧、祭五部分，是朱熹根据当时社会习俗，参考古今家礼编著而

---

① [朝] 宋时烈：《宋子大全》（《丛刊》第114辑），2002年版，第712页。
② [朝] 李植：《泽堂先生别集》（《丛刊》第88辑），第513页。
③ [朝] 李植：《泽堂先生别集》（《丛刊》第88辑），第515页。
④ [朝] 李植：《泽堂先生别集》（《丛刊》第88辑），第515页。
⑤ [朝] 宋时烈：《宋子大全》（《丛刊》第114辑），第713页。
⑥ [朝] 宋时烈：《宋子大全》（《丛刊》第114辑），第42页。
⑦ [朝] 宋时烈：《宋子大全》（《丛刊》第114辑），第305页。

成的。《家礼》传到朝鲜后受到人们的欢迎,李植《家礼剥解序》:"自近代老师宿儒家自增注,穷阎士庶,举知从事,其道广矣。"① 道出了《家礼》影响之广,已遍及社会各个阶层,堪称垂世大典。喻小红、姜波《〈朱子家礼〉在韩国的传播与影响》云:"韩国学界对于《家礼》的研究,直接导致了韩国'礼学派之形成与发展,遂成为当世之显学'。韩国李朝士大夫更是奉《家礼》为礼学的圣经,并以此为蓝本,制定和施行各种适合本朝的礼仪,学术界和民间百姓对于《家礼》也都推崇备至。"② 《家礼》对李植的影响更大,他对《家礼》评价甚高:"士君子居家,惟礼为大。朱子所定冠、昏、丧、祭四礼,视古已约,视俗又俭,若一切仿依,则不惟理得而心安,可无末俗许多侈费。"(《家诫》③) 他曾依照朱子《家礼》,在二年之内,三营葬役,完成了服父丧、迁葬祖父祖母坟墓等事(《丁外艰卜葬》④),并结合本国的实际情况,在充分考虑《家礼》的基础上,作《遗令》《祭仪》等。李植的《祭式》《时祭》等都以朱子《家礼》作为参照,有的完全照搬,有的稍加修改。

李植《家诫》仿照《家礼》而作,并有诸多相关性,他说:"凡《家礼》所载常行仪节,则不复举论。只就舍俗从礼,关于义理之大者论其损益。且于礼当行,而因循俗例,未免苟简者,并著之。"(《家诫》⑤) 李植强调"《家礼》所取者,皆可行。此外皆俗礼,多费而越礼"及"吾《遗戒》,一从《家礼》"(《遗戒》⑥)。李植认为《家诫》《祭式》《祭仪》《遗戒》等"凡吾素定,可百代竣圣,子孙遵行,永为世法"(《遗戒》⑦)。这些不仅成为李氏家族世代需要遵行

---

① [朝] 李植:《泽堂先生别集》(《丛刊》第88辑),第337页。
② 喻小红、姜波:《〈朱子家礼〉在韩国的传播与影响》,《西南科技大学学报》(哲学社会科学版) 2016年第1期。
③ [朝] 李植:《泽堂先生别集》(《丛刊》第88辑),第536页。
④ [朝] 李植:《泽堂先生别集》(《丛刊》第88辑),第549页。
⑤ [朝] 李植:《泽堂先生别集》(《丛刊》第88辑),第536页。
⑥ [朝] 李植:《泽堂先生别集》(《丛刊》第88辑),第542页。
⑦ [朝] 李植:《泽堂先生别集》(《丛刊》第88辑),第542页。

的永世家法，对朝鲜社会也产生了深远的影响。如李選《训子要语》曾言："泽堂《家诫》，无非的确精当，虽吾东先贤著说亦不过此。"①郑澔在《孝子成君墓志铭》中刻画了成姓孝子形象，其中有一段描写："语子姪曰：祭祀不谨，则祖考不享，亦子孙兴替所关也。手抄《家礼备要》，参以泽堂所记，草成一通《祭仪》，临期齐饬，将事肃敬，情文可观。盖其诚孝之行，非但得之天性，其得力于学者，不可诬也。"②从李選、郑澔的事例可略知李植《家诫》等的社会影响力。

二 阅读法——中国文学之"先读""次读"

左江《李植杜诗批解研究》指出："泽堂在教育后学上颇有心得，注重学习次第，注重做人与为文的结合。对童蒙，强调先立根基，读书重领会，持身要实践；对儒生，要求先明经传，再学科举之文。"③李植曾作《示儿孙等》，为儿孙辈等详细地规定了怎样读书学习及学习的次第顺序。《示儿孙等》一文包括三个部分，即《先读》《次读》《科文工夫》。为了全面了解李植的教育思想、方法等，兹列《示儿孙等》中《先读》《次读》全文于下：

> 先读
> 诗书。以大文限百读。
> 论。兼章句熟读，限百数。
> 孟。大文读百数。
> 庸学。不限数，朝夕轮诵。
> 纲目宋鉴。与先生讲学一番，熟览。有好文字，抄书一两卷，读数十番。若不及，通鉴少微节要史略中，先学一册。
> 次读
> 周易大文，初读爻辞，识大旨知占法。兼看启蒙，待尽读他

---

① ［朝］李選：《芝湖集》（《丛刊》第143辑），2004年版，第424页。
② ［朝］郑澔：《文岩集》（《丛刊》第157辑），2001年版，第294页。
③ 左江：《李植杜诗批解研究》，中华书局2007年版，第15页。

第三章　朝鲜朝中期散文与中国文化的关联

书后，更讲究。

春秋左氏胡氏传。只数番读，领略大旨。〇左传抄读，公羊谷梁，余力一览，大抵四传并读好。

礼记。与先生讲论，抄读好文字处。

仪礼。读礼记时，通考而不读。

周礼。读春秋时，亦通考。

小学。学于先生，一月一读过，逐日念着服行。

家礼。常时讲究服行，不至读。

近思录、性理大全、性理群书、心经、二程全书、朱子全书，此是大段工夫，但不在多读，要在讲论，体认服行而已，穷理工夫全在是。①

先读内容主要是经学典籍《诗经》《尚书》《论语》《孟子》《中庸》《大学》及史学著作《资治通鉴纲目》《宋鉴》。李植明确指出学习这些书目的遍数，如《诗经》《尚书》《论语》《孟子》等都限定在百遍左右，唯独《大学》《中庸》"不限数，朝夕轮诵"。在李植看来，《大学》《中庸》是研习其他经学典籍的入门、基础。他在《散录》一文中说："《大学》《中庸》，文约义备，初学于此二书讲究得力，则他经传路脉，由此洞然，读之无难。"②李植在多篇文章中强调要利用一切时间来学习《大学》《中庸》，如《赠安进士具秀才两甥及阿冕入道峰书院读书》："《大学》《中庸》序文及首章，餐后各读一遍，仔细参究。"③

相较经书的讲究读、诵，对于史学，李植则强调讲授、研习，《资治通鉴纲目》《宋鉴》二书要与先生讲学，熟读，并且要抄读其中精彩的文字、语段，通过讲解、抄读达到深入理解、完全掌握的程度。如果没有条件学习这二部书，也可以从《少微通鉴节要》《史

---

① ［朝］李植：《泽堂先生别集》（《丛刊》第88辑），第513页。
② ［朝］李植：《泽堂先生别集》（《丛刊》第88辑），第530页。
③ ［朝］李植：《泽堂先生别集》（《丛刊》第88辑），第513页。

略》中任选一本学习。《宋史》或称《宋史全文续资治通鉴》，略称《宋鉴》，作者不明。据李裕民《四库提要订误》，此书记事自太祖建隆到理宗景定年间，颇有史料价值，可补李焘《续资治通鉴长编》与刘时举《续宋编年资治通鉴》《两朝纲目备要》等书之不足。《少微通鉴节要》共五十卷，宋代江贽编，书取司马光《资治通鉴》，删存大要、首尾赅贯。《史略》共六卷，为南宋高似孙编写，是现存的第一部史籍专目，第一次将历史评论与史学评论区别开来。在著作的史籍之后附有相关的注解、考证、注音、版本、字句校勘。从几部著述的介绍可见，李植非常重视史学目录学，希望后辈能从宏观上了解历史，并且要能够向老师讲出学习心得和体会。

"次读"书目较"先读"书目有所增加，且呈现出与"先读"不同的特点，不仅有经学著作，也有多部性理学著述。"次读"书目主要有《周易》《春秋左氏传》《胡氏春秋传》（胡安国）、《礼记》《仪礼》《周礼》《小学》《家礼》《左传》《公羊传》《谷梁传》《近思录》《性理大全》《性理群书》《心经》《二程全书》《朱子全书》等，这些书籍也不是全部都要阅读，如《仪礼》《周礼》在阅读《礼记》《春秋》时通考而无须阅读。

关于《周易》，李植认为应该有个阅读的过程，因为《周易》比较难于理解，所以先读爻辞，在理解文意及懂得占卜之法后，再去读其他启蒙类书籍。李植在《示儿代笔》中表达了类似的见解，他说："《易经》，后生未易读，姑观启蒙，从事占法，使穷理转博，然后从事程传，庶几有得。"[①] 在弄懂启蒙书籍、占卜之法后，大体可以做到穷尽义理，知识渊博，再研习程颐《程氏易传》，经过这样几个阶段的学习，于《易》就会有所收获了。至于《春秋》，李植认为《左传》《公羊传》《谷梁传》《胡氏春秋传》要四传并读，这样可以互为补充、互为印证，从而拓宽视野。这几部典籍阅读的侧重点也有所不同，《左传》是抄读，《公羊传》《谷梁传》可"余力一览"，而《胡

---

① ［朝］李植：《泽堂先生别集》（《丛刊》第88辑），第520页。

◇ 第三章 朝鲜朝中期散文与中国文化的关联 ◇

氏春秋传》"只番数读，领略大旨"即可。李植在《示儿代笔》中说："《春秋》经世之书，学者不可不早通大义。读《诗》《书》后，一读《胡传》，略窥诸注不可已也。"① 《胡氏传》即《春秋传》，共三十卷，宋代胡安国撰。胡氏毕生致力于《春秋》学，历时三十余年完成十余万字的《春秋传》，对后世产生了深远影响，在宋儒的诸多《春秋》学著作中，此书地位最为显赫，影响了几百年的《春秋》学研究。李植把胡氏《春秋传》与《诗经》《尚书》放在同等位置。

《礼记》则需与教书先生讲论，并抄读其中精彩的语段、文字。除这些经学典籍外，李植还提到《小学》《家礼》等多部性理学著述。如《小学》，需先生讲解，然后每月都要阅读一遍，并且要"逐日念着服行"。《家礼》则不需要读，只要"常时讲究服行"即可。《近思录》《性理大全》《性理群书》《心经》《二程全书》《朱子全书》等都不在于多读，而在于讲、论，重在"体认服行"，也就是实践与具体操作。

李植的阅读方法（"先读""次读"书目）呈现出如下几个突出特点。

首先，强调理论知识与实践操作、运用相结合。李植的"先读""次读"书目，包括经学典籍、史学著述、性理学书籍，而性理学则强调实践性。在李植看来，人要修身养性，更要把所学知识运用到实践中，从而指导人生。其次，李植倾向于个人的自学，自学的方式主要是多读、抄写与实践，从而提高道德修养、知识含量。在《示儿孙等》一文中，"学于先生"的只有《纲目》《宋鉴》《礼记》《小学》四部典籍，其余所列书目都侧重自学、自悟，这是非常符合学习规律的，也符合所列书目的性质。经学典籍通过自学、自悟，更能深刻领悟、学习到其中的真谛，而领悟到的是先生讲授无法比拟的。史学、性理学著作则需要先生讲解，因为经验阅历越丰富，就可能会对史学、人性、为人处事等有更深的感悟，讲授时再结合讲授者的切身经

---

① ［朝］李植：《泽堂先生别集》（《丛刊》第88辑），第520页。

155

历，更能让学习者从中体会到深刻含义，从而指导人生。李植的读书次第是有深刻思考、考量的。

最后，重视文字、文义。除了《示儿孙等》《先读》《次读》中论及读书书目、方法等外，《散录》一文也谈到读书的问题。如关于怎样读《四书集注》，《散录》指出："凡读《四书集注》，须先于字释处勿为放过，反复参究，虽一字而累释，各有其意思而得之，亦易记忆也。"① 李植在这里提出了更为具体的读书方法，就是从文字入手，虽说是针对《四书集注》而言的，实则具有普遍意义和指导性。先从字词的释义处仔细参究，一词多义者要反复揣摩，然后再由字词句到整篇文章，才能彻底领悟出作者意图之所在。李植对文字的重视是一以贯之的，《字训书跋》："大概凡事物莫不有字，然以形器而为名字者，举字指形，心目便了，若性理等字，无形状方所之可指，且本一物而分以为许多名字。前代之注说不一，外国之方言亦异，非深明字义常目在之，则虽终身博诵经书，或至于面墙擿埴者多矣。"② 如果是"以形器而为名字者，举字指形"，就非常好理解，但是有些字词因为"无形状方所之可指"，并且由于一字多义、注释不一等客观原因的存在，就给学习此文字的外国人带来诸多不便于理解之处。李植在文集中曾多次提及因无法识解字义而影响到对经典典籍的理解、认知，《字训书跋》指出："顷岁斋居，间与友人说经书，每患其瞢于字义而并文义失之，因辑是篇，以代口讲。"③ 这就是他编写《初学字训增辑》的直接原因，也是他及很多朝鲜文人遇到的现实困扰。再如《陈北溪字义后序》指出："我东人方言自异，凡性、理等字，注解钦指的，唤东作西，认贼为子者，皆由是也。"④ 李植的后代子孙及后世文人也都指出了李植重视字义的思想，如其子李端夏《先季父议政府左议政府君行状》云："臣父尝编辑一书，名之曰《初学字训

---

① ［朝］李植:《泽堂先生别集》(《丛刊》第88辑)，第530页。
② ［朝］李植:《泽堂先生别集》(《丛刊》第88辑)，第396页。
③ ［朝］李植:《泽堂先生别集》(《丛刊》第88辑)，第396页。
④ ［朝］李植:《泽堂先生别集》(《丛刊》第88辑)，第391页。

◈ 第三章 朝鲜朝中期散文与中国文化的关联 ◈

增辑》,裒聚经传,搜剔字句,奥义微旨,发明靡遗。其意盖以初学之士,不先明于字义,则虽读经书,难晓其旨。"① 鱼有凤《辞赞善疏四疏》认为《初学字训增辑》可以作为"训蒙之要讲""已备胄筵之讲"②,宋时烈认为此书"真字兴之要诀也"。这些评论从侧面说明李植重视字义的事实。

三 作文法——中国文学之学习指南

李植对科文尤为重视,一方面是因为当时科考偏重文的写作,如文科初试三场都为制述,"初场五经四书疑义或论中二篇,中场赋颂铭箴记中一篇,表笺中一篇,终场对策一篇"(卷三《礼典》③)。复试亦是制述,殿试为对策表笺箴颂制诏中一篇。另一方面,作为一名有责任感、有担当的文人、学者,他注重文对于人修养提升的意义及社会功用。所以他作《示儿孙等·科文工夫》指导后学如何阅读,进而提高科试之文的创作。

> 韩柳苏文、文选、八大家文、古文真宝、文章轨范等中,从所好钞读一卷,限百番。此属先读。
> 班马合抄一册,毋过三十篇,限百读。
> 荀韩杨中,抄一册数十番读。
> 文选、楚辞抄一册,李杜韩苏黄七言,毋过两册,常时读诵,不限数,学赋者学诗者,择于二者。
> 四六文,毋过一册。
> 老子庄列之属,读近思录诸书时,旁考不读。
> 历代史全书、东国史及文集等,经国大典、国朝典故、小说,读纲目后旁考。

---

① [朝]李端夏:《畦谷集》(《丛刊》第153辑),1998年版,第265页。
② [朝]鱼有凤:《杞园集》(《丛刊》第184辑),1998年版,第51页。
③ 《经国大典》,亚细亚文化社1983年,第210—213页。

157

东人科制，抄得数册，作文时考阅。①

"朝鲜王朝古典散文作家，则兼宗唐宋，而特别推崇唐代古文，尤其是韩愈的文章"②。李植推崇韩愈的文章，同时也喜爱柳宗元和苏轼的散文。李植认为韩愈的文章是宗师级，要先读，并且要选择七八十篇优秀的文章抄读，反复揣摩，将其作为终身学习的对象。李植《大家意选批评》选择韩愈、柳宗元、欧阳修、苏洵、苏辙、王安石等散文家的代表作给予批评，其中韩愈散文十八篇，是选录最多的，包括《送许郢州序》《赠崔复州序》《送王秀才序》《送李愿归盘古序》《送高闲人序》《画记》《河中府法曹张君墓志铭》《试大理评事王君墓志铭》《侍御史李君墓志铭》《贞曜先生墓志铭》《唐故相权公墓碑》《平淮西碑》《南海神庙碑》《柳州罗池庙碑》《柳子厚墓志铭》《殿中少监马君墓志》《樊绍述墓志铭》《故幽州节度判官赠给事中清河张君墓志铭》。

在李植看来，柳宗元与韩愈是不相上下的，"柳之于韩，如伯仲"，"唐宋八大家"其他六子都学习于韩愈，"欧、王、曾专出于韩，三苏虽学庄、国，亦不出韩之模范"。正因为欧、王、曾、三苏等人的文章都源于韩愈，所以李植指出："柳以下六家之文，抄其尤绝妙者四五十篇，馀力一读，时复阅览。"六子之文共选择最为精彩的文章四五十篇，在有精力的情况下阅读，是学习的辅助，而韩愈的文章是正宗，是要先读的。在"三苏"中，李植最为推崇苏轼，他说："大苏虽诡，文气不下于韩。以意为主，笔端有口，以此为归宿地。抄读七八十首，寻常熟覆，不必多读而得力也。"相比于韩愈文章的"先读""以为终身模范"，苏轼的文章"不必多读"，只要能读熟读通即可。对于柳宗元，李植没有特别明确地指出应该怎样去学去做，但是从"柳之于韩，如伯仲"可以推知，对于柳宗元的文章多半

---

① ［朝］李植：《泽堂先生别集》（《丛刊》第88辑），第577页。
② 陈蒲清、［韩］权锡焕：《韩国古典文学精华》，岳麓书社2006年版，第414页。

◈ 第三章 朝鲜朝中期散文与中国文化的关联 ◈

也是采取读韩文的方式方法。

对于较为流行的文章选本,李植也很重视。李植多次提及通行的文章选本,如"茅鹿门坤所抄八大家文最为中正""文选、八大家文、古文真宝,文章规范等中,从所好钞读一卷,限百番""四六文,毋过一册"等。明代散文家茅坤提倡学习唐宋古文,反对"文必秦汉",编辑、评选《唐宋八大家文钞》,对韩愈、欧阳修、苏轼尤为推崇,"唐宋八大家"之名称也由此产生。《唐宋八大家文钞》流传甚广、影响甚大。《古文真宝》全名《详说古文真宝大全》,相传是宋代黄坚所编,集古诗、古文于一集。该书在韩国、日本成为文人的必读书目,非常流行。《文章轨范》由宋代谢枋得选辑并评点,选录了汉晋唐宋十五位作家的六十九篇文章逐一评点,侧重文章的做法,以帮助初学者理解文意、掌握作文技巧,指导士子科举考试。《文选》在朝鲜流行更广、更为文人所接受,也是李植非常推崇的文学选本。

《文章轨范》《联珠诗格》《古文真宝》等是在朝鲜时代社会上流行甚广且被普遍接受、学习的诗文选本,"到了李氏王朝的朝鲜时代(1392—1910年),因时代的变迁和现实的要求,大概亦受到中国古文运动的影响,推重《古文真宝》《文章轨范》《古文苑》《唐宋八家文》等梁代以后的文集,以此作为学习文章的规范"①。许筠《惺翁识小录》(下)云:"国初诸公皆读《古文真宝》前后集以为文章,故至今人士初学,必以此为重。"② 金锡胄《古文百选序》指出:"近世选文者,西山有《真宝》,谢氏有《轨范》,是二书最盛行于今。"③ 这些书籍成为朝鲜社会的文学启蒙读物供人学习,不仅李植对此有认识,其他文人别集也多有论及,如早于李植的柳希春《庭训·读书解文第四》云:"凡儿童,先学《字类》,次学《联珠诗格》,次读少微

---

① [韩]白承锡:《韩国〈文选〉研究的历史和现状》,《郑州大学学报》(哲学社会科学版)1993年第5期。
② [朝]许筠:《惺所覆瓿稿》(《丛刊》第74辑),1996年版,第347页。
③ [朝]金锡胄:《息庵遗稿》(《丛刊》第145辑),1996年版,第243页。

《通鉴》，以发其文理。"[1] 这些启蒙读物对朝鲜人的汉文学教育起到了积极的推动作用。

关于李植对待先秦诸子散文、汉代史传散文的态度，他认为诸子散文也是学习的对象，荀子、韩非之文亦应抄读一册，但只需要作一般性的了解，"荀韩杨中，抄一册数十番读"。之所以做如此要求，是因为荀子的文章"乃韩文之所从出"，数十篇抄读即可。"庄、老以下，《文选》所载秦、汉、魏之文，专弃可惜，亦须抄录时读"（《作文模范》），这是李植对诸子文章的认识。《老子》《庄子》《列子》在李植看来是"浮夸""虚诞"的，所以在阅读《近思录》时作为旁考之用，《纲目》作为正史。在写作时，要通识时务，同时，"又必稽古引史"，要从头至尾，仔细阅读二三遍，相互参证，使前代的治乱得失，存诸胸中。

司马迁、班固文章抄录一册，熟读进而掌握其中的意旨，扬雄的文章亦抄录一册。司马迁、班固的文章记事详瞻，《杂录》云："作史者莫高马、班。两人之于史传，必先定一个主宰之论，如传李斯，主奸贪；传韩信，主智勇；传英布，主勇功；传陈平，主用智宰物；传留侯，主为韩复难；传博陆，主笃行无学。此非有论说褒贬其间，各取其人资材相近者附之，点缀照应，使人读之自不知其为后人之撰造，宛如其人之在目，可遗也。"（《泽堂先生遗稿刊馀》第九册）司马迁、班固的史传在题材的选择上，主次分明，"先定一个主宰之论"。李植认为在文体选择方面，应该取法班、马，他说："作史及序、记、碑、志之类，尤当取法两氏。"所以在篇目的选择、取法方式上，李植认为"马十馀篇，班数十篇，一番抄读后，又遍览两书，采获文字可也"。

关于四六文，李植也有论述。四六文又称骈文，句式以整齐的四六字句为形式，形成于南朝，盛行于唐宋。唐以来，格式定型，遂称"四六"。骈文全篇以双句为主，注重对偶声律。骈文在宋代得到极大

---

[1] ［朝］柳希春：《眉岩集》（《丛刊》第34辑），1996年版，第212页。

◇　第三章　朝鲜朝中期散文与中国文化的关联　◇

的发展，史称"宋四六"，在政府公文、科举考试、书启往来等诸多方面发挥着重要作用。李植在《示儿孙等·科文工夫》中说"四六文，毋过一册"①，语言简单，表述清晰。李植《作文模范》论述得较为详细："四六之文，亦有古有今。古四六，学之难而无所用。欲学制诰之文，须以欧、王、苏、吕、真大家为主，精采汪藻、刘克庄、李刘、文山数子之作为准的。古四六，徐庾为上，四杰次之，取其宏大绝妙者，人各二三篇，以助藻丽之气，虽学今文，不可废也。"②李植非常重视四六文（骈文）的实用性，因为在科举制业中，对骈文创作是有要求的。骈文有古、今之别，古四六不仅难于学习并且用处不大。今人想学制诰之文，主要应以欧阳修、王安石、苏轼、吕祖谦、真德秀等宋代文人作品为主要学习对象，并辅以汪藻、刘克庄、李刘、文天祥等人的作品。古四六文以徐陵、庾信为最佳，"初唐四杰"居其次，选择他们宏大绝妙的文章学习，以增加文章的气势。李植是从实用性、可学性的角度指出四六文（骈文）的学习方式，这也是他对骈文的一贯主张、看法。

李植关于阅读法、作文法，其实是一个统一、不可分割的整体，是一个系统的理论体系。阅读既是写作的基础，也是先决条件，只有充分理解优秀的作家作品，才能汲取有益的养料，为创作提供储备。从李植的论述也可以看出，他是把阅读、写作做有机整体来看待的。

第三节　张维散文与中国文化的关联

张维（1587—1638年），字持国，号谿谷。朝鲜朝中期光海、仁祖两朝诗人、散文家、文臣。历官大司谏、大司宪、大司成、同知经筵等，官至右相、新丰府院君，典文衡。与李廷龟、申钦、李植并称"朝鲜文学四大家"，又称"月象溪泽"四大家。有《谿谷集》传世。

---

① ［朝］李植：《泽堂先生别集》（《丛刊》第88辑），第513页。
② ［朝］李植：《泽堂先生别集》（《丛刊》第88辑），第518页。

李明汉《谿谷集序》指出:"公之文本于《六经》,始潜心濂、洛、关、闽遗书,晚乃大肆力于先秦两汉、韩、柳、欧、苏诸子百家之说,浸淫咀嚼,道释医卜堪舆星历稗乘剩史,亦皆旁通,多积而博发之。醇深典厚,蔚而有炜,信乎经世之言。"[1] 张维的散文取得了较高的艺术成就,其与中国文化的关联更是值得深入挖掘。

一 赋学观与赋创作

张维是朝鲜文坛著名辞赋家,作有多篇辞赋,如《次韵〈幽通赋〉并序》《秋霖赋》《雷赋》《蛙鸣赋》《吊箕子赋次姜编修韵并序》等,他的赋作与中国古代赋作有着密切的联系。实践创作使张维对赋体文学有着深刻的认识,其赋学观呈现出鲜明的特点。

(一)赋学观

张维《吊箕子赋次姜编修韵并序》《扬马赋抄序》等文论述了赋体的源流、发展历程、艺术特点、代表作家等。

> 屈、宋之后世无骚,班、张之后世无赋。明兴,李、何诸子乃始彬彬振古,而闳衍巨丽之体,犹未大备。至卢次楩、王元美出而后,骚赋顿复旧观。(《吊箕子赋次姜编修韵并序》[2])

> 赋者,古诗之流,盖居六义之一焉。诗人之赋,丽以则,其言雍容典雅,辞近而指远,故能列于六经,藏于博士官,学士大夫世守而习之。诗变而《离骚》作,《离骚》者,南楚怨慕之声也。其音节疾徐,固变于《三百篇》。若其发于情性,依于规讽,有补于民彝物则之重,无二致焉。即其余事,亦足为词赋祖矣。西京之隆,成都有司马长卿者以赋名,能为宏博巨丽之词,汪洋恣睢,驰骋从横,盖祖述《离骚》而体格稍变,说者谓神化所及,非虚言也。扬雄氏后出,慕而效之,以沈深老健之气,发为

---

[1] [朝]李明汉:《白洲集》(《丛刊》第97辑),1992年版,第452页。
[2] [朝]张维:《谿谷集》(《丛刊》第92辑),1992年版,第24页。

第三章　朝鲜朝中期散文与中国文化的关联

奇崛聱牙之语,虽奔轶绝尘,或稍后于文园,而步骤辙迹,如出一轨。斯两家者,诚千古词林之标极也。自是之后,东都有班孟坚、张平子,魏晋有何平叔、左太冲诸人,竭力摹拟,而未能得其影响。盖神藻绝艺,独秉天机,终非学力所就也。(《扬马赋抄序》①)

第一,关于赋的起源、诗与赋的关系,是历代文论家探讨的热点问题。张维指出赋体的概念、内涵。"赋者,古诗之流",是赋论史上最为重要的理论观点之一,并非张维首创。张维是借用了班固的观点,班固《两都赋序》云:"或曰:'赋者,古诗之流也。'"②《毛诗序》提出"六义"之说:"故诗有六义焉:一曰风,二曰赋,三曰比,四曰兴,五曰雅,六曰颂。"③李善注引《毛诗序》,认为汉赋这种文体源于《诗经》"六义"(风、赋、比、兴、雅、颂)中的"赋",所以赋是《诗》之流。左思《三都赋序》、皇甫谧《三都赋序》、挚虞《文章流别论》、刘勰《文心雕龙·诠赋》、萧统《文选序》等,都引班固"赋者,古诗之流"说,并提及李善"《诗》有六义,其二曰赋"的观点。张维承传了中国批评家的理论观点。

第二,赋体的审美特征。张维说:"诗人之赋,丽以则,其言雍容典雅,辞近而指远。故能列于六经,藏于博士官,学士大夫世守而习之。""诗人之赋丽以则"出自扬雄《法言·吾子》"诗人之赋丽以则,辞人之赋丽以淫",意思是说,"诗人之赋"辞藻华美但不失其法度,仍有诗言志的讽喻精神;"辞人之赋"华丽而过分铺张。张维对此进一步阐说,他从言、辞、旨意的角度指出赋的审美特点,基于此种审美特征,赋成为学士大夫科举制业的学习、必读内容。

第三,历数诗体(文体)的变化。张维说:"诗变而《离骚》作",《离骚》与《诗经》都可以依音律而歌唱,都"发于情性,依

---

① [朝]张维:《谿谷集》(《丛刊》第92辑),第87页。
② 郭绍虞主编:《中国历代文论选》(第1册),上海古籍出版社2001年版,第144页。
③ 郭绍虞主编:《中国历代文论选》(第1册),上海古籍出版社2001年版,第63页。

于规讽,有补于民彝物则之重",它们有着密切关联。屈原《离骚》的讽谏意味继承和发展《诗经》的讽谏传统。古人已意识到《离骚》与《诗经》的关系,如司马迁《史记·屈原贾生列传》:"屈原之作《离骚》,盖自怨生也。《国风》好色而不淫,《小雅》怨诽而不乱。若《离骚》者,可谓兼之矣。"① 又如王逸《离骚经序》:"《离骚》之文,依诗取兴,引类譬喻。"② 均指出了《离骚》与《诗经》的密切关系。这是从声律、文体内涵等角度来阐说的。张维还从作家及文风的角度讨论赋体文学的演变,《吊箕子赋次姜编修韵并序》云:"屈、宋之后世无骚,班、张之后世无赋。明兴,李、何诸子乃始彬彬振古,而闳衍巨丽之体,犹未大备。至卢次楩、王元美出而后,骚赋顿复旧观。"屈原、宋玉等创作的楚辞作品,属于骚体赋,明代胡应麟云:"集之名昉于楚乎?屈、宋、唐、景皆楚也,非骚赋无以有集。"③ 骚体赋从楚骚演化而来,继承楚辞、《离骚》抒发个人感情,尤其是忧愁和悲哀之情。清代程廷祚《骚赋论》:"宋玉以瑰玮之才,崛起骚人之后,奋其雄夸,乃与《雅》《颂》抗衡,而分裂其土壤,由是词人之赋兴焉。"班固、张衡创作的散体赋,是汉赋最基本、最重要的形式,司马相如、扬雄、班固、张衡等为代表作家。明代李梦阳、何景明等"前七子""后七子"振兴赋体,闳衍巨丽,但没有达到大备。直到王世贞等人出现,"骚赋顿复旧观"。张维高度评价司马相如、扬雄的赋作,认为司马相如的赋作,"宏博巨丽""汪洋恣睢,驰骋纵横";扬雄的赋作"以沈深老健之气,发为奇崛聱牙之语"。司马相如、扬雄"诚千古间林之标极"。东汉班固、张衡,魏晋何晏、左思等人虽极力模仿,但是并没有真正学习到司马相如、扬雄的精华。

(二)辞赋创作兼与中国辞赋之比较

楚辞在朝鲜得到了广泛关注,学习、评论者比比皆是。引用、化

---

① (西汉)司马迁著,韩兆琦评注:《史记》(二),岳麓书社2012年版,第1177页。
② 郭绍虞主编:《中国历代文论选》(第1册),上海古籍出版社2001年版,第155页。
③ (明)胡应麟:《少室山房笔丛》,《广雅书局丛书》,光绪刻本。

◈ 第三章 朝鲜朝中期散文与中国文化的关联 ◈

用楚辞的诗句、词语及意象、意境,讨论楚辞的阅读感受等更是朝鲜文学的一大景观。在张维之前,朝鲜文人对楚辞的接受已经出现了大量有代表性的作家作品,如李奎报《屈原不宜死论》、郑梦周《思美人辞》、李穑《辞辨》《读骚自咏二首》、金时习《读楚辞》《拟离骚》《楚屈原赞》《拟楚辞九歌》《拟天问》、金净《读离骚经》、金麟厚《答许仲承楚辞问》《吊三闾》、柳成龙《离骚》等。张维之后,更是众多,如李瀷《离骚解》、李钟微《读屈原传》《续招隐》、李钰《读楚辞》、丁若镛《湘水谪客屈先生讳平》等。这些是从诗文的题目即可看出对屈原与楚辞的学习、接受,还有蕴含在诗文中的,对屈原与楚辞精神内涵接受与学习的作品,更是不胜枚举。

张维也深受楚辞影响,有学者指出张维是"深陷于《离骚》的诗人"[①]。张维接受楚辞是多方面的,"包括屈子、楚客等屈原之名和《离骚》、楚声等楚辞作品,还有江潭、泽畔等用语及芰荷、芳兰等香草"[②]。张维作有《旌烈祠碑铭》一文,曰:"祠在州治之西月井峰下,维既略记公之始末。系以楚辞一章,以寓迎送神之意,而属令并刻之。"对比《旌烈祠碑铭》与《国殇》,二文在语意、意境等方面都非常相似。张维《续〈天问〉并序》《次韵〈幽通赋〉并序》等赋作更可见张维在散文创作上对楚辞的接受、学习。

屈原《天问》通篇由问句组成,是作者对于天地、自然和人世等一切事物现象的发问。诗篇从天地离分、阴阳变化、日月星辰等自然现象,一直问到神话传说乃至战乱兴衰等历史故事,表现了诗人对自然、社会、历史等深思熟虑后的见解、质疑,以及他追求真理的探索精神,极富哲理。《天问》传到朝鲜以后,对朝鲜文坛产生了重要影响,很多文人拟次、仿作,如金时习《拟〈天问〉》、宋翼弼《太极问》、崔晛《天问》等。

张维《续〈天问〉并序》文前序文曰:"昔者屈原既放,仿徨山

---

① 郑日男:《楚辞与朝鲜古代文学之关联研究》,人民出版社2012年版,第162页。
② 郑日男:《楚辞与朝鲜古代文学之关联研究》,人民出版社2012年版,第178页。

泽，作为《天问》之篇。盖托于问天，以自纾其忧思感古之怀。其事怪其理淫，而其文特奇甚，其志又可悲也，故先儒亦不以其淫怪而斥之。"语段描述了屈原写作《天问》的背景、目的、特点等。屈原被放逐，心中忧愁憔悴，于壁画下修养精神，抬头看到所绘图案，于是在墙壁上书写文字，抒发心中的愤懑之情。《天问》对天文、地理、历史、哲学等诸多方面提出了100多个问题，表达了作者对宇宙、人生、历史乃至神话传说等的看法，并联系自身遭遇，阐述个人感慨。张维认为《天问》一文关涉事、理、文、志等内容，有"事怪""理淫""文奇""志悲"等特点。张维"喜其文而赏其志""慨然以叹"，仿效《天问》之体作《续〈天问〉》一篇，想做到"可惑可忧者，皆举以为问"。张维《续〈天问〉并序》在内容上与屈原《天问》同中有异。按《续〈天问〉并序》文前小序所言，其内容主要包括"造化之玄奥，物理之丛杂，斯文之兴衰，道术之邪正，幽明祸福之故，世道人心之变"①。概而言之，即物质造化、文章学术、人世祸福等方面是张维要探讨的问题。如"何邹鲁之勤，而卒以穷死。何厚于盗，跖蹻宠乐。何仇于仁，颜冉夭厄"，"邹鲁"，孔子是鲁人，孟子为邹人，故称文教鼎盛之地为"邹鲁"。跖蹻指盗跖与庄蹻，古代传说中的两个大盗，出自《淮南子·主术训》"执术而御之，则管晏之智尽矣；明分以示之，则跖蹻之奸止矣"②。盗跖是春秋时有名的被以大盗罪名处死的人，是恶人的代表；颜渊是孔子门生，有名的贤人。在古代人看来，盗跖极恶，颜渊极善，盗跖、颜渊两词连用，比喻上天没眼，善恶的命运不公平。好人颜渊没有得到善终，而恶人的盗跖却长寿。如《窦娥冤·滚绣球》："有日月朝暮悬，有鬼神掌着生死权。天地也，只合把清浊分辨，可怎生糊突了盗跖、颜渊？为善的受贫穷更命短，造恶的享富贵又寿延。"张维不明白为什么孔子、孟子勤奋好义却贫困潦倒一生。

---

① ［朝］张维：《谿谷集》（《丛刊》第92辑），第15页。
② 顾迁译注：《淮南子》，中华书局2009年版，第156页。

第三章 朝鲜朝中期散文与中国文化的关联

"何群贤蔚兴,而国以不扶。好恶之伦,今何缪错。煦拊骜逆,掊击贞直。芝兰何瘁,樲艾何遂。鸾凤何逝,鸱枭何厉。人心之蔽,曷其能廓。天理之常,曷其能复。"① 张维在此借用了屈原《离骚》以香草、恶物比兴的手法,王逸《离骚经序》云:"《离骚》之文,依诗取兴,引类譬喻。故善鸟香草,以配忠贞;恶禽臭物,以比谗佞;灵修美人,以媲于君;宓妃佚女,以譬贤臣;虬龙鸾凤,以托君子;飘风云霓,以为小人。"② 张维文中"芝兰""鸾凤"等美好的事物象征美好的人与事,"樲艾""鸱枭"等丑恶事物象征社会上的丑恶现象。

张维《续〈天问〉并序》并没有涉及国家政权、朝代兴衰等问题,屈原《天问》却对国家政权、历史事件等提出了一系列问题,如从禹的婚姻问起,问及夏代历史、商代历史(涉及女娲、尧、舜、吴国的历史故事),然后对周代历史直至春秋战国若干事件提出一系列问题。屈原在叙及三代史时,都提到夏、殷、西周民族的诞生:启生于石、契生于鸟卵、稷是其母履足迹而生。屈原对这些都提出了疑问,否定了夏、殷、周三代受命于天的说法。对三代史的结尾,于夏史,屈原问道:"何承谋夏桀,终以灭丧?"于殷史,屈原问道:"授殷天下,其位安施,反成乃亡,其罪伊何?"于西周史,屈原问道:"皇天集命,惟何戒之?受礼天下,又使至代之?"这些问题,既是深刻的质问,又是沉痛的历史叹息:夏、殷、西周三代不都是说君权神授,是上天的旨意吗?何以顷刻之间就被推翻,大权旁落了呢?所谓"天命"是没有的,不可靠的。人君要想取得成功,关键还在于实行"美政"。夏、殷、西周三代之所以兴起,乃在于得人。如夏启能从益的拘禁中逃脱,是因为得人;成汤能打败夏桀,是因为有伊尹;周武王能取殷天下,是因为有吕望。与此相反,夏、殷、西周之所以亡败,是因为羿、浞、浇、桀亥、纣、周昭、周穆、周幽等人君,或耽

---

① [朝] 张维:《谿谷集》(《丛刊》第92辑),第15页。
② 郭绍虞主编:《中国历代文论选》(第1册),上海古籍出版社2001年版,第155页。

于女色，或沉湎淫乐，或陷害忠贤。

屈原在《天问》中提出了一百七十多个问题，张维《续〈天问〉并序》提出了六十多个问题，在数量上，张维逊于屈原。再者，屈原《天问》全篇一问到底，张维《续〈天问〉并序》则在提出疑问时，也夹杂着一些作者的思考和认识。张维《续〈天问〉并序》虽有六十多问，但是核心还是集中在世道人心、道术邪正等与社会现实息息相关的问题上，他对世间的很多不公产生怀疑，体现出张维的人道主义情怀，"志士伤时，忧心悝悝。有问乎天"，正是基于对时事的关心，才使张维产生了一系列的疑问。

在某些问题上，《续〈天问〉并序》和《天问》是相似的，如，"谁阖谁辟，而昼夜行"（《续〈天问〉并序》）与"何阖而晦？何开而明？"（《天问》）都是针对昼夜交替如何产生而发问。再如，"厥居有恒，东南何缺？西北何偏？"（《续〈天问〉并序》）与"八柱何当？东南何亏？"（《天问》）都是针对地理方位变化而发问。

张维《续〈天问〉并序》与屈原《天问》的许多问题都是在当时的时代无法解释的情况下，作者提出的疑问，如对自然所提出的问题，表现出作者对宇宙的探索精神，属于进步的宇宙观。也有许多问题是作者的明知故问，如对历史人物、历史事件等的提问，往往表现出作者的思想感情、政治见解、历史总结等，作者的褒贬已蕴涵于文中。如张维对道义邪正的疑问，盗跖恶而善终，颜渊善而夭亡，作者的态度实则已蕴涵于文字中。

在语言形式上，两篇文章也有相似之处。如词语的运用，"何""胡""孰""焉"等疑问词交替使用，富于变化，尽管通篇发问，但读来圆转活脱而不呆板。明代黄文焕《楚辞听直》评价屈原《天问》："通篇一百七十一问，'何'字、'胡'字、'焉'字、'几'字、'谁'字、'孰'字、'安'字为字法之变。"[①] 张维《续〈天问〉并序》也运用了"何""胡""孰"等词语。再如句式上，参差错落，

---

① （明）黄文焕：《楚辞听直》，南京大学出版社2017年版，第136页。

灵活多变。张维《续〈天问〉并序》句式以四言、五言错落排行，节奏、音韵自然协调。

二 "天机论"与"诗能穷人""穷而后工"

张维有诗话集《谿谷漫笔》二卷传世，是集兼论中朝文人，多为文人、文坛轶事，"书中颇有及于诗韵和用韵处，论述相当详尽"[①]。除了《谿谷漫笔》的诗论外，张维《谿谷集》中多篇散文也包含着丰富的诗学思想，概而言之，主要是"天机论"与"诗能穷人""穷而后工"等。

（一）"天机"论

"天机"最早见于《庄子·内篇·大宗师》"古之真人，其寝不梦，其觉无忧，其食不甘，其息深深。真人之息以踵，众人之息以喉。屈服者，其嗌言若哇。其耆欲深者，其天机浅"[②]，此处的"天机"指自然之生机，并不具有文学理论意义。陆机《文赋》使"天机"具有了诗学意义上的概念范畴，他说："方天机之骏利，夫何纷而不理。"[③]"天机骏利"形象地概括了文学创作时灵感爆发、文思泉涌的状态。"天机"自此成为中国古代文论的一个重要理论命题，论者甚多，如南宋包恢《答曾子华论诗》："盖天机自动，天籁自鸣，鼓以雷霆，豫顺以动，发自中节，声自成文，此诗之至也。"[④] 又如明代谢榛《四溟诗话》："诗有天机，待时而发，触物而成，虽幽寻苦索，不易得也。"[⑤] 朝鲜文人也将"天机"运用到诗文批评中，如成倪《慵斋丛话》："描写物象，非得天机者，不能精。"又如金得臣

---

① 邝健行、陈永明、吴淑钿选编：《韩国诗话中论中国诗资料选粹》，中华书局2002年版，第119页。
② 陈鼓应注译：《庄子今注今译》（最新修订重排本），中华书局2009年版，第186页。
③ 郭绍虞主编：《中国历代文论选》（第1册），上海古籍出版社2001年版，第174页。
④ 郭绍虞主编：《中国历代文论选》（第2册），上海古籍出版社2001年版，第305页。
⑤ （明）谢榛：《四溟诗话》，人民文学出版社2005年版，第125页。

《终南丛志》:"凡诗得于天机、自运造化之功者为上。"①

张维也运用"天机"评论诗文,他在多篇文章中提及"天机":

> 诗,天机也。鸣于声,华于色泽,清浊雅俗,出乎自然。声与色,可为也。天机之妙,不可为也。如以声色而已矣,颠冥之徒,可以假彭泽之韵;龌龊之夫,可以效青莲之语。肖之则优,拟之则僭。夫何故?无其真故也。真者何?非天机之谓乎?(《石洲集序》②)

> 自是之后,东都有班孟坚、张平子,魏晋有何平叔、左太冲诸人,竭力摹拟,而未能得其影响。盖神藻绝艺,独秉天机,终非学力所就也。(《扬马赋抄序》③)

> 夫文章亦艺也。世固有饰羽而画,以栀蜡自售者矣。惟深于天机者不然,意发而后词见焉,质立而后文施焉。美在其中而畅于外,故曰:诗可以观。(《芝峰集序》④)

《石洲集序》《扬马赋抄序》《芝峰集序》等都指出了"天机"和诗歌的密切关系。在张维看来,天机与声色在诗歌创作上形成了鲜明的对比。声律、辞藻是可以通过学习、模仿而做到的,是可为的;"天机"则不然,是不可随意做到的。他以司马相如、扬雄、班固、张衡等人为例加以解说,司马相如"能为宏博巨丽之词,汪洋恣睢,驰骋从横"(《扬马赋抄序》),达到了"神化所及"的境界;扬雄"以沈深老健之气,发为奇崛聱牙之语"(《扬马赋抄序》),与司马相如的辞赋"步骤辙迹,如出一轨"(《扬马赋抄序》)。这两个人创作的辞赋都是天机使然,堪称"千古词林之标极"(《扬马赋抄序》)。

---

① 蔡美花、赵季主编:《韩国诗话全编校注》(第3册),人民文学出版社2012年版,第2114页。
② [朝]张维:《谿谷集》(《丛刊》第92辑),第113页。
③ [朝]张维:《谿谷集》(《丛刊》第92辑),第87页。
④ [朝]张维:《谿谷集》(《丛刊》第92辑),第121页。

第三章 朝鲜朝中期散文与中国文化的关联

东汉班固、张衡,魏晋何晏、左思等人虽竭力模仿司马相如、扬雄,但是都没有学习到精髓。所以张维发出"盖神藻绝艺,独秉天机,终非学力所就"(《扬马赋抄序》)的感慨。

张维没有明确指出何为"天机",而是把"天机"作为衡量诗文的最高标准,突出强调"天机"对于诗文的重要作用。张维认为,如果诗歌只在声律、辞藻方面下点功夫就可以的话,那么,"颠冥之徒,可以假彭泽之韵;龌龊之夫,可以效青莲之语。肖之则优,拟之则僭"(《石洲集序》)。声色是可以"假""效"而得到的,却失去了真实、自然,而真实、自然就是"天机"。"天机"体现诗歌的最高境界,是诗歌创作的最高追求。孙德彪教授对此有着深刻体悟:"朝鲜诗家认为,诗的质量优劣与否和获取'天机'有直接的关系,甚至认为诗就是'天机',作诗就如同获取'天机'一样神秘。"[1] 这段话道出了朝鲜诗家"天机"论的核心内涵。

张维"天机"论是朝鲜"天机"论的重要组成部分,在朝鲜古典文学批评史上占有重要地位。与张维同时代的许筠也以"天机"论诗,他在《石洲小稿序》中说:"诗有别趣,非关理也。诗有别材,非关书也。唯其于弄天机、夺玄造之际,神逸响亮、格越思渊为最上。"[2] 许筠先化用严羽《沧浪诗话·论辩》"夫诗有别材,非关书也;诗有别趣,非关理也"[3],进而指出诗歌只有在"弄天机、夺玄造"的状态下,才能创作出"神逸响亮、格越思渊"的境界,才能成为最好的诗歌作品。有学者比较了张维与许筠的"天机"论:"张维的这种从真实性出发,基础于'天机论'的诗歌意识,从强调'天机'本身就是文学的本质这一点来说,是与许筠的观点近似的。张维强调展现'心之真'的文学;许筠强调不经矫饰展现的'情',均属于朝鲜前期力图摆脱'载道论'束缚的文学观,是将文学看做人

---

[1] 孙德彪:《严羽"妙悟"说与许筠"天机"论之比较》,《东疆学刊》2011年第2期。
[2] [朝]许筠:《惺所覆瓿稿》(第74辑),第172页。
[3] (宋)严羽著,郭绍虞校释:《沧浪诗话校释》,人民文学出版社1961年版,第26页。

自身的问题的新视角,具备进步意义。"①

晚于许筠、张维的金昌协《农岩杂识》论及"天机"时说:"诗者,性情之发而天机之动也。唐人诗有得于此,故无论初盛中晚,大抵皆近自然。今不知此,而专欲模象声色,龟勉气格,以追踵古人,则其声音面貌,虽或髣髴,而神情兴会,都不相似。此明人之失也。"通过文字、内容等的对比可以看出,金昌协受张维"天机"论的影响较大,但有所发展。金昌协认为诗歌是"性情"与"天机"共同作用下的产物。他高度评价唐诗,因为唐诗无论初、盛、中、晚都大抵接近自然。明代诗歌则一味地模仿古人,虽然声色相似,但是已远离了天机与性情,这也是明代诗歌无法和唐诗媲美的原因之一。

(二)论"诗能穷人""穷而后工"

"诗能穷人""穷而后工"是中国古典诗学的重要命题,出自欧阳修《梅圣俞诗集序》:"予闻世谓诗人少达而多穷,夫岂然哉?盖世所传诗者,多出于古穷人之辞也。凡士之蕴其所有,而不得施于世者,多喜自放于山巅水涯之外,见虫鱼、草木、风云、鸟兽之状类,往往探其奇怪;内有忧思感愤之郁积,其兴于怨刺,以道羁臣、寡妇之所叹,而写人情之难言。盖愈穷则愈工。然则非诗之能穷人,殆穷者而后工也。"②欧阳修从作家与现实生活的关系出发,认为要创作出优秀的诗文作品,需要作者经历坎坷与磨难。坎坷的生活际遇及由此激发出来的感愤不平之情,能感染作家,从而使作家创作出感人至深的作品,即"非诗之能穷人""穷者而后工"。这一理论深深影响了后世的诗文理论与创作,自宋迄清的很多诗论家都论及于此,兹不一一列举。

"诗能穷人""穷而后工"传入朝鲜后,在朝鲜文坛产生了广泛共鸣,诗论家们各抒己见,争辩不休。巩本栋说:"受中国古代士人的影响,诗穷而后工说在域外也颇为诗人们所关注。例如朝鲜士人就

---

① 蔡美花、郭美善:《朝鲜古代"天机论"的形成与发展》,《延边大学学报》(社会科学版)2009年第6期。
② 洪本健:《欧阳修诗文集校笺》,上海古籍出版社2009年版,第1092—1093页。

第三章　朝鲜朝中期散文与中国文化的关联

对此进行过争论，难能可贵的是，他们尚能注意到诗穷而后工说是欧阳修有为而发的，然而他们又多不赞同诗穷而后工说。因为在他们看来，欧阳修之说既是有激而云，则无论是'穷者而后工'还是其逆命题'诗能穷人'等，就都不够妥当。"① 如梁庆遇《霁湖诗话》"穷士成汝学"条："余尝往来其家，每见其破衣矮巾，满鬓衰发，独依一间书斋，尽日授书童子，真一世之穷士。诗能穷人者，殆为成教授而发也。"② 李喜之《诗不能穷人说》："世言'诗能穷人'，诗乌能穷人乎哉？诗果能穷人乎？"③ 在接连的疑问下，李喜之举例指出"诗能穷人"的观点是片面的。柳梦寅、任堕、许楚姬等人也从不同角度讨论"诗能穷人"。

张维作有专篇文章讨论"诗能穷人"，《"诗能穷人"辩》开篇表明观点："古人以穷者多任务诗，工诗者多穷，乃曰：诗能穷人。余独以为不然。"④ 张维对"诗能穷人"持否定态度，他从几个方面对此进行了阐释。

首先，从"天"与"人"关系的角度阐释。"夫天之所以穷达人者，与人异趣，达于人者，未必达于天，则人之所穷者，安知非天之所达乎？"常理下，仁者必寿，有德者必得位，有位且有寿者，世谓之"达"。张维以颜回、孔子为例，颜回仁义但三十岁左右就死了；孔子堪称圣人，但终身未得重用，二人都可谓之"穷"。但他们也有"大达者存焉"，颜回虽未长寿，但死而不亡，"亘宇宙而弥光"；孔子不得其位，却成为万世景仰的模范。张维指出："则谓孔、颜不达而穷者，不知穷达者也。"那么，到底什么才是张维认可的真正的"达"呢？张维说："盖贵贱丰约之及其身者，人之妄谓穷达者也。而名声芳臭之垂于后者，乃天之所以真穷达人者

---

① 巩本栋：《"诗穷而后工"的历史考察》，《中山大学学报》（社会科学版）2008年第4期。
② 蔡美花、赵季主编：《韩国诗话全编校注》（第2册），人民文学出版社2012年版，第1422页。
③ ［朝］李喜之：《凝斋集》（《丛刊》第62辑），第531页。
④ ［朝］张维：《谿谷集》（《丛刊》第92辑），第62页。

也。乖于人而合于天，失其妄而得其真，此固吾所谓达者也。"在张维看来，"乖于人而合于天，失其妄而得其真"才能称之为"达"。

其次，从诗歌本身出发突出诗的地位。张维说："诗固小艺也，不足拟于道德之大。然而较诸富贵外物，盖亦天所畀者耳。"诗歌不足以与道德相并称，但和富贵、地位等外物相比，也是天所给予的。诗歌可以抒发性情之微，探究造化之奥，"文绣不足以侔其华，金玉不足以比其珍"。诗歌又可以被之管弦，感动鬼神。因为诗歌"殆是元精赋其灵性，化工假其妙思"，体现出"日星之光华，风云之变化"，所以虽然是"一艺之微"，但"实与大化相流通"。

再次，以中国古代士子为例进一步阐说。怀才而坎壈终身者甚众，如"子美饥走荒山，浩然终于短褐，李贺夭折，陈三冻死"，这些世人以为穷者，却流芳后世，"怨仇不敢议其短，君相不能夺其誉，掩之而愈彰，磨之而益光，残膏剩馥，足以沾丐百代代"。那些拥有丰厚金玉、穿戴华美衣饰者，人们称其为富贵，他们一时得势得位，"无能磨灭而不记者，泯然与草木同腐而蚁蝼共灭，则所谓达者果谁在乎"？这段话和司马迁"古者富贵而名磨灭，不可胜记，唯倜傥非常之人称焉"[①]有异曲同工之趣。张维又指出："富贵于身者，犹谓之达，况富贵于艺者而为穷乎？显于一时者，犹谓之达，况显于万世者而为穷乎？人之所达者，犹谓之达，况天之所达者而不为达乎？由是以观，谓诗能穷人可乎？能达人可乎？诗犹足以达人，况有大于诗者乎？"运用一连串反问句增强了批驳的力度。

最后，衡量"穷""达"的标尺是"道德"。张维说："故曰：穷于道德之谓穷，通于道者之谓通。"诚如曹春茹所言，张维"所谓的'穷''达'不能以物质生活和政治地位来衡量，而要以'道德'为标准，没有道德才是'穷'，有了道德则是'达'。因此，那些诗名

---

① （西汉）司马迁著，韩兆琦评注：《史记》（三），岳麓书社2012年版，第1814页。

第三章 朝鲜朝中期散文与中国文化的关联

甚高者虽然生活境遇不好,没有在仕途上显达,但德行出众,为后人留下了优秀的诗作,这才是不朽,才是真正的显达"①。道德是最高的衡量标准,德行出众者即使没有显赫的地位、丰厚的物质生活条件,也能留下不朽的诗作传世。

朝鲜朝后期文人俞彦镐《金得之鲁材哀辞》对张维"诗能穷人"说给予了高度评价:"谿谷张子尝著《'诗能穷人'辩》,以寿且贵,谓之人达而天穷。以身屯名亨,谓之人穷而天达。乃曰:乖于人而合于天,固吾所谓达者。又曰:诗犹足以达人,况有大于诗者乎?凡其所论天人穷达之分,可谓发前人之未发,余为斯言一出,即世间有才而无位命者,从此瞑目于土中矣。"②俞彦镐可谓洞察了张维"诗能穷人"观的核心思想之所在。

张维《月沙集序》一文讨论了"穷而后工"这一理论命题:"自欧阳氏论文章有'穷而后工'之语,操觚家多称引为口实。夫雕虫寒苦之徒,风呻雨喟、嚌咔飞走、争妍丑于一言半辞者,以是率之犹可也。乃若鸿公哲匠冠冕词坛,彰其色而黼黻青黄,协其声而笙簧金石,以大鸣一世者,此其人与才,岂囿于穷达之域而格其巧拙哉。"③张维开篇亮出欧阳修"穷而后工"的观点并表明自己的认识,即诗歌创作与文人的"穷""达"并没有直接、必然的关系,而是和文人的天赋、才华有着密切的联系。《月沙集序》是为李廷龟(字月沙)文集所作之序,所以作者紧紧围绕李廷龟来进行阐说。李廷龟在布衣平民之时就很有文名,后为官出仕,身居高位,更加工于诗文,"自是公之文名,遂震耀寰宇矣。无何而践八座握文衡,为一代宗匠。论者谓文人遭遇之盛,古今鲜公比云"。李廷龟的诗文创作不是"穷而后工",而是显达而愈工。李廷龟身居高位时所作应制文得到朝鲜国王称赞,"兵乱后,恒管槐院文书。每

---

① 曹春茹:《朝鲜诗人对欧阳修"非诗能穷人"和"穷而后工"的论辩》,《中国文学研究》2016年第2期。
② [朝]俞彦镐:《燕石》(《丛刊》第247辑),第175页。
③ [朝]张维:《谿谷集》(《丛刊》第92辑),第127页。

一篇进，上未尝不称善。锡赉相踵，或命录进草本"，"虽高文大册，多口占立就，而辞畅理尽，自中绳墨，宣庙尝称之曰：写出肺肝，温籍典重"。李廷龟出使明朝所作朝天诗，也是佳作迭出。明人评价李廷龟的诗歌是"生意洋然，神理焕发，卓异曹、刘，驾轶李、杜"，在张维看来，李廷龟的诗歌，"得质文之备，内以明主为知己，外为中华所称慕。施之廊庙则藻饰治道，用之急难则昭雪国诬。名实纯粹，照映竹素"。无论是庙堂之作，还是感慨国事民瘼之作，李廷龟的诗歌都是其内心深处的真实反映，是"诗能达人"的代表，而并非诗工于穷。

《"诗能穷人"辩》《月沙集序》两篇文章对于"诗能穷人""诗穷而后工"观点的论辩是有内在关联的，也和张维的诗文理论主张一脉相承，构成了较为系统的"诗""人"关系体系。

三 《重刻〈杜诗谚解〉序》与朝鲜杜诗学

杜甫在朝鲜是"最受崇敬，历久不渝"[①]的中国诗人，其诗集大致在高丽早期传入朝鲜，在朝鲜文人中产生了重大影响。高丽朝李仁老、崔滋、李奎报、李齐贤、李穑等人评价杜诗，或引用杜诗等，如李仁老《破闲集》"琢句之法，唯少陵独尽其妙"[②]，崔滋《补闲集》"于文则六经三史，诗则《文选》李杜韩柳，此外诸家文集不宜据引为用"[③]，李奎报作有《唐书杜甫传史臣赞议》、李齐贤作有《杜子美草堂洞仙歌》、李穑作有《读杜诗二首》等。到了朝鲜朝，编选、注释、评点、翻译、刊行杜诗开始盛行起来。据不完全统计，朝鲜朝时期刊刻过《黄氏集千家注杜工部诗史补选》《杜诗范德机批选》《虞注杜律》《读杜诗愚得》《赵注杜律》《须溪先生批点杜工部排律》等

---

① [韩]许世旭：《韩中诗话渊源考》，黎明文化事业公司1979年版，第16页。
② 蔡美花、赵季主编：《韩国诗话全编校注》（第1册），人民文学出版社2012年版，第12页。
③ 蔡美花、赵季主编：《韩国诗话全编校注》（第1册），人民文学出版社2012年版，第112页。

◆ 第三章 朝鲜朝中期散文与中国文化的关联 ◆

杜诗版本。① 杜诗诗集版本的刊刻为杜诗的注释、研究等提供了诸多方便。

张维作有《重刻〈杜诗谚解〉序》一文,提供了诸多关于杜诗在朝鲜传播情况等的信息。

> 诗须心会,何事笺解?解犹无所事,况译之以方言乎?自达识论之,是固然矣。为学者谋之,心有所未会,乌可无解,解有所未畅,译亦何可已也。此杜诗谚解之所以有功于诗家也。诗至杜少陵,古今之能事毕矣。庀材也极其博,用意也极其深,造语也极其变,古人谓胸中无国子监,不可看杜诗,讵不信欤?批注者称千家,谓其多也。至其密义奥语,鲜有发明,读者病之久矣。成化年间,成庙命玉堂词臣参订诸注,以谚语译其义,凡旧说之所未达,一览晓然。梅溪曹学士伟奉教序之,然其印本之行于世者甚鲜。记余少时,尝从人一倩读之,既而欲再观,而终不可得,常以为恨。今年,天坡吴公䎘按节岭南,购得一本,缮写校定,分刊于列邑,而大丘府使金侯尚宓实相其役。既成,走书属序于余。②

首先,张维《重刻〈杜诗谚解〉序》肯定突出了朝鲜用谚文翻译、注解杜诗的贡献。"谚解"即以朝鲜文字所做的翻译和注释,《杜诗谚解》全称为《分类杜工部诗谚解》,是第一部杜诗朝鲜文译本。诗歌需要用心去体悟,本不应该做笺解,更不应该翻译成他国文字。朝鲜人汉语水平有限,对于含有各种中国历史、文化典故的诗歌更是难以深入理解,尤其是有"诗史"之称的杜诗,理解起来就更加困难。谚解杜诗

---

① 参阅[韩]全英兰《韩国诗话中有关杜甫及其作品之研究》(文史哲出版社1990年版)第一章第一节《高丽、朝鲜朝所刊行之杜诗著作》、[韩]李立信《杜诗流传韩国考》(文史哲出版社1991年版)第三章《韩国历代编注刊印及研究杜诗概况》等的相关论述。
② [朝]张维:《谿谷集》(《丛刊》第92辑),第113页。

可以说为朝鲜学诗者提供了绝佳的学习材料，"读杜而有谚解"就如同获得"迷涂之指南"，这是杜诗谚解有功于诗家之处。

其次，张维指出文坛千家注杜现象的原因及朝鲜杜诗谚解产生的背景。杜甫的诗歌可谓大备，无论是题材内容，还是意境、用语等，都达到了一定的高度，因此引起历代诗家的广泛关注，批注杜诗者数以千计。朝鲜杜诗的谚解工作始于世宗二十五年（1443年）四月，历时三十八年，成宗十二年（1481年）初刊。据《世宗实录》记载：世宗二十五年（1443年）四月，"命购杜诗诸家注于中外，时令集贤殿参校杜诗诸家注释，会粹为一，故求购之"①。世宗敕令集贤殿的诸文臣以及学识渊博的知名学者们一同编纂、注解杜诗，次年完成了《纂注分类杜诗》。此书在朝鲜社会产生了深远影响，曾数次刊印，是朝鲜第一部杜诗注解本。成宗十二年（1481年），成宗又下令柳允谦等人用朝鲜语翻译、注解杜诗，编纂成《分类杜工部诗谚解》（《杜诗谚解》）一书。

再次，指出初刊《杜诗谚解》的作序者及流传情况。"梅溪曹学士伟奉教序之"指曹伟于成宗十七年（1486年）所作《杜诗序》，《杜诗序》云："诗自风骚而下，盛称李杜。然其元气浑茫，辞语艰涩，故笺注虽多，而人愈病其难晓。成化辛丑（1481年）秋，上命弘文馆典翰柳允谦等若曰：杜诗，诸家之注译矣，然会笺繁而失之谬，须溪简而失之略。众说纷纭，互相抵牾，不可不研核而一，尔其纂之。于是广摭诸注，芟繁厘枉，地里人物字义之难解者，逐节略疏，以便考阅。又以谚语译其意旨，向之所谓艰涩者，一览了然。"②曹伟的序文中转述了成宗的旨意，也是谚解杜诗的社会背景。成宗认为当时通行的各家杜诗注本过于芜杂且繁简失当，还有诸多错误，于是诏令柳允谦、金䜣等人把各家注本综合起来，并对杜诗分门类聚，"以谚字译其辞，俚语解其义"（金䜣《翻译杜诗序》），主要目的就是让杜诗更容易被朝鲜人所理解、所接受。

---

① 《朝鲜王朝实录》（4）《世宗实录》卷一〇〇"世宗二十五年四月丙午（二十一日）"，学习院东洋文化研究所1967年版，第474页。
② ［朝］曹伟：《梅溪集》（《丛刊》第16辑），第338页。

◇ 第三章 朝鲜朝中期散文与中国文化的关联 ◇

朝鲜刊印、编纂、注解、翻译杜诗的第一个原因是,杜诗蕴涵着浓烈的忠君爱国之情,有益于世教,这是朝鲜最高统治者及文臣们的普遍认识。"李氏王朝的各代君王和士大夫阶层之所以如此重视对杜诗的注释和谚解工作,是从儒家诗教观出发,把它当作巩固以朱子学为正统思想的封建意识形态的一个筹码。"[①] 关于《杜诗谚解》,参与者金䜣《翻译杜诗序》一文交代了成书的背景、目的等,也是从世教的角度来进行阐说,文曰:"惟上之十二年月日,召侍臣若曰:诗发于性情,关于风教,其善与恶,皆足以劝惩人。大哉,诗之教也。三百以降,惟唐最盛,而杜子美之作为首,上薄风雅,下该沈宋,集诸家之所长而大成焉。诗至子美,可谓至矣,而词严义密,世之学者患不能通。夫不能通其辞,而能通其诀者,未之有也。其译以谚语,开发蕴奥,使人得而知之。"[②] 曹伟《杜诗序》同样是从世教的角度加以说明:"诗道之关于世教也大矣。上而郊庙之作,歌咏盛德。下而民俗之谣,美刺时政者,皆足以感发惩创人之善恶。此孔子所以删定三百篇,有无邪之训也。……然则圣上之留意是诗者,亦孔子删定三百篇之意。其嘉惠来学,挽回诗道也至矣。"[③] 张维在《重刻〈杜诗谚解〉序》中指出吴翿、金尚宓等人重刻《杜诗谚解》的目的就是"重刊而广布,使学诗者,户藏而人诵之,以裨圣朝温柔敦厚之教,此诚观民风者所宜先"。

朝鲜翻译杜诗的第二个原因是,杜诗丰富的思想内涵、高超的艺术水准等给朝鲜人以审美享受,成为朝鲜古典文学学习、发展的理想典范。金䜣《翻译杜诗序》对杜诗的审美批评就说明了这一点:

> 子美博极群书,驰骋古今。以倜傥之才,怀匡济之志,而值干戈乱离之际,漂泊秦陇夔峡之间,羁旅艰难,忠愤激烈。山川之流峙,草木之荣悴,禽鸟之飞跃,千汇万状,可喜可愕。凡接

[①] 李岩:《朝鲜文学的文化观照》,商务印书馆2015年版,第299页。
[②] [朝]金䜣:《颜乐堂集》(《丛刊》第15辑),1996年版,第241页。
[③] [朝]曹伟:《梅溪集》(《丛刊》第16辑),1994年版,第338页。

于耳而寓于目者，杂然有动于心，一于诗焉发之。上自朝廷治乱之迹，下至闾巷细碎之故，咸包括而无遗。观《丽人行》，则知宠嬖之盛，而明皇之侈心蛊惑于内。读《兵车行》，则知防戍之久，而明皇之骄兵穷黩于外。《北征》书一代之事业，而与雅、颂相表里。《八哀》纪诸贤之出处，而与传表相上下，谓之诗史，不亦可乎？而其爱君忧国之诚，充积于中，而发见于咏叹之余者，自不容掩，使后之人，有以感发而兴起焉。此所以羽翼乎三百篇，而为万代之宗师也。然一语而破无尽之书，一字而含无涯之味，虽老师宿儒，有不能得其门而入，况室家之好耶？①

张维也指出杜诗"庀材也极其博，用意也极其深，造语也极其变"，丰富的思想内涵、高超的创作技巧、出色的语言运用等，使杜诗被朝鲜社会普遍接受与学习。

朝鲜翻译杜诗的第三个原因是，对杜诗的注释与谚解有利于杜诗的普及、推广，可以帮助汉语水平低、古诗文功底差的朝鲜国人用国语轻松地阅读杜诗，从而获得审美享受与文化教育。由于语言文字、文化环境、思想意识等存在的差异，杜诗中的某些字意、句意、文化现象等，很难让朝鲜人充分理解，这就促使了统治阶层及文人士大夫主动考虑对杜诗进行注释与谚解，以便于人们的学习。诚如曹伟与金䜣所言，"以谚语译其意旨，向之所谓艰涩者，一览了然"②，"又以谚字译其辞，俚语解其义，向之疑者释、窒者通"③。

四 儒、道思想的认知与《设孟庄论辩》解读

张维《设孟庄论辩》是一篇比较特殊的文章，这篇文章通过设置庄子与孟子相遇而对话，通过一问一答、互相辩驳的形式阐说各自的思想主张，完成了作者对儒、道的认识、理解。

---

① [朝] 金䜣：《颜乐堂集》（《丛刊》第15辑），第241页。
② [朝] 曹伟：《梅溪集》（《丛刊》第16辑），第338页。
③ [朝] 金䜣：《颜乐堂集》（《丛刊》第15辑），第241页。

◈ 第三章 朝鲜朝中期散文与中国文化的关联 ◈

> 庄周居蒙，邹人孟子舆自齐过焉。庄周曰：此僻陋之居，先生何故俨然辱而临之？何以教周也？孟子舆曰：轲也闻先生高义之日久矣，幸今得见颜色，愿以卒承余论也。轲也尝闻先生喜为荒唐无端崖之论，齐万物以为首，死生为一条，可不可为一贯，仁义为外，礼乐为伪，孝悌忠信，为德之役。而哀乐喜怒，为性之贼也。非尧舜毁三王，而欲绝圣弃智，掊斗折衡，以为治也，此轲之所大惑也。①

庄子认为天地万物之间存在绝对的"齐"，主张"绝仁弃义""绝巧弃利""绝圣弃智"。庄子这些观点在孟子看来都是"荒唐无端崖之论"，孟子希望庄子可以摒弃这些思想而"遵孔氏之方，明先王之道"，那么自己愿意拜庄子为师。庄子认为孟子的观点是错误的，"子之所惑者，周之所乐也。子之所教者，周之所薄也"。

孟子通过详尽地分析，批驳了庄子的"齐物"论、"绝圣弃智"等观点。孟子认为世间万物形态各异，变幻万千，"有清者浊者刚者柔者通者塞者正者偏者，众类纷错，不可名状。顽而为金石，繁而为草木，高而为山岳，污而为河海，纤而为华实，异而为灵怪。鳞介者潜，羽翼者飞，穴居杀食，木栖喙啄，各适其乐，各遂其性，形形色色，职职芸芸"②，充满于天地之间，不可胜计，所以"不可混而齐之"是再明白不过的了。应该让事物保持原始状态，不要随意改变，"太山之大，不可抑而小也；秋毫之小，不可引而大也。循之则顺而易行，强之则逆而甚劳"③。这是对庄子"齐物"论的批驳。

孟子对庄子"绝圣弃智"也进行了批驳，他认为"人之初生，固无以异于禽兽也"。圣人出现，情况发生改变，"圣人者立，然后生厚用利而德正焉，是故教化行而人知所从，法度立而人知所守，器械具而人知所用，三者废则人不人矣"④。所以说，"圣人者，人之准则，

---

① ［朝］张维：《谿谷集》（《丛刊》第92辑），第59页。
② ［朝］张维：《谿谷集》（《丛刊》第92辑），第59页。
③ ［朝］张维：《谿谷集》（《丛刊》第92辑），第59页。
④ ［朝］张维：《谿谷集》（《丛刊》第92辑），第59页。

而使人去禽兽而归于人者也"①。如果绝弃圣人，后果就是"畔其所以去禽兽者，而日趋于禽兽也。且夫斗斛权衡之设，而人犹为奸，况于去之乎，是助盗而长奸也"②。

庄子认为孟子给出的反驳理由不够充分，没有说服力。首先，没有考虑到"道"的问题（层面），"夹道，亦自然而已矣"。庄子强调"自然"的无限性，天地万物都以自然为法则，"天非自然，无以为天。地非自然，无以为地。人非自然，无以为人。物非自然，无以为物"③。有了"自然"就不需要"多方"，况且，"去自然而言多方者，其于道远矣"。"自然"是宇宙万物的本源，"天以自然而生万物，万物以自然而各生生。自然而大，自然而小，自然而可，自然而不可。自然而生，自然而死，芸芸职职，自然具足，职职芸芸，无不自然"④。其次，由"自然"推演出"无为"。庄子主张顺从天道（即"自然"）而摒弃人为，应该各适其宜，各任其分，做到这个境界，无大无小，无可无不可，死生也可以平常看待，"生之有死，犹昼之有夜，寐之有寤也"⑤。

再次，庄子强调"绝圣弃智，大盗不起；掊斗折衡，而民不争"，他说："自然之离，仁义之始也。仁以爱人，而爱人适所以害人也。义以治人，而治人适所以乱人也。"⑥庄子认为淫荡、奸盗、情欲等是"乱之首而伪之原""非自然之所存"："礼制于外而内益荡，乐道其和而淫以滋，孝弟之教设而民日偷，忠信之名立而奸日生，喜怒哀乐之情炽而性日凿，是皆乱之首而伪之原也，非自然之所存也。"⑦上古时期无为治天下，结绳而用，饮血茹毛，日出而作，日入而息，民不乱不病。但是圣人出现后，"兴之以礼乐而伪益起，制之以法度而奸

---

① ［朝］张维：《谿谷集》（《丛刊》第92辑），第59页。
② ［朝］张维：《谿谷集》（《丛刊》第92辑），第59页。
③ ［朝］张维：《谿谷集》（《丛刊》第92辑），第60页。
④ ［朝］张维：《谿谷集》（《丛刊》第92辑），第60页。
⑤ ［朝］张维：《谿谷集》（《丛刊》第92辑），第62页。
⑥ ［朝］张维：《谿谷集》（《丛刊》第92辑），第62页。
⑦ ［朝］张维：《谿谷集》（《丛刊》第92辑），第62页。

第三章 朝鲜朝中期散文与中国文化的关联

益滋,禁之以刑辟而恶益肆"①,庄子认为凡害于治而病于民者,均是圣人之所倡,如"丰其生养,耆欲无穷;发其智巧,机诈愈甚;资其利器,患难相寻"②。以至于今天天下大乱,子杀父、臣杀君,盗贼横行,战争不息,生民涂炭,人与人相食,不可胜数。"舟楫不创,则吴越之寇不能为中国害;干戈不作,则民死而肝脑无涂地者矣"③,但是儒者以创舟楫作干戈为圣人的功绩,其亦不仁更甚。所以他认为"绝圣弃智,大盗不起;掊斗折衡,而民不争"是完全正确的道理,而孟子所言仁义多方,是未看到"大道之自然",孟子一再强调圣人之利天下而没有看到其害天下。从庄子的论述过程看,其核心观点还是主张"自然"而"无为"。

孟子批驳了庄子这番话,认为庄子的论述"非真自然",而自己论述的才是"真自然之道"。首先,孟子突出仁义的重要地位和意义,"夫仁义,性也,性即命也,命即天道也。立天之道曰阴与阳,立人之道曰仁与义"④。孟子以递进的形式指出了仁义、性、命、天道之间的关系问题。天与人虽然存在的形态不同,但理则同一。其次,指出死生哀乐、是非、可与不可等是人之常情、常理。人心随感而应,发于情则为喜怒哀乐,见于行则为孝悌忠信,宣为礼乐,施之政法,都是顺乎自然而已,并非穿凿矫拂。再次,孟子认为"物之不齐,物之情也"。大小、长短等是物的本来面目,不必强而互为之,"大者大之,何必强而小之;小者小之,何必强而大之;修者修之,何必强而短之;短者短之,何必强而修之也。夫与其大其小而小其大,而为自然也。孰若大其大而小其小,而为自然之顺且易也"⑤。最后,孟子主张"因其势而制其治,通其变而适其宜",这才是"自然之道""圣人之功"。孟子以垦田收获为例加以论说,"一岁而收十倍,二岁而

---

① [朝] 张维:《谿谷集》(《丛刊》第92辑),第62页。
② [朝] 张维:《谿谷集》(《丛刊》第92辑),第62页。
③ [朝] 张维:《谿谷集》(《丛刊》第92辑),第62页。
④ [朝] 张维:《谿谷集》(《丛刊》第92辑),第63页。
⑤ [朝] 张维:《谿谷集》(《丛刊》第92辑),第63页。

七,三岁而五。地非异也,久则衰矣"①。当今社会,"人日益偷,俗日益薄",所以不可以采用上古之治,"震风凌雨,非巢居卉服之所可庇也;顽民悍俗,非结绳垂衣之所可理"②。天下的大乱,也并非圣人导致的,如同风雨霜雪,都是天之道也。通过上述分析,孟子认为庄子之言,理逆而义悖,也不是大道之自然。

文章通过孟子、庄子的对话,互相批驳,阐释了儒家、道家的思想主张,也是张维本人对儒、道思想的认识、见解。

---

① [朝]张维:《谿谷集》(《丛刊》第92辑),第63页。
② [朝]张维:《谿谷集》(《丛刊》第92辑),第63页。

第四章 朝鲜朝后期散文与中国文化的关联

朝鲜王朝后期，大约指18世纪中叶至1910年日本强迫朝鲜签订《韩日合并条约》及朝鲜王朝灭亡这一段时间。这一时期，汉文文学仍然是朝鲜文坛的主流，诗歌创作取得了较高的艺术成就。"在唐宋八大家和桐城派等明清文人的直接影响下，朝鲜朝后半期的散文创作和相关理论又步入了新的台阶，陆续出现了洪奭周、金迈淳、俞华焕、徐应淳、金允植、韩章锡、李应辰、金泽荣和李建昌等著名散文家"[1]。比如洪奭周的散文内容丰富，议论、抒情、记事等都运用娴熟，文章质朴流畅，充实丰满。再如朴趾源，其"燕岩体"散文在朝鲜文学史上独树一帜，金泽荣《重编燕岩集序》云："其文欲为先秦则斯为先秦，欲为迁则斯为迁，欲为愈与轼则斯为愈与轼。壮雄阔巨，优游闲暇，杰然睥睨于千载之上，而为东邦诸家之所未有也。"[2] 金泽荣和李建昌更是被人称为朝鲜的"韩愈""柳宗元"。本章选择金泽荣、李建昌、金允植等作为论述对象，探讨他们的散文与中国文化的关联。

第一节 金泽荣散文与中国文化的关联

金泽荣（1850—1927年），字于霖，号沧江，又号云山韶濩堂主

---

[1] 李岩、俞成云：《朝鲜文学通史》（下），社会科学文献出版社2010年版，第1317页。
[2] ［朝］金泽荣：《韶濩堂集》（《丛刊》第347辑），1990年版，第257页。

人。朝鲜朝后期代表性散文家之一。他与姜玮、李建昌、黄玹被称为韩末四大文学家。由于朝鲜国内形势所迫,金泽荣曾流亡到江苏南通,生活了22年。在南通生活期间,金泽荣在翰墨林印书局任编辑,从事文学创作、编辑工作,先后刊行了朝鲜朴趾源《燕岩集》、申纬《申紫霞集》、黄玹《梅泉集》、李建昌《明美堂集》等文人别集。金泽荣为文宗法秦汉、唐宋散文,其《自志》云"于文好太史公、韩昌黎、苏东坡,下至归震川"[①],道出了其文的渊源。金泽荣的散文"或者议政,或者论事,观点鲜明,有雄辩的气势"[②],与中国文化有着密切的关联。

一 《诗经》、孔子《论语》与《孟子》若干问题考论

金泽荣对先秦《诗经》《论语》《孟子》等经典著作给予了极大关注,其散文对诸多问题进行了讨论,如关于孔子删诗、孔子专制与尊帝尧、"吾与点"句的理解及《孟子》等,呈现出较为鲜明的特点,为相关领域的研究提供了域外的审美视角。

(一)关于孔子删诗说的认知

关于《诗经》的编订,采诗、献诗、删诗三种说法较有影响。据典籍记载,古代有"采诗之官",主要职责是到民间采集诗歌,献于朝廷,作为统治阶级了解民风民情的一种方式。"古有采诗之官,王者所以观风俗,知得失,自考正也。"(《汉书·艺文志》[③])"献诗",主要是指贵族文人有目的地作诗献给统治者,目的是"补察其政",即补过误,察得失。"故天子听政,使公卿至于列士献诗,瞽献曲,史献书,师箴,瞍赋,矇诵,百工谏,庶人传语,近臣尽规,亲戚补察,瞽、史教诲,耆、艾修之,而后王斟酌焉,是以事行而不悖。"

---

① [朝]金泽荣:《韶濩堂集》(《丛刊》第347辑),第490页。
② 李岩、俞成云:《朝鲜文学通史》(下),社会科学文献出版社2010年版,第1324页。
③ 郭预衡主编:《中国文学史长编》(一),上海古籍出版社2007年版,第91页。

第四章　朝鲜朝后期散文与中国文化的关联

(《国语·周语上》)[①]　司马迁认为古诗原来有三千多篇,后经孔子删、改,留存305篇,这就是孔子"删诗"之说。《史记·孔子世家》:"古者《诗》三千馀篇,乃至孔子,去其重,取可施于礼义……三百零五篇孔子皆弦歌之,以求合《韶》《武》《雅》《颂》之音。"[②]

删诗之说虽影响颇大,但自唐代孔颖达已疑其说,孔颖达云:"《史记·孔子世家》云:古者诗本三千馀篇,去其重,取其可施于礼义者三百五篇。是诗三百者,孔子定之。如《史记》之言,则孔子之前诗篇多矣。案书传所引之诗,见在者多,亡逸者少,则孔子所录,不容十分去九。司马迁言三千余篇,未可信也。"[③]后世学者亦多持怀疑态度,如清代崔述《辨〈诗〉之说》曰:"孔子原无删《诗》之事。古者风尚简质,作者本不多,而又以竹写之,其传不广。是以存者少而逸者多。……故世愈近则诗愈多,世愈远则诗愈少。孔子所得,止有此数;或此外虽有,而缺略不全。则遂取是而厘正次第之,以教门人,非删之也。"[④]清代方玉润《诗旨》云:"夫子反鲁在周敬王三十六年,鲁哀公十一年,丁巳,时年已六十有九。若云删诗,当在此时。乃何以前此言《诗》,皆曰'三百',不闻'三千'说耶?此盖史迁误读'正乐'为'删诗'云耳。"[⑤]

《孔子删诗辨》表达了金泽荣对孔子删诗的看法,文曰:"自朱彝尊论孔子未尝删诗,而司马迁、孔安国二氏之说挠焉。然余以为孔子未尝删诗,亦未尝不删诗。"[⑥]清代朱彝尊曾讨论过孔子是否删诗的问题,《诗论一》言:"孔子删诗之说倡自司马子长,历代儒生莫敢异议。惟朱子谓经孔子重新整理,未见得删与不删。又谓孔子不曾删去,只是刊定而已。水心叶氏亦谓《诗》不因孔子而删。诚千古卓见也。窃以《诗》者,掌之王朝,班之侯服,小学、大学之所讽诵,冬

[①] 郭预衡主编:《中国文学史长编》(一),上海古籍出版社2007年版,第92页。
[②] (西汉)司马迁著,韩兆琦评注:《史记》(二),岳麓书社2012年版,第774页。
[③] (清)阮元校刻:《十三经注疏》,中华书局1980年版,第263页。
[④] 郭预衡主编:《中国文学史长编》(一),上海古籍出版社2007年版,第94页。
[⑤] 郭预衡主编:《中国文学史长编》(一),上海古籍出版社2007年版,第94页。
[⑥] [朝]金泽荣:《韶濩堂集》(《丛刊》第347辑),第315页。

夏之所教，莫之有异。故盟会聘问燕享，列国之大夫赋诗见志，不尽操其土风，使孔子以一人之见，取而删之，王朝列国之臣，其孰信而从之者。"①朱彝尊的观点是，《诗经》是当时贵族阶层的普及教育，孔子以一人之见而删诗，无法让人信服。孔子曾多次提及"诗三百"，可见是由来已久的确定篇数，而不是删诗之后才提及的，况且季札在鲁国观乐，《诗经》编排的次序已大致确定。朱彝尊不仅从整体上观照孔子删诗说，还从具体诗句入手印证孔子未尝删诗："《诗》云：'唐棣之华，偏其反而。岂不尔思，室是远而。'惟其诗孔子未尝删，故为弟子雅言之也。《诗》曰：'衣锦尚絅，文之著也。'惟其诗孔子亦未尝删，故子思子举而述之也。……惟其句孔子亦未尝删，故子夏所受之诗存其辞以相质，而孔子亟许其可与言诗，初未以'素绚'之语有害于义而斥之也。"②

金泽荣认为"孔子未尝删诗，亦未尝不删诗"（《孔子删诗辨》）③，他从三个角度来阐释自己的理由。第一，从周初至东迁后四五百年间，"太师所采列国之诗，富至三千"，但是辞义俱美、可弦可歌、可观可兴者只有三百多篇。这三百多篇是"择之精而选之妙者"，但在孔子看来，还是有进一步挑选的可能。况且"其时颂声久寝而篇帙芜乱"，所以孔子略作删改。孔子删诗并不是从三千篇中删减，而是从三百多篇中益致其精，司马迁却误以为是删三千篇。第二，金泽荣指出删三百而不是删三千的理由。孔子的语录中曾多次提及"诗三百"，说明"诗之百者，盖当时天下之成语也"，诗三百已经是约定俗成之语。如果始删于孔子，"则何圣人之将箧中割削涂抹草创深闼之简札，而公然以命于天下曰三百三百而不已也"。圣人懂得谦让之道，所以绝不会如此。金泽荣从孔子圣人身份、人物性格等角度来论

---

① （清）朱彝尊：《曝书亭集》，《清代诗文集汇编》第116册，上海古籍出版社2010年版，第453—454页。

② （清）朱彝尊：《曝书亭集》，《清代诗文集汇编》第116册，上海古籍出版社2010年版，第454页。

③ ［朝］金泽荣：《韶濩堂集》（《丛刊》第347辑），1990年版，第315页。

◇ 第四章　朝鲜朝后期散文与中国文化的关联 ◇

说孔子删诗之不可信。第三，从政治的角度考察。被之管弦，三百篇已经足够多了，如果是三千篇皆管弦之，那么，"举天下之聪而专于乐一事而已"，其他事就无法进行了。所以金泽荣主张孔子删诗，但不是司马迁所说的删三千，而是从三百多篇"择之精而选之妙"，以便能够"列于乐官，播于四方"。

（二）关于《诗经》郑诗、卫诗淫说辨析

《诗经》"十五国风"中的《郑风》引起历代学者的热烈讨论，其中影响最大、也最具争议的就是朱熹《诗集传》中的观点，《诗集传》："郑、卫之乐，皆为淫声。然以《诗》考之，卫诗三十有九，而淫奔之诗才四之一；郑诗二十有一，而淫奔之诗已不啻于七之五。"[①] 朱熹把《郑风》《卫风》中描写男女情爱的诗篇看成是"淫奔"之诗，如他评《出其东门》是"人见淫奔之女而作此诗"[②]，评《溱洧》是"此淫奔者自叙之辞"[③]，等等。朱熹对《郑风》的认识源于孔子。《论语·卫灵公》曰："乐则《韶》《舞》。放郑声，远佞人。郑声淫，佞人殆。"[④]《论语·阳货》："恶紫之夺朱也，恶郑声之乱雅乐也。"[⑤] 孔子认为郑国的音乐是淫声，主张禁绝郑国音乐，这一理论对后世儒家学者产生了很大的影响，朱熹即是其中代表。

金泽荣《郑卫淫风辨》云："说者病朱子郑、卫诗说曰：郑、卫虽曰淫俗，其间亦必多洁男贞女，何至如朱说之甚也。且经可以取淫，则何足名经？"[⑥] 金泽荣指出，对朱熹郑、卫诗淫说持批判态度的人，他们肯定郑、卫诗淫的同时也认为其中存在洁男贞女之诗作，所以批评朱熹的言论过分夸大。金泽荣认为持这样观点的人没有认识到"国风者，本天子劝惩之物"[⑦]，《国风》所载关于忠臣孤子、隐士勇

---

① （宋）朱熹注，王华宝整理：《诗集传》，凤凰出版社2007年版，第66页。
② （宋）朱熹注，王华宝整理：《诗集传》，凤凰出版社2007年版，第64页。
③ （宋）朱熹注，王华宝整理：《诗集传》，凤凰出版社2007年版，第65页。
④ 杨伯峻译注：《论语译注》（简体字本），中华书局2006年版，第185页。
⑤ 杨伯峻译注：《论语译注》（简体字本），中华书局2006年版，第211页。
⑥ ［朝］金泽荣：《韶濩堂集》（《丛刊》第347辑），第315页。
⑦ ［朝］金泽荣：《韶濩堂集》（《丛刊》第347辑），第315页。

夫、贞媛淫妇的诗作，所有善恶可敬可憎的诗作，都是君主"采观而刑赏劝惩"。这些诗作保留在《诗经》中是有深层寓意的，即如《春秋》褒贬之义一样，"有以益暴其善恶，有甚于刑赏之劝惩"。如果只以"淫"为诗作主旨，就没有领悟到作诗者、编选者的深意了。这些论者，"不求其端，不讯其来，惟立异之是好，此薄俗之弊"。金泽荣的观点给我们留下了很多有益的启示，即读书要深入到文章的深层寓意，要理解作者的真正意图。韦丹《朱熹"郑诗淫"辨析》言："朱熹在《诗集传》中将《郑风》的情诗视为'淫奔之诗'，但从内容上看，这部分诗并无'淫奔'迹象。朱熹的主要依据是孔子的'郑声淫'，但孔子的原意不是指'郑声'的淫荡，而是指郑国音乐细而高的特点，'淫'可不是内容上的淫秽，而是就音乐形式不合传统'雅乐'的标准而言。"①

通过金泽荣对《卫风·氓》的评述也可见他对所谓郑、卫诗淫的看法，其《杂言一》曰："余读《氓》诗而知诗之不可无也，淫奔之妇，平居对人，讳其踪迹，掩匿覆盖，无所不至，至有不幸而被逐，则讳之尤甚，此固人之常情也。而今乃一吟咏之间，凡系羞耻而可讳者，冲吻直出，譬如食中有蝇，吐出乃已，是岂非性情感发，油然跃然，己亦不自知其然而然者欤？诗之有功于性情，如是夫。"② 朱熹《诗集传》论《卫风·氓》诗云："此淫妇为人所弃，而自叙其事以道其悔恨之意也。士君子立身一败，而万事瓦裂者，何以异此？可不戒哉！"③ 诗歌的本质在于抒发性情，哪怕是羞耻而可讳者，也不能压抑而不发，而是应该吐喷而出。

（三）关于《论语·先进》篇"吾与点"句的理解

《论语·先进》篇记录孔子与子路、曾皙、冉有、公西华等弟子"问志""言志"的故事。子路认为，让他治理一个中等国家，即使在内忧外患的情况下，只需要三年就可以治理得很好。冉有说自己只

---

① 韦丹：《朱熹"郑诗淫"辨析》，《贵州教育学院学报》（社会科学版）2001年第1期。
② [朝] 金泽荣：《韶濩堂集》（《丛刊》第347辑），第318页。
③ （宋）朱熹注，王华宝整理：《诗集传》，凤凰出版社2007年版，第43—44页。

◆ 第四章　朝鲜朝后期散文与中国文化的关联 ◆

能治理"方六七十，如五六十"①的一个小国，三年之后，他能取得的政绩仅限于"足民"，至于礼乐教化则不是自己力所能及的事。公西华有志于礼乐教化的事，为避免以君子自居，他先谦虚了一番，后才委婉地说出自己的志向，"愿为小相"②。当孔子问到曾皙时，曾皙回答道："莫春者，春服既成，冠者五六人，童子六七人，浴乎沂，风乎舞雩，咏而归。"③孔子对此的反应是："夫子喟然叹曰：'吾与点也。'"④

"吾与点"这句话引起文人学者竞相讨论，有各种阐释出现。金泽荣《"吾与点"解》一文开篇曰："孔子闻曾点浴风之说，喟然而叹曰：'吾与点。'朱子释'叹'为'叹美'，释'与'为'许'。以为不许三子，而独许点之高明。是说也，余窃疑之。"⑤金泽荣对朱熹的阐说持怀疑态度，他对"吾与点"的解读是：

> 孔子之发问，在于天下国家事业之所期待者，故子路、冉有、公西华皆以所期待者对之。独点才不及三子，而但有狂狷旷远之志趣，故舍所问而别举浴风之说以进。时则盖孔子道不行，返鲁之日也，故闻点之说，辄感动于中，以为彼三子所期待者之未必行，亦恐如吾。而所可行者，其惟点之狂狷旷远之志趣乎？其喟然叹者，伤叹道之不行也。若曰叹美，则叹美之声气，何至于喟然也？其曰吾与者，欲同归于浴风之乐也。若曰许与，则许与冉有、公西华之意，着于答点之辞，何尝于点乎独许之乎哉？⑥

孔子的问题是"以吾一日长乎尔，毋吾以也。居则曰：'不吾知

---

① 杨伯峻译注：《论语译注》（简体字本），中华书局2006年版，第135页。
② 杨伯峻译注：《论语译注》（简体字本），中华书局2006年版，第135页。
③ 杨伯峻译注：《论语译注》（简体字本），中华书局2006年版，第135页。
④ 杨伯峻译注：《论语译注》（简体字本），中华书局2006年版，第135页。
⑤ [朝]金泽荣：《韶濩堂集》（《丛刊》第347辑），第305页。
⑥ [朝]金泽荣：《韶濩堂集》（《丛刊》第347辑），第305页。

也！'如或知尔，则何以哉？"① 金泽荣认为孔子所问是关乎国家大事之志，子路、冉有、公西华都以政事对答，而曾皙才不及三子，并且本身又性格狂狷旷达，所以以"浴风"之说作出回答。孔子此时正处在施政思想不能推行、返鲁之际，所以听到曾皙的回答深有感触。况且子路等三人的想法也可能和自己的施政思想一样无法推行、实现，所以喟然长叹，所叹者"叹道之不行"。如果如朱熹所释为"叹美"，就不应该用"喟然"。金泽荣认为"与"字应释为"同"意，"欲同归于浴风之乐"；如果解释为"许"，也应该是"许"冉有、公西华的回答。

（四）关于孔子专制、尊帝尧的论辨

有人认为孔子的政治主张是专制，"近日野人之为共和政论者曰：孔子之政专制也。是说也，荐绅先生固已掩耳而不闻矣，然世之荐绅先生少而椎愚者多"（《孔子专制辨》②）。金泽荣给予了辨驳，他认为君、臣、民之间有正常的尊卑之分，"得其所者名分也，不得曰专制"，这是《春秋》之义理所在。如果君主过于尊贵，臣民过于卑下，那么"情不相通者专制也，不得曰名分"，秦以来的乱政就是明证。

> 今说者乃欲以春秋之大法，认为嬴秦之乱政可乎？名分者，穷天地亘万世而不可一日废者也。一日而废，则一令何可出，一事何可成乎？故今共和之国，虽无君臣之名，而君臣之分，未尝不存，所谓寓名分于无名分之中者也。今说者忘此之隐，惊彼之显，而遂以共和之仇，视孔子乎？③

因此金泽荣认为："春秋之大法，即今之立宪也。尧舜之揖让，即今之共和也。"④ 如果孔子能得尧舜之位的话，他一定能行共和之名而让天下，但孔子不得其位，不得已只能采用立宪的名分，目的是

---

① 杨伯峻译注：《论语译注》（简体字本），中华书局2006年版，第135页。
② ［朝］金泽荣：《韶濩堂集》（《丛刊》第347辑），第316页。
③ ［朝］金泽荣：《韶濩堂集》（《丛刊》第347辑），第316页。
④ ［朝］金泽荣：《韶濩堂集》（《丛刊》第347辑），第316页。

第四章 朝鲜朝后期散文与中国文化的关联

"救目前之大乱,时中之道"。不知道其中深义者,"必曰攘一鸡而不足,欲一日而四五攘者"。"日攘一鸡"典出《孟子》,故事告诉人们有错误要及时改正,不要一拖再拖。金泽荣引此典故意在告诫论孔子之政为专制的人们,应及早放弃这种想法。

孔子眼中的帝尧德行深厚、广博,不仅顺应天道,建立礼仪制度和文化体系,更开启了中华文明史,功绩彪炳千秋。后人因孔子对尧的称颂而对尧不敢更措一辞。金泽荣《唐尧论》云:"孔子于历代帝王,首推尧舜,而其称尧之言曰:大哉尧之为君,惟天为大,惟尧则之,荡荡乎,民无能名焉。夫以夫子之万世之大圣,而其所以钦慕推抬之者,有如是矣。故自兹以往,天下之人之于尧也,不敢更措一辞,犹天地日月,但可以观瞻而不容置言议也。"① 语段所引孔子之语出自《论语·泰伯》:"子曰:大哉尧之为君也!巍巍乎!唯天为大,唯尧则之。荡荡乎,民无能名焉。巍巍乎其有成功也,焕乎其有文章!"② 天是最高大的,帝尧效法上天,像崇山一样高高耸立着。帝尧作为一代君王是非常伟大的,民众无法用词语来称道他。帝尧所成就的功业是崇高的,他所制订的礼仪制度是灿烂辉煌的。金泽荣对此深表疑意,提出一连串的问题,发人深思:"敢问夫子之以尧比天者,指何德与何事耶?谓之亲九族、章百姓、和万邦,则伏羲、神农、黄帝诸圣人,必皆能此矣。谓之命历官、授人时,则历之道,黄帝又已始之矣,尧何以独出类拔群而与天同大哉?"③ 孔子把尧比作天,如果是指尧和睦亲族、百姓,那么伏羲、神农、黄帝等人也能够做到;如果是指命历官授人时,黄帝之时已有掌管历数之人。并且,"尧知鲧之偾事而不能确,又尝用共工骥兜三苗诸小人",说明尧"其智犹有所限,其力犹有所难"。

在金泽荣看来,孔子称颂尧的主要原因是指尧让天下之事,因为尧能够清楚地认识到其子的缺点而不庇短,把天下让位于他人。金泽

---

① [朝]金泽荣:《韶濩堂集》(《丛刊》第347辑),第309页。
② 杨伯峻译注:《论语译注》(简体字本),中华书局2006年版,第96页。
③ [朝]金泽荣:《韶濩堂集》(《丛刊》第347辑),第309页。

荣又分析了孔子的情况：

> 抑夫子生于衰周大乱之世、人欲滔天之时，有尧之才而无尧之福，不能得位以救其时，癏瘝忧叹，何所不至？夫惟天下之大乱者，其原在于不能大公无我。不能大公无我，斯不能忘富贵矣。不能忘富贵，斯不能让天下矣。夫苟能让天下，则胸中更有何物，天下更有何事，而大乱何从以生，此夫子所以俛仰上下于数千年之间，独犂然莫逆于尧之揖让，而至于发赞如此也。①

结合孔子的处境，揣摩孔子的心境，金泽荣认为孔子盛赞尧是赞其让天下之事。只所以舍舜而举尧，是因为"揖让之事，尧创而舜师之"，这是天地开辟以来所未尝有之举，可以与天比美，所以孔子称颂帝尧而未称颂帝舜。

（五）论孟子及《孟子》

很多人认为孟子劝齐、梁国君实行王道与孔子的尊周思想不同，违背了儒家的仁政思想，"世之学者动言孟子劝齐梁君王道，与孔子之尊周不同"（《孟子劝王道辨》②）。金泽荣对此提出了看法："此何说也？王道者，霸道之反也，正道也，仁政也。"③

"王道"即"以德行政者王"，这是孟子认为的最理想的政治状态。民本与仁政能否实现，王道是关键。孟子劝齐、梁国君行正道、仁政，是为了生民免遭杀戮涂炭，并不是代周而王天下。"孟子欲令齐梁君行正道、仁政，以救当时生民遭罹杀戮之惨祸也，曷尝劝代周而王天下哉？"（《孟子劝王道辨》④）朱熹《孟子集注》云："程子曰：'孟子之论王道，不过如此，可谓实矣。'又曰：'孔子之时，周室虽微，天下犹知尊周之为义，故《春秋》以尊周为本。至孟子时，七国争雄，天下不复知有周，而生民之涂炭已极。当是时，诸侯能行

---

① ［朝］金泽荣：《韶濩堂集》（《丛刊》第347辑），第309页。
② ［朝］金泽荣：《韶濩堂集》（《丛刊》第347辑），第317页。
③ ［朝］金泽荣：《韶濩堂集》（《丛刊》第347辑），第317页。
④ ［朝］金泽荣：《韶濩堂集》（《丛刊》第347辑），第317页。

◇ 第四章 朝鲜朝后期散文与中国文化的关联 ◇

王道,则可以王矣。此孟子所以劝齐、梁之君也。盖王者,天下之义主也。圣贤亦何心哉?视天命之改与未改耳。'"①

孟子见梁王呼王,是俗间称谓的习惯,是诸侯之王,如二伯五霸一样,并不是天子之王,"抑学者见孟子对梁君呼王而有此疑耶?自吴楚称王,至于战国数百年。俗间称谓之习惯已久,有非一士之所得独贬者。且其所谓王者,只是诸侯之王,如二伯五霸之云,而非天王之王。故齐威王虽称王,而执臣礼朝于周,以此而疑孟子,不其戚乎?"② 孔子、孟子都是尊周的,只是社会条件不一样,导致孔子、孟子尊周的形式也各异,"天下无道,礼乐征伐,自诸侯出,此孔子所以尊周也。今之诸侯,五霸之罪人,此孟子所以尊周也。孟子又曰天无二日,民无二王,孔孟之尊周,一而已矣。"③

仁政是孟子政治思想的核心,而合理解决土地问题,"仁政,必经界始"④ 是其中至关重要的一项内容。《孟子·滕文公上》提出"仁政,必自经界始"的观点,意思是行仁政一定要从划分、确定田界开始。田界不正,井田的面积就不均,作为俸禄的田租收入就不公平。田界划分正确了,那么分配井田、制定俸禄标准就可轻而易举地办妥了。金泽荣《孟子劝行经界论》对此说进行了探讨,他认为孟子此说是审时之语,因为"为治之要,莫善于均民产。而均民产之要,又莫善乎井田经界"⑤。三代王政之所以卓冠百王者,就是井田之效。但是在孟子之时,秦国任用商鞅废井田、开阡陌,富国强兵,于是诸侯国纷纷效仿,每日荷锸于阡陌之间,其危且憯,"春秋书税亩邱甲,所以讥井制之紊而取民之无节也,而况于井画之废者乎?"⑥ 金泽荣运用"告朔饩羊"的典故:"盖子贡欲去告朔之羊,孔子止之曰:尔爱其羊,我爱其礼。井制之紊,朔礼之亡也。井画之废,朔羊之亡也。

---

① (宋)朱熹撰,金良年今译:《四书章句集注》(下),上海古籍出版社2006年版,第267页。
② [朝] 金泽荣:《韶濩堂集》(《丛刊》第347辑),第317页。
③ [朝] 金泽荣:《韶濩堂集》(《丛刊》第347辑),第317页。
④ 杨伯峻译注:《孟子译注》,中华书局1960年版,第118页。
⑤ [朝] 金泽荣:《韶濩堂集》(《丛刊》第347辑),第306页。
⑥ [朝] 金泽荣:《韶濩堂集》(《丛刊》第347辑),第306页。

礼亡而羊存，犹可以因羊以求礼，羊并亡则后人其何从以求礼。"① 孔子之语典出《论语·八佾》，告朔之礼是古代的一种制度，周天子把第二年的历书颁给诸侯，诸侯接受历书，藏于祖庙。每逢初一，便杀一只活羊祭于庙，然后回到朝廷听政。到子贡的时候，鲁君不但不按照规矩亲临祖庙，而且他也不听政，只是杀一只活羊虚应了事。子贡认为这种形式的东西不必留下来，莫不如连羊也别再杀了。孔子不同意子贡的想法，他认为即使是残存的形式也比什么都没有要好。金泽荣引用此典说明形式制度的重要性。孟子之所以提出"仁政，必自经界始"，是他"痛先王之法坠，哀民生之祸烈"，在这样的前提下，当滕文公问政时，孟子以修明井制以告，但滕文公并没有采纳，"孟子救时之意，遂归于虚而已"②。

金泽荣对《孟子》中的个别观点、语句也有所论述，《杂言一》云："孟子论舜不告而娶，有怼父母之语。舜大孝也，使告而不得娶，岂有怨怼之理？盖曰以父之故而终身不得娶，可怨之事也。故己宁负一时不告之罪，而不敢陷父于终身可怨之地。'怼'之一字，盖设辞也，非真谓舜怼其父也。"③ "孟子论舜不告而娶，有怼父母之语"语出《孟子·万章上》，万章曾问孟子为什么舜不禀告他的父母而娶妻，这有悖于《诗经》所云"娶妻如之何？必告父母"的古训。孟子回答说，禀告就娶不了了。男女成婚同居是人类关系中最重要的伦理关系，舜如果告诉他的父母，就会废掉这种伦理关系，而尧把女儿嫁给舜也不告诉舜的父母，因为如果告诉舜的父母，那么他也就嫁不成女儿了。金泽荣认为"不告而娶"是舜的大孝，没有怨怼之理，因父亲的缘故而终身不能娶，是可怨之事，所以舜"宁负一时不告之罪，而不敢陷父于终身可怨之地"，"怼"字"盖没辞也，其真谓舜怼其父也"。

---

① ［朝］金泽荣：《韶濩堂集》（《丛刊》第347辑），第317页。
② ［朝］金泽荣：《韶濩堂集》（《丛刊》第347辑），第317页。
③ ［朝］金泽荣：《韶濩堂集》（《丛刊》第347辑），第318页。

◇ 第四章 朝鲜朝后期散文与中国文化的关联 ◇

二 批评、接受与书写：金泽荣散文与司马迁《史记》

司马迁《史记》是我国历史上第一部纪传体通史，被列为"二十四史"之首，记载了从传说中的黄帝开始一直到汉武帝元狩元年（公元前122年）共三千多年的历史。《史记》对后世史学和文学的发展都产生了深远影响，中国不需多论，《史记》的域外影响更不容忽视。"司马迁《史记》是朝鲜儒士喜读的史著，也是其科举的重要内容和国王经筵日讲的重要史书，在朝鲜王朝政治与日常生活中具有重要地位。朝鲜士人肯定《史记》对纪传体的开创之功，并称司马迁有'良史'之才；而朝鲜二大正史《三国史记》与《高丽史》是效法《史记》之作，编纂意图和体例上依从以《史记》为准的中国纪传体史书。"① 金泽荣的散文即深受《史记》的影响。

（一）评论《史记》，且以《史记》作为评价他人的准绳

《史记》享有"史家之绝唱，无韵之离骚"（鲁迅语）之赞誉，金泽荣对司马迁《史记》非常推崇，其《杂言六》云"读司马史则可以知后世之史皆死史也"②，高度评价《史记》的史学价值与地位；《杂言四》云"太史公之文，便是诗"③，又从文学的角度赞扬《史记》。

金泽荣对《史记》的部分篇目有所论述，《杂言九》云："《货殖传》'富者得势益彰，失势则客无所之，以而不乐，夷狄益甚'一节，前人皆病难解，疑有缺误。"④《货值列传》此部分内容如下："富者得执益彰，失执则客无所之，以而不乐，夷狄益甚。谚曰：'千金之子，不死于市。'此非空言也。故曰：'天下熙熙，皆为利来；天下攘攘，皆为利往。'夫千乘之王，万家之侯，百室之君，尚犹患贫，

---

① 孙卫国：《〈史记〉对朝鲜半岛史学的影响》，《社会科学辑刊》2010年第6期。
② ［朝］金泽荣：《韶濩堂集》（《丛刊》第347辑），第323页。
③ ［朝］金泽荣：《韶濩堂集》（《丛刊》第347辑），第320页。
④ ［朝］金泽荣：《韶濩堂集》（《丛刊》第347辑），第324页。

197

而况匹夫编户之民乎!"① 金泽荣认为这种观点不对,"此殊不然",他的理由是:"盖富者得势,故声称益彰。失势者由富入贫之谓也,由富入贫则濩落凄凉,如客之浮寄而无所适,其心之不乐无聊,甚于堕在夷狄之中。盖用中庸素夷狄之语,以变化之也。'不乐'二字,极雅极深。"②

金泽荣还通过评价李建昌《伯夷列传批评》传达出对《史记》记载伯夷叔齐故事的见解,《题李凤朝〈伯夷列传批评〉后》云:"李凤朝《伯夷列传批评》,谓子长自以纂述一部史记,进退千古人物,如孔子春秋之权,自处于青云之高士,其说诚妙矣。"③ 金泽荣认为李建昌并没有分析透彻,所以他做了进一步分析。司马迁对孔子的尊崇,"一行必视为法,一辞必视为经,赞之以至圣,尊之以世家,与董仲舒雁行立"④,并且尊孔子为师。许由让天下出于黄老之言,而尊崇儒家思想的司马迁"历举六艺诗书及孔子之说以辨之"。所以说,"《史记》一书始于斥许由,以贵重史家之地位,终于正获麟,以拟圣人之经"⑤。金泽荣对李建昌《伯夷列传批评》进行了补充。

金泽荣在评价他人时,总是把司马迁《史记》作为标尺,在论述他人文学渊源时也常常追溯到司马迁《史记》,如:

> 欧阳公文力,摹史迁神韵,然而无史迁长驱大进之气力,故终近于弱。古今善学史迁者,惟昌黎、东坡、震川三人。
>
> 世多以为震川学庐陵,非也,震川是专主太史公,而旁及昌黎、东坡、南丰者,故能朴实、能虚非、能长驱大进。
>
> 焉、哉、乎、也、之、而、故、则等语助字,虽似乎俚,而

---

① (西汉)司马迁著,韩兆琦评注:《史记》(三),岳麓书社2012年版,第1750页。
② [朝]金泽荣:《韶濩堂集》(《丛刊》第347辑),第498页。
③ [朝]金泽荣:《韶濩堂集》(《丛刊》第347辑),第498页。
④ [朝]金泽荣:《韶濩堂集》(《丛刊》第347辑),第498页。
⑤ [朝]金泽荣:《韶濩堂集》(《丛刊》第347辑),第498页。

◇ 第四章 朝鲜朝后期散文与中国文化的关联 ◇

至妙之神理,实在于是。《尚书》《周易》之文罕用此,用之自孔子始,而司马史尤多用之。

《平准书》云"先是往十余岁",《太史公自序》云"唯唯否否不然",既曰"先是"而又曰"往",既曰"否否"而又曰"不然",今人能为此否?

《大学》"君子先慎乎德"以下三节,连下"是故"二字,真非今人情量之所及也。盖此法自先秦多有之,止于史公,而班固不能尔,况又益后于固者乎?(以上出自《杂言四》①)

《孟子》七篇,波澜之文也,韩昌黎学之,若欧阳永叔,虽学太史、昌黎而气力不足,不能似之,止于婉宕而已。自茅坤推欧为学太史,自后之文人靡然从之无异辞,亦一可笑。与其谓欧为学太史,毋宁谓苏文忠为学太史,苏文如《方山子传》之类,岂非真太史之遗韵乎?(《杂言八》②)

引文概而言之,道出了以下一些信息:欧阳修学习司马迁《史记》,但没有学习到《史记》"长驱大进之气力",说明《史记》文章充满了气势。苏轼也学习司马迁,其《方山子传》等文有《史记》列传的神韵。古代文论家多认为归有光的文章是学习了欧阳修,金泽荣指出归有光是专主司马迁,又兼习了韩愈、苏轼、曾巩等人,所以为文"能朴实、能虚非、能长驱大进"。司马迁《史记》多用焉、哉、乎、也、之、而、故、则等语助词,这些语助词看似是俚语,司马迁却运用得很巧妙,取得"至妙之神理"的艺术效果。"先是往十余岁"(《平准书》)与"唯唯否否不然"(《太史公自序》)两句,金泽荣认为用词存在重复现象,"既曰'先是'而又曰'往',既曰'否否'而又曰'不然',今人能为此否?"金泽荣指出《大学》"君子先慎乎德"以下三节接连运用"是故"二字,这一用法源于先秦

---

① [朝]金泽荣:《韶濩堂集》(《丛刊》第347辑),第320页。
② [朝]金泽荣:《韶濩堂集》(《丛刊》第347辑),第324页。

文学，止于司马迁，班固也无法做到。《尚书》《周易》文章晦涩难懂，《论语》文章简约易懂，司马迁学习《论语》的简约风格创作了《史记》，写出了疏荡高洁、具有神韵的文章。贾谊的文章有气势，行文有变化，与司马迁可作一比。

（二）主张以"实录"精神撰史

金泽荣指出修史就要像酷吏断狱案一样，能明辨是非曲直，能以信笔书之，如此，"方可以主史笔而定天下之是非"（《题李凤朝伯夷列传批评后》①）。所以在编纂《东史辑略》（《韩国历代小史》）、《韩史綮》《校正三国史记》等朝鲜历史书籍时，金泽荣积极向《史记》学习，采用"实录"法进行撰写。

《东史辑略序》一文交代了编撰《东史辑略》的目的、过程及指导思想。金泽荣指出，历代通史都存在繁复的弊病，"自春秋以降，世愈下事愈繁，一代之史，非数十百卷，不足以尽记其事"②，这对于初学者来说是不便易的，"人之从事于史学者，聪明既有所难给，而其初学之情，尤在于便易"③。所以宋代江贽取司马光《资治通鉴》，删存大要，首尾赅通，成《少微通鉴节要》一书。曾先之编撰《十八史略》，取材的史书自司马迁《史记》至欧阳修《五代史记》，是对十八种史书的节略。金泽荣有感于朝鲜本国初学史学者"所读本国史略，苦无善本"，所以他取材朝鲜本国历史，"据徐氏《东国通鉴》、俞氏《丽史提纲》、安氏《东史纲目》、洪氏《渤海世家》，以及乎日本之史"④，仿照曾先之《十八史略》，起自檀君止于高丽朝，"其所辨明，以疆域为主，多采丁氏疆域考说，而间亦附以私见"⑤，总十一卷，名《东史辑略》。在付梓之前，金泽荣有感于史家之职责，"更取《三国史》《高丽史》及《通鉴》等书，以证正修润，随润随

---

① ［朝］金泽荣：《韶濩堂集》（《丛刊》第347辑），第498页。
② ［朝］金泽荣：《合刊韶濩堂集补遗》（《丛刊》第347辑），第430页。
③ ［朝］金泽荣：《合刊韶濩堂集补遗》（《丛刊》第347辑），第430页。
④ ［朝］金泽荣：《合刊韶濩堂集补遗》（《丛刊》第347辑），第430页。
⑤ ［朝］金泽荣：《合刊韶濩堂集补遗》（《丛刊》第347辑），第430页。

◇ 第四章 朝鲜朝后期散文与中国文化的关联 ◇

出,以既厥事"①。流亡中国后又对此书做了修改、补充,更名为《韩国历代小史》。

《韩史縏序》一文指出朝鲜王朝时期社会、政治存在诸多弊病,这就需要一部信史来真实地进行记录,以待后人学习、借鉴。金泽荣认为高丽时期和中国两汉时期相类,所以出现了郑麟趾撰写的《高丽史》。《高丽史》一书是奉王命而修撰,体例仿中国正史,记载了高丽王朝的事迹。但朝鲜朝时期与高丽朝相比却有很多不同,"韩则不然,风气之狭隘,为历代所未有,动触忌讳,手足莫措"②。朝鲜朝时期政治环境恶劣,自燕山君朝开始,"史狱之惨,史笔摧挫",史家受到了前所未有的打压,朝鲜成了无史之国度。即便民间有纪录者,也存在着"述而不作,俚而不雅"的问题,无法让人信服,做不到以信史传后世。作为一名朝廷史官,金泽荣不能袖手旁观,不能使君臣关系颠倒、混淆,"一切污隆得失之迹,归于烟雾之晦暝,灰烬之荡残"③。并且,朝鲜朝时期朋党之争持续不断,互相攻击、倾轧,"四党分立,各持其论,圣于东者狂于西,忠于南者逆于北,纷纭错乱,莫执其一。虽其间或不无自命公正者,而积习之擩染,终未易脱之尽矣"④。金泽荣庆幸自己没有卷入党争,能保有辨断是非的本心,能有自己的认知,所以撰写《韩史縏》。《韩史縏》以《大东纪年》《国朝人物考》《梅泉野录》三部著作为依据,考虑到修史需要严谨,金泽荣又参阅《燃藜记述》《党议通略》《山南征信录》及其他书籍。他采用的原则是:"采于纪年人物考,以补缺正误。顾英祖以下之事,不资记录。而但资于士大夫之游谈者,尚或有年月模糊之叹,故别列于右,以俟更正。"⑤

司马迁撰写《史记》,实录是其最大特色,"其文直,其事核,不

---

① [朝]金泽荣:《合刊韶濩堂集补遗》(《丛刊》第347辑),第430页。
② [朝]金泽荣:《韶濩堂集》(《丛刊》第347辑),第256页。
③ [朝]金泽荣:《韶濩堂集》(《丛刊》第347辑),第256页。
④ [朝]金泽荣:《韶濩堂集》(《丛刊》第347辑),第256页。
⑤ [朝]金泽荣:《韶濩堂集》(《丛刊》第347辑),第256页。

虚美，不隐恶，故谓之实录"（《汉书·司马迁传》①）。司马迁也以孔子继承人自命，认为自己撰写《史记》就是要彰显《春秋》等经典著作的本意，使后人更好地立身行事。司马迁还想通过《史记》揭示历史变迁、变化的规律，总结"变"的历史经验教训。

金泽荣在编写朝鲜历史典籍时践行了司马迁的史学观，《韩史綮》充分体现了实录精神。《韩史綮》共六卷，主要记述了朝鲜朝时期二十三王、二帝、二废主，历五百十九年之事。该书"大张汉司马迁论史之意，而在书间论事品人，无论是君王或布衣，邦国大事或民事，堪论处，皆锋利，直抒心胸"②，不仅纪事时兼有评论，还设有"论曰"计五十一条。《韩史綮》的实录精神主要体现在对统治集团残暴、荒淫的揭露：

> 太祖高皇帝康献王，李姓，名旦，字君晋，初名成桂。其先全州人，屡徙为咸兴人。高丽东北面兵马使子春第二子也。母懿思，王后崔氏。屡立战功，致位将相，弑二王，篡恭让位。在七年。（卷一《太祖纪》③）
>
> 世祖之杀侄、杀诸弟以盗君位，万世之大恶也。叔舟请婢端宗妃，又万世大奸大恶之尤也。（卷一《世祖纪》④）
>
> （世祖）残其骨肉，如屠羊豕，犯万世之大恶而不知其非。（卷一《世祖纪》⑤）

仅三例就足见金泽荣直书史实、不假文饰的实录精神，比司马迁《史记》有过之而无不及。《韩史綮》出版后，韩国学界、政界反映强烈，也从侧面证明了其实录的价值。韩国儒士学者们抗议、谴责

---

① （东汉）班固撰，（唐）颜师古注：《汉书》，中华书局1962年版，第2738页。
② 羽离子：《从〈韩史綮〉识金泽荣的历史批评观》，《韩国研究论丛》2004年第1辑。
③ [朝]金泽荣：《韩史綮》，翰墨林书局1914年版。
④ [朝]金泽荣：《韩史綮》，翰墨林书局1914年版。
⑤ [朝]金泽荣：《韩史綮》，翰墨林书局1914年版。

第四章 朝鲜朝后期散文与中国文化的关联

《韩史綮》,在他们看来,《韩史綮》违背了《春秋》为尊者讳的原则,揭露统治者的夺权、倾轧,朝廷的朋党乱争等毫不留情,这恰恰是《韩史綮》最大的价值所在。《韩史綮》敢于直录实事,不假文饰,还原了历史的真实。

《新高丽史序》一文也透视出金泽荣在著史书时对实录的遵循。郑麟趾奉王命续编《高丽史》,记载高丽王朝事迹,价值颇大,但也招致很多非议:"君子谓之非史,何也?夫人能正其身,然后乃能正人之不正。如麟趾者以韩端宗之大臣,叛附世祖,首建杀端宗之议,此其余狗彘之所不食。况其史于讳亲之外,又多有稗陋荒谬之失者乎?"[1] 除此之外,郑麟趾《高丽史》的"本纪"谬误之处更多,"芜拙太甚,不成其章";"不加剪裁陶镕",如"以本纪言之,如高宗三年契丹之难,但书小捷而不书金就砺之大捷。十八年蒙古之难,但书龟州被围而不显出朴犀之名。太祖所创延庆宫,非子孙之所敢改名。而仁宗纪,以改为仁德宫书之。忠肃王纪,杂入高宗时事六七行。以列传言之,崔允仪谀于毅宗,为台官所论斥,而其传谓之论事慷慨,文益渐以不附德兴君,被窜交趾,而其传谓之附德兴"(《新高丽史序·附说》)[2]。高丽时期又是朝鲜发展史上最为重要的历史时期,这一段历史值得铭记与书写。"惟高丽一代之事,可以光耀于百代者四"[3],基于此,金泽荣下决心重新修正高丽史。他非常看重取材及史料的准确,在修订时,"引徐氏《东国通鉴》之文,以救其疏;引《公羊》《穀梁》《春秋》之义,以通其讳;加入释志、儒学、文苑、隐逸、遗民、日本等传,以苴其漏"[4]。

综上可见,金泽荣对司马迁与《史记》的推崇、学习,贯穿其文学批评与史学著述的始终。金泽荣进行文学批评时追根溯源往往追溯到司马迁与《史记》,指出他人在学习《史记》中的得与失。在编纂

---

[1] [朝] 金泽荣:《韶濩堂集续》(《丛刊》第347辑),第450页。
[2] [朝] 金泽荣:《韶濩堂集续》(《丛刊》第347辑),第450页。
[3] [朝] 金泽荣:《韶濩堂集续》(《丛刊》第347辑),第450页。
[4] [朝] 金泽荣:《韶濩堂集续》(《丛刊》第347辑),第450页。

《韩史綮》《校正三国史记》《韩国历代小史》等朝鲜历史著作时，金泽荣努力践行司马迁《史记》的"实录"精神，大胆对统治阶级进行揭露与批判，同情下层人民的疾苦。朝鲜朝后期著名诗人、散文家李建昌评价金泽荣是"文有史才"（《崧阳耆旧传跋为金于霖所作》①），金泽荣当之无愧。

三　金泽荣与韩愈文道观之比较

对于诗歌、古文，金泽荣有不同的学习对象，但韩愈的诗与文是他一定要学习的，"于文好太史公、韩昌黎、苏东坡，下至归震川。于诗好李白、杜甫、昌黎、东坡，下至王士禛"（《自制》②）、"余性好昌黎文，五十年无一日不读。或亮读之，或以意读之"（《杂言四》③），韩愈的文章成为他每天的必读书目，且采取不同的阅读方式。除了把韩愈当作研习的对象，孜孜以学之外，韩愈也是金泽荣在文章中论及最多的中国文人之一。他从多个角度对韩愈及其诗文进行了审美批评，如引用韩愈的诗文来议论、说理：

> 昔韩愈氏生于后世人才寖微之时，不得不详言以告人，故其《与李翊书》，始论为文之妙。（《答人论古文书》④）
>
> 韩文公之论文曰：气盛则言之短长与声之高下者皆宜。……惟在于陈言腐辞，净然铲去。（《金晦汝文稿序》⑤）
>
> 昔韩昌黎以浮屠高闲嗜书翰，有张旭之风，为文以告曰：为旭有道，利害必明。无遗锱铢，情炎于中。利欲斗进，有得有丧。勃然不释，然后一决于书，而后旭可几也。（《陆王二家诗钞序》⑥）

---

① ［朝］李建昌：《明美堂集》（《丛刊》第349辑），1990年版，第173页。
② ［朝］金泽荣：《韶濩堂集》（《丛刊》第347辑），第490页。
③ ［朝］金泽荣：《韶濩堂集》（《丛刊》第347辑），第320页。
④ ［朝］金泽荣：《韶濩堂集》（《丛刊》第347辑），第236页。
⑤ ［朝］金泽荣：《韶濩堂集》（《丛刊》第347辑），第263页。
⑥ ［朝］金泽荣：《韶濩堂集》（《丛刊》第347辑），第271页。

第四章　朝鲜朝后期散文与中国文化的关联

  昔韩退之称崔群之为人曰：稻粱脍炙，人无不嗜。青天白日，奴隶亦知其清明。若学士者，所谓其人者非欤？（《念庵记》①）

  《与李翊书》（又名《答李翊书》）是一篇著名的书信体论说文，阐释了韩愈为文立言的理论，是在当时形式主义文风盛行、儒学衰败的时代背景下提出来的。金泽荣作《答人论古文书》和当年韩愈所处的时代背景是极为相似的，甚至更糟糕，"而今余也距韩之时又下矣，故不得不毕露尽泄"，所以他写了一千余字的《答人论古文书》，向友人阐述了如何读书、如何作文。"气盛言宜"出自韩愈《答李翊书》"气，水也；言，浮物也。水大而物之浮者大小毕浮，气之与言犹是也，气盛则言之短长与声之高下者皆宜"②，阐述了文章气势和语言的关系问题。如果文章的气势充足，语言的短长和声音的抑扬就都会适当。"陈言腐辞，净然铲去"化用韩愈"惟陈言之务去，戛戛乎其难哉"（《答李翊书》③），指出做文章要力争创新。金泽荣引用韩愈的诗学观点，想要表达的是"文之道"，即"长短高下，先后浅深，各职其职，绎之而理真，哜之而味厚，咏之而韵永，使人读之而不知其手舞足蹈者也"（《金晦汝文稿序》）。"为旭有道"出自韩愈《送高闲上人序》"为旭有道：利害必明，无遗锱铢，情炎于中，利欲斗进，有得有丧，勃然不释，然后一决于书，而后旭可几也"④。韩愈原文是说学习张旭要有法，利害要分明，不要遗漏任何细枝末节，情感要发于内心，有取有舍，大胆释放，然后挥毫而书，之后才可以接近于张旭。金泽荣引此文的目的是劝告陆、王二人，要"动心忍性，惩

---

① ［朝］金泽荣：《韶濩堂集》（《丛刊》第347辑），第275页。
② （唐）韩愈著，（清）马其昶校注、马茂元整理：《韩昌黎文集校注》，上海古籍出版社2014年版，第191页。
③ （唐）韩愈著，（清）马其昶校注、马茂元整理：《韩昌黎文集校注》，上海古籍出版社2014年版，第191页。
④ （唐）韩愈著，（清）马其昶校注、马茂元整理：《韩昌黎文集校注》，上海古籍出版社2014年版，第303页。

创激昂，有以固其精神，感而遂通"（《陆王二家诗钞序》），则诗歌就可以达到一定境界。"稻粱脍炙，人无不嗜"典出韩愈《与崔群书》"凤凰芝草，贤愚皆以为美瑞；青天白日，奴隶亦知其清明。譬之食物：至于遐方异味，则有嗜者有不嗜者；至于稻也、粱也、脍也、炙也，岂闻有不嗜者哉？"[1] 金泽荣引此句的目的是说明尹氏的人品高洁。

文与道的关系是韩愈文学思想的重要论题之一。韩愈主张"文以明道"，"君子居其位，则思死其官；未得位，则思修其辞以明其道：我将以明道也"（《争臣论》[2]）。明者，表达、彰显之意。"文以明道"是指在写作文章时，思想内容要符合儒家经典、先王之道，使文章有益于政教。文与道是一体的，是不可分割的。韩愈主张以"古文"传播"古道"，其目的是恢复久已中断的儒家道统。在《原道》一文中，韩愈认为儒家之道有一个发展过程，即始自尧，而舜、禹、汤、文、武、周公、孔子、孟子等相与沿袭。孟子死后，儒家道统不复再传。其后虽有荀子、扬雄承传儒道，但"荀与扬，大醇而小疵"（《读荀》[3]），荀、扬二人对儒家之道"择焉而不精，语焉而不详"（《原道》[4]）。基于这些客观原因，韩愈才要"其业则读书著文歌颂尧舜之道"（《上宰相书》[5]）。

在文道关系中，韩愈强调"文"的实用性，要通过学习"文"而知"道"，"愈之为古文，岂独取其句读，不类于今者邪？思古人而不得见，学古道则欲兼通其辞。通其辞者，本志乎古道者也"。

---

[1] （唐）韩愈著，（清）马其昶校注、马茂元整理：《韩昌黎文集校注》，上海古籍出版社2014年版，第210页。

[2] （唐）韩愈著，（清）马其昶校注、马茂元整理：《韩昌黎文集校注》，上海古籍出版社2014年版，第126页。

[3] （唐）韩愈著，（清）马其昶校注、马茂元整理：《韩昌黎文集校注》，上海古籍出版社2014年版，第41页。

[4] （唐）韩愈著，（清）马其昶校注、马茂元整理：《韩昌黎文集校注》，上海古籍出版社2014年版，第20页。

[5] （唐）韩愈著，（清）马其昶校注、马茂元整理：《韩昌黎文集校注》，上海古籍出版社2014年版，第173页。

第四章 朝鲜朝后期散文与中国文化的关联

(《题欧阳生哀辞后》[①])。学"文"只是学"道"的一种方式、一种途径。写文章的终极目的是"为道""为理",是"树道""颂道","其业则读书著文歌颂尧舜之道"(《上宰相书》[②]),"读书以为学,缵言以为文,非以夸多而斗靡也;盖学所以为道,文所以为理耳"(《送陈秀才彤序》[③])。

金泽荣也论及文与道的关系,《书深斋文稿后》开篇云:"天下古今之言文章者,莫详于孔子。其曰:文王既没,文不在兹乎者。所以言道非文莫形,而文与道一也。其曰:言之不文,行之不远者。所以言文不醇雅,则不能感动人心而为后世之所贵重也。其曰:辞达而已者,所以言文能畅达胸中之所欲言,则不必更求他也。其曰:为命裨谌草创之,世叔讨论之,行人子羽修饰之,东里子产润色之者,所以言文不用工则不能精也。"[④] 金泽荣先引《论语·子罕》"文王既没,文不在兹乎"[⑤]之语,说明"道非文莫形",得出"文与道一"的观点,这是金泽荣文道观的核心论点。后又引《左传》《论语》等典籍关于文与道的论述,如引用《左传·襄公二十五年》"言之不文,行之不远",指出"文不醇雅"的结果就是"不能感动人心而为后世之所贵重也",说明文与道是不可分割的。引用《论语·卫灵公》"辞达而已矣"[⑥],指出"文能畅达胸中之所欲言,则不必更求他也",说明言辞(文章)以表达思想("道")为目的。引用《论语·宪问》"为命,裨谌草创之,世叔讨论之,行人子羽修饰之,东里子产润色之"[⑦],强调文章润色、修改的重要性,"文不用工则不能精"。

---

① (唐)韩愈著,(清)马其昶校注、马茂元整理:《韩昌黎文集校注》,上海古籍出版社2014年版,第340页。
② (唐)韩愈著,(清)马其昶校注、马茂元整理:《韩昌黎文集校注》,上海古籍出版社2014年版,第173页。
③ (唐)韩愈著,(清)马其昶校注、马茂元整理:《韩昌黎文集校注》,上海古籍出版社2014年版,第291页。
④ [朝]金泽荣:《韶濩堂集》(《丛刊》第347辑),第297页。
⑤ 杨伯峻译注:《论语译注》(简体字本),中华书局2006年版,第100页。
⑥ 杨伯峻译注:《论语译注》(简体字本),中华书局2006年版,第193页。
⑦ 杨伯峻译注:《论语译注》(简体字本),中华书局2006年版,第166页。

通过考察金泽荣所引典籍的核心观点及其论述可以看出，金泽荣论述的核心是"文"，文醇雅、文能畅言、文能精工，那么就会使"道"和顺，"道"是通过"文"而表达出来的，"道非文莫形"。

韩愈与金泽荣关于文与道关系的论述，既有相同之处，也有不同之处。首先，韩愈和金泽荣的文道观都有特定的时代背景和现实针对性。韩愈以复兴儒教为己任，他"觝除异端，攘斥佛老"（《进学解》[1]），提出了道统论。韩愈主张文以致用，强调文学作品的政治教化功能，反对"文虽奇而不济于用世"（《进学解》[2]）的作品。韩愈关于文道关系的论述，是针对齐梁以来忽视内容、只重形式的浮靡文风而提出来的，起到了"摧陷廓清""大拯颓风，教人自为"（李汉《昌黎先生序》）的巨大作用。

金泽荣讨论文与道的关系，是在认识到朝鲜文坛存在的弊端后提出的："乃吾故邦近世之慕朱子者，不能深察其实，但见朱子一时讥文章家尚浮华遗夫道者，而遂以文章为污秽物之可避者。"[3] 朝鲜士人盲目地追崇名人名贤而不能辩证地分析，仰慕朱子，就以朱子的言行为准的，不去辨别、分析，不能"舍文而为道"，导致他们所谓的文章，"不敢昌言于公众着明之际，以贬其地位，而只以潜习于孤索暗黯之中，以求其梗概，卤莽以为之，影响以为之，半进半退以为之"（《书深斋文稿后》[4]）。又有一味地追求"道"而忽视"文"的创作，导致其所谓文者，"日入于昏浊俚腐苦窳敝破窒滞而不可读"。

其次，韩愈与金泽荣都认为文与道是合二为一的，是不可分割的，但论述的侧重点有所不同。韩愈的"道"，是正统的儒家之道，而非佛老之道，《重答张籍书》："非好己之道胜也，己之道乃夫子孟

---

[1] （唐）韩愈著，（清）马其昶校注、马茂元整理：《韩昌黎文集校注》，上海古籍出版社2014年版，第51页。
[2] （唐）韩愈著，（清）马其昶校注、马茂元整理：《韩昌黎文集校注》，上海古籍出版社2014年版，第54页。
[3] ［朝］金泽荣：《韶濩堂集》（《丛刊》第347辑），第297页。
[4] ［朝］金泽荣：《韶濩堂集》（《丛刊》第347辑），第297页。

第四章 朝鲜朝后期散文与中国文化的关联

轲扬雄所传之道。"① 韩愈强调他所言的"道"是"古道":

> 愈之所志于古者,不惟其辞之好,好其道焉尔。(《答李秀才书》②)
> 愈之志在古道,又甚好其言辞。(《答陈生书》③)
> 通其辞者,本志乎古道者也。(《题欧阳生哀辞后》④)
> 抑所能言者,皆古之道。(《答尉迟生书》⑤)

韩愈主张写文章时要以儒家经典为依据,"其所读皆圣人之书,杨墨释老之学无所入于其心,其所著皆约六经之旨而成文,抑邪兴正,辨时俗之所惑"(《上宰相说》⑥)。他把"道"放在首位,主张"文以明道","道"是要表达的核心,"文"是为"道"服务的。

金泽荣的侧重点在"文",只有"文"存在,才会表达出"道","道非文莫形"。"道"不通过"文"是无法彰显出来的,"夫以孔子所言文章之源委推之,文而至于不精不达不醇雅,则是谓知之不明矣。知既不明,则其于道也差之毫厘,缪以千里"⑦。文章不精不达不醇雅,就会知之不明,离"道"就相去甚远。《赠成一汝纯永序》:"然古者四科之文学,即文章也。道载于文,不知文则无以知道。"⑧

---

① (唐)韩愈著,(清)马其昶校注、马茂元整理:《韩昌黎文集校注》,上海古籍出版社2014年版,第152页。
② (唐)韩愈著,(清)马其昶校注、马茂元整理:《韩昌黎文集校注》,上海古籍出版社2014年版,第196页。
③ (唐)韩愈著,(清)马其昶校注、马茂元整理:《韩昌黎文集校注》,上海古籍出版社2014年版,第197页。
④ (唐)韩愈著,(清)马其昶校注、马茂元整理:《韩昌黎文集校注》,上海古籍出版社2014年版,第340页。
⑤ (唐)韩愈著,(清)马其昶校注、马茂元整理:《韩昌黎文集校注》,上海古籍出版社2014年版,第163页。
⑥ (唐)韩愈著,(清)马其昶校注、马茂元整理:《韩昌黎文集校注》,上海古籍出版社2014年版,第173页。
⑦ [朝]金泽荣:《韶濩堂集》(《丛刊》第347辑),第297页。
⑧ [朝]金泽荣:《韶濩堂集》(《丛刊》第347辑),第264页。

文与道是统一的，而"文"起着重要的作用。金泽荣认为是老子使文与道分离，"自老子作五千言违道之文，而文与道分而为二"。之后愈演愈烈，于是"一救于孟子，再救于周程张朱诸君子，而朱子救之尤力"（《书深斋文稿后》①），朱熹强调文道合一："道者，文之根本，文者，道之枝叶。惟其根本乎道，所以发之于文，皆道也。三代圣贤文章，皆从此心写出，文便是道。"（《朱子语类·论文上》②）金泽荣列举朱熹的几则语录指出朱熹的论述"皆未尝忘文章也"。金泽荣强调要重视"道"，但不能忽视"文"。

四 论明清文学及与清人之交游

金泽荣对明清文学关注较多，论述的作家包括归有光、唐顺之、曾国藩、王士禛等人，而对归有光、曾国番的论述最多。金泽荣在中国生活期间，与张謇、俞樾、严复、梁启超、屠寄、郑孝胥等人交往密切，"他们意气相投，诗文酬唱，书信往返，雅集宴饮，在中外文化交流史上写下了值得纪念的篇章"③。

（一）论明清文人与文学

有学者认为"金泽荣古文理论主要受归有光和曾国藩的影响比较大"④，观点有待商榷，但指出金泽荣与归有光、曾国藩有着密切关系无疑是正确的。

归有光（1507—1571年），字熙甫，又字开甫，别号震川，又号项脊生，世称"震川先生"。明代散文家。崇尚唐宋古文，其散文风格朴实，感情真挚，是明代"唐宋派"代表作家。著有《震川先生集》《三吴水利录》等。

归有光的诗文对金泽荣曾产生了较大影响，金泽荣《杨谷孙文卷

---

① ［朝］金泽荣：《韶濩堂集》（《丛刊》第347辑），第297页。
② （宋）黎靖德编，王星贤注解：《朱子语类》，中华书局1986年版，第342页。
③ 周昶、倪怡中：《金泽荣和中国文化名人的诗文交往》，《南通大学学报》（社会科学版）2010年第2期。
④ 文基连：《朝鲜古文家金泽荣与归有光的比较研究》，《国外文学》2000年第1期。

第四章　朝鲜朝后期散文与中国文化的关联

序》云："既归，得归有光文读之。忽有所感，胸膈之间，犹若春然开解。自是以往，向之所梦梦者，始渐可以有知。向之所戛戛者，始渐可以畅注。此余之所以自快也。"①这段文字道出了金泽荣读归有光文章的强烈感受。金泽荣在《杂言九》中转述了李建昌对自己的评价时说："余交游之中，能知余生平本末及与共文字甘苦之境者，惟宁斋为然。故尝谓余曰：'子三十以前，诗胜于文，以后诗文均。'又尝笑谓曰：'子可谓震川之子。'"②李建昌与金泽荣是莫逆之交，对金泽荣诗文的认知可以说是较为准确的。应该说，金泽荣在文章创作上曾师法归有光。

归有光与唐顺之、王慎中并称"嘉靖三大家"，被称为"今之欧阳修""明文第一"。金泽荣认为归有光文章并非学欧阳修，而是专主司马迁又旁及韩愈、苏轼、曾巩等人，所以文章能朴实感人又跌宕多姿。他说："世多以为震川学庐陵，非也。震川是专主太史公，而旁及昌黎、东坡、南丰者。故能朴实，能虚非，能长驱大进。"（《杂言四》③）

归有光著有《贞女论》一文，金泽荣《驳归熙甫贞女论论》针对归有光"援据正经以为女未嫁而为其夫死，且不改适，是六礼不具。婿不亲迎，无父母之命而奔者也，非礼也"的论断，他提出看法："其说诚是矣。然孰知夫变节之伏于其间也"④，他赞同归有光的观点，但也指出其中存在的变数："世间贫女之字于人家者，于将为舅者，呼以舅矣；于将为姑者，呼以姑矣。与将为夫者，共案而食，同庭而嬉，交至熟而情至洽者，十余年或七八年或四三年，然后方与行醮。彼将为夫者，自非读书修行之人，则于十余年七八年四三年之间，不能无燕婉之私合。故字女之未醮而怀孕者，或有闻焉，夫既私

---

① ［朝］金泽荣：《韶濩堂集》（《丛刊》第347辑），第259页。
② ［朝］金泽荣：《韶濩堂集》（《丛刊》第347辑），第324页。
③ ［朝］金泽荣：《韶濩堂集》（《丛刊》第347辑），第320页。
④ ［朝］金泽荣：《韶濩堂集》（《丛刊》第347辑），第311页。

合矣。则谓夫妇可乎？谓非夫妇可乎？"① 这确定是一件非常棘手的事，已经许配人家，但未过门却与他人私情而有孕，还能称作夫妇吗？所以这类女子在夫死之后，往往守节不嫁。父母、兄弟、姐妹以及乡里乡亲也不知道实情，劝其再嫁，女子则说是自己命不好，不如不嫁，私合之隐无法告诉他人，只能以他词掩饰。金泽荣的建议是："女子许嫁而在父母侧者，宜遵归氏论；其许嫁而字于人家者，归氏之论，不能以局之也。"② 金泽荣采取的是依具体之事而确定方法，而不是归有光之论的一刀切。

曾国藩（1811—1872 年），字伯涵，号涤生。政治家、文学家。历官两江总督、直隶总督、武英殿大学士等，谥号文正。他以桐城派方苞、姚鼐为法，但能自立风格，创立"湘乡派"，是湖湘文化的代表人物之一。有《求阙斋文集》《家书》《家训》《经史百家杂钞》等传世。

金泽荣多篇文章论及曾国藩，且评价较高，如《杂言九》云：

> 曾文正之文，能醇雅能豪健，气味在韩、曾之间，近岁有人以三家文配之，号为四大家，然皆非曾敌也。自三家以下，又流为骈文报馆文之属。盖自文正以后，韩、欧古文之脉，遂如大风吹物，一往于广漠之空际，而不知其何时复返耳。
>
> 曾文正以神乎味乎病震川文者太苛，然非文正之高眼，亦不能识震川文之能神乎味乎。吾邦昔有一主文衡者谓余曰：震川文尽醇雅。夫震川之文，非不醇雅，而若以醇雅二字断其全集，则不亦见皮未见骨，知一未知二也哉。
>
> 曾文正集，或有一二卑调杂之，乃知魏冰叔多删之说为不刊也。③

在金泽荣看来，曾国藩文章风格多变，既醇雅又豪健，在韩愈、曾巩之间。自曾国藩之后，韩、欧所主张的古文创作不复存在了。同

---

① ［朝］金泽荣：《韶濩堂集》（《丛刊》第 347 辑），第 311 页。
② ［朝］金泽荣：《韶濩堂集》（《丛刊》第 347 辑），第 311 页。
③ ［朝］金泽荣：《韶濩堂集》（《丛刊》第 347 辑），第 324 页。

第四章 朝鲜朝后期散文与中国文化的关联

时指出曾氏"病震川文者太苛"。曾国藩《书〈归震川文集〉后》一文认为归有光文章中赠序太多,题材狭窄,空泛不深广:"熙甫则未必饯别而赠人以序,有所谓贺序者、谢序者、寿序者,此何说也?又彼所为抑扬吞吐、情韵不匮者,苟裁之以义,或皆可以不陈。浮芥舟以纵送于蹄涔之水,不复忆天下有曰海涛者也,神乎?味乎?徒词费耳。"(《曾文正公文集》[①])金泽荣认为曾国藩此论并非识鉴,"非文正之高眼"。其实曾国藩对归有光"徒词费"的评价是针对归氏的赠序文,他认为归有光对矫正追求雕琢的文坛风气起到积极作用,评价是较为客观的。金泽荣同时也指出曾国藩的文章也有写得不好的地方,尽管金泽荣非常喜欢曾氏的文章,但也能进行客观的评价。

金泽荣对明代唐顺之、清代王士禛、毛奇龄等也有所评论。他认为唐顺之"萧条三径犹含露,怅望深秋似有人"(《题赠施心菊医士》)与林和靖"雪后园林才半树,水边篱落忽横枝"(《梅花二首》其一)可"列为两雄"(《杂言六》[②])。再如王士禛"九疑泪竹娥皇庙,字字离骚屈宋心"(《戏仿元遗山论诗绝句三十二首》其二十八),《杂言六》云:"使今人为之,当曰屈子而不能曰屈宋。盖屈宋同倡词赋,二人而一体也。又其音调,屈宋与屈子大有间,非渔洋之才识超绝,其孰能知此而胆敢之乎?"[③] 毛奇龄在《西河词话》"沈去矜词韵失古意"条认为"词本无韵",而是可以"任意取押"的,至于入声则"一十七韵展转杂通,无有定纪"(毛奇龄《西河词话》[④])。金泽荣《杂言九》指出:"毛奇龄谓入声十七韵,皆可辗转相通,此殊有见,考诸东坡古诗,可知。"[⑤]

(二)与清人交流考论

金泽荣与多位中国文人士子交往密切,其中包括张謇、俞樾等。他们的交游,不仅使金泽荣缓解了客居他国的羁旅之愁,也促进了中

---

① [清] 曾国藩:《曾文正公文集》,清光绪二年(1876)长沙传忠书局刻本。
② [朝] 金泽荣:《韶濩堂集》(《丛刊》第 347 辑),第 323 页。
③ [朝] 金泽荣:《韶濩堂集》(《丛刊》第 347 辑),第 323 页。
④ 唐圭璋:《词话丛编》,中华书局 1986 年版,第 568—570 页。
⑤ [朝] 金泽荣:《韶濩堂集》(《丛刊》第 347 辑),第 324 页。

韩的文化交流。

张謇（1853—1926年），字季直，号啬庵，实业家、政治家、教育家，主张"实业救国"。一生创办了20多个企业、370多所学校。

金泽荣与张謇的交往始于1882年（清光绪八年，韩光武帝十九年）。张謇在《朝鲜金沧江刊申紫霞诗集序》文章中有所记录："往岁壬午，朝鲜乱，謇参吴武壮军事，次于汉城……金参判允植颇称道金沧江之工诗。他日见沧江于参判所，与之谈，委蛇而文，似迂而弥真，其诗直窥晚唐人之室，参判称固不虚。间辄往返，欢然颇恰。"① 这段话交代了张、金二人定交的时间为清光绪八年壬午（1882年）、张謇关于金泽荣诗文作品的审美评价等。自此，二人交往频繁且相处融洽，张謇把携带的3方福建印石、2块徽州松烟墨送给了金泽荣。金泽荣也曾到清军的驻扎地拜望张謇，并深入交谈，"（壬午）八月会清人张季直于军中"（《年略》）②。由于金泽荣不能讲汉语，所以他与张謇的交谈是通过书写的方式来完成：

> 又数日访余以金公家叙别……余见季直神字英爽，意气磊落，笔谈如流，其在金公座，语次忽顾金公，奋笔书曰："沧江之诗，以所见于东方者也，此其翘楚也，无更能胜之者。"余谢曰："论不可遽定，如此东诗之铮铮者，足下顾未之多见。"季直又疾书曰："天下之大才，即目前之人才，大略要可见矣。"其辞采之警雅皆此类而，亦可见其乐善爱才之胸怀矣。③

1905年，日本迫使朝鲜签订了不平等条约《乙巳保护条约》，在汉城建立统监府。金泽荣携妻儿流亡中国，欲投奔友人张謇。在流亡之前，金泽荣曾写信给张謇。《与张季直书》曰："与吾子别，今已

---

① 张孝若：《张季子九录·文录》，台湾文海出版社影印本。
② [朝]金泽荣：《续韶濩堂集》，江苏南通翰墨林书局线装排印本1920年版。
③ [朝]金泽荣：《续韶濩堂集》，江苏南通翰墨林书局线装排印本1920年版。

第四章 朝鲜朝后期散文与中国文化的关联

二十三年矣"①,虽然已经二十多年没有见面,但是金泽荣对张謇的情况是比较了解的,"间闻吾子策名甲科,扬历清华。既乃去官南归,托迹闲散"②,并表达了想要投奔友人的意愿:"将朝暮投劾,航海而南,从吾子于山椒水曲之间,以与吾子对论文史,忽焉忘世。"③从信中可见金泽荣把张謇看成知己、值得信赖托付之人。

金泽荣从汉城经仁川乘船,在海上航行了五天到达上海。在上海登岸后,金泽荣先去苏州拜望了俞樾。1905年10月,金泽荣举家来到南通,张謇在《朝鲜金沧江刊申紫霞诗集序》中说:"甲申既归,遂与沧江睽隔,不通音问。阅二十年,忽得沧江书于海上,将来就我。已而果来,并妻孥三人,行李萧然,不满一室,犹有长物,则所抄申紫霞诗稿本也。"④"行李萧然,不满一室"可见金泽荣流亡中国时的凄惨,但文人情怀却没有丢失,随身携带朝鲜的文化典籍。此时张謇主办的翰墨林书局刚开业二年,张謇于是聘请金泽荣任编校。据南通市图书馆与南通博物馆合编《金泽荣撰辑书目》记载,金泽荣在翰墨林书局编辑、出版了30多种诗文集和史学著述,包括朝鲜著名文人申纬《申紫霞诗集》、李建昌《明美堂集》以及《韩国历代小史》等书籍,张謇曾为多部书籍作序。

金泽荣在诗歌中曾多次提及张謇,如《题啬翁诗卷》《海上怀啬翁》《赠张啬庵季直謇》《啬翁招饮林溪精舍既而作诗述其事有和》《次韵啬翁见赠》《八月一日啬翁以余七十置酒城西观万流亭,招而寿之,昆山方惟一、张景云,如皋管石臣,本县曹勋阁皆在座,而翁之子孝若亦与焉,翁出二律属和,一座既归,用其韵和而谢之》等。张謇也有多首诗歌提到金泽荣,如《沧江示所和诗复有赠》《与金沧江同在退翁榭食鱼七绝二首》《因视林溪工,约丁乔生、沙健庵、金沧江、潘葆之、张景之同游,遂憩精舍二首》《已未中秋约沧江叟、

---

① 金泽荣:《韶濩堂集》(《丛刊》第347辑),第233页。
② 金泽荣:《韶濩堂集》(《丛刊》第347辑),第233页。
③ 金泽荣:《韶濩堂集》(《丛刊》第347辑),第233页。
④ 张孝若:《张季子九录·文录》,台湾文海出版社影印本。

吕鹿笙、张景云、罗生、退翁与儿子泛舟,用东坡八月十五看潮五绝句韵》《与金沧江论舞笔谈》《沧江翁今年七十,不以生日告人。八月一日为延客觞翁于观万流亭,赋诗为寿,属客与翁和之》《视沧江病》等,这些诗文反映出金泽荣与张謇的深厚友谊。

俞樾(1821—1907年),字荫甫,自号曲园居士。著名学者、文学家、经学家、古文字学家。为学涉猎广泛,包括经学、史学、训诂学以及戏曲、诗词、小说等。所著凡五百余卷,名《春在堂全书》。

考察俞樾为金泽荣诗文集所作序文"乙巳之夏,有自韩国执讯而与余书者,则金君于霖"(俞樾《合刊韶濩堂集原序》[①])以及诗句"清和四月雨初晴,收到三韩一纸轻"(《韩国正三品宏文馆纂辑官金君泽荣寄书于余,极道仰慕之诚并以诗文数篇见示,因次其晴字韵二首报之》),可推知二人定交当在1905年农历四月,但此时二人并未谋面。是年九月,金泽荣于春在堂拜见俞樾,并出示自己的诗集请俞樾为之作序:

> 是岁九月,君来见我于春在堂,面貌清癯,须髯修美,望而知为有道之士,出其所著诗文见示。余读其文,有清刚之气,而曲折疏爽,无不尽之意,无不达之词,殆合曾南丰、王半山两家而一之者。诗则格律严整似唐人,句调清新似宋人。吾于东国诗文,亦尝略窥一二,如君者殆东人之超群绝伦者乎?(《合刊韶濩堂集原序》[②])

俞樾高度评价了金泽荣的诗文创作,这是俞、金二人的第一次晤面。俞樾当时非常热情,据金泽荣《挽曲园先生》记载:"先生时年八十有五,以病谢客久矣。闻余至,扶杖出见。"[③] 这次会面给双方留下了深刻的印象,俞樾在金泽荣的眼中,"体短面圆,神气精紧,只

---

① 金泽荣:《韶濩堂集》(《丛刊》第347辑),第130页。
② 金泽荣:《韶濩堂集》(《丛刊》第347辑),第130页。
③ 金泽荣:《金泽荣全集》,亚细亚文化社1978年版,第259页。

第四章　朝鲜朝后期散文与中国文化的关联

似五六十岁人，殆天纵也"①；金泽荣在俞樾眼里的形象，"面貌清癯，须髯修美，望而知为有道之士"②。

除了文学上的交流、切磋，金泽荣还向俞樾咨询了生活上的一些事情，向俞樾表达想"于吴中卜一廛而居"。俞樾从金泽荣的实际情况出发，直言相告："君以异邦之人，航海远来，衣冠不同，言语不通，寄居吴市，踪迹孤危，似乎可虑。与其居苏，不如居沪。沪上多贵国之人旅居于此，有群居之乐，无孤立之忧，所谓因不失其亲也。"（《合刊韶濩堂集原序》③）俞樾认为居苏不如居沪。10月26日，金泽荣接到了俞樾的信件，后又接到包裹，"二十六日，邮夫来传尊札。明日黄昏，始以包物来"。金泽荣对俞樾耄耋之龄仍能有求必应、提携后学深感钦佩，"平驯有韵而成又甚速，孰谓先生已耄也哉。诗文之评，俱极精深，使人油然有感"（《答曲园先生书》④）。

针对俞樾建议应择沪而居，金泽荣表示感谢之余，也表述了不居上海而拟居南通的原因，《答曲园先生书》云：

> 承谕住沪，盛念恳至，固甚铭肺。然但本国人之来沪者，非畏约亡命则皆商贾也。论以气味，十无一近，不足赖以为因。故正欲向通州，访张修撰矣。适张在沪，见之感叹动色，为营居停所于通州，不日将渡江而北。噫！圣不云乎，言忠信行笃敬，虽蛮貊之邦行矣，而况乎中国神圣之乡、文明之地，名学士大夫之所凑聚者乎？泽荣惟当务为忠信笃敬，而其他姑可置而不恤也。⑤

金泽荣主要考虑的是居住地的文化环境、人文环境，他认为居住上海的朝鲜人多为亡命之人与商贾，秉性、脾气不相投。更为重要的是，

---

① 金泽荣：《金泽荣全集》，亚细亚文化社1978年版，第259页。
② 金泽荣：《金泽荣全集》，亚细亚文化社1978年版，第259页。
③ 金泽荣：《韶濩堂集》（《丛刊》第347辑），第130页。
④ 金泽荣：《韶濩堂集》（《丛刊》第347辑），第234页。
⑤ 金泽荣：《韶濩堂集》（《丛刊》第347辑），第234页。

南通有自己的友人张謇，这无疑会提供更多便利、帮助。尽管金泽荣没有采纳俞氏的建议，但二人的友谊却在这一建一答中彰显出来。

金泽荣还向俞樾道出自己的学源关系，"盖泽荣于文好韩苏归太仆而学之未能，于诗好李杜韩苏，下至王贻上，而三十以后，几于废弃。今先生以泽荣之诗谓兼唐宋者，固实论也。若于文谓兼王曾者，则似乎非实也。然而其实实莫甚焉，何以言之？盖学王逸少而未至，则自然为欧阳颜柳米蔡矣。学韩氏而未至，则自然为王曾矣"[1]。指出自己于文于诗的不同追求对象，又指出俞樾的评价哪些是"实论"，哪些似乎是"非论"，也可见金泽荣对自己所作诗文的自信与清晰认识。

1907年12月，俞樾去世。金泽荣在南通听到消息后十分悲痛，赋诗《挽曲园先生》以表哀悼之情。诗中回顾了二人的交往，并对俞樾的文学创作、学术成就等作出了高度评价，有学者曾指出金泽荣、俞樾的交游"是在高水准平台上进行的高水平的文化交流"[2]。

金泽荣侨居南通时期，与南通的士子文人也有着密切的交往。除张謇兄弟、张謇之子张怡祖外，据学者考证，还有丁介石、丁凤泰、于振声、习良枢、马遂良、王爵、王个銿、王少屏、王汝宏、王冰史、尤亚笙、方还、石重光、田宝荣、史维藩、冯达铭、冯涵初、吕传元、吕道象、刘焕、江谦、孙廷阶、孙宝书、杨谷孙、李祯、吴兆曾、吴庆曾、吴毓沈、吴骥臣、邰范吾、宋龙渊、宋延年、沙元炳、沈同芳、张庸、张峡亭、张峰石、张梓庭、陆景骞、陈伯钧、陈邦怀、陈惟彦、陈毓审、周际霖、周曾锦、郑芷芗、郑泽庭、欧阳予倩、费师洪、顾未杭、顾昂千、顾偿基、钱灏、徐軻、徐浩渊、高云汉、高济中、凌泽、诸宗元、曹文麟、崔竟成、屠寄、程砒珂、管石臣、揭向寅、蒋瑞藻、韩国钧、喻吟秋、薛蘅、瞿镜人等七十多人。[3]这些人身份多样，有翰林院编修，翰墨林编译印书局的经理、编校，

---

[1] 金泽荣：《韶濩堂集》（《丛刊》第347辑），第234页。
[2] 庄安正：《金泽荣与俞樾交往述论》，《史林》2004年第1期。
[3] 庄安正：《金泽荣与近代南通文人群体交往考评》，《南通大学学报》（社会科学版）2005年第4期。

第四章　朝鲜朝后期散文与中国文化的关联

学校校长、教师，报社编辑，律师事务所律师，警察局警察等。金泽荣在多篇散文中论及与南通士人的交往，如《苦行读书楼记》表达了与习艮枢的友谊，《王氏哀思录序》叙述了与王镇的交往情况，《通州李孺人行状》交代了与宋龙渊的交往，《陆王二家诗钞序》交代了与陆景骞、王冰史的关系，《马伯闲五十寿序》写出了与马伯闲的交往，《刘母易太夫人八十寿序》写出了与费师洪的关系，《丙午五月十三日，游南通翰墨林书局莲池记》记述了金泽荣与揭向寅、王汝宏游莲池的其乐融融，等等。

第二节　李建昌散文与中国文化的关联

李建昌（1852—1898年），字凤藻，号宁斋、明美堂，朝鲜朝高宗时期文臣、诗人。16岁即科举及第。步入官场后，得到高宗的赏识，1866年以书状官身份到过燕京。著有《明美堂集》。有人把李建昌、金泽荣比作朝鲜的韩愈、柳宗元，其散文与中国文化有着密切的关联。

一　史家意识与李建昌的散文创作

李建昌创作了很多人物传记，如《李春日传》《工曹判书梁公墓志铭》《赵文正公传》《六臣事略》等，都对人物进行了客观的描摹。如《李春日传》《工曹判书梁公墓志铭》描写了朝鲜的"丙寅洋扰"（1866年）事件中，江化人李春日、右部千总梁宪洙与入侵朝鲜的法国军队英勇斗争的故事。《镇抚中军鱼公哀辞》描写了"辛未洋扰"（1871年）事件中，镇抚中军鱼在渊抗击美国侵略者壮烈牺牲的故事。《六臣事略》描写了朝鲜初期成之问、俞应孚（另写为金文起）、柳诚源、朴彭年、河纬地、李垲等六位忠臣密谋拥戴端宗复位，后被告密处死的故事。这些文章记载的故事都是历史事实，没有虚构，是历史的实录。

李建昌的散文不仅讲究实录，更为突出的是其中蕴涵着浓郁的史家意识。勇于质疑、敢于翻案是李建昌史家意识的突出特点。

(一) 历史人物、历史事件等的深入思考与识鉴

"李建昌喜欢对历史人物进行再观照"[1],《与洪汶园论荀彧书》《重论荀彧书》《于肃忠论》(上下)《论唐顺宗事》《孟敏论》等文章,对荀彧、孟敏、于谦、唐顺宗等人物及发生在这些人物身上的事件大胆评论,独抒己见。

第一,关于荀彧的论辩。

李建昌阅读友人洪汶园《荀彧论》后认为此文"义理固醇正,然罪彧过甚"(《与洪汶园论荀彧书》)。荀彧(163—212年),字文若,东汉末年著名政治家、战略家,曹操统一北方的谋臣和功臣。历代有大量文人学者评论荀彧,如陈寿、司马光、王夫之等,有赞扬者,有批评者,有兼而有之者。李建昌论述说:

> 彧,汉之忠臣也。其情苦,其迹隐,苏氏怜其然也,激而赞之,有文王、伯夷比拟之,不伦,苏氏亦以此见罪于朱子。然平心而论,苏氏之说,固未必皆非也。苏氏谓汉末天下大乱,彧以为非曹操无可以定天下者,故佐之。操受九锡则死之,此彧之实录也。[2]

苏轼在《论古·武王非圣人》中说:"汉末大乱,豪杰并起。荀文若,圣人之徒也,以为非曹操莫与定海内,故起而佐之。所以与操谋者,皆王者之事也,文若岂教操反者哉?以仁义救天下,天下既平,神器自至,将不得已而受之,不至不取也,此文王之道,文若之心也。及操谋九锡,则文若死之,故吾尝以文若为圣人之徒者,以其才似张子房而道似伯夷也。"[3] 李建昌认为苏轼把荀彧比为文王、伯夷的做法未必都不正确,李建昌的理由是"纣之时,可以无文王;献帝之时,不可以无操。文王三分天下,有其二,是犹有纣之天下也。操夺天下于群雄之手,虽其以诈力不以德,而实未尝取汉之天下,乃以

---

[1] 李岩、俞成云:《朝鲜文学通史》(下),社会科学文献出版社2010年版,第1330页。
[2] [朝]李建昌:《明美堂集》(《丛刊》第349辑),第124页。
[3] (北宋)苏轼:《苏东坡全集》,中国书店1986年版,第243页。

◆ 第四章 朝鲜朝后期散文与中国文化的关联 ◆

天下归之汉耳"①。所以苏轼是怜惜荀彧,"夫以天下归之汉,而卒不敢取汉之天下者,孰使其然也。伯夷无救于纣,而彧有造于汉,世以伯夷为忠于纣,而彧为不忠于汉,此苏子所以怜之也"②。

还有"罪彧"的观点认为,曹操挟天子以令诸侯,荀彧为曹操出谋划策而平定天下,反为曹操而死,其死无名,洪汝园亦持此观点,李建昌对此给予反驳。

首先,李建昌认为曹操是挟天子以令诸侯,而荀彧则是挟曹操以存汉室,事同而情不同。当时的形势,群雄并起,荀彧只有借助曹操才能兴复汉室。

其次,曹操为汉臣,荀彧在曹操身边做谋臣,"非佐操也,乃所以佐汉也"③。曹操后来不臣于汉室,荀彧选择就死,"非死操也,乃所以死汉也"。李建昌作出了一系列的假设、推论:假使荀彧不死而曹操先死,曹丕不篡位,那么汉献帝仍然是空名,汉朝社稷只是苟延残喘而已,终究还是会灭亡,这是历史发展的必然趋势,谁也阻止不了。

再次,李建昌对韩愈把荀彧比为伯夷持否定态度。"韩退之谓伯夷,举天下非之而不顾,彧有焉。然伯夷,圣之清者也。彧则失身于操者也,诚不可以比伯夷。"④伯夷是圣而清者,而荀彧终究是辅佐了曹操,所以不能类比。李建昌认为荀彧可以比为狄仁杰,狄仁杰虽然任职武则天朝但不失为唐代的忠臣,荀彧对于汉室的忠心与此相同。"仁杰见武之代唐,而犹事之。彧视仁杰尚优,仁杰不失为唐之忠臣者,以其心也。然则彧之心,奚独不忠于汉哉?"⑤

最后,李建昌对洪氏的论断"彧劝操以高祖关中光武河内之说,证彧之助操篡汉"进行评论。他通过两个事例来证明自己的观点。一为伯夷以尧舜之道劝谏周文王之事,"使伯夷以尧舜之道告文王,则

---

① [朝]李建昌:《明美堂集》(《丛刊》第349辑),第124页。
② [朝]李建昌:《明美堂集》(《丛刊》第349辑),第124页。
③ [朝]李建昌:《明美堂集》(《丛刊》第349辑),第124页。
④ [朝]李建昌:《明美堂集》(《丛刊》第349辑),第124页。
⑤ [朝]李建昌:《明美堂集》(《丛刊》第349辑),第124页。

将谓伯夷助周以篡商乎？"二是诸葛亮劝刘备进取益州之事，"孔明初见昭烈，劝取益州，亦以高祖之说进"。当时汉献帝尚在，刘备虽为汉室宗亲，但仍为汉献帝之臣。"诏烈之不可以为高祖，犹操之不可以为高祖、光武"，此事是诸葛亮所为，则人不以为非；是荀彧所为，则人罪之，非常有力地证明了荀彧并非助曹篡汉。荀彧辅佐曹操是"心切于为汉，而急于定天下，故出而佐操"，也因才华而见罪，并非荀彧的不忠。

李建昌认为荀彧是以王佐之才，急于戡乱，所以想借助曹操的势力以定天下。"以世臣之义，忠于汉室，缓操以求延一日之祚"（《重论荀彧书》①），这是荀彧的本心本意。为曹操出谋划策，"俾有以济其始之所欲，而甚且以关中河内之说，时投其所乐闻，俾信己而不疑，所谓阳恶以欺操也"（《重论荀彧书》②）。规之以义，诱之以名，挟天子而不敢问鼎。李建昌推测："彧之心以为操老矣，丕辈不足虑，一日操死而己在，则可使归政于天子。纵其不然，天子自起而诛曹氏，己为曹氏之党，与伏罪而死，亦不敢恨，此狄仁杰事周之心也。"（《重论荀彧书》③）

第二，关于于谦"易储"事的论断。

于谦（1398—1451年），字廷益，号节庵，谥号"忠肃"，明朝名臣。为官清正廉明，指挥北京保卫战，一战成名，名垂青史，但未谏代宗（景泰帝）"易储"一事却引发后世颇多议论。

李建昌《于忠肃论上》开篇云："于忠肃不谏易储，侯方域、魏禧非之，方苞、袁枚是之。夫方域、禧之论正矣，枚偏且激矣。唯苞所云，忠肃谏则景泰心危而虑变，宪宗父子殆矣，可谓晰于事情。"④ 李建昌在语段中陈述了侯方域、魏禧、方苞、袁枚等关于"易储"的看法。

明朝正统十四年（1449年）"土木之变"后，明英宗被俘，于谦

---

① ［朝］李建昌：《明美堂集》（《丛刊》第349辑），第125页。
② ［朝］李建昌：《明美堂集》（《丛刊》第349辑），第125页。
③ ［朝］李建昌：《明美堂集》（《丛刊》第349辑），第125页。
④ ［朝］李建昌：《明美堂集》（《丛刊》第349辑），第165页。

◆ 第四章 朝鲜朝后期散文与中国文化的关联 ◆

等大臣拥立英宗的弟弟朱祁钰登基,即代宗景泰帝。景泰帝想要废掉英宗的长子朱见深,而立自己的儿子朱见济为储君,"上自即位后,久欲易皇太子,以己子见济代之"①。"易储"之事不合礼法,违背了嫡长子继承制。但是迫于景泰帝的威势,众臣不敢劝阻,只有都给事中李侃、林聪、御史陈英以为不可。于谦身为兵部尚书,又是景泰帝的心腹大臣,选择了沉默,并没有反对,与其他文武大臣一样签名表示赞同。

李建昌认为方苞的文章论述到了事情的本质,但于谦没有劝谏易储之事确是不应该的,"然知其至于是而不谏,是亦忠肃之过也"(《于忠肃论上》②)。李建昌叹惜于谦没有选择离开,他通过假设问答的形式加以阐述:"或曰:以易储去耶?曰:以易储去,则名归而祸随之矣。或曰:景泰之立,不禀命于英宗,可以去耶?曰:景泰不立功不成,且以是时去者,逃耳非去也。"(《于忠肃论上》)于谦无论怎么做,都有利有弊。李建昌不禁感慨:"且夫忠肃不去,英宗虽不复辟,必死于石亨之手。夫不世之功、震主之威,固景泰之所不能无疑也。呜呼!父子兄弟之间,犹有难焉,而况君臣哉。"(《于忠肃论上》)

针对有人提出"或曰:忠肃不难去,特不忍去,此之谓忠"(《于忠肃论下》)的观点,李建昌作出回答:"感恩致力,忠之细也。引义当道,忠之大也。今夫朋友,相与至厚而密也,一日见其有不足于其亲戚者,必有所缺然于吾心。何则?彼其施于亲者,然则疏可知已。吾不能正以告之,则思所以从容以道之,二者均不得,则亦思所以自处焉而已。诚不忍内怀缺然之心,而外益加厚。"(《于忠肃论下》)他又通过历史人物、事件来证明自己的观点:"唐肃宗迎玄宗还京师,而李泌归衡山;宋钦宗亦迎道君还宫,而李纲请出为宣抚使。夫泌为肃宗潜邸之故人,而钦宗受禅,以纲之策。此二君之于二

---

① 《明通鉴》第二十六卷《纪二十六》"明代宗景泰三年(壬申,1452 年)"。
② [朝]李建昌:《明美堂集》(《丛刊》第 349 辑),第 165 页。

臣,言从计施,任用无贰,可谓盛矣。而史记玄宗、道君之还,礼貌之备,皆可以无憾,此又二臣进言之效也。"从而得出结论:"故曰:以不谏易储,而是忠肃者,偏且激也。"(《于忠肃论下》)

(二)对文化典籍保持理性思考与判断

李建昌熟读中国的各类文化典籍,"以家庭之教,蚤知文字,五岁能属词,十龄受六经"(《复峿堂族丈象秀书》[①]),深厚的文化基础使他对典籍、文章等有着理性的判断。

第一,关于《易》的思考与疑惑。

李建昌对《易》非常感兴趣,且勤于思考,产生了诸多疑惑,他在《易圈序,出读易随记》中说:"余尚幼,读《易》干卦,便疑既有上九,何得见群龙无首?隐之于心,未敢质于长者。后因耽治文辞,置不复省。迩年重经忧戚,意颇向道,研究《大学》之旨,又疑身为家国天下之本,即心为身之本,意为心之本,知为意之本,物为知之本,心为身之本固是。意为心之本,已不是。知为意之本,更不是。若物为知之本,则并不成理。世儒讲说,如云雨,何以于此。大段不甚致疑,又何以余独疑人所不疑。因思几十年前读《易》时,据案咿唔,掩卷沈思光景,乃知余方寸中,夙有疑病,非人人所应有也。"[②] 基于这种思考,李建昌作《易说僭疑,出读易随记》,包括《疑太极不应称一》《疑太极不可图》《疑太极即作易圣人》《疑四象不当称太少》《疑先天易无了时》《疑河图洛书》《疑五行》等内容。下面以《疑河图洛书》为例,分析李建昌对《易》的思考与辨析。

河图、洛书是中国古代流传下来的两幅神秘图案,历来被认为是河洛文化的滥觞,是中华文化、阴阳五行术数之源头。汉代儒士认为,河图就是八卦,洛书就是《尚书》中的《洪范九畴》。《易·系辞上》云:"河出图,洛出书,圣人则人。"传说伏羲氏时,有龙马从黄河出现,背负"河图";有神龟从洛水出现,背负"洛书"。伏

---

① [朝]李建昌:《明美堂集》(《丛刊》第349辑),第117页。
② [朝]李建昌:《明美堂集》(《丛刊》第349辑),第143页。

第四章 朝鲜朝后期散文与中国文化的关联

羲根据这种"图""书"画成八卦,后来周文王又根据伏羲八卦而成文王八卦和六十四卦,并分别写了卦辞。朱熹《周易大义》第一次把河图、洛书单列出来,并将其图置于卷目。河图、洛书成为学术界长期争论不休的问题,朱熹、黄宗羲等学者都对其有过探讨。

李建昌对河图、洛书持怀疑态度,并从以下几个方面加以阐说。首先,关于"龙马出"之事。在李建昌看来,包羲氏仰观俯察以作《易》,那么仰观则无所不观,俯察则无所不察,龙马出于此时,则亦在俯察之中,又怎么可以作为《易》的本原。并且,龙马之语不见于经书,只有河图固有,"周家藏之,与天球同宝。孔子思之,与凤鸟同瑞"①,但是至今没有听说天球是何经典。其次,关于"圣人则之"一句的疑惑。"惟河图洛书,以有系辞'圣人则之'一句,遂谓作《易》之本",欧阳修对此也表示怀疑。但是圣人遵循"只效则其图书之象,以开人文之始而已",系辞也不言河图、洛书。再次,李建昌认为河图、洛书是"汉儒创纬谶,傅会经典",目的是取悦当权者,"除禁立官,以保遗经之一线"。他的理由是:河图、洛书出自于一人之作,同是白点黑点,不应该把圆者标为图、方者标为书,"一二至九十之数,自是天地生成。何待河图而知之?然一为白点,二为黑点,虽非河图本色,而其为图,则可按矣。若洪范一二三四,则只是序次之数,有何关系,而谓出于洛书耶?设使洛书先五五后五六,则犹可谓五行五事五福六极之数也。今五行只一点,五事只二点,五福六极又合为九点,皇极稽疑庶征之无数者,亦因其序而点之,何以知其五行五事五福六极及皇极等也"②。

第二,关于《孟子》"民贵君轻"说辨析。

孟子"民贵君轻"说自提出以后就引起了学者的广泛讨论,李建昌也对此有所探究。他在《读孟子》一文开篇引出话题:"《孟子》曰:'民为重,社稷次之,君为轻。'朱子释之曰:'以理言之,民为

---

① [朝] 李建昌:《明美堂集》(《丛刊》第349辑),第196页。
② [朝] 李建昌:《明美堂集》(《丛刊》第349辑),第196页。

重；以分言之，君为重。'张南轩曰：'使人君知民社之重而己不与焉。'此三贤之论，一也。"①朱熹从"理"与"分"两个方面辨识"民""君"孰轻孰重的问题。张南轩即张栻（1133—1180年），字钦夫，号南轩，与朱熹、吕祖谦齐名，时称"东南三贤"。张栻的观点是突出人君的自知。还有说法强调臣子对社稷的坚守，"而世之为说者有曰：君不幸而去社稷，臣当守社稷，不当从君"。李建昌认为上述理解均非孟子本意，在他看来："孟子之意，以其汎论则言理也，非言分也。以其指切，则为人君戒也，非为人臣训也。使为人臣者，徒以社稷为重，则究其弊，鲜不视君如奕棊矣。"如果臣子劝谏君主但是君主不听，为臣的也应该"泥首布发、裂裳裹足而从之"，要尽到本分，就像鲁国的子家羁。②如果是君有命令选择贤者监守，"则如晋惠公、卫定公之大夫送往事居，镇抚其国家"，这样的举措不可谓不贤，"然此特时措之权耳"。

针对以守社稷为由而"臣不能死，又不能从"以及"从徽、钦而北者非忠，从高宗而南者为忠"的观点，李建昌给予批驳，他认为："其能守社稷者，信有功矣。苟不足有无于社稷者，其心必出于利害，不谓之贰，不信也。"宋徽宗、宋钦宗时，任用邪慝，仁人君子无法立足，导致亡身亡国。即使有节义如李若水般的人物，也无法定论，何况其他情况。李建昌最后指出，孟子的说法不能成为人臣的借口。如果此说为真，那么，"其贤耶？亲且贵耶？夫贤者亲且贵，则其国必治，其君必安，何至有社稷之忧。其不肖耶？疏且贱耶？不肖与疏且贱者，焉能有无于社稷，其将以己重社稷耶？抑将以社稷重己耶？夫欲以社稷重己，则不可以复问；诚欲为社稷重，则有道焉"③。李建昌自问自答，孟子所谓的事君，是容悦而已。在太平盛世事君，是为

---

① ［朝］李建昌：《明美堂集》（《丛刊》第349辑），第189页。
② 春秋时期鲁国子家羁多次劝谏鲁昭公振作朝政，抵制以季平子为首的三桓势力，鲁昭公不听。昭公二十五年（前517年），鲁昭公在郈昭伯的怂恿下，讨伐三桓。子家羁劝谏昭公不能操之过急，结果昭公失败，郈昭伯被杀。子家羁随鲁昭公流亡齐鲁之交的郓地和干侯，一直跟随鲁昭公到昭公三十二年（前510年）昭公去世。
③ ［朝］李建昌：《明美堂集》（《丛刊》第349辑），第189页。

了保富贵。"迨其未乱,亟图所以弭祸销患。使其君,不至有去社稷之事上也。不然则正言以获罪,身不在于朝廷,不目睹其去社稷,犹次也。才不足以图其上,勇不足以决其次,则是其人固无所轻重于社稷者也。孟子所谓以事是君,为容悦而已,事是君于燕安之日,容悦以保富贵,一朝有危难,则借口于社稷,岂孟子之意哉?"① 一朝有危难,就借口于社稷,这不是孟子的本意。

二 《原论》与朋党政治

朋党即为争权夺利、排斥异己而形成的相互倾轧的宗派。在古代社会,士大夫结党、发生朋党之争是常事,如东汉党锢之祸、唐代牛李党争、宋代元祐党案、明代东林党案等便是典型代表。朝鲜王朝延续五百多年,有两百多年被朝廷各大势力组织起来的朋党掌控。这种以朋党为中心持续百年的政治现象在古代世界历史上也是绝无仅有的。

朋党这种政治现象引起了文人学者的关注与讨论,如欧阳修作有《朋党论》一文,文章云:"朋党之说,自古有之,惟幸人君辨其君子小人而已。"② 他提出"君子朋"与"小人朋"、"真朋"与"伪朋"的论题。欧阳修认为古代的君子、小人皆有朋党,需要君主明辨,退小人之党而用君子之党。党争是使国家衰败、政治不清明的原因之一。

欧阳修《朋党论》传到朝鲜以后,引起强烈反响,朝鲜文人竞相效仿、学习,根据本国的政治实际情况,创作了大量论述朋党的作品,从不同的角度阐释对朋党的认识。宣祖时期柳成龙作《欧阳子〈朋党论〉》,文章继承欧阳修从儒家"义""利"角度区分君子与小人,并将辨别君子、小人的希望寄托在人君身上的观点,但不同意欧阳修将朋党界定为中性词。柳成龙认为应有褒贬之分,他将"君子之真朋"与"小人之伪朋"修改为"君子之朋"与"小人之朋",尽管

---

① [朝]李建昌:《明美堂集》(《丛刊》第349辑),第189页。
② (宋)欧阳修著,李之亮注释:《唐宋名家文集·欧阳修集》,中州古籍出版社2013年版,第25页。

只是去掉了"真""伪"二字,意思却发生了根本的变化。许筠所处时代是朝鲜党争最为激烈、最为复杂的时期,其文《小人论》虽题为论"小人",实则痛斥的是"淫朋之害"。许筠"在借鉴欧阳修的以'义''利'区分君子小人的观点的基础上,认为当今朝廷上下皆为淫朋,且淫朋祸国殃民的程度比小人中弄权作恶的奸臣还大"[①]。许筠认为古代的小人与现今的小人虽称谓一样,但是内涵有异,"古之所谓小人者,其学足以济其辨,其行足以欺夫俗,其才足以应乎变。故其在位也,人不测其中,而足以行其所欲为"。古代所谓小人与君子不一样者,"特公私一毫发之差,其祸犹惨"。许筠认为当时参与党争的人都是党同伐异、争权夺势的"淫朋",当今国家既没有小人也没有君子,有的只是党同伐异之人。李德寿作有《朋党论》一文,该文"将欧阳修的古代君子、小人皆有党,退小人而用君子,须人君辨明的观点作为立论依据,再借鉴许筠当今国家无小人也无君子,当今士大夫皆为党同伐异之徒一说,指出党争终将导致朝臣不和、国家灭亡。因此,去党势在必行。至于如何去党,他提出'告诫''薄谴''重罚'三步走的战略"[②]。英祖、正祖时期的丁范祖作有《朋党论》(上中下),其中中篇和下篇讨论如何消除朋党之祸。

李建昌作有《原论》一文,这篇文章重点论述了朋党形成的背景、时间,以及造成朝鲜朋党政治的原因等,文曰:

> 呜呼!朋党之名,所由来远矣。然其邪正逆顺之分,与夫众寡之别,久暂之殊,可指而言也。欧阳修之论朋党,自唐虞殷周始。然四凶与纣之恶,十六相与武王之贤,不待辨而明者也。且尧之时,所谓朋者,不过四与十六,则其亦不足为大朋也。若殷之百万,周之三千,可谓大矣。然是则敌国之势然也,非可以朋

[①] 付春明:《欧阳修〈朋党论〉在朝鲜汉文学中的接受历程》,《中国文学研究》2016年第1期。
[②] 付春明:《欧阳修〈朋党论〉在朝鲜汉文学中的接受历程》,《中国文学研究》2016年第1期。

◇ 第四章　朝鲜朝后期散文与中国文化的关联 ◇

言也。且夫四凶之为朋，在尧倦勤之年，而舜立而窜殛之，其害不能久，纣之余风，至顽民而未殄，然亦不出乎武王、成王之世而已。①

李建昌认为欧阳修《朋党论》中认为朋党始自唐虞殷周的说法是不准确的，彼时还不能称之为朋党。直到东汉、唐代、宋代之时，朋党大兴。但是东汉、唐代、宋代的朋党也是有区别的，东汉之党众多且持久，但是"李固、陈蕃之为忠，与夫梁冀、张让之为恶，是亦人，皆可以言者矣"。唐代朋党则不然，"牛僧孺、李宗闵均之非君子也，亦非小人之甚者也，盖已难乎言之矣"。宋代的朋党则比较严重，范仲淹、程颐、苏轼、刘挚等都是君子，吕夷简、王安石等也不可斥之为小人，"斯尤朋党之所未有者也"。唐之朋党，前后仅数十年；宋之朋党，亦不过数世，而最终亡国。唐宋之世，也未必人人皆朋党。

朝鲜王朝相较于东汉、唐宋更为严重，"若夫举一国之众，而分而为二为三为四，历二百余年之久，而不复合。其于邪正逆顺之分，亦卒无能明言而定论者，惟我朝为然"②。李建昌认为造成朝鲜朋党的原因主要有八个方面："其故有八：道学太重，一也。名义太严，二也。文辞太繁，三也。刑狱太密，四也。台阁太峻，五也。官职太清，六也。阀阅太盛，七也。承平太久，八也。"③李建昌对八个方面都作出了详细的阐释。为了能完整体会到李建昌对朋党的认识，我们一一分析之。

何谓道学之太重？李建昌认为世人各有各的心志，自私自利，竞相逐利而互不相让，这是平常现象。古代圣贤担忧于此，所以"崇礼以齐其外，明善以壹其本，使皆有以胜其暴肆争夺之气，而措之于和顺公正之域。天下之人，翕然而尊尚之，亲其贤而乐其利，没世而不

---

① ［朝］李建昌：《明美堂集》（《丛刊》第349辑），第167页。
② ［朝］李建昌：《明美堂集》（《丛刊》第349辑），第167页。
③ ［朝］李建昌：《明美堂集》（《丛刊》第349辑），第167页。

能忘"①。李建昌认为"由其能为克己之学,而得无我之道,其心旷然,无彼此同异之别,而以天下为一家,中国为一人,善与人同,而不获其身,斯其为人之所难能,而道学之名归焉者也"。但是,"己有所未克,而我有所不能无",那么他所读为圣贤之书,所服为圣贤之服,而自私自利之心和天下庸人也没有什么区别。李建昌认为以庸人之心而居道学之名,是不可以的。何况天下的庸人,成道学之党,并且号令于当世,人不敢矫其非,"己日以尊,我日以大,私日以固,利日以厚,人亦孰不欲为是哉?"于是,竞夺之势渐成而祸乱兴起。与庸人相竞夺者也必然是庸人,其祸止于一时;而与道学相竞夺者必定是道学,其祸流于无穷,"夫所贵于道学者,以其有无穷之惠也,不以其有无穷之祸也,而今其效若是"。

何谓名义之太严?"名义"的内涵:"夫名义者,天下之公物,而非一人一家之所得私也。"②李建昌指出,孔子时代,天下大乱,篡弑之祸频发,于是孔子作《春秋》,语言虽简练但暗含褒贬,微言大义,自是以后,人伦始明。读《春秋》之人,都明晓书中所恶者、所赞者。但当今社会,很多人认为别人不知名义为何物,只有自己知道。在此种情况下,国家必然大乱。孔子、孟子、子路、冉有、宰我等人都有不同的政治追求与抉择:"孔子作《春秋》,尊周室。而孟子劝诸侯,行王政。孔子不与卫君,而子路死之。孔子欲堕三家之城,而冉有、宰我臣之。然孟子为亚圣,而三子者,犹得与于升堂之列。由今观之,孰不谓孟子谋篡夺,而子路、冉有、宰我从乱逆哉。又孰不谓孔子非圣人,而其流弊之至于斯哉?"③天下是无穷变化的,人心难以揣测,所以不能以一时一事而强为之名,并且,"甲所以为名者,乙又从以成其罪。乙所以为义者,甲又从以发其匿",于此可知名义并非常有。自古朋党之争都存在一个普遍现象,即总是认为自己是君子而别人为小人,但现在则不然,"谓小人之名,不足以湛其宗而夷

---

① [朝] 李建昌:《明美堂集》(《丛刊》第349辑),第167页。
② [朝] 李建昌:《明美堂集》(《丛刊》第349辑),第168页。
③ [朝] 李建昌:《明美堂集》(《丛刊》第349辑),第168页。

第四章 朝鲜朝后期散文与中国文化的关联

其类也"。所以一定要假借名义之说,"悉驱而纳之于乱贼,然后快焉。其亦可谓不仁之甚,而甚于作俑者矣"。

何谓文词之太繁?即"抉摘字句以罪人者",也就是文字狱。李建昌指出,朝鲜朝很多士子因此而惨遭横祸,"我朝百余年来,士大夫之遭党祸者,大抵皆坐于此"。李建昌通过对比突出文字的特殊意义,"夫心者,藏于方寸;言者,发于俄顷。故心有过,人或不尽见;口有失,亦不过于一时。惟文不然,一登纸墨,传之久远,既不可以揜匿磨灭"①。因为文字有如此重要的作用,所以有人把它拿来作为排除异己的武器,具体做法是:"有为之考证焉,有为之笺注焉,有为之钞略其要语焉,有为之敷衍其余意焉。"这些人用心之精,致力之勤,不亚如先儒之于经典,但他们是把文字作为杀人害人的武器。李建昌认为从未有"曼衍""烦僿"如朝鲜朝那么严重的,"曼衍故不切于事情,烦僿故务刻于议论,事情不切,则曲直难明,而是非难覆,闻之者易以眩。议论务刻,则爱恶愈偏,而感愤愈激,见之者易以触"②。如果刻意从文字中寻找毛病,那么即便"有善于辞命者,难乎其无失矣。况文之弊如此,而出之以党心者",文字变成了党同伐异的工具。

何谓刑狱之太密?李建昌以高丽朝与朝鲜朝作对比进行阐说,高丽朝不杀谏官,而朝鲜朝以忠厚立国,但党祸不断,戕杀无纪。议论权贵是严禁的,"鞫狱之严,尤前代所未有"。高丽朝时期,犯罪下狱,"皆出人主一时之怒,与权奸宵小之私憾而已。故淫威方逞,而正气莫遏,大祸不救,而直名愈伸。当时之士,既显讼其冤,而后之尚论者,翕然称之"③。朝鲜朝借鉴前代之失,不想滥杀无辜,因此,"假之以名义,傅之以文法,以成其罪,定其名为乱逆,下之于狱,拷掠凯讎,具有节次。要至口招手署,自认当死,然后诛之"。诸葛亮治理蜀国,"输情者虽重必宥",因此李建昌主张要"义刑义杀",

---

① [朝]李建昌:《明美堂集》(《丛刊》第349辑),第168页。
② [朝]李建昌:《明美堂集》(《丛刊》第349辑),第168页。
③ [朝]李建昌:《明美堂集》(《丛刊》第349辑),第169页。

这样才可以"号于国中,而虽有心知其冤枉者,终不敢开口一言,以自陷于乱逆之党"。杀一人则一人而已,"援引株连""歼其党类"的做法适合惩治盗贼而不适用于士大夫。如果用之于士大夫,那么国家不空就已经是万幸了,更不用谈什么人才众多的问题了。

何谓台阁之太峻?李建昌指出,设置台阁一职,"固将与人主争是非也",并且有轻重大小之别,"其重且大者,言之而不听,则去之可也。其轻且小者,言之而不听,则置之可也"①。现今的朝鲜朝不究轻重大小,其言一发,不得请则不止。前者虽去,而后者复继,因此存在很多弊病,如"人主亦狃以为常,而言之聒聒,曰故事然也。有从而停之者,则哗然以为大怪,其弊一也"。在朝廷上,言与不言应该都是正常现象,党争时则不然,"一人倡论,数十人从之。其不从则搏击先及,故不得不立异以自下。所言之事,未及彻于上,而所言之人,已相溃于下。此其弊二也"②。台阁的职责在于"补拾绳纠,成君德而正官邪",自有党争,台阁职责随之发生变化,"今党人之相攻也,必以其类,先布列于台阁,倡为峻论。排轧异己,以原情,为容奸;以全恩,为乱法。请窜请鞫请斩请孥,一有少缓,则又移锋而加之"。这就是古时所谓狱吏深文(引用法律严苛),在朝鲜则称为台阁之体。

何谓官职之太清?李建昌认为为官者都希望博得清廉的名声,所以竞相争夺。隋唐以来重视科举取士,文职始盛,但是唐代翰苑、宋代两制,"其员额犹不至如我朝之滥,而权势犹不至如我朝之重"。朝鲜朝"专以文职,为激励士大夫之具",况且朝鲜朝"多以相荐引为用",这种情况导致"年少气锐之士,权倾朝野,咳唾顾眄,足以荣辱当世,而不悦者乘之。急则为士祸,久则为党论"③。士祸是小人害士,党论是士类自相残害,危害更大。同一士类所争的是道学与官职,"争道学者一,则争官职者十;道学之党百,则官职之党千"。道

---

① [朝]李建昌:《明美堂集》(《丛刊》第349辑),第169页。
② [朝]李建昌:《明美堂集》(《丛刊》第349辑),第169页。
③ [朝]李建昌:《明美堂集》(《丛刊》第349辑),第170页。

◆ 第四章 朝鲜朝后期散文与中国文化的关联 ◆

学与官职之间形成了密切的关系,"非道学之重,则无以为官职之宗主;非官职之清,则无以为道学之声援"。二者交相为内外,而其得失成败,也未尝不交相为终始。所以李建昌得出结论:"盖天下之祸,常启于盛美。世道之患,必由于偏重。"

何谓阀阅之太盛?即门第、家世也是形成朋党的原因。李建昌指出,天下之事当与天下人共之,万世之事当与万世人共之。不是自己所应得,就应该不接受,何况子孙后代?自己贤德,子孙不肖,子孙不及于自己:"吾其如之何?"自己不贤德,子孙贤德,子孙之不同于自己:"吾又如之何?"假若自己贤德,子孙亦贤德:"又安必其事吾事哉?"自己事农,子孙后代未必皆农;自己事工,子孙后代未必皆工。本来应该是家族中一人显贵,但子孙后代未必显贵。一人的言论,是一时而发,等到其子孙后代,"何必复有此言议"。在朝鲜朝,姻亲、交游等都成为朋党,"自党论之分,而取阀阅愈甚。前之阀阅,犹以资地;后之阀阅,纯以党论祖宗名器,遂为党人之私物"。整个国家都是如此,又岂会不出现朋党。

何谓承平之太久?即享受太平日子的时间过长。欧阳修《伶官传序》言:"忧劳可以兴国,逸豫可以亡身。"[①] 安逸享乐于国于人都没有什么益处,所以明君都是兢兢业业,勤于政事。李建昌指出朝鲜朝贤士大夫众多,但也存在诸多问题,"其于盘乐怠傲,无一事或近者,惟文治过隆,议论多于成功,声容盛于懋实,故其经邦制政之要,有逊于汉唐"[②]。由于士大夫众多,闲来无事之时,"议论多于成功,声容盛于懋实",夸夸其谈,浮于表面。一旦外敌来犯,则"卒然无以当之",束手无策。外敌离开,又恢复到上下晏如的状态。在这样的环境下,"士大夫之精神心术,无所用之",于是形成了朋党。

李建昌从八个方面论述了朝鲜形成朋党的原因,道出了朋党的危害,具有深刻的揭露作用和强大的批判力量,较之前代文人的论述有

---

① (宋)欧阳修撰,徐无党注:《新五代史》,中华书局1974年版,第397页。
② [朝]李建昌:《明美堂集》(《丛刊》第349辑),第170页。

了很大的进步。

三 《史记·伯夷列传》的笺注与批评

《伯夷列传》是《史记》列传之首,为伯夷和叔齐的合传,用孔子等人的言论为线索,以许由、务光等人的事迹作陪衬,叙述了伯夷、叔齐兄弟二人在其父死后都不愿意继承王位,后又劝阻周武王伐纣和不吃周王室粮食而隐居首阳山,最终饿死的事迹。《伯夷列传》颂扬了伯夷、叔齐积仁洁行、清风高节的崇高品格。

朝鲜文人在阅读《史记》时,往往以列传作为学习的重点,且多以点评的方式对列传的文章技巧、艺术风格、用词造句、结构布局等进行解读。《伯夷列传》是朝鲜文人士子关注较多的《史记》列传之一,产生了大量评论《伯夷列传》的作家作品,比较有代表性的有赵普阳《伯夷传注解》、金得臣《伯夷传解》、魏伯珪《伯夷传说》、林乔镇《伯夷传解》、姜奎焕《伯夷传签录》、李玄锡《伯夷传解》、李德胄《伯夷传解》、李德馨《书伯夷传》、姜再恒《辨夷齐传》等。"很多朝鲜文人对于《伯夷列传》的理解与评价,多从文本出发,对于《伯夷列传》中记载的伯夷、叔齐事迹,基本认为可信。同时,他们认为司马迁在《伯夷列传》中,处处引孔子之言为议论依据,以孔子自居,并能继孔子《春秋》而作《史记》,再联系《太史公自序》中的相关内容,使得他们将《伯夷列传》作为列传之首,对司马迁也多有肯定"[①]。

李建昌《〈伯夷列传〉批评》采用了笺注的形式,从字词、句段、篇章布局等角度对《伯夷列传》进行解读,其中有很多见解颇具新意。李建昌不仅对文章笺注、解读,而且指导人们学习怎样品味文章。为方便分析,现把司马迁《伯夷列传》原文与李建昌《〈伯夷列

[①] 翟金明:《文本的力量——以朝鲜汉籍所涉〈史记〉〈汉书〉资料为基础的研究》,博士学位论文,中国社会科学院研究生院,2017年。

◇ 第四章 朝鲜朝后期散文与中国文化的关联 ◇

传〉批评》的评点以表格形式呈现。①

表3 《史记·伯夷列传》原文与《〈伯夷列传〉批评》评点

序号	《史记·伯夷列传》原文	《〈伯夷列传〉批评》评点
1	《伯夷列传》	题有正题、反题、借题，此《伯夷列传》，是借题、正题，当云《史记》全部总序。
2	夫学者。	第一笔，分明是《史记》全部总序。○此篇，惟第一节第五节，是正笔。
3	载籍极博，犹考信于六艺。	易、诗、书、礼、乐、春秋。○此句，已逗孔子字。
4	《诗》《书》虽缺，然虞夏之文，可知也。	六艺之可信，虞夏之可知，皆孔子删述之力，非孔子则不信不知矣。
5	尧将逊位，让于虞舜，舜、禹之间，岳牧咸荐，乃试之于位，典职数十年，功用既兴，然后授政。示天下重器，王者大统，传天下若斯之难也。	如此议论，孔子后，惟史公而已。孔子所以不概见者，史公已知其义，而犹曰何哉者，此谦让，不敢曰直知圣人之意也。然先解其义，而后作疑辞，不可曰不知，亦是倒笔。
6	而说者曰：尧让天下于许由。	第一陪。
7	许由不受，耻之逃隐。及夏之时，有卞随、	第二陪。
8	务光。	第三陪。
9	此何以称焉？	犹曰此何说也。
10	太史公曰：余登箕山，其上盖有许由冢云。	其人似亦有之，而孔子不言，故终不敢信。
11	孔子序列古之仁圣贤人，如吴太伯。	第四陪。
12	伯夷之伦详矣。余以所闻，由、光义至高，其文辞不少概见，何哉？	其解已见上。○此第一节，连用四陪客，然后方写出伯夷。然伯夷亦是虚景，此节主人，是一孔子。○此节本意，若曰古之圣贤多矣，非孔子所序列，则学者所不信。

---

① 《伯夷列传》原文据［西汉］司马迁著，韩兆琦评注《史记》（二），岳麓书社2012年版，第931—935页。《〈伯夷列传〉批评》据［朝］李建昌《明美堂集》（《丛刊》第349辑），198—201页。

235

续表

序号	《史记·伯夷列传》原文	《〈伯夷列传〉批评》评点
13	孔子曰：伯夷、叔齐，不念旧恶，怨是用希。求仁得仁，又何怨乎？余悲伯夷之意，睹轶诗可异焉。其传曰：	此"传"字，非史公之"传"，乃古来相传轶诗之本事。○自此至"死于首阳山"，是伯夷传中实事，史公文字中虚景。史公并不用意写，读者可一口滚读至。由此观之，方可留连咏叹。
14	伯夷、叔齐，孤竹君之二子也。父欲立叔齐。及父卒，叔齐让伯夷。伯夷曰："父命也。"遂逃去。叔齐亦不肯立而逃之。国人立其中子。于是伯夷、叔齐闻西伯昌善养老，"盍往归焉！"及至，西伯卒，武王载木主，号为文王，东伐纣。伯夷、叔齐叩马而谏曰："父死不葬，爰及干戈，可谓孝乎？以臣弑君，可谓仁乎？"左右欲兵之。太公曰："此义人也。"扶而去之。武王已平殷乱，天下宗周，而伯夷、叔齐耻之，义不食周粟，隐于首阳山，采薇而食之。及饿且死，作歌，其辞曰："登彼西山兮，采其薇矣。以暴易暴兮，不知其非矣。神农、虞、夏忽焉没兮，我安适归矣？于嗟徂兮，命之衰矣。"遂饿死于首阳山。	叙事，只略略。○此一节，虽是正传，而却无史公一笔。
15	由此观之，怨耶非耶？	此四字，方是此节本意。若曰虽孔子所传，不能无疑，盖怨则怨矣。○凡读书第一须拣虚实，若是实处，虽小事短文，不可不着眼。若是虚处，虽大关系大起落，只可随手抹过。就此一节言，则伯夷正传是虚，"怨耶非耶"四字，是实。若就此全篇看，则怨不怨，亦是虚景。不过因此说，出天道人道，归重于立名，而自托于圣人，其行文自不得不然。古今人看"怨"字太实，所以全篇主意体面，都不成说话，此是此篇中最易错误处。

第四章 朝鲜朝后期散文与中国文化的关联

续表

序号	《史记·伯夷列传》原文	《〈伯夷列传〉批评》评点
16	或曰："天道无亲，常与善人。"若伯夷、叔齐，可谓善人者非邪？积仁洁行，如此而饿死。且七十子之徒，仲尼独荐颜渊为好学。然回也屡空，糟糠不厌，而卒蚤夭。天之报施善人，其何如哉？盗跖日杀不辜，肝人之肉，暴戾恣睢，聚党数千人，横行天下，竟以寿终，是遵何德哉？此其尤大彰明较著者也。若至近世，操行不轨，专犯忌讳，而终身逸乐，富厚累世不绝。或择地而蹈之，时然后出言，行不由径，非公正不发愤，而遇祸灾者，不可胜数也。余甚惑焉，倘所谓天道，是邪非邪？	此处分明是史公自说，古今人看"怨"字做实事，以此节也。然此乃借题中又借题，不过过路滚说，千万莫作实写看。若作实写看，史公有灵，必悔此一句，欲唤后人删去。盖史公自负者极大，若以此句断史公，则史公便小小了。○此一节，未尝非实笔，然亦不过是行文，不得不然。○此一节，承上怨字，若曰天道如此，安能无怨。
17	子曰："道不同，不相为谋。"亦各从其志也。	上是天道，此是人道。道不同。非但夷跖不同，并谓天人不同。此是善用《论语》处。
18	故曰："富贵如可求，虽执鞭之士，吾亦为之。如不可求，从吾所好。""岁寒，然后知松柏之后凋。"举世混浊，清士乃见。岂以其重若彼，其轻若此哉？	此犹曰岂其重彼而轻此哉？彼，不轨之富乐也。此，公正之祸灾也。重犹贵也，慕也。轻犹贱也，恶也。此解诸注，皆迁晦不可从。○此节是正论，而犹未入题。○此节犹曰天道，虽如彼，人道自当如此，可以无怨。
19	君子疾没世而名不称焉。	"名"字，是入题而未破题。
20	贾子曰："贪夫徇财，烈士徇名，夸者死权，众庶冯生。"	此节当附上一节，而细看须更作一节。盖上节，只曰天道虽或不与善人，人道自当为善人，可以无怨。此节若曰人道虽固当为善，善未必获富，贵固不能无怨，而若并与身后之名而无称，则岂不重可叹乎？此所以富贵不足求，祸灾不足避，而惟名则不得忘情。故又引贾生之言曰虽烈士，不能不徇名，如贪夫之于财，夸者之于权，众庶之于生也。
21	同明相照，同类相求。云从龙，风从虎。	连写四句，所以极写圣人声势，又为古今烈士大吐一气。
22	圣人作而万物睹。	此"圣人"二字，是破题。

续表

序号	《史记·伯夷列传》原文	《〈伯夷列传〉批评》评点
23	伯夷、叔齐虽贤，得夫子而名益彰；颜渊虽笃学，附骥尾而行益显。	此一节，方是正笔。若曰"名"者，君子之所不可无，而烈士之所不能忘者也。夫为君子烈士立名者，谁也？必也圣人乎？圣人者，孔子也。孔子之所言，吾必信之。孔子之所不言，吾不敢信之。吾以此知孔子为圣人，而夷齐颜渊得孔子，为千古大幸也。吾虽不遇孔子，一部《史记》，如此文章，吾自可传名于千秋万岁。而凡此列传中人，赖吾文而传于千秋万岁，万万无湮没之理。斯亦不能不为千古大幸也。想见史公落笔，至此大喜大快。虽腐死，万万无恨，何许小儒？乃曰满腹皆怨哉。○上连用许由、卞随、务光、泰伯四陪客，方写伯夷。末段又用颜渊作一陪客，此固文章妙处。然须看伯夷初出时，只将泰伯夹写；伯夷结赞处，又却将颜渊夹写，可知此文，本不是伯夷传。
24	岩穴之士，趋舍有时，若此类名湮灭而不称，悲夫。闾巷之人，欲砥行立名者，非附青云之士，恶能施于后世哉！	此又一小节，本当在疾没世而名不称之下，以明为善，而不遇无名者，真可叹惜。以其句法，可作好结辞，故倒插在下方也。古今读者，见此节为结辞，遂谓史公自怨而又自悲。史公岂肯自悲其湮灭者哉？○青云之士，非谓贵显者也，古之如孔子者是也，后之如史公者是也。此是史公本意。○此节字眼，仍是"名"字，故当附于第五节名不称句之下，而不足别为一节。

李建昌认为司马迁《伯夷列传》向读者表达的认识是：许由、伯夷等古代圣贤都有德行，但许由等人"义虽高，而其事不近理"，所以让人不信服。但伯夷为孔子所称道，所以他的故事让人相信，"吾信孔子，故信伯夷也"。李建昌的《伯夷列传》评点呈现出如下一些特点。

第一，注重文章结构层次的划分与归纳总结。李建昌在文章末尾有一大段总结性文字，开首即云："此文凡五大节，第四大节中有两

◆ 第四章　朝鲜朝后期散文与中国文化的关联 ◆

节,故亦可谓六大节。"(《〈伯夷列传〉批评》)① 这种划分,使文章层次井然,便于读者理解。

第二,指出每一小节内容的核心思想。李建昌在文章末尾总结性文字中说:"每一节各有一字眼,第一节'信'字,第二节'怨'字,第三节'天道'字,第四节'道'字,第五节'名'字,第六节'圣人'字。"② 在具体点评每一节时,李建昌也紧紧围绕"字眼"来展开。

第三,通过评点来传授读书之法。李建昌在文章末尾总结性文字中说:"凡读古人书,须先观古人为此书之主意,又观此书之体面,然后字句篇章、文义法例,可次第观也。"③ 读书有先后要关注的重点,先观主旨,次观结构,再看字句篇章,形成递进的关系。李建昌在评点《伯夷列传》时就充分考虑到读书法的问题,并向读者阐明该如何入手,如在分析第二节时,他说:"凡读书第一须拣虚实。若是实处,虽小事短文,不可不着眼。若是虚处,虽大关系大起落,只可随手抹过。"④ 提醒读者要考虑作者在谋篇布局时的虚写与实写。他认为:"伯夷正传是虚,'怨耶非耶'四字是实。若就此全篇看,则怨不怨,亦是虚景。"同时指出:"古今人看'怨'字太实,所以全篇主意体面,都不成说话。"⑤ 在总结第三节内容时,李建昌再次强调了对于文章实笔、虚笔的认识,"此处分明是史公自说。古今人看怨字做实事,以此节也。然此乃借题中又借题,不过过路滚说,千万莫作实写看。若作实写看,史公有灵必悔此一句,欲唤后人删去。盖史公自负者极大,若以此句断史公,则史公便小小了。此一节,未尝非实笔,然亦不过是行文,不得不然"⑥。

读书时还要掌握第一要义("主意"),李建昌论述道:"太史公

---
① [朝]李建昌:《明美堂集》(《丛刊》第349辑),第198页。
② [朝]李建昌:《明美堂集》(《丛刊》第349辑),第198页。
③ [朝]李建昌:《明美堂集》(《丛刊》第349辑),第199页。
④ [朝]李建昌:《明美堂集》(《丛刊》第349辑),第199页。
⑤ [朝]李建昌:《明美堂集》(《丛刊》第349辑),第199页。
⑥ [朝]李建昌:《明美堂集》(《丛刊》第349辑),第199页。

作《史记》,盖出于发愤。古来读《史记》者,皆以怨为主意,又见伯夷传多用怨字,谓怨之尤者。然伯夷何如人也,昭乎日月,崒乎泰山。史公于数千年中作列传,竟将第一笔与他出色,是何等贵重。若于此,专为一怨字作主意,则是与伍子胥、灌仲孺传一例矣。"① 对于古人认为《伯夷列传》"以怨为主意",李建昌持反对意见。他认为《伯夷列传》"合作三项文字看",即有三个主旨思想蕴含于其中,"一是感慨古今,一是赞叹圣贤,一是发扬自家",所以《伯夷列传》"大抵是全部《史记》总序,《伯夷传》不过借题作名",《伯夷列传》开篇"夫学者"三字,李建昌点评曰:"第一笔,分明是《史记》全部总序。"

第四,能客观评论《伯夷列传》。李建昌不仅高度评价《伯夷列传》,同时也指出其中的缺点。他认为《伯夷列传》看似变化多样,但细看并没有什么奇特之处,只是平铺直叙。古代仁人贤士很多,许由等人虽然气节高但所做之事不近常理,作者信任孔子,所以相信伯夷叔齐之事。他逐层加以分析:"孔子删述六艺,使学者有所取信。吾信孔子,故信伯夷也,此一节。然孔子谓伯夷不怨,而余观伯夷之诗,不能无怨。何也?此一节。且非特伯夷而已,古今圣贤,不获富贵而不轨者,反逸乐多矣。然则天道固不可信也,此一节。虽然,人道则不可以不修也,此一节。世或有修其人道,而既不能取报于天,又不得传其名于身后,此则真可悲也。故虽烈士,不能无意于名,此一节。然名不能自立,惟有圣人为之叙列,然后名可以传矣。故虽以伯夷之贤,必得孔子,然后彰于后世,而信于学者也,此一节。"② 人的声望、名声不能自立,"惟有圣人为之叙列,然后名可以传矣",所以伯夷叔齐的贤德必得孔子所传才能彰显于世。

第五,探讨《伯夷列传》的本意。朝鲜文人认为《伯夷列传》的关键点在于司马迁想求名于世,对于司马迁的求名,朝鲜文人有着

---

① [朝]李建昌:《明美堂集》(《丛刊》第349辑),第200页。
② [朝]李建昌:《明美堂集》(《丛刊》第349辑),第200页。

第四章　朝鲜朝后期散文与中国文化的关联

不同的理解。有人认为司马迁的求名是想以孔子自居，如李玄锡指出司马迁已经意识到"名"有轻重之分，个人与其有怨，莫不如各从其志，秉义循名。(《伯夷传解》) 司马迁想以《史记》传于后世而彰显其名，伯夷等贤人也需要依靠孔子为之立名。李德胄认为司马迁既然有"各从其志"的想法、志向，却又汲汲求名于世是应该批评的。(《伯夷传解》) 李建昌认为司马迁写作《伯夷列传》的本意是："余故不为许由诸人立传，而传自伯夷始。若吾列传中诸人，将得吾文而传信于来者，岂非幸欤？此是史公主意，无于本文。"[①] 所以说，许由、卞随、务光、太伯等人是陪客，伯夷是主人。伯夷、颜渊等人是陪客，孔子是主人。孔子毕竟是客，作者司马迁要做主人。"孔子序列之序列二字，乃序传列传之义，此是《史记》列传总序之所以作也。"李建昌指出，世人都想身后留名，但名不能自立，只能借助圣贤之口笔而传于世，贤如伯夷者也需要孔子而得以传世。司马迁作人物列传，传中的人物也将借助《史记》而扬名于后世。

第六，关于伯夷是"怨"与"不怨""天道"的辨析。对于伯夷是"怨"还是"不怨"，朝鲜文人看法各异。按照孔子的说法，伯夷是不怨的："又何怨乎？"金得臣、安锡儆认为伯夷是有怨的，他们的依据是佚诗。魏伯珪、李德胄认为伯夷之怨实则是司马迁心中之怨，司马迁借助伯夷抒发自己心中的怨怼。从伯夷的遭遇来说，其"不怨"是不合常理的，司马迁意识到这一问题，所以提出了"天道"之说。李建昌则认为伯夷不可能无怨，因为"古今圣贤，不获富贵而不轨者，反逸乐多矣，然则无道故不可信也"。

第三节　金允植散文与中国文化的关联

金允植（1835—1922年），字洵卿，号云养。朝鲜著名政治家、思想家、外交家。高宗十一年（1874年）文科及第，先后师从俞莘

[①] [朝] 李建昌：《明美堂集》(《丛刊》第349辑)，第200页。

焕、朴珪寿等名贤。高宗十八年（清光绪七年，1881年）任领选使出使天津，向清朝学习工业制造技术，并与清朝洋务派官员商讨朝美缔约事宜。高宗十九年（1882年），朝鲜发生"壬午兵变"，身在中国的金允植奏请清朝出兵，后与清朝军队一同回国，平定了叛乱。金允植历任机器局总办、经国事务衙门、通商事务衙门协办、工曹判书、兵曹判书、中枢院议长、经学院大提学等职，对朝鲜的外交事业作出了突出贡献。著有《云养集》《领选日记》《天津谈草》等。金允植的散文颇具特色，在朝鲜后期文学史上具有重要地位，与中国文化有着密切的联系。

一 《八家涉笔》与唐宋八大家散文

朝鲜文坛对唐宋八大家的接受与学习，讫于高丽朝并贯穿朝鲜古代文学发展的始终。据韩国成均馆大学校中央图书馆《古书目录》所载，朝鲜刊刻与唐宋八大家相关的总集、选集主要有《唐宋八家文读本》《批点唐宋八家文钞》《唐宋八大家文钞》《唐宋八大家类选》《唐宋八子百选》《增评唐宋八家文读本》《评注唐宋八家古文》《唐宋八家文约选》《八家精选》等。[①] 除此之外，唐宋八大家的个人别集在朝鲜的刊刻数量更是众多，兹不赘述。尤其是《古文真宝》流入朝鲜后，对唐宋八大家的传播产生了重要影响，推动了朝鲜文人士子对唐宋八大家的接受与学习。[②]

金允植对唐宋八大家非常推崇，家居无事时他曾以唐宋八大家之文教授子弟，并把心得体会编写成《八家涉笔》一文。他在《八家涉笔》"引文"中交代：年少时就喜好阅读唐宋八大家之文，授课之余，把所思所感信笔书之，相当于又阅读了一遍唐宋八大家的文章。

---

① 参阅成均馆大学校中央图书馆编《古书目录》第1辑、第2辑，成均馆大学校出版部1979年版。

② 《古文真宝》是一部诗文总集，所收作品始于屈原终至南宋，大多为唐宋诗文。传入朝鲜后，经过朝鲜文人的增补、注释等，更名为《详说古文真宝大全》。

第四章　朝鲜朝后期散文与中国文化的关联

金允植关于唐宋八大家的品评文字,是他"素所怀抱,无因以发"[①]情况下的产物,并非拾人牙慧,而是有所创见的。

(一)《八家涉笔》论韩愈散文

韩愈在朝鲜深受文人士子的喜爱,据学者研究指出,韩愈的散文"是在进入高丽中叶古文之风兴起之时被正式引入,以后便广受知识界人士的关注和推崇,高丽中后期以来因被评定为学习古文写作的典范而叹为观止"[②]。高丽文人评论韩愈散文者众多,如金富轼云:"韩柳挥毫,唐文至于三变。"又如林椿曰:"书止颜,文止韩,诗止杜。"再如崔滋言:"古人云:'学诗者,对律句体子美,乐章体太白,古诗体韩苏。若文辞,则各体皆备于韩文,熟读深思,可得其体。'"朝鲜朝时期,韩愈的文集得到广泛刊行,除了《五百家注音辨昌黎文集》《朱文公校昌黎先生文集》等全集外,还有《韩文正宗》《韩文抄》《昌黎文抄》《唐大家韩文公文抄》《韩文选》《昌黎先生碑志》等散文选本被刊印。对韩愈散文进行审美批评更是朝鲜古典文学接受史上一道亮丽的风景线。

金允植《八家涉笔》论及韩愈的条目共十六则,涉及韩愈的文学观念、代表性作品等,呈现如下一些特点。

第一,肯定、赞扬韩愈的散文。《韩文三、〈原道〉等篇》条目对韩愈《原道》等文章给予高度评价,金允植肯定韩愈《与孟尚书书》《送文畅序》《原道》《禘祫议》等文章,"择之颇精,守之甚确,往往合于圣贤之言"(《韩文三、〈原道〉等篇》[③]),堪称"文之至"。并且,韩愈在三个方面作出了巨大贡献,成就了万世之功业,"自秦汉以来,论道术者,揣摩影响,不识本原之旨,能知推尊孟子,自韩子始。称述大学之旨,自韩子始。痛辟佛老,扶卫吾道,自韩子

[①] [朝]金允植:《云养集》(《丛刊》第328辑),2004年,第489页。
[②] [韩]李钟汉:《韩愈诗文在韩国的传播时期、过程和背景》,《周口师范学院学报》2000年第1期。
[③] [朝]金允植:《云养集》(《丛刊》第328辑),第489页。

243

始。此三者诚万世之功也"①。李翱、张籍等接受韩愈,并"以其法传授后学",穆修、尹师道、欧阳修等"闻其风而兴起,能以经术为文"②,而濂洛诸人又承传下来,"刊落其华,摭收其实",遂开理学之门,"其所以为学也,则尊孟子也,表大学也,辟佛老也。此三者,皆韩子之所发端而不能深造者也"。所以金允植认为"韩子者,可谓文之至也","韩子得其华,宋贤得其实,斯道虽至宋贤而大明,韩子倡导之功,不可少之也"③。

金允植关于韩愈散文的赏析也颇见功力,如对《贞曜墓志》《祭十二郎文》两篇文章的分析:"《贞曜墓志》,只叙其哭吊营葬征铭之节,而用事参错,有悲遑掩抑之状,读之令人泪迸,不问可知为生平切友也。《祭十二郎文》,一字一泪,千年绝调,而后来蹈袭者多,遂成陈言,哀不可学为也"(《韩文十六、〈贞曜墓志〉〈祭十二郎文〉》)④。《贞曜墓志》即《贞曜先生墓志铭》,是韩愈为孟郊所作的一篇墓志铭,文章交代了孟郊的家世、生平、仕宦经历等情况,重点评论了孟郊诗歌突出的艺术特点,"及其为诗,刿目鉥心,刃迎缕解,钩章棘句,掐擢胃肾,神施鬼设,间见层出"⑤,评论言简意赅却又恰当中肯。

韩愈幼年丧父,靠兄嫂抚养成人,与其侄十二郎韩老成自幼相守,历经患难,感情深厚。成年以后,韩愈四处漂泊,与十二郎很少见面。正当他官运好转时,突然传来十二郎去世的噩耗,韩愈悲痛欲绝,写下《祭十二郎文》。历代评论家对这篇祭文评价甚高,如:

> 茅坤:"通篇情意刺骨,无限凄切,祭文中千年绝调。"(《唐宋八大家文钞》)

---

① [朝] 金允植:《云养集》(《丛刊》第328辑),第489页。
② [朝] 金允植:《云养集》(《丛刊》第328辑),第489页。
③ [朝] 金允植:《云养集》(《丛刊》第328辑),第489页。
④ [朝] 金允植:《云养集》(《丛刊》第328辑),第489页。
⑤ (唐)韩愈著,(清)马其昶校注、马茂元整理:《韩昌黎文集校注》,上海古籍出版社2014年版,第498页。

◈ 第四章　朝鲜朝后期散文与中国文化的关联 ◈

吴楚材、吴调侯："情之至者，自然流为至文。读此等文，须想其一面哭一面写，字字是血，字字是泪；未尝有意为文，而文无不工。祭文中千年绝调。"（《古文观止》）

沈德潜："直举胸臆，情至文生，是祭文变体，亦是祭文绝调。"（《唐宋八大家文读本》）

钱基博："《祭十二郎文》，骨肉之痛，急不暇修饰，纵笔一挥，而于喷薄处见雄肆，于呜咽处见深恳，提震转折，迈往莫御，如云驱飙驰，又如龙吟虎啸，放声长号，而气格自紧健。"（《韩愈志·韩集籀读录第六》①）

第二，批评韩愈的散文。金允植对韩愈散文并非全部持肯定、赞扬态度，也有批评。如《韩文二、潮州谢上表》条，金允植认为人穷困潦倒时可见真情，情况急迫危难时能露出本色，他以韩愈《潮州谢上表》为例加以说明："余读韩子《潮州谢上表》，慨然知文章之为不足贵也。方其投书光范，以道自任，所言者仁义道德，所期者周孔颜孟，何其伟哉！及夫一言见忤，奔窜南荒，援绝望断，穷愁蹙踖，乃反铺张主德，称述己能。欲以区区之艺，迎合上心，其所自处者，不过在相如、子长之间耳。所谓任道自重之士，处穷固若是乎？然则囊所言仁义道德者，假之以文吾文而已。"② 运用鲜明的对比，言语激烈，批驳不遗余力。

韩愈创作了大量赠序，包括《送孟东野序》《送李愿归盘谷序》《送董邵南序》等名篇佳作，但也存在大量应酬之作。金允植（《韩文七、送人序》）对此有着清晰的认识，"其与平生知旧及门生方外之序，尽其所欲言者，而无可言则止，故其文沛然若有余。至如位显而交疏，其势出于我右者，虽藻绘满眼，常有拘束之

---

① 迟文浚主编：《唐宋八大家散文广选·新注·集评》（韩愈卷），辽宁人民出版社1999年版，第506页。
② ［朝］金允植：《云养集》（《丛刊》第328辑），2004年，第489页。

245

意"①，不同身份的人，韩愈赠序的情感也不一样。所赠送对象如果是朋友、门生弟子、方外之士等，韩愈往往能直抒胸臆，尽其所欲言，所以文章就很有气势，《送孟东野序》《送李愿归盘谷序》等就是此类文章的典型代表。所赠送对象如果是地位显赫者，韩愈则"藻绘满眼，常有拘束之意"，辞藻华美，内容空泛，文章拘束而没有气势。但是仔细分析、品味韩愈那些写给"位显而交疏，其势出于我右者"的赠序，就会发现其中"亦有作者之微权"。这些文章"或铺张其恩遇职事之重，以责其报；或褒其前绩，以勉方来；或极口以赞其长，而微婉其辞于短"②，都含有陈勉规讽之意，可谓得风人之旨。

（二）论柳宗元散文

关于柳宗元诗文传入朝鲜的时间、状况等，学界已有相关成果论及于此，"柳宗元诗文集传入朝鲜的时间在12世纪中期之前，之后，柳宗元通过中朝书籍交流、朝鲜刊刻柳集、朝鲜文人间的柳集交流及朝鲜国王赐书等书籍流传方式在朝鲜逐渐普及。与此同时，唐宋八大家文集及《详说古文真宝大全》等流行选本也对柳集在朝鲜的传播起到了重要作用"③。翻阅韩国古代文人别集，学习、评论柳宗元文章者比比皆是，金允植就是其中之一，其《八家涉笔》中有十四则文字论述柳宗元散文，除第一则标注为"柳文一"、没有明确地说明主题外，其余十三则均冠以题目。

金允植对柳宗元的山水记文评价很高，他认为柳宗元的山水记文有以下特点。

第一，柳宗元的山水记文"冠绝古今"。金允植认为柳宗元《游黄谿记》《柳州山水记》等文，"全摹《山海经》而格自奇古"④，其

---

① ［朝］金允植：《云养集》（《丛刊》第328辑），2004年，第489页。
② ［朝］金允植：《云养集》（《丛刊》第328辑），2004年，第489页。
③ 雷雨豪：《柳宗元诗文在朝鲜半岛的传播与接受研究》，硕士学位论文，四川师范大学，2018年。
④ ［朝］金允植：《云养集》（《丛刊》第328辑），第489页。

第四章 朝鲜朝后期散文与中国文化的关联

他山水记文也都"神与境会,都在笔墨蹊径之外"。一般人如果雕刻、锻炼文章的话,便会有斧凿的痕迹,柳宗元则不然,"子厚愈刻愈天然,盖其一段精爽,自有不昧者存"(《柳文十、山水记》)。

第二,柳宗元的山水记文有着独特的韵味,这缘于柳宗元"精于鉴赏"(《柳文八、山水记》)。别人眼中的山水,"平易圆全",在柳宗元眼中则不然,"子厚独见其幽峭欹缺,因其幽峭而思生焉,因其欹缺而奇生焉"①。众人注目于纷红骇绿,柳宗元"独披拂幽蕊,摩挲孤卉"。柳宗元还善于在细微处下功夫,"点缀摸写,风神迥然"(《柳文八、山水记》)。

第三,柳宗元的山水记文"辄有一种哀思,使人不怡"。如同昔日"自以农作之余,饮酒击缶,为荒淫无度"(《柳文九、山水记》②)的杨晖一样,柳宗元痴情于永州山水,也达到了"荒淫无度"的程度。柳宗元是有景必览,"环州数十胜,荒林僻壤,断流小石,无不牢笼,何其贪也"(《柳文九、山水记》③),金允植眼中的"贪"何尝不是文人的雅致。柳宗元被贬永州,山水成了他抒怀写意的载体。金允植认为柳宗元的山水记文有一种哀思蕴涵其中,读后使人感觉压抑,"其所酬饮畅乐呼号得意之时,益见其憔悴无聊"(《柳文九、山水记》④),非常有见地。

除了评论柳宗元的山水记文外,金允植也论述了柳宗元的其他文章,如《封建论》。《封建论》是柳宗元非常著名的政论散文,主要谈论分封制的劣及郡县制的优,同时指出郡县制代替分封制是历史的必然趋势,抨击了维护分封制的谬论,具有很强的现实意义。金允植对柳宗元《封建论》持批判态度,他认为《封建论》中的观点,"不过利害之粗迹,然但见小利而不思大害,便于一人之私而不顾万民之

---

① [朝] 金允植:《云养集》(《丛刊》第 328 辑),第 489 页。
② [朝] 金允植:《云养集》(《丛刊》第 328 辑),第 489 页。
③ [朝] 金允植:《云养集》(《丛刊》第 328 辑),第 489 页。
④ [朝] 金允植:《云养集》(《丛刊》第 328 辑),第 489 页。

公"①。金允植维护分封制,《柳文十二、封建论》从八个方面论述了分封制的"利",限于篇幅,只举其中两则为例:

> 柳子所见,以汉唐之小康,疑为郡县之效。然通三四百年之间,生民息肩者不过二三十年,其余外若无事,而生民困悴,甚于金革何者。四海之命,系于一人,而一人之仁且明者,又千百年而至得其一。民安得不常困乎?古者封建之世,天子地方千里,诸侯得其什一以为国;诸侯地方百里,卿大夫得其什一以为家,各私其土地,子其人民,奉其宗庙,传其子孙,士有世禄,民有世业,分安志定,无侥幸之风,此封建之利一也。
>
> 一人贤圣则天下蒙其福,一人不肖则畿甸以外天下固晏如也。汤誓曰:舍我穑事,而割正夏,是桀之暴,不及于汤之民也。诗云:鲂鱼赪尾,王室如毁。虽则如毁,父母孔迩,是纣之虐不及于文王之民也。至如后世,一人贪戾则海隅出日,罔不被毒,此封建之利二也。②

金允植作为封建士大夫,他以忠君爱国为己任,维护封建统治,所以认为这八个方面是利害之最大最易见的。其他不合天理、不顺人情者,不可枚举。然而后世不可成者,都是因为一人之私。一人之私虽小,危害却大,能蒙蔽万古之公,柳宗元亦为其所蔽:"乃曰封建非圣人之意,何其谬也?"况且柳宗元以汉、晋为戒,是徒知封建之名,而不知封建之实。

(三)论欧阳修散文

欧阳修的文章传入朝鲜的确切时间无法证实,但可以通过文献做大致推断。李仁老《破闲集》(卷下)云:"石鼓在岐阳孔子庙中。自周至唐几二千载,《诗》《书》所传及诸史百子中,固无所传。且

---

① [朝]金允植:《云养集》(《丛刊》第328辑),第489页。
② [朝]金允植:《云养集》(《丛刊》第328辑),第489页。

第四章　朝鲜朝后期散文与中国文化的关联

韦、韩二公皆博古者，何以即谓周宣王鼓，著于歌词，剖析无遗？欧阳子亦以为有三疑焉。昨在书楼偶读其文，有会于予心者。"①引文提及的内容源于欧阳修《石鼓文》。《破闲集》初刊于高丽元宗元年（1260年），据李仁老生卒年可推知《石鼓文》最晚于1220年已传入朝鲜。崔滋《补闲集》（卷下）中有李奎报阅读欧阳修文集的记录："文顺公曰：'囊余初见欧阳公集，爱其富。再见得佳处。至于三，拱手叹服。'"②根据李奎报的生卒年可以推知"欧阳公集"最晚于1241年前已经传入朝鲜。通过上面的分析可大致推知，欧阳修文集（文章）于1220年前已经传入朝鲜。

欧阳修的文章在朝鲜文坛产生了重大影响，"有不少文人在个人文集中经常引用欧阳修的文章，这一切都向我们证明了欧阳修文章在当时极受重视的情形，同时也正说明了欧氏著作的刊行与流布进一步有力地推动了其在韩国的广泛传播与普及，而欧阳公文集的刊行为当时的学习研究者提供了很大的方便，大力推动了欧阳修文章的学习和研究。朝鲜王朝中期以后，对欧阳修文章的精辟的评论，系统、全面的研究以及对认真学习欧阳修文章者的评论不断出现，此种场面是前所未有的"③。崔笠、张维、金昌协等朝鲜著名文人都对欧阳修的文章有着精辟的论述。

金允植《八家涉笔》共有十七则条目论及欧阳修，呈现出如下几个鲜明特点。

首先，论述欧阳修文章的风格、文学史地位。欧阳修为文"蕴藉和平，善能感慨"（《欧阳文十七》），又"纡徐不迫，无巉刻之辞"（《欧阳文十七》），又因为他的遭际、经历等，其文"辞直不谀""感叹而不伤"（《欧阳文十七》），这是欧阳修文章整体的风格特点。欧

---

① 蔡美花、赵季主编：《韩国诗话全编校注》（第1册），人民文学出版社2012年版，第36页。
② 蔡美花、赵季主编：《韩国诗话全编校注》（第1册），人民文学出版社2012年版，第112页。
③ ［韩］黄一权：《欧阳修著作初传韩国的时间及其刊行、流布的状况》，《复旦学报》（社会科学版）2000年第2期。

阳修的碑志学习了司马迁，序体文借鉴韩愈，奏疏与贾谊、陆贽相媲美，"其碑志得于子长，序记得于昌黎，奏疏与贾谊、陆贽相上下"（《欧阳文十七》[①]），这是欧阳修个别文体的源流、特点。虽然欧阳修学习、借鉴诸人，但又有发展、突破，"议论之公、见识之正，又轶过之"（《欧阳文十七》[②]）。

欧阳修的文学史地位，"上接汉唐大家之绪，下开宋以下门户，裒然为千古文林之指南"（《欧阳文十七》[③]）。那些不善于钻研的人，学习欧文就容易流于凡庸，"不善学之者，其弊也流为凡庸，乃欲以神奇化腐臭则失之远"（《欧阳文十七》[④]）。

其次，对比论述欧阳修与韩愈、"三苏"等的散文，突出欧阳修散文的特点。金允植在论述求荐书时，以韩愈、苏氏父子（苏洵、苏轼、苏辙）与欧阳修作了对比，批评韩愈、苏氏父子而肯定欧阳修。"退之求荐书，每盛称其人之德，不免近谀。苏氏父子求荐书，殊淋漓慷慨，然不免游说之风。永叔求荐书，只叙自家本末，略点缀其人求贤用人之美，而文意已足，方是士大夫风裁。"（《欧阳文五、求荐书》[⑤]）金允植高度评价韩愈、欧阳修为友人所撰墓志铭、祭文的长处，认为这些文章能书写出友人的突出特点，如孟郊、梅尧臣都长于诗歌创作，韩愈、欧阳修的墓志铭、祭文就"不及他语，推其长而已"（《欧阳文十六、梅圣俞墓志铭祭文》），这样做的最终目的就是使友人足以传后世。

再次，欧阳修的文章是"正始之音而治世之文"。金允植用了多则材料讨论欧阳修所作"劄子"。劄子亦作"札子"，官府中用来上奏或启事的一种文书，也指官府中的往来文书。金允植论析欧阳修劄子的文章包括《欧阳文一、论乞主张范富等行事劄子、论贾昌朝除枢

[①] ［朝］金允植：《云养集》（《丛刊》第328辑），第489页。
[②] ［朝］金允植：《云养集》（《丛刊》第328辑），第489页。
[③] ［朝］金允植：《云养集》（《丛刊》第328辑），第489页。
[④] ［朝］金允植：《云养集》（《丛刊》第328辑），第489页。
[⑤] ［朝］金允植：《云养集》（《丛刊》第328辑），第489页。

◇ 第四章 朝鲜朝后期散文与中国文化的关联 ◇

密使劄子》《欧阳文二、荐吕公著劄子》《欧阳文三、论西夏诸劄》《欧阳文四、乞补馆职劄、乞令百官议事劄、谏院宜知外事劄、论逐路取人劄、议学状》等。

金允植认为，欧阳修的"劄子"能够做到"知无不言，言无不尽，其所陈皆人所难言，而无痛哭流涕危激之辞"（《欧阳文一、论乞主张范富等行事劄子、论贾昌朝除枢密使劄子》[①]），堪称"治世之文"（《欧阳文一、论乞主张范富等行事劄子、论贾昌朝除枢密使劄子》）。更为重要的是，欧阳修"职在论思，常先事献替"（《欧阳文一、论乞主张范富等行事劄子、论贾昌朝除枢密使劄子》），范富、贾昌朝之事可为例证："范富等将有所条陈，则公豫先陈劄，言范富等所言必如此，小人之怨怒必如此，浮议之纷纭必如此。若不终始主张，必为奸谗所沮，事无成功又如此。如台谏将论贾昌朝枢密之任，则公豫先进劄，言昌朝之过恶如此，外廷之物议如此，台谏必有论列如此。昌朝得志，必害善人如此。使是非邪正，了然先定于人主之胸中，然后君子进言，不患有所蔽，小人行诈，不敢售其奸。"（《欧阳文一、论乞主张范富等行事劄子、论贾昌朝除枢密使劄子》[②]）欧阳修本人又"志不诡随，好恶甚明"（《欧阳文二、荐吕公著劄子》），金允植也举了事例："尝论罢包拯三司使矣，后又荐其忠谠不可弃远。尝屡斥吕夷简之奸邪矣，今又力荐其子，是其心果有所系而然耶。欧公既以朋党自居，而又于时辈多所攻斥，如陈执中、贾昌朝辈不可胜数。宜其谤毁至今哓哓，而盖棺帖然，虽陈贾子孙亦不敢怨者。以其大公之心，足以服人，不待百年而后论定也。"（《欧阳文二、荐吕公著劄子》[③]）

欧阳修"所陈劄、状，皆经国远谟，弘邕剀切""其中往往有涤中今世之务者"（《欧阳文四、乞补馆职劄子、乞令百官议事劄、谏院宜知外事劄、论逐路取人劄、议学状》），金允植进行了解释，如

[①] [朝] 金允植：《云养集》（《丛刊》第328辑），第489页。
[②] [朝] 金允植：《云养集》（《丛刊》第328辑），第489页。
[③] [朝] 金允植：《云养集》（《丛刊》第328辑），第489页。

《乞补馆职箚》，"言朝廷贱儒学而贵材能，馆阁取士，宜先论道，此为当今第一急务，不可不讲者"①；《论乞令百官议事子》《论谏院宜知外事子》，"以为太事秘而不宣，常令侍从闻于已行之后，凡有论列，贵在事初，善则开端，恶则杜渐，此为当今深切之务"②；《论逐路取人子》，"以为东南士多，西北数少，今增西北一人，便是减东南十人。东南之人合格而落者多，西北之人不合格而得者多。此与今之逐色目用人甚相类也"③；《议学状》，"通篇议论，又切中今荐士之弊，其所云实事可行者，亦宜讲行于今"（《欧阳文四、乞补馆职箚、乞令百官议事箚、谏院宜知外事箚、论逐路取人箚、议学状》）④），可见欧阳修的箚、状都有经世治用的作用。

（四）论苏轼散文

苏轼在诗、文、词等方面都取得了较高的艺术成就，其诗文词在朝鲜受到高度重视，是文人士子学习的典范。"研究韩国古典文学，认识北宋诗人苏轼，是非常需要而且极有意义的。他比屈原、陶潜留下更深的痕迹。金富轼对苏轼的仰慕自不待言，李仁老、李奎报、林椿等也得益于东坡的文学，高丽文学可以说脱离不了苏轼的影响。"⑤ 从朝鲜古代文人的论述中也可见一斑，崔滋《补闲集》（卷中）云："近世尚东坡，盖爱其气韵豪迈，意深言富，用事恢博，庶几效得其体也。"⑥ 徐居正《东人诗话》曰："高丽文士专尚东坡，每及第榜出，则人曰：'三十二东坡出矣。'高元间，宋使求诗，学士权适赠诗曰：'苏子文章海外闻，宋朝天子火其文。文章可使为灰烬，千古芳名不可焚。'宋使叹服。其尚东坡可知也

---

① ［朝］金允植：《云养集》（《丛刊》第 328 辑），第 489 页。
② ［朝］金允植：《云养集》（《丛刊》第 328 辑），第 489 页。
③ ［朝］金允植：《云养集》（《丛刊》第 328 辑），第 489 页。
④ ［朝］金允植：《云养集》（《丛刊》第 328 辑），第 489 页。
⑤ ［韩］文永午：《孤山尹善道研究》，韩国太学社 1983 年版，第 380 页。
⑥ 蔡美花、赵季主编：《韩国诗话全编校注》（第 1 册），人民文学出版社 2012 年版，第 112 页。

◇ 第四章　朝鲜朝后期散文与中国文化的关联 ◇

已。"① 何止是高丽朝，准确来说，整个朝鲜文坛都受到了苏轼的巨大影响。马金科教授指出，苏轼在朝鲜文坛的巨大影响力为江西诗派被朝鲜文人接受构筑了桥梁，"苏黄"这一概念在朝鲜诗学中有着特殊的含义。②

金允植对苏轼的策论有着深刻领悟，《东坡文十五、思治论、策论、策略、策断》认为苏轼"短于论古而长于论今，短于论道而长于论事"③，所以苏轼论六艺古书三代以下人物概不足取，"其思治论、策略、策论诸篇，无一字等闲，最切于熙丰元祐间时务。其精悍之识，博达之才，尽为贾生之亚匹矣。文自汪洋滚汨，而其回湍激射处，尤足以惊发愦愦，人主宜写一通而省览焉"④。苏轼"思治论、策略、策论诸篇，无一字等闲"，尤其是"《策断》三篇论二虏情状与其所以制之之术，洞悉如见"⑤，所以金允植用三则条目论述了苏轼的《策略》，足见其重视程度。

金允植对苏轼的书、疏、劄、状等文体也给予了肯定，他说："苏长公书、疏、劄、状，古今罕比。如圜邱议，可与韩公禘祫议并驱。论差役利害及积欠六事，指画如掌，与陆宣公租调诸议相伯仲。奏浙西灾伤状，先事救患，深得魏相便宜条奏之意。乞开西湖及开石门河状行文，如贾让治河策而较出色。论西羌夏人事宜，洞见情状，处置中机，如李邺侯计事，代张方平谏用兵书，读之令人解颐，抑又轶过淮南谏书矣。"（《东坡文九、苏公文》⑥）金允植列举、分析了几篇苏轼的文章，通过对比的方式突出了苏轼书、疏、劄、状等文体的成就。

---

① 蔡美花、赵季主编：《韩国诗话全编校注》（第 1 册），人民文学出版社 2012 年版，第 185 页。
② 马金科：《朝鲜诗学对中国江西诗派的接受——以高丽后期至李朝前期朝鲜诗话为中心》，民族出版社 2006 年版，第 51—53 页。
③ ［朝］金允植：《云养集》（《丛刊》第 328 辑），第 489 页。
④ ［朝］金允植：《云养集》（《丛刊》第 328 辑），第 489 页。
⑤ ［朝］金允植：《云养集》（《丛刊》第 328 辑），第 489 页。
⑥ ［朝］金允植：《云养集》（《丛刊》第 328 辑），第 489 页。

金允植对苏轼的文论思想也持肯定、赞许态度,他在《东坡文八、答张文潜书、答谢举廉书》条目中先转述了苏轼论文章作法的文字,"东坡论文最得活法,以为文如行云流水,初无定质,但常行于所当行,常止于不可不止,文理自然,姿态横生。又曰:辞达而已矣,辞止达意则疑若不文,然是大不然。又曰:近日文字之衰,其源出于王氏,王氏之文,未必不善也,而患在于好使人同己"①。"文如行云流水"以下出自苏轼《与谢民师推官书》:"大略如行云流水,初无定质,但常行于所当行,常止于所不可不止,文理自然,姿态横生。孔子曰:'言之不文,行而不远。'又曰:'辞达而已矣。'夫言止于达意,即疑若不文,是大不然。"②《与谢民师推官书》这篇文章总结了苏轼的创作经验,是苏轼文学创作基本观点的表述。"近日文字之衰"出自苏轼《答张文潜书》:"文字之衰,未有如今日者也。其源出于王氏。王氏之文未必不善也,而患在于好使人同己。"③苏轼批评了王安石"使人同己"的错误观点。金允植对苏轼的论述深表赞同:"观此数段议论,则古人作文之妙,可以见矣。"④但是后世之人墨守成规,不知变通,"后之学者,创为法度绳墨之说,日就艰僻,斫丧自然,不知何苦而为此也"⑤。金允植根据经验进一步指出:

> 古人作文,或有首尾相应处,或有不相应处,或有步步照顾处,或有全篇不照顾处,或有转头掉尾伏线夹叙处,或有平直说去、澹乎若无味者,各因笔势之自然,度言与事称则便止。是为成章,后人篇篇摸索,句句栉刷,求其所谓合于法度者,十百篇盖得一二仿佛焉。于是执此为定法,舍己之所欲言

---

① [朝]金允植:《云养集》(《丛刊》第328辑),第489页。
② (北宋)苏轼著,孔凡礼点校:《苏轼文集》,中华书局2008年版,第1418页。
③ (北宋)苏轼著,孔凡礼点校:《苏轼文集》,中华书局2008年版,第1538页。
④ [朝]金允植:《云养集》(《丛刊》第328辑),第489页。
⑤ [朝]金允植:《云养集》(《丛刊》第328辑),第489页。

第四章 朝鲜朝后期散文与中国文化的关联

者而循其法度,排句妥字,牵强裁割,所谓戕贼杞柳,以为杯圈者也。故其字句之间,颇得相似,合其全体,邈如胡越之相背。①

古人作文章时会有不同的行文安排,所以要仔细分辨,不能同一视之。对于苏轼所提之作文法,金允植认为应该活学活用,学习其中的真髓,不必所有的都照搬照抄。这些观点体现出了金允植辩证、客观的创作与认知态度。

(五)论唐宋八大家散文的特点

金允植对唐宋八大家散文的论述呈现出如下几个突出特点。

第一,能够客观、辩证地分析唐宋八大家文章的优劣,不是一味地赞美,而是勇于指出其缺点与不足。

如前文所述关于韩愈《潮州谢上表》一文以及韩愈的部分赠序,金允植都大胆地给予批评,对柳宗元《封建论》也持批判态度。金允植论述苏洵"书""议"等文章体式,也是辩证地分析,有赞许亦有批判。对苏洵《上仁宗皇帝书》持赞扬态度:"余观老苏上仁宗书,以布韦之贱,不屈于万乘,有战国处士之风,秦汉以来,未之多见。意谓开卷,首陈天德王道,以端人主之心术,然后纵言当世之务,有本有末。"② 对苏洵《嬖妃论》也持肯定态度:"《嬖妃论》,持议颇正,有益于闺行,老苏文中最纯者也。柳柳州八骏图说,亦与此意同。儒者须有此等见识,不泥于俗。"③ 对苏洵《六经论》则持批判态度,《老苏文四、六经论》条开篇曰:"孔子曰:可与立,未可与权。权者何也?时中之谓也。凡事物皆有自然之权,圣人深知其故,任其自然,以求合乎天理之至公而已。自世人见之,有似异于经常之道,故命之曰权。若参以私意,是诈也非权也。孟子曰:为机变之巧

---

① [朝] 金允植:《云养集》(《丛刊》第328辑),第489页。
② [朝] 金允植:《云养集》(《丛刊》第328辑),第489页。
③ [朝] 金允植:《云养集》(《丛刊》第328辑),第489页。

者，无所用耻焉，机者圣人之所大恶也。"① 金允植认为苏洵《六经论》"一概以机权断之"（《老苏文四、六经论》②），可以说是"无知妄作者也，此战国游士饰其权诈，以惑时君者之所为"（《老苏文四、六经论》）。苏洵有如此言论的原因，主要是苏洵其人"天性喜谲诡而恶公正，读《论语》《孟子》七八年，兀然独坐，不曾见得一点天理，遂以己意曲解圣经，以求合乎其权诈之说，坦然以为自得而不疑"（《老苏文四、六经论》③）。金允植对苏洵《辨奸论》一文也持怀疑态度，"世以《辨奸论》，服老苏之先见。然余独不信。为其多言而偶中，抑又见其心术之病耳。君子不逆诈，不亿不信，荆公之未用也。其自修洁，与人信，操履端方，难进易退，慨然有志于生民者也。老苏何从而知其奸也，其所论推，不过以俭之过情推之"（《老苏文五、辨奸论》④）。

第二，在论述唐宋八大家散文时，往往和本国文坛、社会、历史等相联系，具有很强的现实指导意义。

如《老苏文六、訾妃论》开篇曰："《訾妃论》，持议颇正，有益于闺行，老苏文中最纯者也。柳柳州八骏图说，亦与此意同。儒者须有此等见识，不泥于俗。"⑤ 基于此，他对本国的一些传说产生了怀疑："余尝疑我东金氏金椟之说。未得其证。近见驾洛人金济学所著新罗世祖王本纪，力辨椟盒之诬，考据详博，甚似有理。余因略记其说，欲质于大雅君子，览此者庶知前说之陋也。"⑥ 之后用大段篇幅叙述了金氏金椟之说。《韩文四、与祠部陆员外书》条目把唐代的取士和朝鲜朝的取士作了对比。他如《荆公文三、上五事劄子》《东坡文十五、思治论、策论、策略、策断》《东坡文十六、李君山房藏书记》《东坡文四、论高丽买书利害劄子》《东坡文三、

---

① ［朝］金允植：《云养集》（《丛刊》第328辑），第489页。
② ［朝］金允植：《云养集》（《丛刊》第328辑），第489页。
③ ［朝］金允植：《云养集》（《丛刊》第328辑），第489页。
④ ［朝］金允植：《云养集》（《丛刊》第328辑），第489页。
⑤ ［朝］金允植：《云养集》（《丛刊》第328辑），第489页。
⑥ ［朝］金允植：《云养集》（《丛刊》第328辑），第489页。

第四章 朝鲜朝后期散文与中国文化的关联

徐州上皇帝书》《荆公文三、上王事劄子》等条目,都联系了朝鲜本国的实际情况。

第三,从文体上考察,金允植对唐宋八大家散文的论述多集中在实用性文体上,如表、书、劄子、策、论等文体。

在论述欧阳修时,金允植对欧阳修的"劄子"大加讨论,前文已述,兹不赘言。对苏洵文章的论述,也体现出重视实用性文体这一特点。再如对苏辙的论述,金允植着重论述了苏辙的《臣事策》《民政策》及《六国论》等论体文,《颍滨文三、六国论》条批评苏辙《六国论》"不论其人而论其地",苏辙的言语过于随意。金允植的主张是,王朝的兴衰在于人,"不在其地,在乎其人"(《颍滨文三、六国论》[1])。他对比秦国和六国的国君,认为秦国自秦孝公以下的君主,节衣缩食,夙兴夜寐,以图使国家富强。六国的君主则是"或贤或愚或明或暗或勤或惰或猛或懦"(《颍滨文三、六国论》),秦国国君洞察了六国君主的这些缺点,采用不同的对待方法,"如其贤明勤猛则甘言和好,以舒数年之祸;如其愚暗懦惰则辨士以诱之,劲兵以伐之"(《颍滨文三、六国论》)。这样,天下怎么能不归于秦国。如果秦国国君也是"愚如齐愍,暗如楚怀,惰如燕哙,懦如梁襄"(《颍滨文三、六国论》),那么秦国"屡世相传之志业,忽焉委地,万事瓦解,六国之君,可以舒啸"(《颍滨文三、六国论》)。

在论述曾巩时,金允植着重分析了曾巩的《讲官议》《公族议》等,关于《公族议》,金允植认为"子固之议,似厚而难继,未若子由之议也"[2]。基于此,他想"以补二子之所未及",认为封建之制,现在已经不可往复,应该仿效古代而立大宗小宗之法,"太祖太宗之别子,锡之采地,爵为世卿,为百世不迁之宗,与国常存。继体之君,其别子爵封廪给,世有等杀,为五世之宗,大小相维,本末有

---

[1] [朝]金允植:《云养集》(《丛刊》第328辑),第489页。
[2] [朝]金允植:《云养集》(《丛刊》第328辑),第489页。

序"①。设学以教，立正以率，"举其英髦，恤其穷乏，国家待公族之道，庶乎得矣"（《韩文四、公族议》）。

金允植之所以重点论述表、书、劄子、策、论等文体，主要是因为《八家涉笔并引》一文是他"家居无事，日夕课子弟授句读"（《八家涉笔并引》"引文"）情况下所作。既然是为了教授弟子，在文章的选择上就要有所取舍，所以金允植大量选择唐宋八大家的实用性文体来讲授。

二　出使中国行迹、交游考论

朝鲜高宗十八年（1881年），金允植以领选使身份带领儒生、工匠等前往中国，在保定、天津等地与李鸿章为首的洋务派人士进行了多次笔谈（用文字交换意见或发表见解）。关于此次出使，金允植在《云养集》《天津谈草》《领选使日记》《阴晴史》等都有记载。

金允植在《天津奉使缘起》一文中交代了出使天津的历史背景，概而言之，主要有如下几点。第一，国际大环境的影响。当时的朝鲜属于清朝的附属国，但时时受到日本、俄国等的威胁，朝鲜与清朝政府都希望加强联系、合作，以应对外来的各种威胁。金允植在《天津奉使缘起》中说：

> 日本旧有关白执权，自通洋以来，日皇废关白而亲揽国政，凡治国练兵制器征货等事，悉用泰西之法，灭琉球拓北海，号称东洋强国。日本最近者，莫如我国。改纪以后，通书契于我朝廷，朝廷以书契多违旧式，令边臣却而不受，至于八年之久。丙寅春，日本派使乘兵船入江华要约，不得已许之。俄罗斯廓其境土，至于海参崴，屯兵开港，与我国边疆，只隔一水，如虎豹之在傍。时安南缅甸琉球次第削弱，至于灭亡，我国犹未知也。安南则与法国修约，缅甸则与英国修约，琉球则服事日本，此三国

---

① ［朝］金允植：《云养集》（《丛刊》第328辑），第489页。

第四章　朝鲜朝后期散文与中国文化的关联

不愿广交，专仗一国，以为可恃。事久变生，渐加侵凌，国势积弱，无以制之。他国则素不立约，以局外处之，不敢过问，孤立无援，遂值倾覆。①

第二，朝鲜、清朝基于本国利益考虑，希望可以巩固双边关系。清朝希望遵循"联美""亲中"之策，朝鲜也希望维持与清朝的附属关系，受清朝的保护。金允植《天津奉使缘起》叙述了"联美""亲中"的好处："联美者，美国比欧洲诸国最为公平顺善，又富于财，无贪人土地之欲。先与美国商立善约，则嗣后他国立约，亦将悉照前稿，无见欺之患。又美人好排难解纷，必不容各国偏加凌侮，此联美之利也。亲清国者，我国服事清国，自有数百年相守之典礼。然海禁既开，我国亦以自主立于万国之中，则内治外交，清国不便干涉，而我国素昧交际，若无清国勤助，则必随事失误。故中东两国，须加意亲密，随机暗帮，如一室无间，则亦可以御外人之侮，此亲清国之利也。"② 在这种情况下，朝鲜国王选派金允植等人前往天津，向李鸿章等学习、求教。

金允植一行于清光绪七年（1881年）辛巳十一月十七日到达北京，随即前往保定，后抵达天津。《天津谈草》记录了金允植与李鸿章等人的四十多次笔谈，时间从光绪七年（1881年）辛巳十一月二十八日始至光绪八年（1882年）壬午十月十四日止，跨度近一年。

（一）与李鸿章的交流

金允植与李鸿章多次笔谈③，涉及很多方面的内容，如清光绪七年（1881年）辛巳十一月三十日在保定的第二次笔谈，李鸿章向金允植询问朝鲜的矿业发展情况。金允植《领选使日记》记载如下：

---

① ［朝］金允植：《云养集》（《丛刊》第328辑），第488页。
② ［朝］金允植：《云养集》（《丛刊》第328辑），第488页。
③ 孙卫国《朝鲜朝使臣金允植与李鸿章——以〈天津谈草〉为中心》（《东疆学刊》2018年第2期，第66页）统计金允植与李鸿章笔谈共10次。何燕文《金允植〈领选日记〉研究——以其中的笔谈资料为中心》（浙江工商大学，硕士学位论文，2015年）统计为9次。孙卫国与何燕文统计所差为3月15日这一次。

259

问:"贵国多山,必产石煤。"

答:"间间有之,姑未采用。"

问:"何不采取?一为民间柴薪之用,一则卖于各国来舰,必获大利。日本船石炭何以继用?"

答:"彼国随之载来而用。"

问:"贵国曾向日本讲究采煤之法否?"

答:"日本人未尝不自请,而敝邦每事专仰上国,拟从近送人上国学得采矿之法,故姑未许也。"①

在保定期间,金允植作有《上北洋大臣李鸿章书,辛巳冬在保定府时》一文,这篇文章较为集中地反映了金允植的外交思想及对朝鲜本国、清政府的认识,值得给予重点关注。概而言之,主要包括如下几方面的内容。

第一,向李鸿章陈说朝鲜的军备情况及存在的现实问题、困难等。金允植在信中陈述:新罗、高丽时期,由于社会不安定,朝鲜尚有一定武备。自从朝鲜王朝建立以来,"境内乂安,民至老死,不闻金鼓"②,导致武库所存都是数百年前无用的兵器,朝鲜国人却故步自封,认为无须"费财劳众,远学新制"。但当时的国际环境发生了很大的变化,"西势日旺,气运大变,治兵护商,旁洋天下。察其意趣,不专在于行教一事。设为约条,网罗四海,入者相与,出者孤立,互相连合,如七国之时"③。此与往日局面相比已大不相同。

第二,陈说朝鲜与日本的关系及向李鸿章解释密函泄密一事。朝鲜王朝对日本一直持怀疑、谨慎的态度,日本也始终对朝鲜垂涎三

---

① 复旦大学文史研究院、韩国成均馆大学东亚学术院大东文化研究院编:《韩国汉文燕行文献选编》(第三十册),复旦大学出版社 2011 年版,第 311 页。
② [朝]金允植:《云养集》(《丛刊》第 328 辑),第 432 页。
③ [朝]金允植:《云养集》(《丛刊》第 328 辑),第 432 页。

第四章　朝鲜朝后期散文与中国文化的关联

尺,想要占为己有。金允植曰:"自丁卯(1867年)以后,日本投书求好。朝议以为近日日本变用洋制,通倭即通洋之渐,却而不受。及乙亥(1875年)秋,日本兵船入江华,众论沸腾,几致生事,故相臣朴珪寿倡议调停,复修旧好,国受平和之福,而论者犹至今咻咻。"① 朝鲜大臣李裕元(1814—1888年)曾入清,李鸿章手书保邦安民之策,却被泄露给了日本。② 金允植对此作了解释:"缘李相昏耗,将中堂密函示人,遂至传播于日本。"③ 对于此事,朝鲜国王非常震怒,采取了一系列的措施,一是"即日窜逐李相于岭南之巨济府",二是"分送朝士,游历于日本,语及书函事,必今到底分疏,无使贻累于中堂"④。

第三,关于"协美议约"之事。金允植陈说朝鲜王朝所处地理位置的劣势及现实处境:"小邦处环海之中,尚孑然特立于万国之外,久为众手所指,观其成败。而北俄东日,形势相逼,燕雀之处堂,犹未足以喻其急也。"⑤ 从前可以仰仗清朝,但当时是四面受敌,清朝也是鞭长莫及,因此李鸿章"屡示警告,丁宁反覆,使之先事周旋,冀或纾东顾之忧者也"。所以,朝鲜王朝"先通美国,公平立约,俾嗣后来歆者。一遵成式,无害我自主之权,此又急务最当先者也。凡此数画,皆不出于中堂之成算"⑥。金允植对美国则充满了幻想,"泰西诸国中久闻美邦国富兵强,心公性和,国富则少贪,兵强则可恃,心公则处事平,性和则执礼恭。且闻近日颇艳慕华风,购买经籍,周孔之道,未必无西被之理"⑦。金允植也看到了协美议约在朝鲜国内可能

---

① [朝]金允植:《云养集》(《丛刊》第328辑),第432页。
② 清政府为了牵制日本,欲劝告朝鲜与欧美国家建交通商,以夷制夷。光绪五年(1879年)七月,李鸿章致信李裕元,力劝朝鲜与英、德、法、美等国建交通商以牵制日本。李裕元将这封信予以公开,在十一月才向李鸿章回信表示,朝鲜与日本订立条约,实出于不得已,并对"以夷制夷"政策有所微词。
③ [朝]金允植:《云养集》(《丛刊》第328辑),第432页。
④ [朝]金允植:《云养集》(《丛刊》第328辑),第432页。
⑤ [朝]金允植:《云养集》(《丛刊》第328辑),第432页。
⑥ [朝]金允植:《云养集》(《丛刊》第328辑),第432页。
⑦ [朝]金允植:《云养集》(《丛刊》第328辑),第432页。

会遇到很多困难,朝鲜人最厌恶洋人,一旦美船来朝停靠,就会出现"国内横议,必将归咎于寡君,迎接之际,事事掣碍"的情况,所以向李鸿章求助,"欲藉中堂之重,以镇服群情,则中堂威著四裔,谁不敬慕"。

第四,陈说江华东境的边防状况,请求李鸿章给予帮助。金允植指出自己所守江华东境,有南北两个海口,为一国的门户。南口水深,乘潮可行驶轮船。北口水浅,乘潮则小舟可入,都是出入汉江的必经要路。原来屯兵三千,以为防守之备。但是太平日久,武事渐忘,老弱废残,无以为用。金允植到任后,检阅队伍,汰弱留强,仅留一千五百人。后与庆军营务处袁世凯驰赴江华,勘察沿口炮台、地势,检阅军队、军械,金允植转述了袁世凯的一些看法:"袁丞亦亟称此地若失,汉江难守。较天津之大沽,尤为险要。一朝有事,敌人必全力先攻此地,以为退步。且四面受敌,孤立无援,非有精兵守之,则剑门适足资敌。所择之兵,尚称精壮,加以训练,可以转弱为强。"但是朝鲜苦于"国储支绌,购器甚难",所以向李鸿章寻求帮助,"可否俯赐,暂假藉资操练,容俟国力稍裕购得时,敬当奉赵"。

(二)与周馥的交流

金允植在天津与周馥[1]的笔谈次数最多[2],笔谈内容丰富多样,如:1882年正月初十日,谈及与日本签约之事;1882年二月二十日,谈及美船赴朝鲜半岛之事;1882年六月十八日、十九日、二十日、二十二日、二十七日,谈话的主要议题是朝鲜"壬午兵变"之事,等等。光绪八年(1882年)壬午正月,金允植作《与津海关道周玉山馥书,壬午正月》,向周馥陈说了以下几件事。

---

[1] 周馥(1837—1921年),字玉山,号兰溪,安徽至德人。光绪七年辛巳(1881年)任天津海关道,曾跟随李鸿章办洋务三十余年。

[2] 孙卫国《朝鲜朝使臣金允植与李鸿章——以〈天津谈草〉为中心》(《东疆学刊》2018年第2期)统计金允植与周馥笔谈共19次。何燕文《金允植〈领选日记〉研究——以其中的笔谈资料为中心》(浙江工商大学,硕士学位论文,2015年)统计为17次。

◇ 第四章 朝鲜朝后期散文与中国文化的关联 ◇

第一，希望清朝可以援助枪炮等武器，以加强朝鲜要地的防务。为了能打动周馥及清朝政府，金允植先引述唐廷枢（号景星）、袁世凯（字慰亭）等人对于险要之地异常重视的事例，"本月十四（1882年），同唐观察景星、袁舍人慰庭往沁府。唐公为看矿苗，转向东道。袁舍人为看海口要害、练习兵丁等事，数日回京。吴军门、袁舍人皆言沁府极利害，若沁府失守，是无汉阳，其要害如天津之大沽，而形胜过之。见今时势日急，不容玩愒。沁府兵在籍为三千名，近以饷资匮乏，裁汰存半，亟宜教练步伐。所有兵器，皆旧日所制，枪炮药丸，俱不中用。此处险要，可以事半功倍。劈山砲擡枪臂枪。虽非西法。据险制敌，莫妙于此。且易制造，宜先备储此器，教以准放，砲台亦须改筑，然犹属不急。缘海岸多山，可以临时藏炮，不必明立炮台也。"① 金允植指出仁川可以开港，由旱路进兵，再渡过一江，就能抵达汉城。江华四面环海，直达汉城水面，仅五六百步。小船乘载一二百名士兵可以驶过，此必争之地。对于这样险要的地方，朝鲜"苦无等款，有意莫遂，不计难易"②，所以金允植提出希望、请求，"约于开春，邀中国教师，往练沁军。惟枪炮急难铸造，兹禀傅相，乞蒙先借多少，以便藉手练习，俟后归欸"③。

第二，陈说货币流通、使用等情况及关于矿采的问题。金允植曰："敝邦现无他事，但年荒钱贵，策应无术，方欲通用洋元，每元准东钱五百六十文，又试自造银钱一钱二钱重，已经告示诸民。然铜钱既贵，银钱终难流行，不如并用中国铜钱，每二文准东钱一文，轻重相权，可无后弊。见今诸阵兵饷，宜以洋元及洋钱赍来，并行不悖，庶救目前之艰，未知卓见以为如何。"④ 不仅指出朝鲜在货币上存在的一些现实问题，并提出解决的设想，向周馥求教。朝鲜有矿石，但苦乏资本、事巨费多，没有能力去开采，所以想和清廷合作，"与

---

① ［朝］金允植：《云养集》（《丛刊》第 328 辑），第 434 页。
② ［朝］金允植：《云养集》（《丛刊》第 328 辑），第 434 页。
③ ［朝］金允植：《云养集》（《丛刊》第 328 辑），第 434 页。
④ ［朝］金允植：《云养集》（《丛刊》第 328 辑），第 434 页。

中国张敬夫观察合同约开一矿，以助兵饷"，"请中国人开矿，以裕沁兵之饷"①，目的非常明确。

第三，赞扬吴长庆所率军队在"壬午事变"中严明的纪律。光绪八年（1882年）壬午，朝鲜发生内乱，以朝鲜国王之父李昰应为首的保守派对国王李熙、王妃闵氏推行的新政不满，以克扣兵饷为由聚集乱兵生事，冲击王宫，烧毁日本使馆，打死多名日本人，国王、王妃不知去向。日本早有侵略朝鲜的心思，遂欲借此事入侵朝鲜，史称"壬午事变"。清朝将领吴长庆率军队东渡朝鲜，采取果断措施，平息了叛乱。吴长庆因此受到朝鲜人民的欢迎、爱戴，"自大军东来，乱军顽民，雠视天兵。赖吴帅抚绥得宜，宽猛互济，东土之民，仰之如父母，乡曲妇孺亦称吴大帅贤"②。

第四，控诉陈树棠在朝鲜的种种恶行。金允植在《与津海关道周玉山馥书，壬午正月》一文中叙述：陈树棠以商务委员身份到朝鲜，本该发挥应有的作用，但是一旦发生事情，陈树棠"不惟不调停，乃反推助"，"凡所举动，多出常理之外。遇有相讼，不由本国，自行扭控于商务公署。在途凌虐，入庭勒结，不公不平"③。金允植通过描述陈树棠处理李范晋一事说明他的劣迹，他的分析是：如果是华商连同李范晋前来求讯，那么就说明华商是原告，李范晋是被告，查阅《中朝商民水陆贸易章程》第二条规定：如果是财产罪犯等案，朝鲜人为原告、中国人为被告，就由中国商务委员追拿审断。倘若中国人为原告、朝鲜人为被告，则应由朝鲜官员将被告罪犯交出，会同中国商务委员，按律审断。现在是李范晋为华商所告，应由商务委员知照朝鲜官员，交出该犯，会同商务委员审断，才符合章程。而陈树棠偏信一面之词，毫无公允之心。

金允植所述陈树棠之事应该是事实，但人无完人，这些事不能抹杀陈树棠在中朝经贸发展关系上所作的贡献，"总办朝鲜各口交

---

① ［朝］金允植：《云养集》（《丛刊》第328辑），第434页。
② ［朝］金允植：《云养集》（《丛刊》第328辑），第434页。
③ ［朝］金允植：《云养集》（《丛刊》第328辑），第434页。

◆ 第四章 朝鲜朝后期散文与中国文化的关联 ◆

涉商务委员陈树棠自1883年10月被派驻朝鲜以来,与朝鲜先后签订了三项有关通航与租界章程,从而促成近代中朝经贸关系之急剧发展,并代表清政府负责办理中朝外交事务,还曾协助朝鲜高宗政府办理近代外交事务,实际上是近代中国最早派驻朝鲜的最高级商务领事官员"[1]。

有学者高度评价了金允植出使中国之事:"天津之行,是金允植生平中的一次转折,对他个人的思想经历至关重要,并因此影响了朝鲜近代化的历程,是朝鲜近世史上一次关键性的外交活动。"[2]

---

[1] 权赫秀:《陈树棠在朝鲜的商务领事活动与近代中朝关系》,《社会科学研究》2006年第1期。
[2] 孙卫国:《朝鲜朝使臣金允植与李鸿章——以〈天津谈草〉为中心》,《东疆学刊》2018年第2期。

结　　语

关于域外汉籍（东亚汉文学）的研究，张伯伟教授提出了"作为方法的汉文化圈"[①]的理念、原则，在"作为方法的汉文化圈"这一原则指引下，"每一个具体的个案研究都会有自身的问题所在，也就有相应的剖析手段"[②]。散文作为韩国古典文学中重要的文学体裁之一，在文章体裁、思想观念、应用范围等方面都与中国古典散文、文化有着密切的联系。从文体角度来说，中韩古典散文文体之间存在着密切的联系。朝鲜朝初期文人、学者徐居正编选诗文选集《东文选》，包括书、记、序、说、论、传、辞、赋、祭文、颂、赞、墓志、碑铭等散文文体，与中国诗文选本《昭明文选》《唐文粹》《宋文鉴》《元文类》等在编纂原则、文体编排等方面存在着密切联系。本书在论述时就涉及韩国古代的传记、辞赋、序跋、书信、记、论说、寓言、颂、赞等散文文体。从思想观念上来说，韩国古典散文的思想观念基本上属于儒、释、道三家范畴，散文表达的内容包括政事、学术、人格操守等方面，其政治理论、价值观念等深深地打上了中国烙印。韩国古代文人受儒、释、道思想影响甚深，尤其是对儒家思想、道家思想的接受更是普遍存在。如徐居正散文中体现出的民本思想，成伣散文蕴含的儒家、道家思想等。

韩国古典散文蕴涵的诗学思想与中国古典诗学有着密切的联系。韩

[①] 张伯伟：《作为方法的汉文化圈》，中华书局2011年版。
[②] 张伯伟：《东亚汉文学研究的方法与实践》，中华书局2017年版，第59页。

◇ 结　语 ◇

国古典诗学理论是在中国诗学的直接影响下产生的,已经得到了学界的广泛关注与研究,产生了大批卓有见地的学术论文、著作。[①] 集中体现在诗话这一论诗载体中的韩国古典诗学理论得到了充分重视,但蕴涵于韩国古典散文,如序跋、书信等文体中的诗学理论还没有被充分挖掘。如林椿散文体现出的文气观、诗乐观,李穑散文体现出的诗教观、知人论世观,张维散文蕴涵的赋学观、"天机论"与"诗能穷人""穷而后工"等,都可以补充、完善关于韩国古典诗学研究的相关问题。

韩国古典散文透视出了韩国古代文人的慕华心态。朝鲜半岛与中国地理位置相邻,无论是政治还是文化上,都有着悠久的渊源关系。古代朝鲜与中国最为直接的文化交流当属使节来往时,使节与当地文人的文化交流,如明朝、清朝时,明清政府与朝鲜互派使节出使,文人之间赓酬唱和,切磋学问,创作了大量诗文作品,这些材料大部分保存在《皇华集》《燕行录》[②] 中。但在朝鲜文人别集中也存在着大量关于此类事情的记载,如许筠曾多次接待明朝的使臣,在他的文章中饱含对中国文化的钦羡之情,再如成伣、金允植等亦然。

韩国古典散文全面地反映出韩国古代作家对中国古代作家、经典著作、传世名篇的接受、学习、发展、创新等情况。中国古代如屈原、三曹、"建安七子"、"竹林七贤"、陶渊明、李白、杜甫、王维、白居易、韩愈、柳宗元、李商隐、欧阳修、黄庭坚、苏轼、王安石、陆游、明代前后七子等文人,都对朝鲜各个时代的作家产生过重要影响,学习、模仿者甚众。"毫无疑问,中国文学史上的经典作品,在东亚文学世界流传最广,从而产生的'世界文学'的作品也最多。这就为我们提供了丰富的'世界文学'研究的材料,我们不但要研究这些作品在东亚的流传,也要研究它们在中国之外的东亚国家产生何种

---

① 李岩《朝鲜诗学史研究》,山西人民出版社 2016 年版;邝健行《韩国诗话探诊录》,学苑出版社 2013 年版。

② 《皇华集》是明朝文臣出使朝鲜,与朝鲜文臣赓酬唱和、诗酒雅会间创作的诗文集。《燕行录》是朝鲜时代使臣们来往燕京(北京)时根据所见所闻而记录下来的纪行文,是一系列关于燕京之行的书的总称,并不是专指某一个朝鲜使团人员来华时的著述。

反应；其他国家的士人如何对其阅读，并加以接受的，以及不同的国家在接受时有何异同。"①《楚辞》《诗经》《论语》《孟子》《史记》《文选》等，都深受朝鲜历代文学家和各阶层人士的喜爱，反映到散文创作中，如李穑散文征引、阐释《论语》、徐居正散文引用《诗经》《孟子》及金泽荣散文对《史记》的批评与接受等。

本书各个时期段所选择分析、讨论的作家虽然属于个案，却具有普遍意义。并且受著者能力、材料等所限，虽未臻完备，但在诸多方面却作了大胆而有益的尝试。如果我们突破国家、地域、民族等的界限，按照"作为方法的汉文化圈"的理念、原则，将韩国古典散文置于汉文化圈这个大环境中，考察韩国古典散文对中国文化、文学等的接受与变异，探究韩国古代文人如何内化、发挥与改造中国文化、文学经典的，不仅可以提炼出一系列的新问题，更会进一步提升中国古代文学研究的广度、深度，确立中国文化在整个汉文化圈中的重要地位。

域外汉籍研究是一个方兴未艾的学术研究领域，相关资料的整理与文本文献的研究，都还存在较大空间及很多亟待补充之处。借助新材料，采用新视角，"寻求其间的内在关系，揭示其间同中之异和异中之同，这样，域外汉籍的价值就不只是中国典籍的域外延伸，不只是本土文化在域外的局部性呈现，不只是'吾国之旧籍'的补充增益。它们是汉文化之林的独特品种，是作为中国文化的对话者、比较者和批判者的'异域之眼'。因此，汉文化圈中的汉文献整体，就不仅是学术研究中必需的材料，不仅是古典学研究的对象，不仅是一个学科增长点或学术新领域，在更重要的意义上，这是一种新的思考模式和新的研究方法。以汉文化圈为方法，其目的就是更好地认识汉文化，更好地解释中国和世界的关系，最终更好地推动东亚文明对人类的贡献"②。

---

① 卞东波：《域外汉籍与宋代文学研究》，中华书局 2017 年版，第 247 页。
② 张伯伟：《作为方法的汉文化圈》，中华书局 2011 年版，第 7 页。

参考文献

典籍、著作类

（北宋）苏轼：《苏东坡全集》，中国书店1986年版。

（北宋）苏轼著，孔凡礼点校：《苏轼文集》，中华书局2008年版。

［韩］许世旭：《韩中诗话渊源考》，黎明文化事业公司1979年版。

［朝］郑麟趾等：《高丽史》，首尔大学校奎章阁馆藏本。

（春秋）左丘明著，陈戍国校注：《春秋左传校注》（上下），岳麓书社2006年版。

（东汉）班固撰，（唐）颜师古注：《汉书》，中华书局1962年版。

［韩］文永午：《孤山尹善道研究》，韩国太学社1983年版。

［韩］赵润济：《韩国文学史》，社会科学文献出版社1998年版。

（明）胡应麟：《少室山房笔丛》，《广雅书局丛书》，光绪刻本。

（明）胡应麟：《诗薮》，上海古籍出版社1979年版。

（明）黄文焕：《楚辞听直》，南京大学出版社2017年版。

（明）凌稚隆编：《史记评林》，广陵书社2017年版。

（明）谢榛：《四溟诗话》，人民文学出版社2005年版。

（明）张岱：《夜航船》，清钞本。

（南朝梁）刘勰著，周振甫注：《文心雕龙注释》，人民文学出版社1981年版。

（南朝宋）刘义庆撰，徐震堮校笺：《世说新语校笺》，中华书局1984年版。

（南宋）胡仔著，（南宋）廖德明点校：《苕溪渔隐丛话》，人民文学出版社 1962 年版。

（清）纪昀等：《文津阁四库全书》（影印本），商务印书馆 2005 年版。

（清）林纾著，范先渊校点：《春觉斋论文》，人民文学出版社 1959 年版。

（清）阮元校刻：《十三经注疏》，中华书局 1980 年版。

（清）陶澍集注：《靖节先生集》，光绪九年（1883）江苏书局木刻本。

（清）朱彝尊：《曝书亭集》，《清代诗文集汇编》（第 116 册），上海古籍出版社 2010 年版。

［清］曾国藩：《曾文正公文集》，清光绪二年（1876）长江传忠书局刻本。

（宋）黎靖德编，王星贤注解：《朱子语类》，中华书局 1986 年版。

（宋）欧阳修、（宋）宋祈：《新唐书》，中华书局 1975 年版。

（宋）欧阳修撰，徐无党注：《新五代史》，中华书局 1974 年版。

（宋）严羽著，郭绍虞校释：《沧浪诗话校释》，人民文学出版社 1961 年版。

（宋）朱熹注，王华宝整理：《诗集传》，凤凰出版社 2007 年版。

（宋）朱熹撰，金良年译：《四书章句集注》，上海古籍出版社 2006 年版。

（唐）房玄龄等撰，刘湘生、李扬等校点：《晋书》（上、下册），岳麓书社 1997 年版。

（唐）韩愈著，马其昶校注：《韩昌黎文集校注》，上海古籍出版社 2014 年版。

（唐）柳宗元：《柳宗元散文全集》，今日中国出版社 1996 年版。

（三国魏）王肃注：《孔子家语》，上海古籍出版社 1990 年版。

（西汉）司马迁著，韩兆琦评注：《史记》（全三册），岳麓书社 2012 年版。

（西晋）陈寿撰，（南朝宋）裴松之注：《三国志》，中华书局 1999

参考文献

年版。

（元）孔齐：《静斋至正直记》，《粤雅堂丛书》，清咸丰二年南海伍氏刊本。

卞东波：《域外汉籍与宋代文学研究》，中华书局 2017 年版。

蔡美花、赵季主编：《韩国诗话全编校注》（1—12 册），人民文学出版社 2012 年版。

陈芳译注：《后汉书》，中华书局 2016 年版。

陈鼓应：《老子注译及评介》，中华书局 1984 年版。

陈鼓应注译：《庄子今注今译》（最新修订重排本），中华书局 2009 年版。

陈蒲清、［韩］权锡焕：《韩国古代寓言史》，岳麓书社 2004 年版。

陈蒲清、［韩］权锡焕：《韩国古典文学精华》，岳麓书社 2006 年版。

陈戍国：《礼记校注》，岳麓书社 2004 年版。

成均馆大学校中央图书馆编：《古书目录》（1、2 辑），成均馆大学校出版部 1979 年版。

程俊英译注：《诗经译注》，上海古籍出版社 2012 年版。

迟文浚等主编：《唐宋八大家散文广选·新注·集评》，辽宁人民出版社 1999 年版。

复旦大学文史研究院、韩国成均馆大学东亚学术院大东文化研究院编：《韩国汉文燕行文献选编》，复旦大学出版社 2011 年版。

方勇、李波译注：《荀子》，中华书局 2011 年版。

顾迁译注：《淮南子》，中华书局 2009 年版。

郭绍虞主编：《中国历代文论选》（1—4 册），上海古籍出版社 2001 年版。

郭预衡主编：《中国文学史长编》（1—4 册），上海古籍出版社 2007 年版。

韩国古典翻译院编：《影印标点 韩国文集丛刊（续）》（1—150 辑），古典翻译院 2005—2009 年版。

韩国民族文化推进会编：《影印标点 韩国文集丛刊》（1—350 辑），

景仁文化社 1988—2005 年版。

《朝鲜王朝实录》，学习院东洋文化研究所 1967 年版。

洪本健：《欧阳修诗文集校笺》，上海古籍出版社 2009 年版。

金宽雄、金晶银：《韩国古代汉文小说史略》，北京大学出版社 2011 年版。

［朝］金泽荣：《韩史綮》，翰墨林书局 1914 年版。

［朝］金泽荣：《金泽荣全集》，亚细亚文化社 1978 年版。

［朝］金泽荣：《续韶濩堂集》，江苏南通翰墨林书局线装排印本 1920 年版。

《经国大典》，亚细亚文化社 1983 年版。

邝健行、陈永明、吴淑钿选编：《韩国诗话中论中国诗资料选粹》，中华书局 2002 年版。

邝健行：《韩国诗话探诊录》，学苑出版社 2013 年版。

［朝］李立信：《杜诗流传韩国考》，文史哲出版社 1991 年版。

李甦平：《韩国儒学史》，人民出版社 2009 年版。

李岩：《朝鲜诗学史研究》，山西人民出版社 2016 年版。

李岩：《朝鲜文学的文化观照》，商务印书馆 2015 年版。

李岩、徐健顺、池水涌、俞成云：《朝鲜文学通史》（上中下），社会科学文献出版社 2010 年版。

李岩：《中韩文学关系史论》，社会科学文献出版社 2003 年版。

刘强：《高丽汉诗文学史论》，厦门大学出版社 2008 年版。

刘尚慈译注：《春秋公羊传译注》，中华书局 2010 年版。

罗积勇：《用典研究》，武汉大学出版社 2005 年版。

马金科：《朝鲜诗学对中国江西诗派的接受——以高丽后期至李朝前期朝鲜诗话为中心》，民族出版社 2006 年版。

钱锺书：《管锥篇》，中华书局 1979 年版。

钱锺书：《谈艺录》（订补本），中华书局 1984 年版。

［朝］全英兰：《韩国诗话中有关杜甫及其作品之研究》，文史哲出版社 1990 年版。

参考文献

上海师范大学古籍整理组校点：《国语》，上海古籍出版社1978年版。
唐圭璋：《词话丛编》，中华书局1986年版。
王明校释：《抱朴子内篇校释》，中华书局1986年版。
卫绍生，杨波等注译：《唐宋名家文集》（1—8册），中州古籍出版社2013年版。
韦旭升：《朝鲜文学史》，北京大学出版社1986年版。
吴楚材、吴调侯选评：《古文观止》，中华书局2010年版。
徐坚等辑：《初学记》，文渊阁四库全书本。
杨伯峻译注：《论语译注》（简体字本），中华书局2006年版。
杨伯峻译注：《孟子译注》，中华书局1960年版。
于春海主编：《古代朝鲜辞赋解析》（一、二册），商务印书馆2013年版、2015年版。
袁行霈：《陶渊明集笺注》，中华书局2011年版。
袁行霈主编：《中国文学史》（第三版），高等教育出版社2014年版。
叶蓓卿译注：《列子》，中华书局2011年版。
张伯伟：《东亚汉文学研究的方法与实践》，中华书局2017年版。
张伯伟：《作为方法的汉文化圈》，中华书局2011年版。
张孝若：《张季子九录·文录》，台湾文海出版社影印本。
赵季、张景崑：《〈箕雅〉五百诗人本事辑考》，人民文学出版社2013年版。
郑日男：《楚辞与朝鲜古代文学之关联研究》，人民出版社2012年版。
周秉钧注译：《尚书》，岳麓书社2001年版。
周振甫：《文章例话》，中国青年出版社1983年版。
左江：《"此子生中国"——朝鲜文人许筠研究》，中华书局2018年版。
左江：《李植杜诗批解研究》，中华书局2007年版。

论文类

蔡美花、郭美善：《朝鲜古代"天机论"的形成与发展》，《延边大学学报》(社会科学版) 2009 年第 6 期。

曹春茹:《朝鲜诗人对欧阳修"非诗能穷人"和"穷而后工"的论辩》,《中国文学研究》2016 年第 2 期。

曹虹:《陶渊明〈归去来辞〉与韩国汉文学》,《南京大学学报》(哲学·人文科学·社会科学版) 2001 年第 6 期。

褚大庆:《〈东文选〉的文体研究》,博士学位论文,延边大学,2013 年。

崔雄权:《接受与书写:陶渊明与韩国古代山水田园文学》,《文学评论》2012 年第 5 期。

崔雄权:《论韩国的第一首"和陶辞"——兼及李仁老对陶渊明形象的解读》,《东北师范大学学报》(哲学社会科学版) 2008 年第 3 期。

付春明:《欧阳修〈朋党论〉在朝鲜汉文学中的接受历程》,《中国文学研究》2016 年第 1 期。

巩本栋:《"诗穷而后工"的历史考察》,《中山大学学报》(社会科学版) 2008 年第 4 期。

郭英德:《论〈中国古代散文研究文献集成〉的编纂宗旨》,《文艺研究》2015 年第 8 期。

郭英德:《中国古代散文研究断想》,《光明日报》2015 年 4 月 2 日第 16 版。

韩东:《论朝鲜文人"江山之助"的诗学命题》,《烟台大学学报》(哲学社会科学版) 2015 年第 2 期。

何燕文:《金允植〈领选日记〉研究——以其中的笔谈资料为中心》,硕士学位论文,浙江工商大学,2015 年。

雷雨豪:《柳宗元诗文在朝鲜半岛的传播与接受研究》,硕士学位论文,四川师范大学,2018 年。

李岩:《朝鲜古代〈诗经〉接受史考论》,《文学评论》2015 年第 5 期。

[韩] 李钟汉:《韩愈诗文在韩国的传播时期、过程和背景》,《周口

师范学院学报》2000 年第 1 期。

刘彦明:《李奎报散文研究》,博士学位论文,中央民族大学,2005 年。

刘彦明:《论李奎报散文中的禅学蕴涵》,《延边大学学报》(社会科学版)2005 年第 2 期。

刘子敏:《谈金富轼对王莽朝记事的篡改》,《北方文物》2007 年第 1 期。

权赫秀:《陈树棠在朝鲜的商务领事活动与近代中朝关系》,《社会科学研究》2006 年第 1 期。

师存勋:《李白与李奎报酒诗同异试论》,《当代韩国》2012 年第 1 期。

孙德彪:《许筠对唐宋明及朝鲜诗歌的批评》,《东疆学刊》2005 年第 4 期。

孙德彪:《严羽"妙悟"说与许筠"天机"论之比较》,《东疆学刊》2011 年第 2 期。

孙卫国:《朝鲜朝使臣金允植与李鸿章——以〈天津谈草〉为中心》,《东疆学刊》2018 年第 2 期。

孙卫国:《〈史记〉对朝鲜半岛史学的影响》,《社会科学辑刊》2010 年第 6 期。

孙文起:《论汉代咏物赋的文体功能与题材特征》,《中华文化论坛》2016 年第 10 期。

王国彪:《朝鲜半岛〈论语〉文献的利用与诗情阐释》,《中国社会科学报》2015 年 11 月 10 日第 6 版。

王国彪:《朝鲜"燕行录"中的"华夷"之辨》,《外国文学评论》2017 年第 1 期。

王红梅:《许筠论略》,博士学位论文,中央民族大学,2007 年。

王丽:《朝鲜初期性理学的发展》,《东北亚论坛》2003 年第 2 期。

王瑶:《陶渊明研究随想》,《九江师专学报》(哲学社会科学版)1984 年第 1 期。

韦丹：《朱熹"郑诗淫"辨析》，《贵州教育学院学报》（社会科学版）2001年第1期。

文基连：《朝鲜古文家金泽荣与归有光的比较研究》，《国外文学》2000年第1期。

羽离子：《从〈韩史綮〉识金泽荣的历史批评观》，《韩国研究论丛》2004年第1辑。

喻小红、姜波：《〈朱子家礼〉在韩国的传播与影响》，《西南科技大学学报》（哲学社会科学版）2016年第1期。

翟金明：《文本的力量——以朝鲜汉籍所涉〈史记〉〈汉书〉资料为基础的研究》，博士学位论文，中国社会科学院研究生院，2017年。

张伯伟：《选本与域外汉文学》，《南京大学学报》（哲学·人文科学·社会科学）2002年第4期。

周昶、倪怡中：《金泽荣和中国文化名人的诗文交往》，《南通大学学报》（社会科学版）2010年第2期。

庄安正：《金泽荣与俞樾交往述论》，《史林》2004年第1期。

庄安正：《金泽荣与近代南通文人群体交往考评》，《南通大学学报》（社会科学版）2005年第4期。

［韩］白承锡：《韩国〈文选〉研究的历史和现状》，《郑州大学学报》（哲学社会科学版）1993年第5期。

［韩］黄一权：《欧阳修著作初传韩国的时间及其刊行、流布的状况》，《复旦学报》（社会科学版）2000年第2期。